Für M. und A. Unvergessen.

SOFIA CASPARI

Der Duft des tiefblauen Meeres

ROMAN

BASTEI LÜBBE TASCHENBUCH

BASTEI LÜBBE TASCHENBUCH
Band 17709

Dieser Titel ist auch als E-Book erschienen.

Originalausgabe

Dieses Werk wurde vermittelt durch
die Literarische Agentur Thomas Schlück GmbH, 30131 Hannover.

Titelillustration: © Rafal Kubiak/shutterstock;
adelhoidar/shutterstock; tinta/shutterstock
Umschlaggestaltung: Christin Wilhelm, www.grafic4u.de
Satz: hanseatenSatz-bremen, Bremen
Gesetzt aus der Adobe Garamond Pro
Druck und Verarbeitung: CPI books GmbH, Leck – Germany
Printed in Germany
ISBN 978-3-404-17709-7

2 4 5 3 1

Sie finden uns im Internet unter
www.luebbe.de
Bitte beachten Sie auch: www.lesejury.de

BASTEI
LÜBBE
TASCHENBUCH

Weitere Titel der Autorin:

Im Land des Korallenbaums
Die Lagune der Flamingos
Das Lied des Wasserfalls
Im Tal der Zitronenbäume
Der Tanz des Kolibris

Titel in der Regel auch als E-Book erhältlich

Über die Autorin:

Sofia Caspari, geboren 1972, reist leidenschaftlich gerne. Sie hat mehrere große Reisen nach Mittel- und Südamerika unternommen, wo auch ein Teil ihrer Verwandtschaft lebt. Nach Stationen in Irland und Frankreich lebt sie mit ihrem Mann und ihren zwei kleinen Söhnen in einem Dorf im Nahetal. Im Urlaub zieht es ihre Familie regelmäßig ans Meer, sei es Mittelmeer, Pazifik, Atlantik oder Nordsee. Mit ihren Figuren bricht Sofia Caspari stets in fremde Länder und zu neuen Ufern auf.

Kroatien
Insel Cres

Sechzigerjahre

Ein gutes Stück des Weges war Zlata vollkommen allein gewesen. Es war noch sehr früh am Morgen, nur das Gezwitscher der Vögel und die eigenen schnellen Schritte auf dem steinigen Untergrund, die sie von ihrem Elternhaus in Richtung Hafen führten, zerrissen die Stille. Die Luft war frisch, vom Meer her wehte eine leichte Brise. Ein Hahn stakste ein Stück am Wegrand neben ihr her, plusterte sich auf und entließ ein Krähen in den sich langsam aufhellenden, von rosa- und lilafarbenen Wolkenfetzen überzogenen Morgenhimmel. Nach und nach standen die Häuser dichter, ab und zu fiel nun ein Lichtschein auf den Weg. Eine Frau kam ihr entgegen, sie grüßten einander, und Zlata wusste, dass diese Begegnung spätestens zum Frühstück Gesprächsthema sein würde. Aber darüber wollte sie jetzt nicht nachdenken.

Sie zog die hellgraue Strickjacke enger um die Schultern, beschleunigte ihre Schritte, um so rasch wie möglich Abstand zwischen sich und ihr Elternhaus zu bringen, doch sie gab acht, dass sie nicht in der Morgendämmerung stolperte und sich womöglich den Fuß verstauchte. Dann wäre alles umsonst gewesen.

Als sie das Bett verlassen hatte, um zur Tür hinauszuschleichen – kaum fünf Minuten schien das her zu sein –, da hatte sie befürchtet, ihre Mutter würde von ihrem laut hämmernden Herzen geweckt werden. Aber nichts war geschehen. Aleksija hatte gleichmäßig atmend in ihrem Bett auf der gegenüberliegenden Seite des Schlafraumes gelegen und sich nicht gerührt, auch nicht, als Zlata ihre Kleider zusammengerafft hatte und in den Flur hinausgeschlichen war. Während sie sich so lautlos wie möglich angekleidet hatte, hatte sie immer wieder innegehalten, um zu horchen, doch bis auf ihre eigenen kaum hörbaren Geräusche war alles ruhig geblieben.

Als sie endlich vorsichtig die Tür geöffnet hatte, nur so weit, dass sie nicht quietschen konnte, hatte sie aus der Ferne das erste Hahnenkrähen gehört. Wieder hatte sie verharrt, hatte sich versichern wollen, ob die Mutter nicht geweckt worden war, doch nichts ... Behutsam war Zlata die Stufen hinuntergestiegen. Ihre Schritte hatten auf dem Kiesweg geknirscht, als sie vom Haus weg auf das Tor zugegangen war. Alles war ihr unglaublich laut erschienen, doch niemand war hinter ihr hergekommen, niemand hatte grob ihren Arm gepackt, um sie an ihrem Tun zu hindern.

Vor dem Tor hatte sie erneut gezögert und war dann doch entschlossen auf die Straße getreten. Und jetzt hatte sie den Hafen fast erreicht. Da waren so viele Gedanken, die ihr durch den Kopf jagten. Was sollte sie den Menschen sagen, die ihr jetzt begegneten? Sollte sie überhaupt etwas sagen? Sie hoffte, dass niemand Notiz von ihr nahm, sie war nur eine junge Frau, die beabsichtigte, frischen Fisch zu kaufen, eine gute Tochter, die der Mutter Arbeit abnahm. Sie wollte nicht, dass geredet wurde. Gerede würde ihr die Mutter sehr übel nehmen.

Weiter ging es, Schritt um Schritt. Zlata hob den Blick, als sie die Gasse verließ. Das Meer breitete sich vor ihr aus, irgendwo da vorne wartete das Schiff, das ihn von ihr wegbringen würde.

Ihr Herz klopfte schneller. Bald würde sie sie sehen – den einen mit dem struppigen dunkelbraunen Haar, den sie liebte, und den anderen mit dem glatten, halblangen blonden Haar, der sie liebte. Das hatte er ihr vor einigen Tagen gestanden. Seitdem war alles anders.

Würde sie sich auf ihn verlassen können?

Das Ende des Sommers, den Herbst ... Sie würde viele Monate ohne ihren Branko verbringen.

Ich werde auf dich warten, eigentlich habe ich jetzt schon damit begonnen.

Zlata wandte sich zum Festland um. Über den Bergen wurde der noch fahle Schein der Sonne stärker. Er berührte die Bergspitzen und übergoss sie mit goldenem Licht. Bald würde er die Insel aus dem Meer emporheben. Die Schatten veränderten sich bereits.

Zlata wandte den Blick ab und schaute zu den Fischerbooten – zu denen, die schon an ihren Plätzen vertäut waren, und danach zu denen, die den Hafen ansteuerten. Sie hörte, wie die Wellen gegen die Kaimauer schwappten.

Die Stimmen wurden lauter. Die Fischer verkauften den Fang der Nacht, große und kleine Fische, silbrige und bunte, dicke und dünne. Erste helle Sonnenflecken tanzten auf dem Wasser, stets für einen Augenblick nur, dann waren sie wieder verschwunden.

Im nächsten Augenblick sah Zlata die beiden. Branko rauchte. Klaus hatte die Arme verschränkt, als würde er frieren, und schaute auf das Schiff, das sie von hier fortbringen sollte.

Wieder einmal ließ ihr die Angst die Kehle eng werden. Sie hatten so oft darüber gesprochen. Es war eine Chance.

Branko hatte ihr erzählt, dass es das Beste sei. Er würde richtiges Geld verdienen, und wenn er zu ihr zurückkam, würden sie ein Haus bauen und einen Stall voller Kinder bekommen und niemals mehr Sorgen haben. Sie würden die großzügigsten Gastgeber sein. Keiner musste hungrig oder durstig von ihrem Tisch aufstehen.

Zlata sah, wie Branko sein verknautschtes Päckchen Tabak aus der Hose zog. Er betrachtete es, schien abzuwägen. Es war Klaus, der sie zuerst entdeckte und zögernd die Hand hob. Zlata nickte ihm zu.

Er hat mir versprochen, auf ihn aufzupassen. Er weiß, wie das Leben in Deutschland ist. Ich kenne ihn. Man kann sich auf die Deutschen verlassen.

Vier Jahre war es jetzt her, dass sie sich zum ersten Mal gesehen hatten. Neunzehn war sie damals gewesen, und sie hatten sich noch wie Kinder gefühlt. Erwachsen zu sein hatte in weiter Ferne gelegen. Sie hatten herumgealbert und »Fang die Kuh« gespielt, auch Klaus, der schon studierte und sich ganz allein auf Reisen befand. Er wollte Lehrer werden.

»Zlata!«

Klaus kam auf sie zu. Er sah sie anders an, seit diesem, vielleicht auch schon seit dem vergangenen Sommer. Er hatte sich in sie verliebt, aber natürlich wusste er, dass sie Branko gehörte, und er respektierte das. Er war ein anständiger Mann.

»Klaus …«

Sie lächelte. Für einen Moment standen sie sich unsicher gegenüber. Branko kam herbeigeschlendert, steckte den Tabak wieder ein, täuschte vor, keine Angst zu haben. Aber sie kannte ihn. Sie sah ihm an, wie verunsichert er war. Er hatte die Insel noch niemals verlassen. Sie war mit ihrer Mutter zumindest einmal in Rijeka gewesen, denn dort kam die Mutter her. Ein Stadtmensch war sie, niemals wirklich auf Cres angekommen.

»Du bist da.«

Branko sagte es leise. Zu viele Augen gab es hier. Sie dachte daran, dass sie sich am Abend zuvor hätten verabschieden sollen und dass es jetzt zu spät war. Ihn nicht berühren zu können fühlte sich wie körperlicher Schmerz an.

»Mama hat mir aufgetragen«, sagte sie zu laut und zu steif, »frischen Fisch zu holen.« Sie schaute an Brankos Schulter vorbei auf das Schiff.

»Es wird uns nach Rijeka bringen«, sagte er, als hätte er sie nicht gehört.

Zlata nickte. Ihr Blick fiel auf Klaus' Leinenrucksack, den er immer bei sich trug. Im letzten Jahr hatte er zu nah am Feuer gelegen und war seitdem an der Seite schwarz von den Flammen. Daneben stand ein abgenutzter Koffer. Brankos neues Leben steckte in diesem Koffer. Ihr neues Leben steckte in diesem Koffer.

Im Winter würde er sie besuchen. Zu Weihnachten. Wenn er sich eingelebt hatte, würde sie ihn sicherlich auch einmal besuchen. Sie freute sich darauf und fürchtete sich zugleich. Am liebsten hätte sie sich in seine Arme gestürzt, doch es war unmöglich. Ihre Mutter würde es zu hören bekommen. Einer der Fischer sah bereits seit einiger Zeit zu ihnen herüber. Sie fühlte sich unwohl. Klaus streckte ihr die Hand hin.

»Auf nächstes Jahr!«, sagte er langsam auf Kroatisch. Er hatte ganz gut gelernt in ihren gemeinsamen Sommern.

»Pass auf ihn auf«, flüsterte sie.

»Das tue ich.« Sie trat einen Schritt zurück.

Branko kam ein wenig näher. »Vergiss mich nicht, Zlata«, sagte er mit belegter Stimme.

»Niemals.«

Sie überlegte, ob sie ihn doch umarmen konnte, ganz kurz, dann entschied sie sich, auch ihm nur die Hand zu reichen. Enttäuschung und Verständnis zeichneten sich auf seinem

Gesicht ab. Er ging auf das Schiff zu und balancierte über ein schmales Brett hinüber auf das Deck. Klaus folgte ihm.

Zlatas Augen brannten. Es würde nicht mehr lange dauern, und sie würde ihre Umgebung nur noch verschwommen sehen. Keine Tränen, dachte sie, nicht hier, nicht jetzt, nicht in der Öffentlichkeit.

Klaus und Branko standen nebeneinander an der Reling. Zwei Freunde.

»Bring ihn mir zurück«, sagte sie lautlos.

»Du Hure!«

Ihre Mutter hatte gewartet, bis Zlata die Tür leise hinter sich zugezogen hatte, um sich dann mit geballten Fäusten auf ihre Tochter zu stürzen. Das Paket mit dem frischen Fisch entglitt Zlatas Händen, als sie die Arme hochriss, um sich zu schützen.

Nur um sich zu schützen, niemals würde sie die Hand gegen die Mutter erheben. Sie hatten nur einander. Ihre Mutter war eine Außenseiterin, und sie war ebenso eine, denn die Kinder von Außenseitern konnten nichts anderes sein.

Vielleicht wäre es anders gewesen, wenn ihr Vater noch leben würde. Nach dessen Tod hatte ihre Mutter sie allein aufgezogen – seine Familie hatte nichts von Aleksija und ihrem Kind wissen wollen. Oft war es hart gewesen, das Geld für sie beide zu verdienen, aber die stolze junge Frau hatte sich nie geschont.

Ein neuer Schlag. Aus dem Halbdunkel kroch das weiße Gesicht ihrer Mutter gespenstisch auf sie zu.

»Wo warst du? Warum schleichst du dich morgens aus dem Haus wie ein billiges Flittchen?«

»Im Hafen. Ich wollte Fisch …«

Dieses Mal traf die flache Hand ihrer Mutter ihre linke Wange. Sie brannte wie Feuer.

»Lüg nicht.«

»Ich lüge nicht. Der Fisch liegt da. Ich habe Branko und den Deutschen zufällig am Hafen gesehen.«

Aleksija hatte schon wieder ausgeholt und hielt dann inne. »Er geht also wirklich? Sicher bist du ihm zu alt, eine alte Jungfer bist du! Wusstest du es? Dass er dich allein zurücklassen würde? Ja, so sind die Männer. Sie sind feige.« Sie verzog das Gesicht zu einem höhnischen Grinsen. »Er wäre ohnehin nichts für dich gewesen.« Unvermittelt packte sie Zlata am Arm und zerrte sie in die Küche, wo bereits ein Feuer im Ofen loderte. Während sie einen Kessel Wasser aufsetzte, warf sie ihrer Tochter einen kurzen Blick über die Schulter zu. »Geh Holz hacken«, befahl sie. »Ich kann den Herbst schon riechen. Und übrigens ... Er wird dich vergessen. Ach, wie schnell wird er dich vergessen.«

Zlata konnte sich nicht mehr beherrschen. »Er wird mich nicht vergessen.«

»Hat er dir das versprochen?« Aleksija lachte verbittert auf und wandte sich Zlata erneut zu. »Sie versprechen so viel, wenn sie etwas von einem wollen. Aber wenn du sie brauchst, dann sind sie nicht da.« Sie musterte ihre Tochter mit zusammengekniffenen Augen. »Hast du ihm etwas dafür gegeben? Sag schon, du kleines Miststück, hast du? Ich erfahre es ja ohnehin. Man wird es mir erzählen, das weißt du.«

»Ich habe nichts getan.«

»Oh, ich habe nichts getan«, äffte ihre Mutter sie nach. »Das hoffe ich für dich, das hoffe ich sehr.« Sie hielt kurz inne. »Sind das Tränen? Ach je, Kindchen, Tränen nutzen dir nichts. Tränen haben noch keinem was genutzt ...«

Zlata nahm sich vor, darauf zu achten, dass ihre Mutter es nicht mitbekommen würde, wenn einer von Brankos Briefen eintraf. Sie wollte nicht verletzt werden. Ihre scharfzüngige

Mutter wurde nicht müde zu betonen, dass sie umsonst wartete, dass alle Männer eines Tages fortgingen und nicht wiederkamen. Dass man als Frau letztlich immer allein dastand. »Er wird dich verlassen, wie dein Vater mich verlassen hat«, sagte sie immer und immer wieder.

Zlata dachte daran, dass ihr Vater im Krieg gefallen war und dass er gewiss nicht beabsichtigt hatte, nie wiederzukommen. Er hatte doch nicht sterben wollen. Sie kannte ihn von Fotos. Er war ein guter Mann gewesen. Er wäre auch ein guter Vater gewesen. Sie fand es erschreckend, wie sehr das Leben ihre Mutter verhärtet hatte, und hoffte, dass es ihr selbst niemals so ergehen würde.

Niemals wollte sie so verbittert, so hartherzig und so gleichgültig werden wie Aleksija.

Erstes Kapitel

Deutschland, Gegenwart

Es wurde Pia unbequem, auf dem geschlossenen Klodeckel zu sitzen. Ihr Rücken schmerzte, ihre Beine begannen schon unangenehm zu kribbeln. Sie sah zum Waschbecken hinüber, auf dessen Rand sie den Schwangerschaftstest abgelegt hatte. Von ihrem Platz aus konnte sie das Ergebnis nicht sehen.

Soll ich?

Sofort spürte sie einen Druck im Magen, eine Enge, die sich über die Brust bis in den Hals hinaus ausweitete.

Alles oder nichts. Gleich würde sie es wissen.

Es klopfte zum wiederholten Mal an der Tür, unerbittlich jetzt, nicht mehr so sanft wie eben noch.

»Komm schon, Pia, lass uns wie erwachsene Menschen miteinander reden. Mach endlich die Tür auf.«

Sebastians Stimme klang genervt. Sie hatte recht gehabt. Man hatte seinem Klopfen anhören können, dass er langsam die Geduld verlor. Pia fragte sich, worüber er jetzt noch reden wollte. Eine halbe Stunde zuvor hatte er ihre Beziehung beendet, einfach so, nach sieben Jahren, mit ein paar knappen Worten.

Was genau hatte er gesagt? Sie konnte sich schon nicht mehr erinnern.

Sie starrte immer noch in Richtung Schwangerschaftstest,

einem Frühtest, der im Internet als besonders sicher angepriesen wurde.

Wann hatten sie das letzte Mal miteinander geschlafen? Sie konnte sich einfach nicht konzentrieren.

Hatte es irgendwelche Anzeichen für eine bevorstehende Trennung gegeben? Nein, das hatte es nicht. Sie waren doch glücklich gewesen. Unzweifelhaft glücklich. Nicht wenige hatten sie bewundert für ihre Harmonie, eine Partnerschaft, die Sicherheit ausstrahlte. Erst in der vergangenen Woche waren sie spontan nach Hamburg gefahren. Im Hotelzimmer hatte ein Blumenstrauß auf sie gewartet, den Sebastian dort zur Begrüßung hatte hinstellen lassen. Er war ein sehr überlegter Mensch mit klaren Vorstellungen, jemand, für den solche Gesten selbstverständlich waren.

Am Tag ihrer Ankunft hatten sie sich ausgeruht. Sie hatten im Hotel gegessen und viel Zeit im Bett verbracht. Am nächsten Tag hatten sie eine Hafenrundfahrt gemacht, waren über die Reeperbahn spaziert und hatten sich schließlich noch die Elbphilharmonie angeschaut. »Eines Tages«, hatte Sebastian gesagt, »besuchen wir dort ein Konzert.«

Es war ein perfektes Wochenende gewesen, das ihr einmal mehr gezeigt hatte, dass sie zusammengehörten. Und jetzt sollte einfach so alles vorbei sein? Nein, sie konnte sich gar nicht vorstellen, wie es sein sollte, ohne Sebastian zu leben. Sie hatten ihr Leben doch teilen wollen, Kinder bekommen, ein Haus kaufen.

Zusammen alt werden …

Auch wenn sie noch jung waren, erst Ende zwanzig, so hatte sie dieser Gedanke doch immer begleitet – Sebastian war der Mann, mit dem sie ihr Leben verbringen wollte.

Und jetzt war alles aus. Wie stellte er sich das vor?

Es klopfte erneut, wieder etwas sanfter dieses Mal, aber immer noch unmissverständlich. Auch Sebastians Stimme hatte so geklungen, als er es ihr gesagt hatte, ganz sanft, jedoch umso entschlossener. Er hatte sich offenbar schon länger auf diesen Augenblick vorbereitet, vielleicht sogar mehrere mögliche Szenarien durchdacht.

Das sähe ihm ähnlich.

Während er ununterbrochen geredet hatte, hatte sie ihm nur zuhören können. Ihr Kopf war leer gewesen, da war nur das Gefühl, das ihr den Magen zusammenzog, das ihr Herz zum Klopfen brachte und ihren Körper zittern ließ.

Schließlich hatte sie sich ins Bad zurückgezogen, hatte wie in Trance den Schwangerschaftstest aus dem Spiegelschränkchen genommen, die Verpackung aufgerissen … Die Anleitung musste sie längst nicht mehr lesen. Sie hatte schon so viele dieser Tests gemacht. Es hatte sogar Tage gegeben, da waren es mehrere gewesen, weil sie den Eindruck gehabt hatte, eine winzige Spur auf dem Display erkannt zu haben. Später hatte sie dann regelrecht zwanghaft wieder und wieder überprüft, ob sie recht gehabt hatte mit ihrer Annahme oder ob sich ihre Hoffnung ein weiteres Mal zerschlug.

Und wenn sie jetzt schwanger war? Würde das etwas ändern? Würde er dann bei ihr bleiben? Dann musste er doch bleiben. Dann würde sich ihr Traum erfüllen, und sie würden Eltern werden.

Vielleicht …

Pias Blick fiel auf den Katalog mit Babyausstattung, den sie letztens schweren Herzens unter den Zeitungsstapel neben der Toilette geschoben hatte. Kürzlich hatte Sebastian eine Bemerkung über den »Babykram« fallen lassen, der überall herumlag, und sie hatte sich dafür entschieden, achtsamer zu sein. Sie wollte ihn schließlich nicht bedrängen. Männer tickten anders, was diese Dinge betraf.

»Pia, Mensch, jetzt komm raus. Sei nicht albern. Lass uns miteinander reden. Wir sind doch erwachsen.«

Erwachsen …

Wieder dieses Wort. Er verlor die Geduld, sie hörte es deutlich.

Sie stand auf und zog ab. Dann nahm sie den Schwangerschaftstest vom Waschbeckenrand.

Negativ.

Sie hatte es erwartet, und es schmerzte trotzdem. Sie ließ den Test in den Mülleimer fallen, biss sich auf die Faust und kämpfte gegen die Tränen an. Wie oft hatte sie das schon erlebt: negativ, negativ, negativ … Es las sich, als wollte man sie verhöhnen. Sie wusch sich die Hände, trocknete sie ab. Dann klopfte es erneut.

»Himmel, Pia, jetzt mach endlich die Tür auf! Lass uns reden, verdammt.«

Über was?, dachte sie, über was sollen wir jetzt noch reden? Es gab nichts mehr zu reden. Er würde sie verlassen. Sie würde allein zurückbleiben.

Ohne Kind. Ohne Beziehung. Einsam.

Pia ging ans Fenster und starrte nach draußen. Er sollte sie nicht weinen hören. Das war das Letzte, was sie wollte. Er sollte einfach gehen.

Vor der Tür rumpelte es. Dann waren Schritte zu hören, die sich entfernten. Sebastian fluchte unterdrückt. Pia hörte die Bügel an der Garderobe gegeneinanderklappern, einer krachte zu Boden. Sie kannte das Geräusch.

Erneutes Fluchen.

Das alte gefederte Sofa im Flur quietschte. Sebastian hatte sich hingesetzt, um sich die Schuhe anzuziehen. Fast konnte sie ihn vor sich sehen. Die Art, wie er sich nach vorne beugte, den Fuß in den Schuh gleiten ließ, dann der Griff an die Ferse … Erneutes Quietschen, als er aufstand, sich die Jacke anzog, kurz vor dem Spiegel im Flur stehen blieb, um hineinzusehen. Sie wusste, dass er das tat, weil er von seinen Gewohnheiten kaum ablassen konnte. Einmal den Kopf nach rechts drehen, einmal nach links …

Draußen schien eine strahlend helle Morgensonne. Es musste etwa halb zehn sein. Eine Mutter hastete mit ihrem Kind vorbei, sie waren sicher auf dem Weg zur benachbarten Kita. Mit dem Handrücken wischte Pia sich die Tränen weg, die nun doch über ihre Wangen rannen.

Sie waren nur nicht umgezogen, weil die Wohnung ihrem Vater gehörte und er sie ihnen zu einem günstigen Mietpreis überlassen hatte. Es gab Tage, an denen war es eine einzige Qual, die Kinder zu hören. Sie wollte sie nicht mehr hören, nicht mehr sehen. Sie wollte nicht mehr beobachten müssen, wie sich Eltern zu ihren Kindern hinunterbeugten, wie die Kleinen ihnen vertrauensvoll die Arme entgegenstreckten. Sie wollte kein Kindergeschrei und kein Kinderlachen mehr in ihrer Nähe.

Alles vorbei, alles sinnlos.

Draußen näherten sich Schritte, sicher ein letztes, ein allerletztes Mal. Wenn sie jetzt nichts sagte, würde er wirklich gehen.

»Pia …«

Sie wischte sich mit dem Handrücken über das Gesicht. »Ich komme.«

Es überraschte sie, wie ruhig ihre Stimme klang. Sie ging zum Waschbecken, ließ das Wasser erneut laufen, wartete, bis es eiskalt war. Dann wusch sie sich das Gesicht, trocknete es ab, cremte sich sorgfältig ein und musterte sich im Spiegel. Die Tränen hatten Spuren hinterlassen, doch sie musste sich nicht für ihre Gefühle schämen, auch wenn sie erwachsen war – ein wenig älter als Sebastian, was ihr nie als Problem erschienen war.

Aber vielleicht war es das ja doch.

Sie ging zur Tür und nahm sich fest vor, nicht mehr zu weinen.

Als sie öffnete, stand Sebastian der Tür gegenüber an die Wand gelehnt, den Kopf leicht zur Seite geneigt. So hatte er auch dagestanden, als sie sich kennengelernt hatten, damals auf dieser Party. Und so hatte er oft dagestanden, wenn er sie zum Mittagessen aus ihrem Büro abgeholt hatte in dem Unternehmen, in dem sie beide seit ihrem Abschluss arbeiteten.

Gearbeitet hatten.

Auch das war Vergangenheit.

»Du hast geweint«, stellte er fest.

Sie zuckte mit den Schultern. Was sollte sie sagen? Sollte sie sich für ihre Gefühle entschuldigen, dafür, dass ihr die Trennung etwas ausmachte? Wortlos ging sie in die Küche. Sebastian folgte ihr mit einem Seufzer. Irgendetwas passte ihm nicht.

Pia füllte den Wasserkocher und schaltete ihn an. Da stand noch ihre Tasse mit dem Teebeutel. Sie hatte den Raum so fluchtartig verlassen, als er davon geredet hatte, sich von ihr trennen zu wollen, dass sie alles hatte stehen und liegen lassen – und wenn sie jetzt daran dachte, hatte sie wieder das Bedürfnis davonzulaufen.

Sie wollte ihn nicht ansehen, also starrte sie den Wasserkocher an. Sie hörte das Wasser sieden, das Klacken, mit dem er sich abschaltete. Sie goss heißes Wasser in ihre Teetasse, beschwerte den Teebeutel mit einem Löffel, sah dem hellbraunen, dunkler werdenden Farbwirbel zu, der vom Teebeutel aufstieg und sich im Teewasser verteilte.

Sebastian räusperte sich. »Pia, ich weiß, dass es schwer ist, aber du wirst bald erkennen, dass es besser so ist. Es geht nicht mehr. Wir müssen uns trennen.«

Wir …

Warum sagte er das so, wenn *er* es doch war, der entschieden hatte?

Sie biss sich auf die Lippen und sah ihn nur an, konnte

nicht sprechen. Wenn sie jetzt ein Wort sagte, dann würde sie wieder weinen.

Wir müssen uns trennen …

Wir?

Für ihn gab es kein »Wir« mehr. Wie lange wohl schon?

»Pia, ich …« Seine vertraute Stimme, und doch klang sie plötzlich so kalt. »Es ist einfach so … Du hast dich verändert, Pia, du bist nicht mehr die, die ich kennengelernt habe. Wirklich, es gibt da so vieles … vor allem die Sache mit dem …« Er räusperte sich erneut. »Ich kann einfach nicht damit leben, dass es für dich nichts anderes mehr gibt. Ich hab darüber nachgedacht, und weißt du, vielleicht will ich das einfach noch nicht. Vielleicht ist das alles viel zu früh mit einem …«

… mit einem Kind, dachte sie. Er konnte es noch nicht einmal aussprechen. Zum ersten Mal empfand sie Wut.

Halt sie zurück. Du willst nicht weinen. Nicht jetzt. Nicht vor ihm.

»Willst du nichts sagen? Lass uns doch reden.«

Sie schüttelte den Kopf. »Was gibt es da noch zu reden?«

Sie musste sich die Lippen blutig beißen, um die Tränen hinunterzuschlucken. Sie hatte nicht verbittert klingen wollen, vielmehr souverän, aber das war ihr gründlich misslungen. Sie drehte sich zu ihrer Teetasse um, bewegte den Löffel ein wenig. Es klirrte. Ein Knarren sagte ihr, dass Sebastian sich auf einen Stuhl gesetzt hatte. Auf ihren Stuhl … Sie hatte die Stühle in diese Wohnung mitgebracht. Wahrscheinlich hat er sie nie gemocht, fuhr es ihr durch den Kopf. Wer weiß … Aber sie sagte nichts. Der Gedanke war albern. Sie wollte nichts Albernes sagen.

»Ich werde heute nur ein paar Sachen mitnehmen, den Rest hol ich am Wochenende, wenn dir das recht ist.« Pia zuckte erneut mit den Schultern. Der Tee war fertig. Sie entfernte den Beutel und ließ ihn in die Spüle fallen, etwas, das Sebastian nicht ausstehen konnte. Darum musste sie sich jetzt ja nicht mehr kümmern. Sie musste sich nicht darum kümmern, was ihn störte und was nicht. Und es war ihre Wohnung, sie stand nicht auf der Straße. Wo würde er wohl unterkommen? Interessierte sie das? Er musste sich Gedanken darum gemacht haben, denn er machte keine Anstalten zu fragen, ob er bleiben konnte. Er wollte schon am Wochenende all seine Sachen holen. »Vielleicht können wir dann auch reden«, fügte Sebastian hinzu.

Wenn du dich beruhigt hast, fügte sie stumm hinzu.

Pia hielt die Tasse mit beiden Händen umklammert, als sie sich jetzt zu ihm umdrehte. Er zögerte noch einen Moment, dann stand er unvermittelt auf.

»Pia, ich will nicht, dass es so endet.«

»Dann trenn dich nicht von mir.«

»Wir haben uns auseinandergelebt, schon vor einer ganzen Weile. So ist es doch. Das musst du auch bemerkt haben.« Er schaute sie fragend an.

Sie konnte nicht fassen, was er da sagte. Auseinandergelebt? War es so? Sie dachte an Hamburg … Nein, bis eben noch war sie davon überzeugt gewesen, dass sie den Rest ihres Lebens gemeinsam verbringen würden. Sie hatte keine Ahnung gehabt von dem Mann, mit dem sie zusammenlebte, hatte nicht gemerkt, was in ihm vorging. Hatte er sich unwohl gefühlt, hatte sie ihn bedrängt? Musste sie ihm nur sagen, dass sie lernen konnte, dass sie sich ändern würde?

Ich kann mich ändern, Sebastian, nur für dich.

Doch reden konnte sie jetzt nicht. Nicht nur, weil sie dann wieder weinen müsste, sondern weil es keine Worte gab, die ausdrücken konnten, was sie sagen wollte.

»Pia«, setzte er erneut an.

Sie wandte sich abrupt ab. Vom Fenster aus konnte sie einen Teil der Kita sehen, in der schon die Kleinsten betreut wurden. Alles änderte sich, alles war ein immerwährender Fluss. Eine Tür ging zu, eine andere öffnete sich.

Nein, für sie gab es keine Tür, die sich öffnete.

Sie nahm noch einmal Sebastians Stimme wahr, aber sie hörte nicht mehr, was er sagte. Auch wenn es wehtat, blieb sie reglos stehen, bis die Wohnungstür hinter ihm ins Schloss fiel. Dann brachte sie die immer noch unberührte Tasse mit dem Tee zur Spüle, ging in ihr Zimmer, legte sich aufs Bett und schloss für einen Moment die Augen. Ihre Gedanken wanderten zurück zu dem Tag ein Dreivierteljahr zuvor …

»Frau Sommer, kommen Sie doch bitte einmal rasch. Oder sind Sie zu beschäftigt?«

»Pia«, zischte es vom Schreibtisch gegenüber. »Pia, hörst du nicht?«

Pia schaute auf. Sie konnte nicht sagen, ob ihr Vorgesetzter mehr als einmal gerufen hatte – sie war in Gedanken gewesen, wieder einmal. Doch dem Gesichtsausdruck ihrer Kollegin nach zu urteilen, hatte er das getan. Ein Gefühl des Unwohlseins schwappte in ihr hoch. Jetzt hieß es aufzustehen, sich zu sammeln, den Kloß im Magen zu bekämpfen und die weichen Knie. Sie schob den Stuhl zurück, atmete ein und wieder aus, ein und wieder aus, im Bemühen, ruhiger zu werden. Das hatte die Therapeutin ihr geraten, die sie nun seit einem Jahr aufsuchte. »Wenn die Angst kommt, dann atmen Sie«, hatte sie gesagt. »Das ist das Einzige, was Sie tun können. Sie atmen, und Sie spüren, wie Sie ruhiger werden. Atmen Sie ein und wieder aus und ein und wieder aus.«

Atmen nach Anleitung.

Noch einmal ließ Pia den Blick über den Schreibtisch wandern. Alles war geordnet. Das, was sie an diesem Tag erledigen wollte, war minutiös aufgelistet, aber sie hatte noch nicht damit angefangen, ihre Liste abzuarbeiten, und jetzt ging es schon wieder auf Mittag zu.

Aller Anfang barg die Möglichkeit des Scheiterns in sich. So war es doch, oder? Sie wurde ja auch seit Jahren nicht schwanger.

Als ob mit ihr etwas nicht stimmte.

Aber es stimmte alles, und vielleicht war das das Schlimmste. Sebastian und sie hatten sich beide untersuchen lassen mit dem Ergebnis, dass nichts dagegensprach, dass sie eines Tages Eltern werden würden. Die Ärzte konnten nichts finden, auch in der Kinderwunschklinik hatte man ihr keine Hoffnung machen können, denn es gab einfach keinen erkennbaren Grund, warum sie nicht schwanger wurde.

Eines Tages. Irgendwann. Nie.

»Gehen Sie die Sache lockerer an, Frau Sommer«, hatte ihr Gynäkologe gesagt.

Und wenn das nicht reichte?

Ihre Kollegen hielten sie für organisiert. Pia allein wusste, dass das nicht stimmte. In Wirklichkeit war sie eine Versagerin, die nichts auf die Reihe bekam. Ihre Arbeit nicht, ja, noch nicht einmal die einfachste Sache der Welt – schwanger zu werden … Manche schafften das nach einem One-Night-Stand.

Wie immer steigerte sich Pias Unbehagen mit jedem Schritt weiter auf das Büro ihres Chefs zu, bis es sie kurz vor seiner Tür fest im Würgegriff hatte. Von Anfang an war da etwas zwischen ihnen gewesen, seit dem Tag, an dem Konstantin Müller die Leitung des Unternehmens übernommen hatte. Es war nichts Dramatisches vorgefallen, sie hatten einfach nur nicht harmoniert.

Pia öffnete die Augen. War das der Anfang vom Ende gewesen und letztendlich das Ende von allem, auch das ihrer Beziehung mit Sebastian?

Es war jedenfalls dieser Tag ein Dreivierteljahr zuvor gewesen, an dem sie die Entscheidung mit dem verdammten Sabbatjahr getroffen hatte.

Und Sebastian hat mich darin bestärkt. Hat er damals auch schon über die Trennung nachgedacht?

Er war kein Mann schneller Entschlüsse, wahrscheinlicher war, dass er alles von langer Hand geplant hatte.

Oder doch nicht?

Pia erinnerte sich, Sebastian an diesem Tag – sie hatten sich zum Mittagessen getroffen – von ihren Plänen erzählt zu haben. Er hatte sie aufmunternd angelächelt. Sie hatten sogar über die Möglichkeit gesprochen, einen Teil der Auszeit gemeinsam zu verbringen.

»Auch ich könnte ein paar Monate Zeit gebrauchen, weißt du«, hatte er gesagt. »Wir könnten doch etwas Verrücktes gemeinsam machen. Was meinst du?« Er hatte gelacht.

»Was denn?«

»Ein Haus kaufen und es renovieren zum Beispiel.«

Klang das verrückt? Ja, vielleicht tat es das, jedenfalls für zwei Büromenschen, die handwerklich nicht besonders geschickt waren und vom Hauskauf keine Ahnung hatten.

Pia erinnerte sich, in ihren Rigatoni herumgestochert zu haben. Obgleich sich der Gedanke, gleich wieder ins Büro zu gehen, schlecht angefühlt hatte, war sie an diesem Tag auch erleichtert gewesen, erleichtert, eine Entscheidung getroffen zu haben, erleichtert, sich nicht länger quälen zu müssen und ihr Leben neu zu ordnen. Abstand zu gewinnen. Ruhiger zu werden. Wieder allein atmen zu können.

»Wie willst du Müller das verkaufen?«, hatte sie gefragt.

»Ach, wir haben uns angefreundet. Lass das mal meine Sorge sein.« Er hatte ihr eine Haarsträhne hinters Ohr gestrichen, sich dann zu ihr herübergebeugt, um sie zu küssen. »Ja, ich finde, das sollten wir tun, Pia. Etwas Tolles zusammen machen. Zuerst einmal musst du aber zur Ruhe kommen. Du machst dich noch ganz kaputt. Ich sehe das. Entspann dich ein bisschen, dann klappt auch alles andere.«

Das Kind zum Beispiel, hatte sie gedacht, endlich schwanger werden. Doch sie hatte nichts gesagt. Auch damals schon hatte sie manchmal für einen kurzen Augenblick das Gefühl gehabt, dass er sich von ihr bedrängt fühlte, und das durfte nicht sein. Er musste es wollen, das Kind, das war das Wichtigste.

Auf dem Weg zurück ins Büro hatte sie sich an ihn geschmiegt. Später hatten sie noch einmal alle Optionen durchgesprochen. Am Ende der Woche hatte sie allen Mut zusammengenommen und um ein Gespräch gebeten. Es war leichter gewesen, als sie es sich ausgemalt hatte, denn Konstantin Müller war nicht abgeneigt gewesen. »Machen Sie das. Und wenn Sie das Jahr hinter sich haben und voller neuer Ideen sind«, hatte er ihr zugesprochen, »dann denken wir neu nach. Sie sind immer eine gute Mitarbeiterin gewesen. Trauen Sie sich etwas zu, seien Sie wieder mutig!«

Wie auf Wolken war Pia zurück zu ihrem Schreibtisch gegangen. Sie hatte ein altes Projekt aufgerufen und zu arbeiten begonnen, aber sie war nicht wirklich dabei gewesen. Sie hatte an alte Häuser gedacht, die renoviert werden mussten. Sie hatte sich gefragt, wann und wie sich alles geändert hatte, wo die Angst hergekommen war und dieses Gefühl des Versagens. Wann nur war ihr das Vertrauen in ihre Fähigkeiten abhandengekommen? Wann war die Angst zu ihrem ständigen Begleiter geworden, dieses nicht enden wollende Gefühl der Überforderung?

Und vor zwei Monaten war es schließlich so weit gewesen. Sie hatte ihren Schreibtischplatz für eine Volontärin geräumt.

Pia stand wieder auf, ließ den Computer hochfahren und rief im Internet das Forum »WUNSCHKINDER« auf. Der vertraute Schriftzug erschien. Sie überflog die Liste der Namen derer, die online waren. Filinchen, die sich, wie Pia plötzlich ganz unsinnigerweise einfiel, nach ihrem Lieblingsknusperbrot benannt hatte und die im wahren Leben Jessica hieß, stand ganz oben. Pia loggte sich ebenfalls ein. *Zusammen auf dem Weg zum Wunschkind* war der erste Eintrag überschrieben. Jetzt konnte sie die Tränen nicht mehr zurückhalten.

Zweites Kapitel

Pia fröstelte. Sie stellte die Teetasse auf dem Nachttisch ab und zog die Decke etwas höher. Es war früh am Morgen, der Himmel war noch grau. Sie hörte, wie unten die Haustür geöffnet wurde. Die Krankenschwester aus dem Stockwerk über ihr, die sie eben noch eilig die Treppe hatte hinunterlaufen hören.

Die Tür fiel zu. Von ihrem Bett aus sah Pia das Blinken ihres Computers, den sie in der Nacht nicht mehr heruntergefahren hatte, und dachte an die dicken Tränen, die während des Chats mit Filinchen auf die Tastatur getropft waren.

Filinchen wusste es jetzt auch. Filinchen, die sie im Forum kennengelernt hatte und mit der sie die Last des Scheiterns teilte.

Sebastian und ich sind kein Paar mehr.

Die erste Nacht allein hatte sie irgendwie hinter sich gebracht. Sie hatte im Internet gesurft, mit ihrem Smartphone gespielt, ein Glas Wein getrunken. Gegen neun hatte sie ein heißes Bad genommen in der Hoffnung, dass sie das schläfrig machte. Geholfen hatte es nicht. Es war zu hell gewesen und zu laut, die Leute blieben länger draußen und vergnügten sich. Durch das gekippte Fenster waren bis tief in die erste warme Frühsommernacht Geräusche zu ihr hereingedrungen: das Schlagen der Kirchturmglocken, Jugendliche, die nach Hause gingen, fröhlich lachende junge Leute, die eine der Kneipen um die Ecke ansteuerten. Stimmen. Begrüßungen und Verabschiedungen. Küsse. Ja, auch die hatte sie deutlich zu hören gemeint – Liebesbeweise, Nähe. Pärchen, die von der Zukunft träumten. Männer und Frauen, die über Kinder nachdachten.

Sie hatte bewusst tief ein- und wieder ausgeatmet, um nicht vor Schmerz zu schreien.

Einatmen, ausatmen, einatmen, ausatmen …

Wieso hatte sie nichts bemerkt? Zum Schmerz gesellte sich die Unsicherheit. Sie hatte nicht erkannt, was den Menschen, der ihr am nächsten stand, umtrieb.

Pia sprang aus dem Bett. Mit einem Mal ließen sie der stickige Geruch im Zimmer und das Gefühl der durchgeschwitzten Bettwäsche auf ihrer Haut würgen. Sie sprang unter die Dusche, griff nach dem erstbesten Kleidungsstück, das sie finden konnte, und zog sich an. Tag eins nach der Trennung. Eine neue Zeitrechnung hatte begonnen.

In den nächsten Tagen verließ Pia das Haus nur, um einzukaufen, aber selbst das hätte sie sich sparen können. Alles, was sie zu sich nahm, war Schokolade. Schokolade, hatte sie gelesen, bewirkte, dass im Gehirn bestimmte Substanzen ausgeschüttet wurden, unter anderem Endorphine, die Glücksgefühle erzeugten. Pia war sich da nicht so sicher, dennoch fühlte sie sich etwas getröstet. Stundenlang saß sie am Fenster und beobachtete die Welt – Leute, die zum Einkaufen gingen, Mütter, die mit ihren Kindern unterwegs zur Kita waren, die alte Dame mit dem grauen Hut, Herrchen und Frauchen, die ihre Hunde Gassi führten.

Ich bin allein.

Pia schluckte. Sie war allein, ihr Tag hatte keine Struktur. Ja, in diesem Moment erschien ihr alles besser, als zu Hause zu sitzen – sogar der Gedanke, arbeiten zu gehen.

Es war schrecklich. Die ganze verdammte Wohnung war voller schmerzhafter Erinnerungen, voller Dinge, die Sebastian am Wochenende abholen wollte: Da hing seine alte Jeansjacke an der Garderobe, im Bad fiel ihr Blick unweigerlich auf seine Zahnbürste und eine angebrochene Dose Rasierschaum. In seiner Schrankhälfte hingen noch etliche Anzüge, und im Wohnzimmer lagen Zeitschriften, Bücher, CDs und DVDs. Im Flur stand das Beistelltischchen, das er vom Trödel mitgebracht hatte.

Verdiene ich es, allein zu sein?

Pia stellte sich vor, wie sie in vielen Jahren, alt, faltig und verbittert, immer noch am Fenster saß, wie sie beobachtete, dass andere ein Leben führten, während sie selbst keines hatte. Ihre Kehle wurde eng. Das Wasserglas in ihrer Hand zitterte, sodass sie es abstellen musste. Sie atmete ein und aus und ein und aus. In ihrem Mund vermischte sich die süße Schokolade mit dem Geschmack salziger Tränen.

Am dritten Tag wünschte ihr der Postbote gute Besserung. Im Badezimmerspiegel begutachtete sie die tiefen Ringe unter ihren Augen, die blasse Haut und die ungewaschenen Haare.

Am sechsten Tag – in der Nacht hatte es heftig gewittert, jetzt war der Himmel wieder blau – duschte sie ausgiebig und öffnete zum ersten Mal wieder ihren Kleiderschrank. Es war wichtig, aktiv zu bleiben.

Tu etwas!

Sie hielt sich eine Bluse an, hängte sie zurück. Eine Strickjacke rutschte herunter, und sie bückte sich danach, hängte sie halbherzig wieder auf. Es brachte nichts, sich gehen zu lassen. Das Chaos um sie her würde das Chaos in ihrem Inneren nur umso schlimmer machen.

Sie schlüpfte in ein Kleid und stellte bei einem Blick in den Spiegel fest, dass sie Sebastians Lieblingskleid gewählt hatte. Während ihr erneut die Tränen in die Augen schossen, zog sie es rasch wieder aus, nein, riss es sich vom Körper und stopfte es dann ganz nach hinten in den Schrank. Sie brauchte weitere zehn Minuten, um sich schließlich für eine Jeans und ein Breton-Hemd zu entscheiden sowie weiße Sneakers.

Entschlossen nahm sie sich ein Blatt Papier, um aufzulisten, was an diesem Tag erledigt werden musste, und setzte sich an den Küchentisch. Sie musste einkaufen, die Wohnung aufräumen und putzen.

Einkaufen.

Aufräumen.

Putzen.

Pia starrte den Zettel an, aber mehr war da nicht.

Weitere zehn Minuten später hatte sie sich die Zähne geputzt, die dunkelblonden Haare zu einem Zopf gebunden und sogar ein leichtes Make-up aufgelegt, das ihre blauen Augen betonte. Von der Ablage an der Garderobe nahm sie sich ihre große Sonnenbrille, die sie an diesem Tag auch im Supermarkt nicht ausziehen würde, obwohl sie das bei anderen immer albern fand.

Unten begegnete ihr eine Mutter mit einem kleinen Mädchen, das rote Gummistiefel trug. Es blieb fasziniert vor einer großen Pfütze stehen. Die Mutter wartete ungeduldig. Im nächsten Moment hüpfte die Kleine mitten in die Pfütze hinein und juchzte vergnügt auf. Die Mutter sah aus, als ob sie schimpfen wollte, dann lachte sie jedoch mit der Kleinen.

Hätte ich ein Kind, würde ich auch lachen, dachte Pia. Erst als die beiden um die Ecke bogen, bemerkte sie, dass ihr schon wieder Tränen über die Wangen liefen.

Mechanisch tätigte sie ihre Einkäufe. Zu Hause ging sie gleich in ihr Schlafarbeitszimmer und fuhr den Computer hoch. Filinchen war online. Sie schrieb von einer neuen Therapie, die sie und ihr Mann auf Anraten der Kinderwunschklinik im nächsten Monat beginnen wollten und in die sie so große Hoffnungen setzten.

Und ich, dachte Pia, habe noch nicht einmal einen Mann

an meiner Seite. Sie wollte diesen Neid nicht spüren, aber sie spürte ihn. Natürlich ging das Leben weiter, natürlich würde Filinchen ihren Traum nicht einfach aufgeben. Sie und ihr Mann, beide rundlich und blond, fast wie Geschwister, versuchten schon seit über fünf Jahren, ein Kind zu bekommen.

Kaum zwei Minuten später hatte Pia eine persönliche Nachricht.

Melde dich, wenn es dir schlecht geht. Du liest dich immer noch so traurig.

Es ist schwer loszulassen, tippte Pia nach kurzem Zögern in die Tastatur, *was gäbe ich darum, wenn du in meiner Nähe wärst.*

Ich auch, schrieb Filinchen zurück, *wir würden uns gut verstehen.*

Zweifellos.

Vielleicht kommst du mal nach München?

Kann sein.

Aber im Moment konnte Pia sich nicht vorstellen, irgendwohin zu fahren. Im Moment wollte sie sich nur auf dem Boden zusammenrollen und nichts tun.

Wie geht es bei dir so?, tippte sie.

Filinchen zögerte wohl, denn es dauerte eine Weile, bis die nächste Nachricht kam.

Ich bin sehr gespannt auf die Behandlung.

Schön. Pia wollte nicht kurz angebunden klingen oder harsch. *Telefonieren wir?*, fügte sie hinzu.

Gern. Kann ich dich gegen Abend anrufen?

Klar, stimmte Pia zu.

Pia holte ihr Fahrrad aus dem Unterstand im Vorgarten und radelte los. Die Bewegung tat gut. Wenn sie in Bewegung war, konnte sie die düsteren Gedanken für eine Weile verbannen.

Am Abend telefonierte sie dann zwei Stunden lang mit Filinchen. Das tat ebenfalls gut, doch als sie aufgelegt hatte, kam der Neid zurück, auf den die Wut folgte. Pia öffnete die Türen ihres Kleiderschranks, klaubte das Kleid hervor, das Sebastian so sehr an ihr gemocht hatte, und stopfte es in den Müll. Die nächste Phase hatte begonnen: Trauer.

Am kommenden Tag tat Pia etwas, das sie seit Monaten nicht getan hatte. Sie rief Arbeitskollegen an und schlug vor, sich am Abend auf einen Absacker zu treffen, wie sie das früher manchmal getan hatten. Die anderen schienen sich zu freuen, von ihr zu hören – Pia hörte ihre unternehmungslustigen Stimmen im Hintergrund. Dann hieß es jedoch, Sebastian werde bei dem Treffen dabei sein, und sie machte einen Rückzieher. So war das, wenn man einen gemeinsamen Freundeskreis hatte. Es war kaum möglich, einander zu meiden.

Schnell steckte sie sich ein Stück Schokolade in den Mund, überlegte im nächsten Moment, ob sie Sebastians Sachen in Kisten packen und sie vor die Tür stellen sollte. Er hatte schließlich gesagt, dass er sie am Wochenende holen wollte. Und er war noch nicht gekommen.

Kein Sebastian mehr. Kein Baby. Ich werde niemals Mutter sein …

Das Klingeln des Telefons riss sie aus ihren trübseligen Gedanken. Ich will mit niemandem reden, dachte Pia. Lasst mich doch alle in Ruhe.

Nach einer Weile sprang der Anrufbeantworter an.

»Hallo, Pia«, hörte sie die fröhliche Stimme ihres Großvaters. »Zu dumm, dass du nicht zu Hause bist. Ich wollte dich nämlich etwas fragen. Du weißt doch, dass wir umziehen, und Oma …«

Pia sprang auf und nahm den Hörer aus der Ladestation. »Opa? Ich bin's. War nur grad im Bad …«

Drittes Kapitel

Opa Klaus nahm sie einfach in den Arm und drückte sie an sich. Der vertraute Geruch nach seinem Rasierwasser und den Pfefferminzbonbons, die er so gern aß, stieg ihr in die Nase. Pia hatte das Gefühl, dass er etwas schmaler geworden war, doch sein Bauch war immer noch weich und rund – ein Waschbärbauch, wie er einmal scherzhaft gesagt hatte. Oma Jutta wartete geduldig, bevor auch sie ihre Enkelin überschwänglich an sich drückte. Schon im Flur konnte Pia riechen, dass es ihr Lieblingsessen gab: Arabisches Reiterfleisch.

»Die Arbeit kann noch etwas warten«, sagte ihre Großmutter fröhlich, während sie wenig später in der Küche Kartoffelspalten auf Pias Teller häufte, so perfekt geschnitten, wie nur sie es konnte.

Pia war froh, dass sie nicht gefragt wurde, wie es ihr ging und was denn geschehen war mit Sebastian, oder was es mit dem Sabbatjahr auf sich hatte. Am Tag zuvor hatte sie ein langes Gespräch mit ihrer Mutter gehabt. Susanne hatte versucht, sie im Büro zu erreichen, und dort erfahren, dass ihr Sabbatjahr schon begonnen hatte. Peinlich, dass die Kollegen jetzt wussten, dass sie nicht mal ihrer Mutter davon erzählt hatte. Kurz entschlossen war sie abends bei ihr vorbeigefahren, und sie hatte ihr alles erzählt: von der Trennung, ihrer Auszeit, den Plänen, die sie ursprünglich mit Sebastian geschmiedet hatte. Zum ersten Mal hatten sie so zusammengesessen, als

Pia sechzehn gewesen war und ihr erster Freund sich von ihr getrennt hatte. Damals hatte sie dieses Urvertrauen gehabt, das Vertrauen darin, dass alles wieder gut werden würde, dass der Schmerz irgendwann nachließ, dass sie eines Tages jemand anderen kennenlernen würde. Genau so war es gekommen, und doch hatte sie dieses Vertrauen jetzt nicht mehr.

Ganz sicher hatte ihre Mutter den Großeltern berichtet, aber die konnten schweigen, und Pia wusste ohnehin nicht, was sie sagen sollte. Zuerst einmal musste sie sich selbst über die Veränderungen in ihrem Leben klar werden.

Für einen Moment verlor sie sich darin, dem Besteck beim Klappern zuzuhören. Ihr Großvater war wie immer der Schnellste und schob den Teller schon wieder auffordernd in Richtung Schüssel, damit ihre Großmutter ihm noch einen Nachschlag geben konnte.

»Ein bisschen«, sagte sie. »Denk dran, was der Arzt gesagt hat.«

»Ach, der Arzt, der Arzt …«

»Was hat er denn gesagt?«, mischte sich Pia ein, um sich von ihren eigenen Gedanken abzubringen.

»Nichts«, knurrte Opa Klaus. »Ich soll bloß mehr Gemüse essen.«

Pia nahm auch noch etwas nach, obgleich sie nicht wirklich hungrig war, aber sie wollte Oma Jutta nicht enttäuschen. Gemüse … Wieder schweiften ihre Gedanken ab. Sebastian mochte auch nicht besonders gern Gemüse. Sie hatte ihn nicht mehr gesehen, seit er die Wohnung verlassen hatte. Seit Beginn ihrer Beziehung waren sie nie so lange getrennt gewesen – tatsächlich war es meist kaum mehr als ein Arbeitstag gewesen, allenfalls ein Wochenende, wenn einer von ihnen eine Fortbildung besucht hatte. Schon wieder wurde ihr die Kehle eng. Ihre Stimme klang schwach, als sie sich an ihre Großeltern wandte.

»Geht schon runter in die neue Wohnung, wenn ihr fertig seid.« Sie warf einen Blick auf die leeren Teller. »Ich krieg das hier allein hin.«

Ihre Großeltern hatten eine Wohnung im Parterre gesucht, und zufällig war im selben Haus eine frei geworden. Pia sollte helfen, die vielen Bücher in Kisten zu packen und hinunterzutragen.

Pia spürte, wie ihre Oma sie kurz prüfend ansah. Sie war eine sehr einfühlsame Frau, und was ihre Enkelin anging, entging ihr selten etwas. Vorsichtig streichelte sie über Pias Arm.

»Du bist dünn geworden ... Geht es dir wirklich gut? Wollen wir nicht erst noch gemeinsam eine schöne Tasse Tee trinken?«

»Nein, nein ...« Pia schüttelte den Kopf. »Ich freu mich auf die körperliche Arbeit. Ich denke viel zu viel nach in letzter Zeit, weißt du, ich ...«

»Ich verstehe das«, sagte Oma Jutta sanft. »Du musst nicht reden, aber du kannst immer zu mir kommen, wenn du reden willst.« Sie stand auf, als wollte sie damit zeigen, dass sie ihre Enkelin zu nichts drängte.

»Danke, Oma.«

Auch Pia erhob sich erleichtert. Als Jugendliche hatte sie sich manchmal an ihre Oma gewandt, wenn sie zu Hause Krach hatte. Auch in der Trennungsphase ihrer Eltern – sie hatten sich sehr früh kennengelernt und waren seit fünfzehn Jahren geschieden – hatte Oma Jutta ihr zur Seite gestanden. Sie gingen gemeinsam in den Flur.

»Fang am besten in Opas Arbeitszimmer an. Da ist noch am meisten zu tun. Du weißt ja, Klaus ist ein wahrer Jäger und Sammler.« Oma Jutta zwinkerte ihrem Mann zu. Pia lachte. Sie hatte gesehen, dass die Oma ihre geliebte Porzellansammlung bereits zusammengepackt hatte. Die Vitrine, die am Eingang zum Wohnzimmer stand, war jedenfalls leer. Sie half den beiden, die vier ersten Kisten in die Parterrewohnung zu bringen, und kehrte dann allein zurück.

Stille. Für einen Moment stand sie nur da.

Einatmen, ausatmen, einatmen, ausatmen …

Pia spürte, wie sie sich entspannte. Sie war immer gern bei Opa Klaus und Oma Jutta gewesen, und der Zauber ihrer Anwesenheit verfehlte auch jetzt seine Wirkung nicht. Vielleicht war ja dies der Moment, an dem der Prozess der Heilung beginnen konnte? Pia trank noch ein Glas Wasser, dann ging sie durch den engen, mit Kartons vollgestellten Flur zum Arbeitszimmer ihres Großvaters.

Opa Klaus war Grundschullehrer gewesen, einer der wenigen, die Pia kannte, und sie hatte sich immer gewünscht, er möge auch sie unterrichten. Lustig war er gewesen, nie streng, in der Lage, jeden zu begeistern, und er hatte eine Engelsgeduld mit allen gehabt, denen das Lernen nicht so leicht gefallen war. Susanne hatte sich zwar manchmal beschwert, dass nicht auch das eigene Kind von der Geduld des Vaters hatte profitieren können, aber das hatte Pia sich kaum vorstellen können. Genau wie es schwer war, sich vorzustellen, dass er einmal jung gewesen war. So jung wie sie.

Pia drehte sich zu den Fotos um, die an der Wand über seinem Schreibtisch hingen, und betrachtete das Bild, das ihre Großeltern beim letzten Urlaub auf Mallorca zeigte. Sie trugen Wanderschuhe, kurze Hosen und Sonnenhüte. Im Hintergrund sah man die Insel Sa Dragonera, die Dracheninsel. Pia mochte den Namen. »Du kennst ihn nicht wirklich«, glaubte sie die Stimme ihrer Mutter zu hören. »Er kann auch ganz anders sein.«

Pia runzelte die Stirn. Ihre Mutter hatte ab und zu angedeutet, dass ihr Vater sehr streng hatte sein können, ein Vater alter Schule eben. Pia hatte ihn nie so erlebt. Für sie war er immer da gewesen, immer einfühlsam, immer geduldig.

Der Traum von einem Opa, dem sie zudem so ähnlich sah, wie alle sagten.

Ihre Mutter mochte ihren Vater, aber da war auch eine spürbare Distanz. Zudem hatte sie es ihm nicht verziehen, dass er sich während des Trennungsstreits ihrer Eltern neutral verhalten hatte. »Nicht einmal da ist er für mich eingestanden«, hatte Susanne ihr eines Tages enttäuscht anvertraut, doch Pia wollte darüber jetzt nicht nachdenken.

Pia sah sich um. Hier im Arbeitszimmer war noch nichts verpackt oder aussortiert worden. Sogar der Papierkorb unter dem Tisch quoll über. Pia lächelte. Opa Klaus war immer unordentlich gewesen. Und es fiel ihm schwer, Dinge wegzuwerfen.

Sie ging zu den gerahmten Zeitungsausschnitten an der anderen Wand, Artikel, die er verfasst hatte. Solange sie denken konnte, war er immer beschäftigt gewesen. Stets hatte er Pläne verfolgt, immer hatte es irgendein Projekt gegeben. Als junger Mann hatte er gegen den Vietnamkrieg demonstriert, er und seine Freunde hatten sich nächtelang die Köpfe heißdiskutiert. Er hatte die DDR und die Sowjetunion bewundert, sich dann distanziert, aber immer von einer besseren Welt geträumt und nie aufgehört, dafür zu kämpfen. Als Jugendliche hatte sie gut mit ihm diskutieren können, besser als mit Susanne, die eben bei allem auch ihre Mutter blieb.

Opa Klaus hat mich immer ernst genommen.

Pia gab sich einen Ruck. Sie hörte die Wohnungstür. Ihre Oma rief ihr zu, dass sie noch rasch das Geschirr in die Spülmaschine räumen wollte. Pia rief etwas Zustimmendes zurück. Jetzt musste sie aber endlich mal loslegen, bevor sie sich hier noch ganz in Erinnerungen verlor. Zwei Wochen hatten sie Zeit, die Wohnung leer zu räumen, von Grund auf zu reinigen und zu streichen. Sie würde den Großeltern auch helfen, sich unten im Parterre neu einzurichten. Ein schönes Stückchen

Arbeit, wenn sie sich hier umschaute, aber wenigstens musste sie dann nicht nachdenken.

Pia baute die ersten Kartons im Flur auf, denn im Arbeitszimmer war zu wenig Platz. Zuerst widmete sie sich dem Schreibtisch. Sie entsorgte alte Kulis und – so schien es ihr – kiloweise Bleistiftstummel. Sie füllte und leerte im Laufe des Tages immer wieder den Papierkorb. Opa Klaus ließ ihr freie Bahn. Sie sollte ihn auch nicht fragen. »Du machst das schon«, hatte er sie bestärkt, als er nach zwei Stunden noch einmal hochgekommen war, um die Spülmaschine auszuräumen und das Geschirr nach unten zu bringen. Pia sah, dass es ihm schwerfiel, sich umzuschauen, zugleich war er fest entschlossen, ihr die Verantwortung zu überlassen. Dafür war sie ihm sehr dankbar.

Zum ersten Mal seit Tagen verlor sie sich nicht in Gedanken an die eigene Hilflosigkeit. Und sie kam voran. Inzwischen war der Schreibtisch leer, Papier- und Schreibvorräte verpackt, ebenso die alte Ikea-Schreibtischlampe in Signalrot, die, seit sie denken konnte, am Schreibtisch ihres Opas festgeschraubt war.

Wieder brachte Pia eine Kiste in den Flur, dann kehrte sie in den Raum zurück und wandte sich mit einem Seufzer dem nächsten Regal zu. In die letzten Kisten hatte sie die Ordner mit den Zeitungsartikeln gepackt. Jetzt waren die Bücher an der Reihe. Sie musste darauf achten, die Kisten nicht zu voll zu packen, sonst würde es unmöglich sein, sie zu tragen. Sie hatte diesen Fehler bei ihrem letzten Umzug gemacht.

Dem Umzug mit Sebastian.

Wie lange das jetzt her war, und von wie viel Hoffnung er getragen gewesen war … Der Kloß im Hals war wieder da. Pia setzte sich einen Moment, aber langes Grübeln wollte sie sich an diesem Tag nicht erlauben.

Um acht Uhr schickte ihre Oma sie nach Hause.

»Du musst dich ausruhen. Für heute hast du genug getan. Sei nett zu dir, du hast es dir verdient.«

Pia hätte am liebsten gesagt, dass sie weiterarbeiten wollte, doch das würden ihre Großeltern nicht akzeptieren. Sie waren auch erschöpft. Tatsächlich verabschiedete sie sich, während Opa Klaus bereits in seinem Lehnstuhl vor dem Fernseher leise schnarchte.

Vor der Tür überlegte sie sich, ob sie den Bus nehmen sollte, entschied sich dann aber nach Hause zu laufen, um den Kopf klar zu bekommen.

Die Bewegung hielt sie von düsteren Gedanken ab. Damit war es allerdings schlagartig vorbei, als sich die Wohnungstür hinter ihr schloss. Plötzlich prasselte Sebastians Stimme von allen Seiten auf sie ein, das Gedankenkarussell nahm erneut Fahrt auf.

Pia ging in die Küche, doch im Kühlschrank war nichts, was sie essen mochte. Sie entschied, einkaufen zu gehen, der Supermarkt um die Ecke hatte bis zweiundzwanzig Uhr geöffnet. Sie war zwar nicht hungrig, aber sie musste etwas tun – irgendetwas nur, um nicht durchzudrehen.

Vielleicht sollte ich jemanden anrufen? Aber wen?

Als sie Sebastian kennengelernt hatte, war der Kontakt zu eigenen Freunden abgebrochen, das war ihr in den letzten Tagen nur zu klar geworden.

Pia sah auf die Uhr, sie hatte noch Zeit. Sie schlüpfte rasch aus den Arbeitsklamotten, duschte und zog Jeans und T-Shirt an. Ihre Finger schwebten für einen Moment über der goldenen Kette, die Sebastian ihr zum letzten Valentinstag geschenkt hatte. Doch sie legte sie nicht an.

Sie suchte ihr Portemonnaie, steckte es in die Einkaufstasche, nahm den Schlüssel vom Brett. Im Supermarkt waren nur wenige Leute. Man sah den meisten an, dass sie einen harten Arbeitstag hinter sich hatten, und es fühlte sich gut an, eine davon zu sein. Pia kaufte Obst, Gemüse, Milch, Joghurt. Keine Schokolade. Es ging besser als erwartet.

Ihre Stimmung sank schlagartig wieder, als sie den Supermarkt verließ. Sebastian stand bei den Einkaufswagen. War er das wirklich? Hatte er etwa eine Wohnung in der Nähe gefunden? Er sah sie nicht. Sollte sie ihn auch nicht sehen?

Ihre Finger verkrampften sich um den Griff ihres Einkaufswagens. Sie holte tief Luft und wollte ihr Versteck gerade verlassen, als sie die Frau bemerkte, die sich Sebastian vom Parkplatz her zielstrebig näherte. Einen Moment zweifelte sie noch, wollte nicht wahrhaben, was sie da sah – da hatte die Fremde Sebastian auch schon von hinten umarmt.

Wie in einer Seifenoper drehte er sich zu ihr um. Sie küssten sich.

Drama.

Musik.

Abblenden.

Pia ließ den Einkaufswagen los, stand noch kurz wie erstarrt da, stolperte ein paar Schritte rückwärts, und dann drehte sie sich um und rannte, als wäre jemand hinter ihr her.

Hoffentlich haben die beiden mich nicht gesehen …

Sie wirkten so unglaublich vertraut miteinander. Hatte Sebastian sie etwa betrogen?

Er hatte sie betrogen!

Wenigstens kamen die Tränen erst, als die Haustür hinter ihr ins Schloss fiel. Wie konnte er ihr das nur antun? Wie konnte er das, was sie gehabt hatten, so mit Füßen treten?

Die Übelkeit kam völlig unerwartet. In ihrer Wohnung angekommen kickte Pia die Sneakers von den Füßen, stürzte ins Bad und übergab sich. Eine gefühlte Ewigkeit hockte sie würgend vor der Toilette. Als das Übelkeitsgefühl nachließ und die Welt aufhörte zu schwanken, stand sie auf, spülte sich den Mund aus und knipste das Licht über dem Spiegel an. Ihr bleiches Gesicht starrte ihr entgegen.

Schwanger, flüsterte eine Stimme in ihrem Kopf, was, wenn du doch schwanger bist?

Sie dachte an den Postboten, der ihr eine gute Besserung gewünscht hatte. Hektisch öffnete sie die Tür des Medizinschränkchens. Da lagen sie, die Schwangerschaftstests. Sie riss einen auf und ging auf die Toilette. Dieses Mal wartete sie nicht eine Ewigkeit, um das Ergebnis zu erfahren. Und sie war nicht enttäuscht, als es negativ war.

Sie war maßlos erleichtert.

Kroatien
Insel Cres

Sechzigerjahre

Als die ersten Sonnenstrahlen das Meer berührten, sprang Branko auf und reckte die Arme weit in den Himmel. Er nahm seinen Körper wahr, seine Muskeln, die Erleichterung, die es einem verschaffte, wenn man sich strecken konnte und die eigene Kraft spürte. Es würde ein schöner Tag werden, das wusste er. Jeder Tag hier war schön. Die Sonne schien und brachte das Meer zum Funkeln. Sie färbte die Steine golden. Da war ein Boot etwas weiter draußen, es hüpfte auf den glitzernden Wellen und verschwand manchmal ganz im hellen Licht. Hier am Strand hatten sie einen Ort gefunden, an dem sie ungestört waren, ungestört von den Erwachsenen und ihrem Geschwätz und ihren ständigen Forderungen, einen Ort, an dem sie miteinander reden, an dem sie Pläne schmieden und sich austauschen konnten.

Jetzt stand auch Zlata auf und zog die Strickjacke enger um den schmalen Körper. Das eigentlich unförmige Kleidungsstück zeichnete ihre Figur nach, und ihm wurde unwillkürlich heiß und kalt: die schmale Taille, über der ihr dicker blonder Zopf schaukelte, die runden Hüften und die schlanken Beine, die unter dem Rock hervorschauten. Der Anblick nahm Branko schlicht den Atem.

Zlata musste sich beeilen, um nach Hause zu kommen, bevor ihre Mutter aufwachte. Wenn die mitbekam, dass ihre Tochter die Nacht anderswo verbracht hatte, würde sie Zlata windelweich prügeln.

Aber nicht mehr lange. Er hatte Pläne. Pläne für sie beide. Bald würden sie ihre eigenen Wege gehen.

Viertes Kapitel

Deutschland, Gegenwart

»Pia!«, rief Sebastian ungläubig.

Pia brachte keinen Ton hervor. Tatsächlich wurde ihr erst in diesem Moment klar, dass es wohl immer noch eine Möglichkeit gab, tiefer zu sinken.

Wie bin ich nur hierhergekommen?

Sie erinnerte sich, eine Flasche Wein aus dem Regal in der Küche genommen zu haben, nachdem sie den Schwangerschaftstest gemacht hatte. Sie hatte sie geöffnet und direkt daraus getrunken.

Nein, sie war keine Trinkerin, bei Gott nicht. Das war das erste Mal gewesen, dass sie sich so verhalten hatte, und die ersten Schlucke hatte sie sogar herunterzwingen müssen. Irgendwann war die Flasche halb leer gewesen, genug für das wolkige Gefühl in ihrem Kopf.

Oh, wie furchtbar …

Natürlich war es der Alkohol, der sie hergebracht hatte. Sie trank sonst nie so viel und schon gar nicht auf leerem Magen. Außerdem war sie bestimmt müde vom Renovieren gewesen, vom Räumen, Kistenschleppen, Saubermachen. Erschöpft eben, da wurde man noch schneller betrunken.

Es ist also wirklich vorbei, vorbei, vorbei …

Sie war eingeschlafen, wieder aufgewacht und hatte reden

wollen. Mit ihm. Also hatte sie den Computer hochgefahren und irgendwie herausgefunden, wo er wohnte, trotz ihres dicken Kopfes. Facebook sei Dank. Ihr Glück, dass Sebastian nie besonders darauf achtete, seine Privatsphäre auf den Internetplattformen zu schützen.

Sie war stolz darauf, dass sie nur die Adresse notiert und den Account gleich danach wieder geschlossen hatte. Sie hatte gewiss nicht die Absicht, ihm nachzuspionieren. Obwohl die Wohnung doch etwas entfernt lag, hatte sie sich zu Fuß auf den Weg gemacht.

Als sie ankam, war sie durchgeschwitzt, das Haar klebte ihr in feuchten Strähnen an Stirn und Wangen. Leider hatte die warme Nachtluft ihren Kopf nicht durchgepustet, wie sie es sich gewünscht hätte. Er fühlte sich immer noch wattig an. Ganz kurz hatte sie erwogen kehrtzumachen, aber dann hatte sie rasch geklingelt, bevor sie es sich noch anders überlegen konnte.

Natürlich hatte sie mehrmals klingeln müssen, bis sie seine Schritte im Flur gehört hatte. Es war ja mitten in der Nacht.

»Pia«, sagte er noch einmal, in diesem seltsamen Tonfall, den er an sich hatte, wenn er leicht gereizt war. »Was machst du denn hier?«

Sie starrten einander an, und sein Blick sagte alles. Sie konnte sich vorstellen, wie sie aussah.

Sie konnte nicht verlangen, dass er sie hereinließ. Wie lange hatte er die Wohnung eigentlich schon? Es war nicht leicht, etwas in solch guter Lage zu bekommen. Es war nicht so, dass er schlecht verdiente, aber doch nicht so gut, dass er bei jeder Wohnung hätte zugreifen können. Außerdem war er wählerisch.

Immerhin war es sommerlich warm. Sie konnte die ganze Nacht vor seiner Tür stehen bleiben, ohne zu frieren. Wenigstens was das Wetter angeht, hab ich Glück, dachte Pia sarkastisch. Sie hatte plötzlich so schrecklichen Durst, dass sie für einen Moment dachte, sie müsste sich erneut übergeben.

Warum bin ich hier, verdammt?

Vor Kurzem hätte es noch etwas bedeutet, dass seine Wohnung fußläufig lag. Aber hey, er hatte eine Neue.

Er hat eine Neue, Pia.

»Pia«, sagte er ein drittes Mal. »Was machst du hier?«

»Ich brauche dich.« Plötzlich wollte sie ihn berühren, plötzlich wollte sie wieder diese Verbindung mit ihm spüren. »Bitte, ich brauche dich, Sebastian. Lass es uns doch noch einmal versuchen. Ich ändere mich auch. Ich verspreche es. Ich bin auch schon sehr viel selbstständiger, ich … Ich werde dir mehr Freiraum lassen.« Sebastian sagte keinen Ton. Pia hob eine Hand, um sie auf seinen Arm zu legen, aber er zuckte zurück. »Sebastian, ich …«

»Es gibt nichts mehr zu besprechen. Ich will nicht, dass du hier vorbeikommst. Ich will nicht, dass wir uns sehen. Ich brauche Distanz. Ist das zu viel verlangt? Es ist aus und vorbei. Verstehst du das nicht?«

Er sprach jedes einzelne Wort aus, als stünden Punkte dazwischen.

»Aber ich …«

Für einen Moment überkam sie die Vorstellung, er könnte sie zurückstoßen. Das tat er natürlich nicht. Tränen liefen über ihre Wangen. Ihr Versuch, leise zu schluchzen, misslang. Die Tränen rannen ihr über die Wangen. Sie schluckte einige davon und schmeckte sie in der Kehle, sah ihn hilflos an.

Er sah angewidert aus. Sie schämte sich, weil er sie so ansah und weil er ihr gesagt hatte, er brauche Abstand.

Dann war mit einem Mal von hinten aus dem Gang eine Stimme zu hören: »Was ist denn, Basti?«

»Nichts«, rief er zurück ins Dunkel. »Pia ist hier. Ich komme gleich.«

Seine Neue war bei ihm. Natürlich.

Pia wartete nicht darauf, bis er ihr sagte, dass sie jetzt aber wirklich gehen müsse. Sie machte auf dem Absatz kehrt und hetzte den Weg durch den kleinen Vorgarten hinunter zur Straße. Sebastian rief etwas hinter ihr her. Sie lief noch schneller.

Es war schrecklich. Er wohnte bereits mit der Neuen zusammen. Wie lange kannte er sie schon? Offenbar kannte sie jedenfalls Pias Namen.

Pia hetzte weiter, während der Atem begann, in Kehle und Brust zu brennen. Ein Auto näherte sich langsam von hinten. Wenig später hielt ein Taxi neben ihr. Sie war noch gute dreißig Fußminuten von ihrem Zuhause entfernt.

»Sind Sie Pia Sommer?«, hörte sie eine Stimme.

Sie blieb stehen und sah den Taxifahrer aus verweinten Augen an.

»Ja.« Ihre Stimme zitterte.

»Ich soll Sie nach Hause bringen.«

»Sagt wer?«

»Sebastian Vogt.«

Sie schüttelte den Kopf. »Nein, danke.«

»Jetzt kommen Sie schon, Fräulein.« Der Mann, ein alter Brummbär mit Bart, lachte sie an. »Ihr Freund macht sich Sorgen, dass Sie hier nachts so allein herumlaufen.«

»Er ist nicht mein Freund«, stieß sie hervor.

»Er hat bezahlt. Kommen Sie, steigen Sie ein.«

»Behalten Sie das Geld.« Pia stapfte weiter.

Der Taxifahrer fuhr noch eine Weile neben ihr her, gab aber schließlich auf. Bis sie ihre Wohnung erreichte, waren die Tränen versiegt.

Pia fühlte sich bleischwer. Sebastian hatte eine neue Freundin. Es tat furchtbar weh, doch sollte es sie überraschen? Das Leben ging eben weiter. Für manche schneller, für andere langsamer.

Sie schloss die Haustür auf und stemmte sich dagegen. Leise ging sie hinauf in den dritten Stock und öffnete ihre Wohnungstür. Aus der Nachbarwohnung war ein Geräusch zu hören. Dort war man also auch wach. Sie öffnete die Tür, trat ein und zog sie hinter sich zu, stand kurz im dunklen Flur.

In der Küche fand Pia die halb volle Rotweinflasche, die sie in die Spüle entleerte. Eine Schüssel Chips, die schon müffelten. Überhaupt roch es furchtbar abgestanden. Pia öffnete das Fenster, und ein Schwall feuchtwarmer Luft kam herein.

Stadtgeruch. Sie sehnte sich nach einem kräftigen Regenguss.

Für einen Moment stand sie da und lauschte. Es war still. Ab und zu hörte man in der Ferne ein Auto. Eine Sirene. Stimmen und Schritte. Die friedliche Stille trieb ihr wieder die Tränen in die Augen. Halb blind angelte sie sich eine Packung Taschentücher aus dem Küchenschrank und putzte sich die Nase.

So war es also. Sebastian hatte eine neue Beziehung, eine Rückkehr in ihr Leben war unmöglich. Der Traum von einem Kind … Ausgeträumt. Ihr Herz schmerzte, ihr Leben war aus den Fugen geraten. Sie war krank vor Liebeskummer.

Pia putzte sich erneut die Nase. Wie oft hatte sie sich Sebastian und sich als Eltern ausgemalt. Sie hatte sich beim Kinderwagenschieben gesehen. Sie hatte das kleine Zimmer, das ihnen nur als Abstellraum gedient hatte, in ein Kinderzimmer verwandelt – im Internet gab es ja genügend Tipps. Sie hatte Babyzimmerbilder gesammelt, hatte Bescheid gewusst über alle Angebote während einer Schwangerschaft – Vorbereitungskurse, Gesprächskreise für werdende Eltern, Schwangerschaftsgymnastikkurse … Alles vorbei.

Kannte sie die Frau, mit der Sebastian zusammen war? Waren sie einander vielleicht schon begegnet? Wie lange unterhielt er diese Beziehung schon? Hatte er sie betrogen? Oder war er so ehrlich gewesen, erst mit ihr Schluss zu machen?

Vor ein paar Wochen noch hätte Pia geschworen, dass Sebastian sie niemals betrügen würde, jetzt war sie sich da nicht mehr so sicher. Was stimmte überhaupt noch, und was hatte sie durch ihre rosarote Brille nicht gesehen?

Sie trat vom Fenster zurück und verschloss es, verharrte noch einen Moment und starrte das gegenüberliegende Haus an. Auch an diesem Abend döste sie auf dem Sofa ein, erwachte dieses Mal um drei Uhr morgens und ging ins Bad. Aus dem Spiegel starrte ihr ein verquollenes Gesicht entgegen. Pia drehte den Wasserhahn auf und wartete, bis das Wasser ganz kalt war, bevor sie es sich mit beiden Händen ins Gesicht spritzte. Danach sah es nicht viel besser aus.

Sie zog sich aus, stellte sich rasch unter die Dusche, schlüpfte in ihren Schlafanzug mit den aufgedruckten Schäfchen. Sebastian hatte diesen Schlafanzug nicht gemocht. Es fühlte sich richtig an, ihn jetzt anzuziehen. Sie überlegte, ob sie ins Bett gehen sollte, wusste aber, dass sie keine Ruhe finden würde. Also kochte sie sich einen schwarzen Kaffee und setzte sich auf das Sofa. Sie schaltete den Fernseher an, zappte durch die Programme, startete dann den DVD-Player: *Pretty Woman* – das hatte sie offenbar als Letztes gesehen. Sebastian fand den Film dämlich.

Pia erwachte zur Abschlussmelodie und beschloss, doch noch ins Bett zu gehen. Als sie wieder aufwachte, hörte sie das Zwitschern von Vögeln. In der Küche klapperte jemand mit Geschirr.

Sie sprang auf. Wer konnte das sein? Sebastian? Nein, natürlich nicht … Sie musste sich endgültig von solchen Gedanken befreien. Wer also dann? Ein Einbrecher? Wohl kaum. Trotzdem nahm sie den Stein vom gemeinsamen Kreta-Urlaub vom Regal und schob vorsichtig die Tür auf.

Fast lautlos schlich sie durch den Flur. Im Wohnzimmer waren die Fenster geöffnet. Es roch nicht mehr nach Alkohol, aber im hellen Licht des Tages musste Pia feststellen, wie unglaublich unordentlich es war. Auf einem Sessel lagen lauter Schokoladenverpackungen, der Wohnzimmertisch stand voller Gläser, gebrauchte Papiertaschentücher lagen daneben. Auf Zehenspitzen schlich sie weiter. Die Küchentür stand offen. Das Radio dudelte. Das war definitiv nicht Sebastian, der hätte diesen Sender niemals gehört. Pia machte einen Schritt weiter und spähte in die Küche.

»Mama!«

Susanne stieß einen leisen Schrei aus. »Kind, hast du mich aber erschreckt. Ich dachte, du schläfst.«

»Seit wann bist du hier?«

»Seit halb neun.« Susanne musterte ihre Tochter. »Sebastian hat mich angerufen. Du warst gestern bei ihm. Betrunken.«

»Sagt er das?«

Wäre ich mal richtig betrunken gewesen …

Pia biss sich auf die Lippen und steuerte auf die Espressomaschine zu, um sich einen Kaffee zuzubereiten. Sie dachte daran, dass es ihrer Mutter nur in Notfällen erlaubt war, den Ersatzschlüssel zu benutzen. War das ein Notfall? Die Maschine heizte auf. Pia nahm einen Becher, gab Milch hinein, erhitzte sie in der Mikrowelle. Dann ließ sie einen Espresso hineinlaufen und lehnte sich rücklings gegen die Arbeitsplatte.

Ihre Mutter schaute sie an, den Spüllappen in der Hand. »Ist ganz schön chaotisch hier«, stellte sie fest. Pia sah sich um und nickte. Ja, ihr waren in den letzten Tagen andere Sachen wichtiger gewesen als Sauberkeit und Ordnung. »Na gut«, setzte ihre Mutter wieder an und räusperte sich. »Sebastian hat mich heute Morgen angerufen und mir gesagt, dass es dir nicht gut geht.«

Pia gab keine Antwort und nahm stattdessen einen Schluck Kaffee.

»Danke, dass du wenigstens schon mal die Küche aufgeräumt hast«, sagte sie dann.

»Es sah wirklich schlimm aus.«

»Hm.«

»Pia, du hättest doch etwas sagen können. Willst du ein paar Tage bei mir unterschlüpfen?«

Pia trank noch einen Schluck Kaffee. Zurück in Mamas Schoß … Wie klang das denn?

Ihre Mutter legte den Lappen zur Seite, trocknete sich die Hände ab und streichelte über Pias rechten Arm. Pia wollte wegrücken, aber dazu war die Küche zu klein.

»Ich würde lieber allein sein«, sagte sie leise.

»Glaubst du nicht, du brauchst mich jetzt, Pia?«

»Nein, Mama, ich melde mich, wenn ich dich brauche.«

Ihre Mutter schluckte hörbar, dann nahm sie ihre Tasche vom Küchenstuhl.

»Du rufst mich auch wirklich an?«

»Wirklich.«

»Soll ich Papa Bescheid sagen?«

»Weil seine erwachsene Tochter ihren Partner verloren hat? Willst du's auch noch zu einer Nachricht in der Tagesschau machen?«

»Jetzt sei nicht so unfreundlich. Ich will dir doch nur helfen.«

»Entschuldige, Mama, aber ich brauche deine Hilfe wirklich nicht. Ich bin erwachsen. Ich muss allein mit diesen Dingen fertigwerden.«

Susanne nickte. »Dann geh ich jetzt.«

»Ich wünsch dir einen schönen Tag, Mama.«

»Du solltest vielleicht wenigstens deinen Großeltern Bescheid geben, wenn du heute nicht zu ihnen gehen willst. Sie verlassen sich auf dich.«

Pia wollte wieder aufbrausen, doch dann nickte sie nur.

»Mach ich, Mama.«

Pia setzte fort, was ihre Mutter begonnen hatte. Die folgenden zwei Stunden verbrachte sie damit, den Müll rauszubringen, Bad und Küche durchzuwischen und im Wohn- und Schlafzimmer zu saugen. Dann sah es wieder ordentlich aus, und sie war zufrieden mit sich. Nur das eine Zimmer war noch verschlossen. Vor der Tür zögerte Pia, dann drückte sie die Türklinke herunter. Der Raum war klein, aber er hatte den schönsten Ausblick der ganzen Wohnung – man sah auf ein kleines Fleckchen Garten, in dem sie sich immer mit ihrem Kind gesehen hatte. Erst mit einem in ein Tuch gewickeltes Bündel auf dem Arm, dann mit einem tapsenden Kleinkind, dann beim gemeinsamen Gärtnern.

Pia trat einen Schritt in den Raum hinein. Sie hatte auch immer gewusst, wie er aussehen würde: in sanften Farben gestrichen, mit Möbeln in weichen Formen, Bildern an den Wänden, die die Fantasie anregten, ohne sie zu überfordern. Ende des vergangenen Jahres noch hatte sie einen Teil des Gerümpels, das sich hier angesammelt hatte, zusammengeräumt und auf den Sperrmüll gebracht. Sie hatte geplant, den Boden abzuschleifen und neu lackieren zu lassen. Es war ein schöner Holzboden, aber er war ihr zu dunkel erschienen. Ihr Kind sollte von hellen Farben umgeben sein. Ein Kind, das es jetzt niemals geben würde …

Pia starrte ins Leere und sah zartes Gelb, Kiefernholz, ein Windspiel vor dem Fenster. Sie setzte sich mitten im Raum auf den Boden. Dieses Mal weinte sie nicht. Dieses Mal schrie sie, so laut sie konnte.

Fünftes Kapitel

Am frühen Nachmittag radelte Pia wieder zu ihren Großeltern. Auf dem Tisch stand Guacamole. Oma Jutta reichte ihrer Enkelin ein Stück Weißbrot. Sie fühlte sich sofort zu Hause. Ihre Großeltern hatten das Rezept von einer Mexiko-Reise mitgebracht, die Schärfe jedoch etwas reduziert. Genüsslich strich Pia ihr Schüsselchen wenig später mit dem selbst gebackenen Ciabatta aus.

In der Wohnung ging es heute schneller voran. Vielleicht hatte sie auch einfach mehr Übung. Sie füllte mehrere Regalmeter Bücher in Kisten und brachte sie sofort nach unten, leerte sie und stapelte die Bücher an einer Wand. Gegen Abend bestand ihre Großmutter darauf, dass sie gemeinsam zum Italiener gingen. Pia schlug vor, stattdessen Pizza zu bestellen, damit sie sich nicht umziehen mussten. Inmitten des Chaos machten sie eine Stunde später ein Umzugspicknick.

Danach kehrte Pia noch einmal in die alte Wohnung zurück. Die körperliche Betätigung tat ihr wirklich gut. Sie freute sich bereits auf ein schönes warmes Bad am Abend und irgendeinen Film aus ihrer DVD-Sammlung – einen, den Sebastian und sie nie zusammen angeschaut hätten. Sie musste ja keine Rücksicht mehr nehmen. Jetzt konnte sie endlich die ganzen Schnulzen genießen, die Sebastian so verabscheute. Gott sei Dank lief der alte DVD-Player noch. Eigentlich hatte Sebastian ja längst auf Streamingdienste umstellen wollen, auf Netflix, Amazon Prime und wie sie alle hießen …

Die Neue nannte ihn also Basti. Sie war erstaunt, dass er das zuließ.

Pia stemmte die Hände in die Seiten und sah sich zufrieden um. Sie hatte wirklich gut gearbeitet. Nur ein Regal war noch nicht ausgeräumt, aber sie war guter Dinge, dass sie die letzten Bücher und was sonst noch so darin stand, ruckzuck in Kisten gepackt und nach unten gebracht hatte, wo ihre Großeltern gerade mal wieder in eine Diskussion darüber verwickelt waren, ob Opa Klaus sich nicht doch von dem ein oder anderen Gegenstand trennen wollte, der heimlich seinen Weg ins Parterre gefunden hatte.

Pia schmunzelte. Sie bewunderte ihre Großeltern als Paar. Sie hatten über die Jahre ihrer Ehe ihren Biss nicht verloren, waren gemeinsam alt geworden, hatten ihre Eigenständigkeiten genauso gepflegt wie Gemeinsames.

»Wir wussten einfach immer, dass wir zusammengehören«, hatte ihre Oma ihr einmal anvertraut, als Pia sie gefragt hatte, wie ihnen das eigentlich gelungen war, so jung und aktiv geblieben zu sein. »Wir waren schon gemeinsam auf der Schule. Opa war zwei Klassen über mir.« Sie hatte kurz mädchenhaft gekichert. »Für mich war er der am besten aussehende Junge der ganzen Schule. Ich hab ihn in jeder Pause beobachtet, aber er hat mich nicht wahrgenommen. Für ihn war ich einfach nur ein kleines unbedeutendes Mädchen.«

Ihr Opa hatte gegrinst. »Ich hab's tatsächlich nicht gemerkt, obwohl … Unbedeutend stimmt nicht. Du warst das schönste Mädchen von allen.«

Pia stellte eine leere Umzugskiste auf dem schweren Schreibtisch ab und wandte sich dem letzten Regal zu. Darin hatte Opa Klaus viel Persönliches aufbewahrt: Mitbringsel aus dem Urlaub, Fotos, die teilweise noch nicht eingeklebt waren. Sie nahm ein kleines Metallkästchen auf, in dem früher wohl einmal Pflaster aufbewahrt worden waren. Jetzt fanden sich bunte Papageienfedern darin, die Flaumfedern eines Wellensittichs und ein paar Federn eines Eichelhähers. Außerdem fand sich da ein eingestaubtes Glas mit Muscheln und Steinen.

Vielleicht kann ich ihm anbieten, mich darum zu kümmern, überlegte Pia. Sie konnte Opa Klaus eine Erinnerungskiste packen, mit all den kleinen Dingen, von denen er sich nicht trennen wollte.

Ich weiß, wie es ist, wenn man sich von etwas trennen muss …

Sie wollte sich nicht vorstellen, wie es ihr ging, wenn die Arbeit hier beendet war und sie wieder mit sich und ihren Gedanken allein war. An diesem Abend würde es noch schwieriger, in die einsame Wohnung zurückzukehren. Sebastian wollte während ihrer Abwesenheit seine Kleidung und seine anderen persönlichen Dinge wie seine Übungshanteln, ein paar Bilder und seinen Fernsehsessel holen. Den Schlüssel werde er in einen gepolsterten Umschlag stecken und in den Briefkasten werfen, hatte er ihr gesimst.

Schnell an etwas anderes denken …

Sie arbeitete sich bis zu den letzten beiden Regalbrettern vor. Einige Fotoalben lagen schon in der Kiste, vier weitere kamen hinzu. Pia hielt inne. Hinten an der Regalwand, hinter allem anderen versteckt, lag quer ein schmales Büchlein. *Kroatien – Sechzigerjahre* stand darauf. War es dahintergerutscht? Nein … Hinter den Alben war gar kein Platz mehr gewesen. Opa Klaus musste es dort versteckt haben. Sie war sich sicher, es noch nie gesehen zu haben. Es war vollkommen eingestaubt, offenbar hatte er es lange nicht mehr in der Hand gehabt.

»Pia?«

Opa Klaus' Stimme, die aus dem Flur zu ihr drang, schreckte

sie aus den Gedanken. Seine Schritte näherten sich. Pia sah sich nach ihrer Tasche um, und bevor sie sich versah, hatte sie das kleine Buch hineingeschoben.

»Ja?«

»Oma und ich wollen für heute Schluss machen. Morgen ist auch noch ein Tag, und wir liegen doch ganz gut in der Zeit, oder?« Jetzt tauchte er im Türrahmen auf. »Donnerwetter, du bist ja fertig.«

»Nur mit den Regalen. Dann fängt die Arbeit erst richtig an. Die Möbel müssen runtergeschafft werden, dann putzen, streichen …«

»Für die Möbel hab ich ein paar Profis organisiert.« Opa klopfte auf den Schreibtisch. »Die sind doch etwas zu schwer für uns.« Er lächelte, in Erinnerungen versunken. »Das war noch gute deutsche Wertarbeit. Die sind ja noch von meinem Opa … Jaja … Hat deine Uroma mir vererbt.«

Pia nickte. »Das weiß ich doch.«

Sie folgte Opa Klaus' Blick zum letzten, jetzt leeren Regal. Plötzlich hatte sie Angst, er könnte sie nach dem Fotoalbum fragen. Was sollte sie sagen, wenn er das tat? Wie sollte sie erklären, dass sie es eingesteckt hatte? Sie hätte ihn sofort darauf ansprechen sollen.

Jetzt war es erst einmal zu spät.

Als Pia am Abend nach Hause kam, war sie so erschöpft, dass sie gleich ins Bett ging und auf der Stelle einschlief. Früh am nächsten Morgen machte sie sich wieder auf den Weg zu den Großeltern, und auch in den folgenden Tagen half sie, wo sie nur konnte. Die Möbelpacker trugen die Gründerzeitmöbel und die Regale nach unten, Pia baute sie mit auf. Dann machte sie sich in der alten Wohnung ans Putzen. Am Ende roch alles nach dem Orangenreiniger, dessen Duft sie so mochte.

Oma Jutta fuhr zum Baumarkt und kam mit etlichen Farbeimern zurück. Sie fingen an zu streichen. Als das Licht zu schlecht wurde, kamen sie in der neuen Wohnung zusammen. Pia half, die Regale einzuräumen.

»Erinnerst du dich eigentlich an Onkel Otto?«, fragte ihre Großmutter unvermittelt.

Pia hob kurz den Kopf.

»Wer ist Onkel Otto?«

»Na, mein Bruder, dein Großonkel. Erinnerst du dich wirklich nicht?« Oma Jutta klang erstaunt. »Wir haben ihn öfter mal besucht, als du jünger warst.«

Pia runzelte die Stirn. Bilder erschienen in ihrem Kopf. Sie wusste nicht, ob das Fantasie war oder Wirklichkeit: eine hügelige Landschaft, Weinberge, Traktoren mit Anhängern voller Menschen.

Sie schüttelte den Kopf. »Ich weiß nicht genau.«

»Er hat ein Weingut an der Nahe, bei Schloßböckelheim.«

»Ah«, sagte Pia. Das erklärte die Weinberge in ihrer Erinnerung.

»Du hast damals oft mit seinen Jungs gespielt.«

Jetzt war da doch was. Ältere Jungs, ein Traktor … Pia runzelte die Stirn. »Ja, stimmt … Warum haben wir ihn eigentlich nie mehr besucht?«

Ihre Großeltern zuckten fast gleichzeitig mit den Schultern.

»Es gab keinen Grund. Irgendwie ist es nicht mehr dazu gekommen. Ihr wart groß, du wolltest nicht mehr mit den Jungs spielen.«

»Und warum erzählt ihr mir von ihm?«

»Susanne hat gesagt, dass du ein … Sabbatjahr machst.« Oma Jutta sprach das Wort vorsichtig aus. »Das ist doch eine Gelegenheit, sich neu zu orientieren.«

»Sie wollen das Weingut umorganisieren, weißt du«, mischte

sich Opa Klaus ein, »Otto und seine Söhne. Soweit ich das verstanden habe, überlegen sie, den Wein auch übers Internet zu vermarkten. Sie haben mich gefragt, und ich hab gesagt, ich hör mal nach.« Er schaute sie aufmerksam an.

»Hm …« Pia wusste nicht, was sie sagen sollte.

»Komm schon«, hörte sie Oma Jutta sagen. »Du kennst dich doch mit dem Onlinezeugs aus. Das hat dir doch immer Spaß gemacht.«

Pia schwieg. Ich weiß nicht, dachte sie, früher …

Ihr Mund war mit einem Mal ganz trocken, wie morgens, wenn sie ins Büro gekommen war und den Eindruck gehabt hatte, allem nicht mehr gewachsen zu sein. Sie wollte etwas sagen und konnte es nicht. Plötzlich stand Opa Klaus an ihrer Seite und legte ihr die Hand auf die Schulter.

»Lass sie, Jutta, sie braucht wohl noch etwas Zeit.«

»Oh, tut mir leid, Pia.«

»Das muss dir nicht leidtun«, brachte Pia mühsam hervor.

Sie wollte gern sagen, dass es nicht die Arbeit war, vor der sie sich scheute, sondern so viel mehr: ihr Wunsch, jemanden zu haben, mit dem sie glücklich war, ihr Traum, ein Kind zu bekommen, der sich aus unerklärlichen Gründen nicht erfüllen wollte. Wäre alles nicht so viel einfacher, wenn es eine Erklärung gäbe?

Pia biss sich auf die Lippen. Sie brauchte keine Zeit. Sie brauchte die ganze Ewigkeit. Nichts würde je wieder gut sein.

Kroatien
Insel Cres

Sechzigerjahre

Klaus öffnete die Augen. Er hatte Schritte auf dem Kies knirschen hören, ein Schatten fiel auf ihn – Zlatas Schatten.

Er schirmte seine Augen gegen die Sonne ab und betrachtete sie. Brankos Freundin war ihm schon im ersten Jahr hier auf der Insel aufgefallen. Sie war hübsch, nein, sie war nicht hübsch, sie war sogar schön. Hübsche Mädchen gab es zahlreiche, Zlata war eine ausgesprochene Schönheit. Sie hatte sehr helles Haar und schmale, katzenartige, intensiv blaue Augen. Ihre Nase war ebenmäßig, als hätte sie ein begabter Künstler geformt, die Lippen waren voll und immer rosig. Wenn man Zlata sah, hielt man inne und konnte es erst gar nicht glauben. Ihr Anblick raubte einem geradezu den Atem.

Sie war oft ernst, aber das ließ sie nicht missmutig erscheinen, sondern geheimnisvoll. Manchmal wirkte sie in sich gekehrt, wie eine Statue aus der Renaissance. Sie war eine Beobachterin, die sich meist abseits hielt, aber genauso gut konnte sie sich in eine Gruppe integrieren. Zlata war eine sehr gute Tänzerin. Und sie kümmerte sich gewissenhaft um andere. Brankos jüngere Schwester Marija jedenfalls wich ihr kaum von der Seite. Es stand außer Zweifel, dass die beiden lebenslang Freundinnen sein würden. Seit Zlata abends am Lagerfeuer gesungen hatte, wusste er, dass sie auch eine schöne Stimme hatte. Sie konnte alles. Sie war perfekt in seinen Augen.

Es ist gut, dass Zlata so viel mit Marija unternimmt, dachte er. Manchmal wollten Branko und er eben auch Männersachen besprechen.

»Klaus.«

Klaus riss sich vom Anblick der Mädchen los.

Branko wandte sich vom Wasser ab und kam auf ihn zu. Klaus musste ununterbrochen an Zlata denken, und für einen Moment konnte er Branko nicht in die Augen sehen. Stattdessen schaute er auf das Geflecht zarter Wurzeln, die sich an seinem Platz durch den sandigen Boden zogen.

Zwei Jahre zuvor war er zum ersten Mal auf Cres gewesen. Seine Wahl hatte er vollkommen zufällig getroffen. Er hatte die Insel an einem besonders schönen Tag vom Festland aus gesehen, und das war es gewesen. Er hatte sich entschieden, ganz spontan, so wie man es nur tat, wenn man noch jung war.

Es hatte ihn erstaunt, wie schnell er Kontakte hatte knüpfen können. Nach kaum zwei Tagen hatte er Branko kennengelernt, und es war sofort so gewesen, als gehörte er einfach dazu.

Durch Branko hatte er auch dessen Geschwister Ana und Marija kennengelernt und dann noch Zlata, die Branko ihm so stolz vorgestellt hatte, als hätte er eine Trophäe vorzuweisen. Allerdings hatte Zlata schnell klargemacht, dass sie keine Trophäe war. Sie war eine stolze Frau. Von Branko hatte er erfahren, dass Zlata allein mit ihrer Mutter lebte, dass der Vater im Krieg gefallen war. An Titos Seite. Die Mutter habe es nicht leicht gehabt, hatte Branko gesagt, hart wie Granit sei sie. Branko hatte zwar gelacht, zugleich aber besorgt ausgesehen, schließlich wollte er eines Tages um Zlatas Hand anhalten.

Klaus sprang auf. Die beiden jungen Männer standen jetzt nebeneinander und schauten gemeinsam zu den Freundinnen hinüber, die sich an der Uferlinie vergnügten, die Röcke geschürzt: Zlata und Marija, eine junge Frau und ein Mädchen auf der Stufe zum Erwachsensein, dessen helles Gelächter immer wieder zu hören war. Eben bückte Marija sich und spritzte Zlata übermütig nass.

»Wart nur ab«, rief die und dann jagten die beiden hintereinander her.

Sie wirkten so unglaublich unbeschwert, dass Klaus sich plötzlich wünschte, dieser Augenblick würde nie zu Ende gehen. Was, dachte er, was würde ich jetzt darum geben, die Zeit anhalten zu können!

Später saßen sie zusammen auf Klaus' karierter Decke. Marija hatte ein Picknick vorbereitet. Sie war noch jung, aber bereits jetzt eine erstaunlich gute Köchin. Sie aßen Weißbrot und Cevapcici und scharfe Paprikasoße, Branko holte sogar noch eine kleine Flasche Wein aus seinem Rucksack. Es war nicht genug, um betrunken zu werden, aber es gab ihnen eine Vorstellung davon, etwas Verbotenes zu tun, auszubrechen aus dem normalen Leben.

Wenn Klaus auf der Insel war, haderte er regelmäßig mit dem, was er aus seinem Leben machen würde, und mit jedem Tag mehr träumte er davon, nie wieder weggehen zu müssen. Das Leben in Deutschland war so anders, war so grau, hatte so wenig Charme. In Deutschland wartete eine Zukunft auf ihn, die er kannte, aber in diesem Paradies … Hier konnte er sich vorstellen, auf einem Fischerboot anzuheuern oder selbst eines zu kaufen. Hier gab es alte, leer stehende Häuser, die auf aufgegebenen Grundstücken standen. Vielleicht würde man ihm eines überlassen, wenn er es renovierte. Er wollte gern bleiben, bei Zlata und bei Branko, der ein besserer Freund war, als er je zuvor einen gehabt hatte.

Klaus trank noch etwas Wein aus der Flasche. Branko drehte sich eine Zigarette, dann noch eine und bot sie Klaus an. Klaus schüttelte den Kopf. Branko verstaute die Zigarette schulterzuckend in einem Kästchen.

»Rauchst du nie?«

»Nie.«

»Gehen wir ein Stück?«

»Klar.«

Sie gingen nebeneinanderher auf die Felsen zu, die am Ende des Strandes aufragten. Branko begann, den größten zu erklimmen, Klaus kletterte hinter ihm her. Oben war der Felsen abgeflacht. Man konnte bequem sitzen. Es war angenehm warm. Sie schwiegen. Klaus lauschte dem Plätschern der Wellen.

»Was machst du, wenn du in Deutschland bist?«, fragte Branko.

»Ich werde weiterstudieren. Ich will Lehrer werden.«

Branko grinste.

»Lehrer, ja?«

»Hm. Ja, wirklich.«

»Wie bist du darauf gekommen?«

»Ich denke, es passt zu mir.«

Klaus überlegte. Nein, er wusste nicht, wie er darauf gekommen war. Vielleicht lag es daran, dass er Herrn Schneider so gemocht hatte, seinen ersten Lehrer in der Grundschule. Herr Schneider war keiner der Kriegsversehrten gewesen, die man in anderen Klassen eingesetzt hatte. Während des Krieges war er in Amerika gewesen, was ihn auf Klaus exotisch wirken ließ. Andere nannten ihn hinter vorgehaltener Hand einen Verräter, der niemals hätte wiederkommen dürfen.

»Und du?«, wandte er sich an Branko.

Er hörte, wie Branko an seiner Zigarette zog.

»Ich helfe bei meinen Eltern aus«, sagte er dann, »so ist das bei uns. Wein, Oliven, Schafe, Schafskäse, das ist unser Leben … Wenn meine Eltern zu alt sind, werde ich den Hof weiterführen und ihn dann an meinen Sohn übergeben. Ja, so ist das hier, und wir sind stolz darauf.«

Er klang nachdenklich.

»Es ist guter Schafskäse«, warf Klaus dazwischen.

Branko lachte erst zögerlich, dann lauter.

Sie kletterten noch etwas weiter, fanden einen neuen Platz zum Sitzen und sahen zum Strand zurück.

»Viel Geld bringt es nicht«, sagte Branko unvermittelt. Sein Blick wanderte zu Zlata, die im Wasser stand und schon wieder lauthals über Marija lachte, die offenbar gestolpert und pitschnass war. Klaus sah, wie er lächelte. »Kann man in Deutschland Geld verdienen?«, fragte Branko dann.

Klaus zuckte mit den Schultern. »Denke schon.«

»Ich hab gehört, dass man das kann.«

»Willst du wissen, ob *du* dort Geld verdienen kannst? Willst du nach Deutschland?«

Klaus sah seinen Freund erstaunt an. Diese Gedanken waren ihm neu. Er konnte nicht sagen, ob Branko sie je geäußert hatte.

»Ja, ich würde gern etwas Geld verdienen, das ich zurücklegen kann. Damit ich meiner Frau einmal etwas bieten kann, verstehst du?« Brankos Blick huschte zu Zlata hinüber.

»Deiner Frau?« Klaus grinste, auch wenn es ihm plötzlich einen kleinen Stich gab. »Du willst sie also wirklich heiraten … Weiß sie das eigentlich?«

Branko nickte.

»Sie weiß es. Ihre Mutter nicht, das ist das Problem.« Er seufzte, dann schaute er Klaus an. »Denkst du, es ist möglich? Das mit Deutschland, meine ich.«

»Man müsste nachfragen. Vielleicht schon. Ich kenn mich da nicht aus.«

Sie kletterten wieder von den Felsen hinunter auf den Strand. Branko schwieg für einige Schritte. Der feine Kies knirschte unter ihren Füßen.

»Ich würde gern etwas anderes machen, weißt du«, sagte Branko dann. »Nicht nur das weiterführen, was mein Vater gemacht hat und mein Großvater und … Ich würde gern ein eigenes Haus bauen mit meinem eigenen Geld. Zumindest würde ich gern einiges renovieren am alten Haus. Ich glaube, Frauen wollen heute etwas mehr. Wir haben zwar einen Brunnen, aber wir müssen das Wasser hereinschleppen, und im Winter kann es verdammt kühl werden. Ich hätte gern fließendes warmes Wasser im Haus. Und eine Waschmaschine.«

Von hinten drang erneut das helle Lachen der Mädchen zu ihnen. Klaus warf einen Blick über die Schulter.

»Für Zlata.«

Branko sah zu Boden. »Sie ist eine besondere Frau. Ich möchte ihr mehr bieten.«

»Meinst du, sie braucht das?«

Klaus sah zu Zlata hinüber. Konnte er ihr bieten, was sie brauchte? Er schämte sich für den Gedanken, trotzdem ließ er ihn nicht los. Würde er Zlata mit einem Leben in Deutschland beeindrucken können? War das möglich? Oder durfte er so etwas gar nicht denken? Er schaute Branko an, der einer seiner besten Freunde war, und schämte sich.

Sechstes Kapitel

Deutschland, Gegenwart

»Entschuldige«, sagte Oma Jutta, als Pia ihre Jacke an diesem Morgen im Flur der neuen Wohnung auf den Boden legte. »Wir haben die Garderobe noch immer nicht angebracht. Opa kümmert sich gleich darum.«

»Macht doch nichts.«

Zum Start in den Tag gab es einen Oolong-Tee und Plätzchen. Die Küche war bereits fertig eingerichtet und sah gegenüber den anderen Zimmern wie aus dem Musterhauskatalog aus. Ihre Großeltern hatten sie von den Vormietern übernommen. Sie hatten in ihrem Leben noch keine Einbauküche besessen. Oma Jutta stand dem Ensemble aus dunkelgrauem Granit und hellen Schränken skeptisch gegenüber.

»Setz dich. Hier ist es wenigstens nicht so chaotisch wie im Wohnzimmer.«

»Ich finde es richtig gemütlich.«

»Es ist sehr clean«, stellte Oma Jutta fest und lachte dann.

»Stimmt.«

Pia strich mit der Hand über die Granitplatte. Oma Jutta hatte einen Großteil des Geschirrs noch nicht eingeräumt, es stapelte sich überall auf der Anrichte. Offenbar war sie sich noch unklar darüber, wo sie was einräumen sollte.

»Ich werde mir eine andere Aufteilung überlegen müssen«, sagte sie jetzt.

Ihr Großvater kam von draußen herein. Sein Gesicht war gerötet. Unter den Achseln zeichneten sich Schweißflecken ab.

»Hallo, Pia! Warm heute, was?«, grüßte er seine Enkelin und wandte sich dann an seine Frau. »Was willst du ändern? Hast du dir nicht immer eine Küche gewünscht, in der man gescheit Ordnung halten kann?«

»Habe ich das?« Oma Jutta lachte.

Pias Großmutter hatte zwar nicht lange in ihrem Beruf als Fotografin gearbeitet – sie hatte Abendkurse gegeben oder ehrenamtliche Tätigkeiten ausgeübt –, aber sie hatte sich nie als Hausfrau gesehen. Und gewiss hatte sie niemals von einer Einbauküche geträumt. Ja, dachte Pia jetzt, die alte zusammengestückelte Küche passte wirklich besser zu ihr. Im Moment wirkte Oma Jutta in jedem Fall etwas verloren.

Opa Klaus legte seiner Frau den Arm um die Schultern. »Ja, das hast du. Ist doch schön, wenn sich was ändert.«

»Wirklich? Ich weiß nicht.«

Oma Jutta legte den Kopf in den Nacken. Ihre Großeltern küssten sich. Pia lächelte. Die beiden waren immer sehr zärtlich miteinander umgegangen. Jahrelang waren sie deshalb ihre Vorbilder gewesen, das Paar, dem es nachzueifern galt. Sie gingen so natürlich miteinander um, so freudig, so entspannt. Ganz anders als ihre Eltern.

Oma Jutta und Opa Klaus haben keine Geheimisse voreinander … Oder doch?

Pia musste an das kleine Buch denken und stand abrupt auf. Es steckte immer noch in ihrer Tasche, sie hatte sich noch nicht getraut hineinzusehen. In den vergangenen Tagen hatte sie das Gästezimmer und das Bad in der neuen Wohnung gestrichen und mit Oma Jutta Schränke eingeräumt, und weil das Wetter so schön war, hatte sie mit Opa Klaus Blumen gekauft und

Terrakottakübel für die Terrasse ausgesucht. Sie sollten in den kommenden Tagen geliefert werden. Die zwei Wochen waren bald vorbei. Nur für die Renovierung der Terrasse musste noch jemand engagiert werden. Das Streichen der Holzbohlen und Bepflanzen der schweren Kübel war ihren Großeltern doch etwas zu viel, und der Vormieter hatte den Außenbereich ziemlich verkommen lassen. Auch der kleine Garten, der sich an die Terrasse anschloss, brauchte eine Grundüberholung.

Gegen Mittag war für diesen Tag alles getan, was sie sich vorgenommen hatten, und Pia konnte sich verabschieden. Ihre Großeltern wollten am Nachmittag zu Freunden. Ein Geburtstag wurde gefeiert, und Pia fand, dass sie sich die Auszeit verdient hatten.

»Danke, ich danke dir, meine Kleine«, sagte Oma Jutta und nahm Pia in den Arm. »Ich hoffe, das ist in Ordnung für dich, dass wir uns gleich auf den Weg machen. Können wir dich anrufen, wenn wir doch noch einmal Hilfe brauchen?«

»Klar, und ja, es ist natürlich okay.«

Pia lächelte. Sie fühlte sich wirklich etwas besser. In den letzten Tagen hatte sie weniger häufig an Sebastian gedacht. Die Erinnerung schmerzte noch, aber diese eine Nacht vor seiner neuen Wohnung hatte sie auch ernüchtert.

Auf dem Nachhauseweg ging sie beim nächstgelegenen Dönerladen vorbei. Der Duft, der ihr wenig später aus der Papiertüte in die Nase stieg, war sehr verlockend, und es kostete sie einige Mühe, nach Hause zu gehen, ohne schon vorab einige Bissen zu nehmen.

Das Gefühl des Hungers brachte die Normalität in ihr Leben zurück. Es fühlte sich gut und richtig an, wie sie da mit dem Essen in der Hand die Straße entlanglief. Sie spürte, wie ihre Kraft zurückkam. Sie durfte sich und ihr Leben einfach nicht länger von Sebastians Abwesenheit bestimmen lassen.

Pia schloss die Haustür auf und eilte die Stufen zu ihrer

Wohnung hinauf, schob den Schlüssel ins Schloss, drehte um. Es war so ein schöner Tag. Sie würde die Fenster weit öffnen und die Sonne genießen …

Als Pia ihre Wohnung betrat und die Tür hinter sich zuzog, veränderte sich schlagartig etwas. Die Wohnung war leer, und es war so ungeheuer still, dass es ihr vorkam, als könnte die Stille schreien. Ihr Herz schlug heftiger. Sie musste mit einem Mal gegen ein Zittern ankämpfen.

Würde es sich jetzt immer so anfühlen, wenn sie nach Hause kam? So als hätte sich dieses Gefühl drückender, immerwährender Einsamkeit in ihrer Wohnung eingenistet?

Einatmen, ausatmen, einatmen, ausatmen …

Du schaffst das.

Pia dachte daran, was sie in den vergangenen beiden Wochen geschafft hatte. Sie hatte sogar eine Idee, wen sie wegen der Gestaltung des Außenbereichs fragen konnte: Zoltan, den sie aus der Schule kannte. Er hatte sich während seines Studiums ständig Geld hinzuverdient, indem er für ältere Leute die Gartenarbeit übernommen hatte. Gleich morgen wollte sie das den Großeltern vorschlagen. Sie kannten ihn, denn seine Mutter hatte früher bei ihnen geputzt. Er war manchmal zum Spielen mitgekommen, wenn Pia zu Besuch gewesen war, später hatten sie gemeinsam für Arbeiten gebüffelt. Er war ein rundlicher, eher ruhiger Junge gewesen, der von manchen unterschätzt worden war, weil er sich eben niemals in den Vordergrund gespielt hatte. In der Schule waren sie beste Freunde gewesen, während des Studiums hatten sie einander aus den Augen verloren.

Pia hängte den Schlüssel an den dafür vorgesehenen Haken und ging ins Bad, um sich die Hände zu waschen. Sie zwang sich, eine Kanne Pfefferminztee zu kochen, und setzte sich an den Tisch, stand dann noch einmal auf, um das Radio einzuschalten. Die Stille war einfach unerträglich.

Pia aß langsam und konzentriert, während sie den Nachrichten lauschte und die Gedanken zusammenzuhalten versuchte. Sie versuchte zu schmecken, was sie da aß, aber es machte ihr keinen Spaß. Beim Nachhausegehen hatte sie sich noch auf das Essen gefreut, jetzt war es ihr, als würde sie auf Papier herumkauen. Trotzdem aß sie mechanisch weiter.

Ich werde nicht aufgeben.

Was machte Sebastian jetzt wohl? Wo war er? In seiner neuen Wohnung? Aber das ging sie nichts mehr an. Sie waren kein Paar mehr.

Pia kaute, schluckte hinunter, biss ab, kaute.

Sieben Jahre lang jeden Tag mit jemandem zu teilen, und dann auf einen Schlag nichts mehr von ihm zu hören ... Wahrscheinlich war das normal, doch es tat weh.

Er hat eine neue Freundin ...

Pia schaute unwillkürlich zu ihrem Laptop, den sie morgens auf der Arbeitsfläche hatte stehen lassen. Tagsüber hatte sie ab und zu an das Forum gedacht, doch was sollte es für einen Sinn haben, sich einzuloggen. Sie hatte niemanden mehr, mit dem sie an ihrem Kinderwunsch arbeiten konnte.

Sie stand auf, räumte das Geschirr weg, wusch sich die Hände und klappte den Laptop auf. Für einen Moment starrte sie unschlüssig auf den Bildschirmhintergrund: Sebastian und sie an einem Hotelpool auf Mallorca. Beide mit einer Sangria in der Hand. Lachend. Pia dachte daran, dass sie dieses Bild dringend ersetzen musste, aber sie konnte sich nicht dazu durchringen. Stattdessen öffnete sie den Browser, rief ihre E-Mails ab. Eine Nachricht von ihrer Mutter, die wissen wollte, wie es bei den Großeltern gelaufen war. Sie arbeitete Vollzeit und war froh, dass Pia für sie einsprang. Ihr Vater kündigte seinen Besuch für den nächsten Monat an. Die Kinderwunschklinik, die sie zuletzt kontaktiert hatte, bat um Terminabsprache. Pia löschte die E-Mail, ohne sie zu lesen.

Dann klappte sie den Laptop zu. Sie hatte Filinchens E-Mail gesehen, aber sie musste sich erst einmal Zeit geben, wollte nicht Gefahr laufen, etwas Falsches zu schreiben.

Sie zog den Stecker und räumte das Gerät auf ihren kleinen Arbeitsplatz im Schlafzimmer. Dann ging sie in die Küche zurück. Sie wischte den Küchentisch sorgsam ab, holte ihre Umhängetasche aus dem Flur und nahm das kleine Buch heraus. Noch einmal las sie, was ihr Großvater auf den Einband geschrieben hatte: *Kroatien – Sechzigerjahre*. Dann klappte sie es auf.

Ein Fotoalbum …

Wer, außer Opa Klaus, konnte ihr wohl sagen, was es damit auf sich hatte?

Siebtes Kapitel

Kroatien, Insel Cres, Gegenwart

Goran atmete noch einmal tief durch, bevor er die Tür des gedrungenen Steinhauses aufstieß und eintrat. Kurz fühlte er einen seltsamen Druck im Magen, wie er es schon die letzten paar Male erlebt hatte. Obwohl es ihm so vertraut war, fuhr ihm das Knarren der Tür durch alle Glieder. Über den engen Flur, in den nur wenig Licht fiel, erreichte man in kaum drei Schritten die Küche. Von dort erklang das Klappern von Geschirr zu ihm heraus. Töpfe wurden auf dem Herd hin und her geschoben. Jemand rührte in einem Behälter, dann wurde eine Flüssigkeit hinzugefügt. Die typischen Geräusche, die das Kochen begleiteten.

Goran zog die Jacke und seine Schuhe aus und stellte sie ordentlich beiseite. In der Nähe der Tür standen die verdreckten Gummistiefel seines Vaters. Er ging ein Stück weiter. Durch die halb geöffnete Tür konnte er jetzt seine Mutter sehen.

Marija stand am Herd und bereitete das Abendessen vor. Sie war eine sehr gute Köchin, und es roch einfach so verführerisch, dass Goran das Wasser im Mund zusammenlief. In den vergangenen Tagen hatte er kaum Zeit gefunden, ordentlich zu essen. Immer mal wieder hatte es nur für ein Sandwich zwischendurch gereicht, dabei hasste er das Essen nebenbei. An diesem Abend würde er in jedem Fall nicht zu kurz kommen.

Seine Mutter kochte immer so viel, dass es auch für Überraschungsgäste reichte. Sie hielt viel auf ihre Gastfreundschaft.

Gorans Magen knurrte hörbar, als er jetzt die Tür aufstieß und auch seinen Vater auf seinem Stammplatz auf der Eckbank sah. Petar hielt eine nicht angezündete Zigarette zwischen den Fingern seiner rechten Hand und verfolgte gespannt das Fußballspiel, das über den kleinen Fernsehbildschirm, der an der Wand hing, flimmerte. Offenbar konnte er sich nicht von dem Spiel trennen, sonst wäre er gewiss schon mit der Zigarette nach draußen gegangen. Marija rauchte zwar selbst die eine oder andere Zigarette, aber sie wollte den Qualm nicht in ihrer Küche haben. Da war sie unerbittlich. Das verdirbt den Appetit, pflegte sie zu sagen, und es verändert den Geschmack. Manchmal versuchte Petar, sich darüber hinwegzusetzen, aber das duldete Marija nicht. Seine Mutter mochte klein und zierlich sein, doch sie wusste sich durchzusetzen. Es war falsch, sie zu unterschätzen. Die Küche war ihr Reich. Hier ließ sie sich nicht hineinreden.

Goran klopfte gegen den Türrahmen und grüßte: »Papa, Mama! Guten Abend. Habt ihr noch ein Plätzchen für mich?«

»Goran, Junge! Setz dich, setz dich zu mir!«, rief Petar und klopfte auf den Stuhl neben sich. »Hätte wirklich nicht gedacht, dass du heute noch zurückkommst. Wolltest du nicht in Rijeka übernachten?«

»Ja, aber ich war früher fertig, und da dachte ich …«

»Ich kann Städte ja nicht leiden«, unterbrach ihn sein Vater. »Zu viele Menschen, zu viel Lärm … Zu viele Verbrechen. Man kann dort niemandem trauen. Ich hab Dinge gehört …«

Goran wollte den Kopf schütteln, dann schluckte er jede Reaktion herunter. Er hatte dem Vater schon häufig widersprochen, aber Petar hatte seine Meinung, daran würde sich nie etwas ändern. Er mochte es überhaupt nicht, Neues kennenzulernen, das schloss auch Menschen ein. Er blieb gern auf

Cres auf seinem Hof, ging nur ab und zu in die Dorfgaststätte, um mit seinen engsten Freunden einen Wein zu trinken. Dabei übertrieb er es dann meist. Aber in seinem Dorf war er geboren worden, hier kannte er sich aus. Noch nicht einmal die Menschen im Nachbardorf interessierten ihn.

»Ich hol mir rasch noch etwas zu trinken«, sagte Goran, versuchte, während er sich ein Glas aus dem Schrank holte, in die Töpfe zu linsen, wofür seine Mutter ihm mit dem Kochlöffel drohte.

»Na? Willst du deiner Mutter keinen Kuss geben?«, fragte sie dann und schaute ihn vorwurfsvoll an.

»Natürlich!«

Goran gab ihr einen dicken Schmatzer auf die Wange, nahm sich ein Glas selbst gemachten Orangensaft, bevor er der Aufforderung seines Vaters folgte, sich zu setzen. Einen Moment später standen schon Schafskäse, Brot und zwei kleine Schälchen Oliven vor ihnen.

»Du hast sicher Hunger«, sagte Marija.

»Ich habe auch Hunger«, protestierte Petar.

Marija ignorierte seinen Vater, der sich wieder dem Bildschirm widmete. Goran nahm ein Stück Brot und etwas Käse. Er war tatsächlich hungrig, war er doch den ganzen Tag noch nicht wirklich zum Essen gekommen. Er hatte einige interessante Gespräche geführt, über die er sich gern mit seinem Vater austauschen wollte – und dann war da natürlich noch der eher unerfreuliche Termin bei der Bank gewesen. Was den Fortbestand des Hofes der Familie Katić anging, so gab es Licht und Schatten, aber es stand außer Zweifel, dass sich die Dinge ändern mussten – jetzt, da er sich entschieden hatte, wieder ganz nach Cres zu ziehen.

Während Goran noch dabei war, sich die Worte zurechtzulegen, begann die Halbzeitpause. Sein Vater stand auf.

»Kommst du ein paar Schritte nach draußen?«

Goran nickte. In irgendeiner Statistik hatte er einmal gelesen, dass fünfundneunzig Prozent der Kroaten rauchten. Er gehörte also selbst zu einer Minderheit, konnte dem Geschmack aber einfach nichts abgewinnen. Er mochte auch den Geruch nicht, der sich so hartnäckig in den Kleidern festsetzte.

Sein Vater ging zur Gartentür. Goran folgte ihm hinaus. Die Sonne war noch nicht ganz untergegangen, sie tauchte die Umgebung in diese zauberhafte Stimmung zwischen Tag und Nacht. Hier war ein kleiner gepflasterter Platz, wo ein einfacher Tisch und Stühle standen, deren Lehn- und Sitzflächen aus einem Geflecht von Plastikschnüren bestanden, und eine Liege. Seine Mutter hatte Blumentöpfe an die Hauswand gestellt. Marija liebte Blumen, und sie liebte es, es sich schön zu machen. Die Lilien verströmten ihren abendlichen Duft. Grillen zirpten. Die Tageshitze hatte ein klein wenig abgenommen.

Goran hörte das Geräusch des alten Feuerzeugs und wie sich sein Vater die Selbstgedrehte anzündete und die ersten Züge nahm. In kürzester Zeit wurde es noch dunkler. Die Sonne würde bald nicht mehr zu sehen sein. Fledermäuse sausten an ihnen vorbei. Dann war eine Eule zu hören. Die Luft roch nach der Hitze des Tages und den Kräutern, die im Garten standen. Aus der Ferne drang der Wellenschlag des Meeres zu ihnen herüber.

Hier auf der Insel war das Meer immer nah. Goran liebte das, und er vermisste es sehr an den Tagen, an denen er sich im Landesinneren befand. Zuletzt war er zu Gesprächen in Zagreb gewesen. Er konnte sich nicht vorstellen, außer Sichtweite des Meeres zu wohnen, da war er seinem Vater vielleicht doch ähnlich.

Die Gespräche waren nicht mehr aufzuschieben gewesen. Sie brauchten Geld, wenn das Gut erhalten bleiben sollte. Nötige Änderungen warfen unerbittlich ihre Schatten voraus. Petar hielt die Zigarette im Mundwinkel und ging zu einem

Blumentopf, der einen riesigen Rosmarinbusch beherbergte. Er zupfte ein paar Ästchen ab und hielt sie in der Hand.

»Dieser Duft ist es«, sagte er, »dieser Duft sagt mir: Das ist deine Heimat. Der Thymian, der Rosmarin, das Bohnenkraut, der Ginster mit seinen honiggelben Blüten …«

Goran war immer wieder erstaunt, wie überschwänglich sein Vater klingen konnte, aber sie mussten jetzt ein ernstes Gespräch führen. Leider wollten ihm, wie so oft, die rechten Worte nicht einfallen.

»Ich hatte ein paar wichtige Termine«, sagte er unvermittelt. Irgendwie musste er das heikle Thema schließlich anschneiden, und es fiel ihm einfach kein besserer Anfang ein. Es würde ohnehin nicht leicht sein. Sein Vater und er hatten sich schließlich schon allzu oft über die »neumodischen Ideen«, wie er es nannte, gestritten. Petar wollte einfach nichts verändern. Schlechte Zeiten hatte es immer gegeben. Er sah nicht ein, dass sie *diese* schlechten Zeiten nicht überstehen könnten. Fremde würden das Gut der Katićes übernehmen und die lange Geschichte der Familie würde ihr Ende nehmen. Goran wartete darauf, dass sein Vater etwas sagte, doch der zog lediglich erneut an seiner Zigarette und blies dann genüsslich den Rauch aus. Inzwischen hielt er kaum mehr als den Stummel zwischen Daumen und Zeigefinger. Die Glut war seiner Haut sehr nah. Er störte sich nicht daran. Gleich würde er die Zigarette in dem Aschenbecher, der auf dem Tisch stand, ausdrücken und sich die nächste Zigarette aus seinem silbernen Zigarettenkästchen nehmen. Sein Vater drehte immer auf Vorrat. Goran räusperte sich. »Hast du gehört, was ich gesagt habe?«

»Ja, ja, aber wir haben bislang ganz gut so gelebt, wie es war«, sagte er, wenig überraschend. »Das wird auch weiter so gehen. Wir Bauern überleben seit Jahrhunderten. So ist das. Wir kennen gute Zeiten und schlechte Zeiten. Wir sind keine Gutwettermenschen.«

Goran verschränkte unwillig die Arme. Petars Reaktion kam nicht unerwartet, trotzdem ärgerte er sich darüber. Er konnte einfach nicht anders. Er hatte sich jetzt wieder tagelang mit ihren finanziellen Problemen herumgeschlagen, aber sein Vater wollte noch nicht einmal einsehen, dass es überhaupt Probleme gab.

»Du weißt, dass es nicht gut läuft«, sagte er nach einer Weile.

»Nicht so gut, wie es laufen könnte, Junge, aber doch ganz gut. Ich kenne mich da einfach besser aus, lass dir das gesagt sein. Ich denke, wir können stolz darauf sein, was wir über die Jahre geschaffen haben. Wir haben unsere Traditionen, und das ist gut so. In der Stadt wissen sie nichts, das macht sie haltlos. Schau dir doch die Jugendlichen dort an. Schau dir an, wie sie aussehen und welche Musik sie hören. Es ist schrecklich.«

»Vater, du kennst keine Jugendlichen aus der Stadt.«

»Ich weiß genug, um sagen zu können, dass das alles zu nichts Gutem führt.«

Sie schwiegen für einen Moment. Petar hatte auch seine zweite Zigarette geraucht. Nun drückte er die Glut am Türsturz aus und schnippte den Stummel in den Garten.

»Mama hasst das«, entfuhr es Goran.

»Ach, sie ist einfach zu empfindlich.«

»Sie möchte, dass es hier schön aussieht.«

»Sieht doch schön aus.«

Petar grinste breit. Dann bückte er sich nach dem Stummel und warf ihn in den Aschenbecher. Goran hatte ihn früher in der Schule im Werkunterricht aus Speckstein gefertigt.

»Irgendwann wirst du noch einen Brand verursachen.«

»Unsinn, ich bin vorsichtig.«

Goran unterdrückte einen Seufzer. Der Vater lehnte sich gegen die noch warme Hausmauer und verschränkte die Hände über dem Bauch. Im letzten Jahr war er siebzig geworden. Sein Bauch wurde immer runder, die Haare schütterer und grauer. Die Hose war speckig von der Arbeit. Goran wusste, dass sich seine Mutter wünschte, dass sich der Vater nach der Arbeit umkleidete. Dieser Wunsch blieb jedoch ungehört.

Er unterdrückte einen Seufzer, dann sagte er: »Komm, jetzt hör dir doch einmal an, was ich zu sagen habe.«

Im Halbdunkel konnte Goran sehen, wie sein Vater abwinkte. »Lass uns reingehen. Das Essen ist sicher fertig, und jetzt hab ich erst mal Hunger. Außerdem fängt die zweite Halbzeit an. Wir reden nachher.«

Er schob die Tür auf. Es quietschte, weil sich der Türrahmen vor Jahren einmal nach einem heftigen Regen verzogen hatte. Goran blieb stehen.

So kann es nicht weitergehen, dachte er. Der Karren steckte im Dreck fest, und sein Vater entzog sich ihm. Sie hatten einfach keine Zeit mehr. Aber er wusste auch nicht, was er tun sollte.

»Wir ...«, begann er.

Doch Petar unterbrach ihn. »Komm schon«, forderte er ihn auf.

»Ich komme ja schon«, antwortete Goran rasch.

Es brachte nichts, wütend zu sein, trotzdem konnte er sich dieses Gefühls nicht erwehren. Manchmal kam es ihm vor, als versuchte er schon seit Jahren, den Vater davon zu überzeugen, dass etwas geändert werden musste, aber er redete gegen eine Wand. Es war verdammt noch mal ganz unmöglich, ihn zu überzeugen. Goran unterdrückte einen leisen Fluch.

In der Tür erschien jetzt die Silhouette seiner Mutter. »Kommst du? Das Essen wird sonst kalt. Das wäre doch schade.«

Sie lächelte ihn hilflos an. Sie wusste, wie es ihm ging.

»Natürlich komme ich. Ich wollte nur deinen Garten kurz

noch einmal genießen. Es sieht noch schöner aus als vor einer Woche.«

Sie lachte. »Jetzt komm. Der Garten läuft nicht weg. Und dein Vater …«, sie seufzte, »… dein Vater ist jetzt erst mal beim Fußball.«

»Manchmal frage ich mich, wie du das aushältst.«

»Ich liebe ihn. Und ich habe Geduld.«

»Ich weiß …«

Sie legte den Arm um seine Schultern.

Sie liebt ihn so, wie er ist, dachte Goran und erinnerte sich an das Hochzeitsfoto, auf dem sie sich so verschmitzt und fröhlich ansahen. Für ihn war es das schönste Hochzeitsfoto, das er je gesehen hatte. Er beugte sich zu seiner Mutter hinunter und küsste ihr Haar, durch das sich hier und da graue Strähnen zogen, auch wenn es noch recht voll war.

Wie klein sie ist, dachte er, wie zart. Sie duftete nach der Creme, die ihm seit seiner Kindheit vertraut war. Das ist mein Zuhause, dachte er, sie, dieser Geruch, deshalb lohnt es sich zu kämpfen.

»Gehen wir rein?«, fragte sie.

Er lächelte. »Tun wir das.«

Sein Vater machte sich nach dem Abendessen in die Dorfgaststätte auf.

Als ob er vor mir davonlaufen würde …

Natürlich hatten sie nicht mehr über das geredet, was Goran so sehr am Herzen lag.

Trotz des Protestes seiner Mutter nahm er das Geschirrhandtuch, während sie spülte.

»Das musst du wirklich nicht. Das ist keine Männersache.«

»Ist das Frauensache?« Goran zwinkerte Marija zu.

Sie lächelte. »Ach, es macht mir wirklich nichts aus. Ich bin es ja gewohnt.«

Goran nahm den nächsten Teller aus ihrer Hand entgegen. »Willst du dir nicht endlich eine Spülmaschine schenken lassen?«

»Und was soll ich dann den ganzen Tag tun? Der Maschine beim Arbeiten zusehen? Und hätte mein Sohn noch Zeit für mich? Ich genieße es, wenn wir hier zusammen den Abwasch erledigen und reden.« Sie sah ihn vorwurfsvoll an.

Goran lachte. »Ach, Mama, wir können auch zusammensitzen und einen Mokka trinken. Außerdem gibt es doch genug anderes zu tun. Der Garten macht so viel Arbeit, du musst das Essen kochen, das Haus in Ordnung halten … Dir fällt sicher noch viel mehr ein. Du könntest wieder einmal malen.«

Marija hielt inne und lachte leise.

»Das hab ich wirklich schon ewig nicht gemacht.« Sie drehte sich um und sah das Bild an, das an der Wand über dem Küchentisch hing. Es stellte den Hafen dar, Fischerboote und Frauen, die Fisch kauften. »Es war meine liebste Stunde in der Schule … Ich kann mich gerade gar nicht erinnern, was ich mit meinen Farben gemacht habe …«

»Siehst du, dir fällt doch etwas ein, Mama, oder? Ich glaube, du müsstest noch nicht einmal lange nachdenken. Soll ich dir, wenn ich das nächste Mal in der Stadt bin, neue Farben mitbringen?«

Er versuchte, ihr in die Augen zu sehen. Sie wandte sich abrupt ab und bearbeitete einen Topf mit einem Stahlschwamm.

»Was sagt denn deine Freundin, wenn du spülst?«

Jetzt wollte sie ihn aushorchen. Er konnte es an ihrer Stimme hören.

»Ich habe derzeit keine Freundin, und wenn ich eine hätte, glaube ich nicht, dass sie etwas dagegen hätte. Das ist heute so.«

»Hm … Ja, vielleicht ist das wirklich heute so.« Sie machte eine Pause. »Es ist nicht gut, allein zu bleiben nach dem, was geschehen ist. Und du hast die dreißig längst überschritten.«

Marija reichte ihm den Topf. Sie sahen einander in die Augen. Goran wollte etwas sagen, doch im nächsten Moment wandte seine Mutter sich ab und ließ das verschmutzte Spülwasser ablaufen. Goran hängte das feuchte Geschirrtuch an einen Haken und setzte sich.

Hatte seine Mutter recht? War das Alleinsein falsch?

Marija trocknete ihre Hände.

»Willst du jetzt einen Mokka?«, fragte sie über ihre Schulter.

»Gern.« Er überlegte fieberhaft. Jetzt ging es aber erst einmal um das Katić-Gut. Jetzt musste er wenigstens mit ihr reden, sonst war die Chance vertan.

»Vater will einfach nicht mit sich reden lassen. Und du weißt, dass sich etwas ändern muss«, sagte er also rasch.

Seine Mutter zog die Schultern hoch. Der Duft von Kaffee erfüllte die Küche. Ihre Bewegungen wurden schneller und energischer. Er dachte schon, sie würde keine Antwort geben, dann sprach sie doch unvermittelt.

»Das ist eine Sache zwischen deinem Vater und dir. Ich mische mich da nicht ein.«

»Aber …«

»Männersache.« Sie wandte ihm den Rücken zu. »Du musst es noch einmal versuchen.«

»Er ist so stur. Hat er dir gesagt, wie es um den Hof steht?« Er sah, wie sie hilflos die Schultern hob. Er wollte ihr keine Furcht einjagen, aber er konnte auch nicht fassen, dass sie bereit war, die Dinge ihren Lauf nehmen zu lassen. Er stand auf. »Wir werden alles verlieren, Mama. Es ist fünf vor zwölf.«

»Komm, trink deinen Mokka und lass uns nicht streiten.«

»Ich will doch nicht streiten, Mama. Ich will euch helfen.«

Wie konnte er sie nur dazu bringen, sich helfen zu lassen?

Achtes Kapitel

Deutschland, Gegenwart

Pia schlug die letzte Seite um und betrachtete das Gruppenfoto, das dort eingeklebt worden war. Sie konnte ihren Großvater sofort ausmachen. Klaus' Lachen war auch damals schon unverwechselbar gewesen. Er hielt sich sehr gerade und wirkte sehr schlank in seiner schmalen Badehose. Einen Arm hielt er angespannt, bemüht darum, seine Muskeln zu zeigen. Seine Haare waren hell und fielen ihm bis auf die Schultern. Die Sechzigerjahre, unverkennbar. Auf dem Bild war noch ein anderer Mann zu sehen, dunkler als ihr Großvater. Er hatte ein markantes, hübsches Gesicht. Pia musste lachen. Er erinnerte entfernt an einen Bodybuilder.

Junge Männer ... Wahrscheinlich hatten sie beide versucht, die drei jungen Frauen zu beeindrucken, die zwischen ihnen standen und die Arme umeinandergelegt hatten. Die in der Mitte hielt Pia für die Jüngste. Sie hatte lange Zöpfe und einen mädchenhaften Körper, während die, die links von ihr stand, schon deutlich weiblichere Rundungen aufzuweisen hatte. Die dritte junge Frau war durch den Lichteinfall der Sonne nur undeutlich zu sehen. Das Gesicht war kaum zu erkennen. Sie trug die Haare zurückgebunden und hatte einen gemusterten Rock an.

Pia war sich unschlüssig, ob sie das kleine Album zuklappen sollte oder nicht. Sie hatte schon immer gewusst, dass ihr Großvater gern Fotos machte, aber sie hätte nicht vermutet, dass er so früh damit angefangen hatte. Eigentlich hatte er seine Alben immer akribisch beschriftet. Zu diesem hier gab es außer ein paar Jahresangaben nur wenige Hinweise. Sollte sie ihn fragen? Aber wie sollte sie erklären, warum sie das Album einfach mitgenommen hatte? Wie eine Diebin hatte sie es in ihrer Tasche versteckt. Warum nur? Das war nicht richtig gewesen.

Langsamer blätterte Pia erneut durch das Album, betrachtete einige Bilder, verharrte bei der Beschriftung des Einbands: *Kroatien – Sechzigerjahre.*

Wer kann mir wohl etwas mehr zu dieser Reise sagen? Zu der Landschaft, den Ortschaften, die Opa Klaus abgelichtet hatte …

Pia überlegte, schaute nach draußen, wo der Sommer langsam an Fahrt aufnahm.

Ich könnte Zoltan fragen. Seine Mutter kommt aus Kroatien.

Vielleicht konnte er ihr sagen, was auf den Bildern zu sehen war – was für ein Zufall, dass sie ihn sowieso anrufen wollte wegen ihrer Großeltern. Sie hoffte, dass er sich über den Anruf freuen würde. Auch Zoltan hatte sie in den letzten Jahren vernachlässigt.

Kroatien
Insel Cres

Sechzigerjahre

Auch in diesem Jahr hatte Klaus sich wieder auf dem kleinen Bauernhof eingemietet. Sein Zimmer in einem Seitengebäude verfügte über ein Fenster, das auf die Bucht hinausging. Im ersten Jahr hatte er noch in seinem kleinen Zelt auf dem Gelände gecampt, im nächsten Jahr war der Bauer auf ihn zugekommen. Klaus war sich sicher gewesen, sich ein Privatzimmer nicht leisten zu können, doch der Mann hatte ihn eines Besseren belehrt. Er verlangte nicht viel, dafür half Klaus ihm hin und wieder bei der schweren Arbeit. Das Bauernpaar hatte keine Nachkommen, und mit zunehmendem Alter fiel es ihnen schwerer, ihren Hof zu bewirtschaften. Immer wieder träumte Klaus davon zu bleiben. Branko amüsierte sein Enthusiasmus.

Abends saßen sie manchmal auf einer kleinen gemauerten Terrasse im Garten und redeten. Manchmal war er auch allein, dann las er in einem der Bücher, die er mitgenommen hatte, oder studierte seine Zeitschriften. Es gab auch Zeiten, in denen er einfach nur dasaß und lauschte. Dann hörte er die Stimmen von Menschen, die sich unterhielten, eine Katze, die durchs Gebüsch huschte, die Grillen, deren Laute einen hier überall begleiteten, und das stete Meeresrauschen im Hintergrund. Abends flogen Glühwürmchen in großen Schwärmen durch den Bauerngarten.

An diesem Abend war er früh eingeschlafen, doch er fuhr immer wieder unruhig aus dem Schlaf. Der helle Mond malte sein unwirkliches silbergraues Licht über die Landschaft und verwandelte seine Kleidung, die über der Stuhllehne hing, in eine sitzende Person. Als Kind hatte er sich manchmal vor seinen Kleidern gefürchtet. Dann hatte er sich an die Wand gedrückt, die Augen zusammengekniffen und versucht, besser zu erkennen, was da wirklich war. Wenn sein Herz zu wild gehämmert hatte, hatte er das Licht anmachen müssen und damit dann seinen Bruder Hans geweckt. Das hatte wiederum die Mutter verärgert.

Sein Bruder hatte den Vater noch kennengelernt, konnte sich aber nicht mehr erinnern, weil er viel zu klein gewesen war. Klaus war während des letzten Treffens von Mutter und Vater gezeugt worden und hatte den Vater, wie so viele in dieser Zeit, nie kennengelernt. Der Vater war im Krieg geblieben.

Die schweren Zeiten hatten seine Mutter mürbe gemacht. Manchmal kam sie Klaus wie eine Bogensaite vor, die bei der kleinsten Berührung reißen wollte. Er musste plötzlich an Jutta denken, die ihn vor dem Urlaub besucht hatte, und daran, wie Zlata heute am Strand gesungen hatte. Zlata, in die er sich verliebt hatte, die jedoch unumstößlich Brankos Freundin war. Das hatte sie ihm gesagt. Vor ein paar Tagen hatten Branko und sie sich heimlich verlobt.

Klaus versuchte, sich Juttas Gesicht vor Augen zu rufen. Sie war ein süßes Mädchen. In der Schule waren sie wohl alle davon ausgegangen, dass sie beide einmal heiraten würden.

Nur er hatte nichts davon geahnt. In den ersten Jahren war sie ihm gar nicht aufgefallen. Sie war viel jünger, wenn auch sehr verständig für ihr Alter. Im letzten Jahr hatte sie bei einer Abschlussfeier plötzlich vor ihm gestanden. Sie war einen Kopf kleiner als er, hatte wilde lange Locken und dunkelbraune Augen. Sie hatte ihn an einen Kobold erinnert. An diesem Tag waren ihre Wangen vor Aufregung gerötet gewesen. Sie hatte ihn zum Tanzen aufgefordert, ihre Nervosität war unüberhörbar gewesen.

Natürlich hatte er Ja gesagt. Während sie getanzt hatten, hatte sie ihm davon erzählt, dass sie fortgehen werde. Dass sie in eine Großstadt wolle, vielleicht studieren oder eine Ausbildung zur Fotografin machen. Sie liebte die Fotografie. Damals hatte er gedacht, dass es schade war, dass sie ihm bislang nicht wirklich aufgefallen war. Es hatte Spaß gemacht, mit ihr zu reden. Am Schluss hatte man sie spaßeshalber zum Paar des Abends gekürt. Danach hatte er Jutta nach Hause gebracht. Sie waren durch den handtuchgroßen elterlichen Garten zur Terrassentür gegangen, und anstatt sich zu verabschieden, hatten sie sich auf die Gartenstühle, die dort standen, gesetzt und die Limo leer getrunken, die sie sich vom Buffet mitgenommen hatten.

Klaus verschränkte die Arme hinter dem Kopf und starrte in die Ecke. Irgendwo in dem kleinen Zimmer war das enervierende Summen einer Stechmücke zu hören. Er dachte an Branko, der das allerschönste Mädchen heiraten würde und sich Gedanken um seine Zukunft machte. Er selbst hatte sich keine Gedanken um die Zukunft gemacht, bis er hierhergekommen war, bis er die Vorstellung entwickelt hatte, dass alles doch ganz anders werden könnte …

»Meine Eltern mögen Zlata nicht«, hatte ihm Branko ein paar Tage zuvor erzählt. »Sie stammt nicht aus der richtigen Familie. Ihre Mutter ist nicht von hier. Sie hat einen Mann von der Insel geheiratet, aber ursprünglich ist sie aus der Stadt. Aus Rijeka. Sie sagen, Zlata wird nie hierhergehören.«

Branko hatte nachdenklich ausgesehen. Klaus hatte ihn gemustert.

»Aber sie ist doch hier geboren, oder?«

»Ja.«

»Und du liebst sie?«

»Ja.«

»Ist das nicht das Wichtigste? Die Liebe?«

Branko hatte einen tiefen Zug von seiner Zigarette genommen. Er rauchte mehr in diesem Jahr, das war Klaus schon aufgefallen. Klaus hatte nie Gefallen am Rauchen gefunden, obgleich er zugeben musste, dass Branko irgendwie lässig aussah, wie er die Zigarette zwischen den Fingern hielt, manchmal daran zog und den Rauch dann in Ringen ausblies: ein junger John Wayne vor dem Hintergrund des Meeres.

»Ja, das ist das Wichtigste«, hatte er endlich gesagt.

Klaus dachte wieder an Jutta. Das Koboldmädchen, das bald auch nach Frankfurt kommen wollte, wo er studierte. Er dachte über sein Studium nach und was danach sein würde. Hin und wieder hatten Jutta und er schon über die Zukunft gesprochen. Sie hatte gelacht darüber, denn wer wusste schon, was geschehen würde. Keiner wusste das.

Klaus schloss die Augen und öffnete sie gleich wieder. Er war hellwach. Er konnte nicht schlafen. In einer Woche würde er wieder nach Hause fahren, und dann würde es ein Jahr dauern, bis er sie alle wiedersah. Er hatte Branko versprochen, sich in Deutschland umzuhören.

»Willst du das hier wirklich verlassen?«, hatte er ihn gefragt. »Das hier ist doch der Himmel auf Erden. Ich würde am liebsten für immer bleiben.«

»Dann tu das«, hatte Branko mit einem Lachen erwidert. Klaus hatte plötzlich gedacht, dass er ein sehr gut aussehender Bursche war mit seinen dunklen Locken und seinem verschmitzten Lachen. Branko hatte einen Schluck aus der Limoflasche genommen, sich dann vorgebeugt und die Ellbogen auf den Knien abgestützt. Unter dem dünnen T-Shirt hatten sich die Muskeln eines jungen Mannes abgezeichnet, der körperlich hart arbeitete. »Ein paar Jahre woanders arbeiten«, war er dann fortgefahren. »Das machen wir Kroaten seit Jahrhunderten. Wir ziehen über das Meer. Wir segeln fort. Es gibt große kroatische Segler. Manche sagen, Marco Polo war ein Kroate.«

»Nicht dein Ernst.«

»Doch.« Klaus hatte gelacht. »Ich arbeite hart«, war Branko fortgefahren, als hätte er ihn nicht gehört. »Ich spare so viel wie möglich, und dann komme ich hierher zurück und biete Zlata das Leben, das sie verdient. Ich baue ein modernes Haus mit Heizung und einem Badezimmer mit fließendem Wasser. Es wird viele Zimmer haben und eine große Küche mit allen Geräten, die die Hausarbeit erleichtern. Zuerst werde ich ihr eine Waschmaschine kaufen. Ich werde ihrer Mutter zeigen, dass ich der Richtige bin. Zlata verdient etwas Besonderes. Findest du nicht?«

»Ja, das tut sie gewiss. Wer, wenn nicht sie? Ich werde mich umschauen, mein Freund, das werde ich. Versprochen.«

Neuntes Kapitel

Kroatien, Insel Cres, Gegenwart

»Wir mischen uns da nicht ein, das haben wir nie gemacht, Marija.«

»Ja, ich weiß, aber ist das richtig?« Marija seufzte. »Vielleicht hat Goran recht. Es ist auch mein Haus. Es ist das Haus meiner Eltern. Es ist mein Leben. Es kann nicht sein, dass wir alles verlieren. Vielleicht ist Goran wirklich derjenige, der weiß, was zu tun ist, um den Hof zu retten. Ich bin so glücklich, dass er zurückgekommen ist.«

Marija nahm ihre Teetasse und pustete hinein. Sie schnupperte. Sie liebte den Duft von Zlatas Kräutertee. Thymian war darin, Zitronenmelisse und Salbei, das half bei Erkältungen. Die Freundin bereitete ihn seit Jahren nach eigenem Rezept zu, wie heute, da Marija über ein leichtes Kratzen im Hals geklagt hatte.

Während sie den ersten Schluck nahm, schaute sie sich in Zlatas Heim um. Die Einrichtung wirkte leicht und modern, ganz anders als die in Marijas Haus, das ihre Eltern möbliert hatten und in dem seither viel zu wenig verändert worden war. Zlata hatte keines der alten Möbelstücke ihrer Mutter oder ihrer Großeltern behalten. Stück um Stück hatte sie die Erinnerungen im Haus ersetzt. Das machte es zeitlos, so als gäbe es keine Vergangenheit und in gewisser Weise auch keine Zukunft.

Ja, Zlata lebte in der Gegenwart. Sie lebte in jedem Moment, und selten, nur ganz selten, ließ sie es zu, dass sie die Erinnerung an die Vergangenheit und die Hoffnungen einer anderen Zukunft einholte. Marija bewunderte sie dafür. Sie bewunderte sie dafür, wie sie Halt bei sich selbst fand, dafür, wie sie das Leben als alleinstehende Frau meisterte. Und sie war dankbar darüber, dass sie einander trotz allem nie aus den Augen verloren hatten.

Zlata war eine der wenigen Frauen in Marijas Umgebung, die einen Beruf ausgeübt hatten. Zlata hatte ihr Leben stets allein gemeistert. Leicht hatte sie es nicht gehabt, aber sie hatte sich kaum einmal beklagt. Ja, Marija war froh, dass sie den Kontakt gehalten hatten, auch während der drei einsamen Jahre, für die Zlata als Hilfslehrerin nach Rijeka gegangen war. In dieser Zeit hatte Marija ihren Platz auf Cres verteidigt. O ja, sie hatte es unmöglich gemacht, dass man Zlata vergaß. Zlata war ein Teil von Cres und würde es immer bleiben.

Als Marija am nächsten Sonntag aus der dreischiffigen Marienkirche trat, wartete Zlata schon vor dem Portal. Zlata war nicht besonders gläubig, dennoch kam sie verlässlich hierher. Schon seit Jahren war das so, mindestens seit Marija geheiratet hatte. Eigentlich konnte sie sich kaum daran erinnern, dass es einmal anders gewesen war. Am Sonntag bereitete sie ihrem Mann und dem Sohn, wenn er zu Besuch weilte, morgens ein kaltes Mittagessen vor, ging dann zur Messe und traf sich danach mit Zlata.

Es hatte Zeiten gegeben, da hatte sich Petar nicht sonderlich erfreut darüber gezeigt – er misstraute Zlata –, aber irgendwann hatte er nichts mehr gesagt. Einmal hatte Marija versucht, ihm zu erklären, dass er sich nicht nach dem Gerede der anderen richten dürfe. Er hatte nur abgewinkt. »Triff dich mit ihr«, hatte er gesagt. »Aber lass mich damit in Frieden.«

Zlata war zwar hier geboren worden, ihre Mutter war dennoch zeitlebens »die Fremde« geblieben.

Jetzt umarmten die Freundinnen einander, denn dazu kamen sie vor der Messe nie. Ein paar schauten zu ihnen herüber, manchmal wurde gewispert, aber nicht mehr so wie früher. Die Sonne schien hell und strahlend, ließ flirrende Schatten tanzen, dort, wo das Licht zwischen den Ästen eines Baumes hindurchfiel.

Zlata war wie immer elegant gekleidet. Ihr schönes Gesicht mit den hohen Wangenknochen und den großen blauen Augen erschien alterslos. Sie trug das graublonde Haar in einem Dutt, der dem einer Ballerina ähnelte. Es war nicht schwer, sich vorzustellen, wie sie als junge Frau ausgesehen hatte. Tatsächlich hatte sie sich kaum verändert. Ihr Gesicht war vielleicht etwas schmaler geworden, weniger weich, die Haut dünner, aber ansonsten … Sie trug einen schmalen Rock, der bis kurz unter das Knie reichte, dazu eine fliederfarbene Bluse und sauber polierte schwarze Schuhe. Ihr Gesicht hellte sich auf.

»Endlich.«

Küsschen links und rechts. Mit einem Lachen hakten sie sich unter. In solchen Momenten war es, als wären sie noch jung, als wäre keine Zeit vergangen, seit sie ganze Wochenenden am Strand verbracht und von der Zukunft geträumt hatten.

So lange kennen wir uns schon …

Marija runzelte die Stirn. War sie unzufrieden? Nein, das konnte sie nicht sagen. Manches war nicht so gekommen, wie sie sich das vorgestellt hatte, besonders Zlata hatte es schwer getroffen, aber Zlata war ein starker, mutiger Mensch. Sie hatte sich nicht unterkriegen lassen, hatte ein gutes Leben geführt. Die Leute respektierten sie, zumindest das konnte man sagen, auch wenn sie immer die Außenseiterin geblieben war.

Ob sie wohl ein anderer Mensch wäre, wenn Branko und sie geheiratet hätten?

Wahrscheinlich machte sich Zlata solche Gedanken nicht. Sie sprach auch nicht über das, was damals geschehen war. Marijas Mutter hatte es schwer getroffen, als Branko sich plötzlich nicht mehr gemeldet hatte. Zuerst hatte sie noch gewartet, dann hatte sie die Hoffnung verloren, dieses Funkeln in ihren Augen war erloschen, auch wenn sie sich mit keinem Wort dazu geäußert hatte, wie sie ihren Sohn vermisste. Sie hatte nur noch selten gelacht.

Sie hatte all ihre Kinder geliebt, doch mit seinem Verschwinden war Branko zu ihrem Abgott geworden. Sein Bild war im Wohnzimmer aufgestellt worden, eines, das entstanden war, kurz bevor er sie verlassen hatte – ein ewig junger Mann mit einem mitreißenden Lachen. Auch Marija hatte sich an ihn als den Mann erinnert, der mit ihr herumgealbert hatte, mit dem sie lachend am Strand Nachlaufen gespielt hatte. Für immer würde er der große Bruder sein, den sie bewundert hatte.

Brankos Verschwinden hatte die Zeit für sie alle ein wenig stehen bleiben lassen. Nach dem Tod ihrer Eltern hatten sie und Petar den Hof übernommen, denn Ana, ihre ältere Schwester, war wie Branko nach Deutschland gegangen. Die Erinnerungen an den Bruder waren lange Zeit unberührt geblieben – bis sie sich entschieden hatte, alles in eine schön gestaltete Holzkiste zu legen und hin und wieder eine Kerze für ihn anzuzünden.

Marija warf Zlata einen kurzen Blick von der Seite zu. Ob sie heute auch noch an Branko dachte? Branko und Zlata hatten sich einander schließlich versprochen. Sie hatten ihr Leben miteinander verbringen wollen, und Zlata hatte danach nie wieder Interesse an einem Mann gezeigt, was ihr unter anderem den Ruf eingebracht hatte, hochmütig zu sein. Doch das war sie nicht. Zlata war kein hochmütiger Mensch. Sie hatte Branko geliebt, und als er gegangen war, hatte er einen Teil ihres Herzens mitgenommen.

Ich würde alles tun, dachte Marija, wenn ich diesen Schmerz ein wenig heilen könnte.

Zehntes Kapitel

Deutschland, Gegenwart

»Was hältst du davon?«

Pia musterte Zoltan von der Seite. Sie hatte ihn angerufen, und zu ihrer Überraschung war er sofort bereit gewesen zu helfen. Er stand kurz davor, eine neue Stelle anzutreten, und freute sich, ein bisschen was dazuverdienen zu können. Den ganzen Tag hatte er im Garten ihrer Großeltern geschuftet, dann hatte sie ihn gefragt, ob er nicht später bei ihr vorbeikommen könne, weil sie ihn etwas fragen wolle. »Ich fahr nur kurz nach Hause zum Duschen«, hatte er gesagt. »Ist dir das wirklich nicht zu viel?«, hatte sie unsicher gefragt. Zoltan hatte ihr versichert, das sei schon in Ordnung.

Sie wollte nicht, dass er etwaige Pläne für sie über den Haufen warf oder sich nach einem anstrengenden Tag keine Ruhe gönnte. In der Schule war er in sie verliebt gewesen, aber davon hatte sie erst später erfahren, in dem Jahr, als Sebastian und sie ihr Zweijähriges gefeiert hatten und sie sich sicher gewesen war, eine frühe Fehlgeburt erlitten zu haben. Ab und zu hatten sie sich danach gesehen, meistens nur kurz beim Einkaufen, einmal im Schwimmbad. Doch Sebastian hatte sich so abweisend verhalten, dass sie nicht lange miteinander gesprochen hatten.

Wenn sie es recht bedachte, war er einer ihrer ältesten

Freunde. Über seine Mutter, die mittlerweile im Ruhestand war, hatte sie manchmal erfahren, was er gerade machte. Pia erinnerte sich gut an die ernste Frau, die ihre Arbeit bei den Großeltern meist ohne ein Wort getan hatte, danach jedoch noch auf einen Kaffee bei Oma Jutta gesessen und über ihre Kinder geredet hatte. Aus ihren Sommerurlauben in Kroatien hatte sie stets etwas mitgebracht: ein Mokkaset aus Messing, Perlenbänder, die man durch die Finger gleiten lassen konnte, Stickereien, Puppen in Tracht, Muscheln …

Zoltan war immer noch so rundlich wie in der Schulzeit. Zu einem ausgewaschenen Darth-Vader-Hemd und Jeans trug er knallblaue Sneakers. Sie tranken zuerst ein Bier zusammen und schwelgten ein wenig in Erinnerungen – viel Zeit hatten sie tagsüber beim Arbeiten nicht gehabt. Jetzt holte Pia das Album heraus.

Zoltan blätterte es langsam durch. Dann sah er auf und zog die Augenbrauen hoch, so wie er es früher immer getan hatte, wenn sie in Mathematik auf dem Schlauch gestanden hatte und zu ungeduldig für seine Erklärungen gewesen war.

»Na ja … Was ich davon halte?« Er räusperte sich. »Dein Opa war in den Sechzigern in Kroatien und hat dort Urlaub gemacht. Es heißt, Jugoslawien sei damals das Ziel derjenigen gewesen, die sich Italien nicht leisten konnten. Warum interessiert dich das so?«

Er sah sie fragend an. Pia überlegte. Das klang wirklich banal. Was sollte sie also sagen? Vielleicht hatte Zoltan recht, vielleicht war daran wirklich nichts Besonderes. Warum aber hatte ihr Opa niemandem etwas davon erzählt? Jutta und Klaus verreisten gern. Es gab unzählige Bilder von ihren Reisen in ihrer Wohnung, Muschel- und Steinsammlungen aus allen Ecken und Enden der Welt. Es gab Berichte und Erzählungen. Pia erinnerte sich an viele Diaabende. Jutta und Klaus hatten immer von ihren Reisen erzählt.

Nur nicht von Kroatien. Wo Opa offenbar allein gewesen ist. Vor seiner Hochzeit …

»Wie soll ich das erklären … Es ist nur so ein komisches Gefühl. Also, mein Opa Klaus war ein paar Jahre hintereinander dort, Zoltan, und ohne meine Oma. Ich …«, Pia holte tief Luft, »… ich weiß noch nicht einmal, ob meine Oma von diesen Reisen überhaupt etwas wusste. Zumindest hat sie nie darüber gesprochen, dass er allein nach Kroatien gereist ist. Ist das nicht seltsam?« Zoltan wollte sie unterbrechen. Pia hob die Hand. »Und meine Großeltern waren damals schon verlobt, das glaube ich zumindest. Sie kannten sich ja schon seit der Schulzeit. Ende der Sechziger haben sie, glaub ich, geheiratet. Kurz nach der letzten Reise anscheinend. Meine Mutter ist dann bald geboren worden.«

Zoltan runzelte die Augenbrauen und nahm das Album noch einmal zur Hand.

»Gut, vielleicht hast du recht. Vielleicht ist das wirklich ungewöhnlich. Lass mich mal sehen …« Er beugte sich etwas vor, schob das leere Bierglas beiseite, blätterte die ersten Seiten auf und betrachtete dann eine davon genauer. »Die Frage ist aber auch, was du jetzt machen willst …«, sagte er dann, ohne den Kopf zu heben. »Das habe ich, glaube ich, noch nicht ganz verstanden. Warum willst du wissen, wo das ist und warum niemand je von der Reise erzählt hat? Willst du mit deinem Großvater sprechen?«

Pia lehnte sich in ihrem Stuhl zurück, schlug die Beine übereinander und beugte sich dann abrupt wieder nach vorn.

»Ehrlich? Ich weiß nicht, ich … Eigentlich hatte ich da so eine Idee … Ich könnte doch nach Kroatien reisen und …«

Jetzt war es raus, und sie war selbst überrascht.

Wieder hob Zoltan die Augenbrauen. »Du willst herumspionieren? Wegen einer Sache, die ewig zurückliegt und womöglich vollkommen unbedeutend ist?«

»Na ja, herumspionieren hört sich so kriminell an. Aber ja, vielleicht will ich das. Vielleicht will ich aber auch nur mal eine Zeit hier raus. Ich brauche Abstand, und gerade jetzt habe ich nicht wirklich etwas anderes zu tun. Ich mache nämlich ein Sabbatjahr, weißt du …« Sie grinste schief.

»Wäre es nicht unkomplizierter, mit deinem Großvater zu reden?«

»Ich denke nicht … Es … es ist mir echt peinlich, dass ich das Buch einfach eingesteckt habe.«

Zoltan schüttelte den Kopf. »Du bist lustig. Das Beste wäre doch, mit der Wahrheit herauszurücken, anstatt Hunderte Kilometer zu reisen. Er erfährt es ja doch irgendwann.«

Pia schüttelte den Kopf. »Ich glaube, das war ein Zeichen, weißt du? Ich muss dorthin fahren.«

Zoltan begann, das leere Glas in den Händen zu drehen. »Was sagt denn Sebastian dazu?«

Pia zuckte mit den Schultern. Sie bekam plötzlich keinen Ton mehr heraus. Wenn sie jetzt antwortete, das wusste sie, würde sie in Tränen ausbrechen.

Zoltan stellte sein Glas ab. »Jetzt sag nicht, dass ihr nicht mehr zusammen seid. Ihr seid jetzt doch schon …«

Sie schloss kurz die Augen und holte tief Luft. »Wir sind sieben Jahre zusammen gewesen. Das verflixte siebte Jahr hat uns zu Fall gebracht.« Pia versuchte zu lächeln, aber es gelang ihr nicht. Sebastian und sie waren kein Paar mehr. Sie musste sich immer noch daran gewöhnen. Sie hörte, wie Zoltan sich räusperte. Als sie ihm einen Blick von der Seite zuwarf, bemerkte sie, dass sich sein Körper versteift hatte. Er suchte offenbar nach Worten, Worten für eine Frage, die sie nicht gestellt haben wollte. »Ich würde wirklich gern nach Kroatien reisen«, sagte sie unvermittelt. »Weil ich eben gern verreisen möchte und auch … Ich hätte eine Aufgabe. Ich hatte immer den Eindruck, ich weiß alles von meinen Großeltern, aber jetzt …«

So wie ich dachte, ich wüsste alles von Sebastian.

»Gut, wenn du Zeit hast, dann tu es.«

»Oh, die habe ich. Mehr als genug.«

Zoltan lächelte sie an und sah dabei doch etwas traurig aus. »Ich helfe dir gern. Ich frag mal meine Mutter.«

»Das ist gut.« Sie legte ihm eine Hand auf den Arm.

Er zuckte zurück. »Bitte«, sagte er langsam, »tu das nicht.«

Sie senkte den Kopf. »Es tut mir leid. Ich wollte dir nicht wehtun.«

»Das weiß ich«, erwiderte er, auch wenn es ihm sichtlich schwerfiel.

Dann beugte er sich vor und sah sich das letzte Bild nochmals genauer an. »Dieses Bild scheint von einer Fähre aus fotografiert worden zu sein. Ich bin mir also schon einmal zu neunzig Prozent sicher, dass es eine Insel ist, aber nicht Krk.« Er hob den Kopf und sah Pia an. »Krk ist die größte der Kvarner Inseln. Sie liegen vor Rijeka. Ich war dort schon als Kind. Aber ich war auch auf Cres. Ich würde sagen, das ist Cres.«

Pia lächelte. »Weshalb bist du dir da so sicher?«

»Na ja.« Zoltan wies auf ein Foto. Pia sah es sich genauer an. »Das ist ganz sicher der Anleger von Cres, dem gleichnamigen Ort im Westen der Insel. Die Marina ist recht bekannt unter Seglern. Und schau mal dort, das Schild. Ich meine, ich erkenne ein C und ein R … Der Rest ist nicht mehr drauf.«

Pia nickte.

In der vergangenen Nacht, als sie nicht hatte einschlafen können, hatte sie ein wenig in den Reiseführern gestöbert, die sie sich auf dem Heimweg von den Großeltern aus der Bibliothek ausgeliehen hatte. Sie hatte nach Hinweisen gesucht, aber es war schwierig, Dinge zu erkennen, die man noch nie gesehen hatte. Kroatien war so groß. Irgendwann hatte sie sich in Mutmaßungen darüber verloren, wo genau ihr Großvater gewesen war und was er dort wohl gemacht hatte.

»Leben auf Cres viele Menschen?«

Pia meinte, so etwas gelesen zu haben. Sie klappte das Album zu und holte noch eine Flasche Bier aus dem Kühlschrank, schenkte Zoltan und sich selbst nach.

»Nein.« Zoltan trank einen Schluck. »Man könnte sagen, es ist eher provinziell, aber es ist schön dort, recht felsig. Und es duftet stark nach Kräutern, wie meine Oma immer sagt. Mich hat natürlich eher das Meer interessiert. Ich glaube, ich war stundenlang im Wasser. Es ist dort glasklar, wirklich, man kann ohne Taucherbrille bis auf den Grund sehen. Das hat irgendwas mit den Strömungen zu tun. Ich kann mich nicht erinnern, anderswo noch einmal so klares Wasser gesehen zu haben.« Er drückte die Brust heraus und nahm die Schultern zurück. »Wir Kroaten haben eben das beste Wasser.«

Pia lachte. »Hört sich gut an.«

»Es gibt zwei größere Orte dort«, fuhr Zoltan fort, »Cres und Osor, die durch eine gut ausgebaute Straße verbunden sind.« Zoltan wies auf ein anderes Foto. »Das ist tatsächlich Cres. Ich erkenne den Turm, den ich als Junge immer unbedingt besuchen musste.« Er machte eine Pause. »Doch, es ist wirklich schön dort. In der Kvarner Bucht herrscht Mittelmeerklima, weißt du. Die Sommer sind warm, der Herbst ist regnerisch, der Winter mild. Temperaturschwankungen gibt es kaum. Manchmal bläst die *bura* vom Gebirge herunter. Dann kann es allerdings kalt werden.«

»Die *bura?*«

»Ein Wind. Es gibt verschiedene Winde. Ich müsste nachlesen, wenn ich dir Genaueres darüber sagen wollte …«

»Schon in Ordnung. Wie sieht es mit Unterkünften aus?«

»Campingplätze, Pensionen und auch Ferienwohnungen. Hotels gab es kaum welche, zumindest damals gab es keine. Ich denke, das ist heute auch noch so.«

»Okay, danke.«

Sie schwiegen wieder.

»Wirst du wirklich fahren? Allein?«, fragte er dann. Er sah sie prüfend an.

»Ich habe immer mehr den Eindruck, ich muss.« Pia lächelte wieder. »Ich sollte etwas Vernünftiges mit meinem Sabbatjahr anfangen, oder? Ich hab einiges gespart in den letzten Jahren. Wir haben immer nur Kurzreisen gemacht. Jetzt weiß ich endlich, wofür das gut war.«

Es wird mich von meinen düsteren Gedanken abhalten, und ich muss nicht mehr ständig fürchten, Sebastian und seiner Neuen irgendwo zu begegnen. Wenigstens für ein paar Wochen.

Zoltan räusperte sich. »Es tut mir wirklich leid, dass es mit Sebastian vorbei ist. Ich hoffe, das ist vorhin nicht falsch rübergekommen.«

Pia schüttelte den Kopf. »Natürlich nicht. Ich gewöhn mich langsam dran.«

Das war gelogen. Sie wusste das und musste es trotzdem sagen. Sie sah zu, wie Zoltan kleine Figuren auf den Zettel vor sich zeichnete. Das hatte er auch früher oft getan. Es ließ ihn abwesend wirken, aber die großen Augen hinter den dicken Brillengläsern wirkten sehr aufmerksam.

»Du kannst mit dem Flugzeug anreisen, mit dem Auto oder mit dem Zug.«

»Das Auto ist schon mal ausgeschlossen. So eine weite Strecke will ich nicht allein fahren, und das Flugzeug scheint mir auch unsinnig, eine Verschwendung …«

»Das wäre aber die schnellste Verbindung.«

»Sicher.« Pia überlegte. »Nur … ich würde auch gern etwas von der Strecke sehen. Mein Opa ist sicher auch nicht geflogen. Wahrscheinlich ist er Zug gefahren, ich …«

»Frag ihn doch.«

Pia schüttelte ernst den Kopf. »Das will ich nicht. Das hab ich doch schon gesagt.«

»Vielleicht hat es aber gar keine Bedeutung, vielleicht hat er es einfach nur nicht erzählt.«

»Einfach nicht erzählt? Er ist mehrere Sommer dorthin gefahren. Es gibt Bilder von anderen jungen Leuten, die er dort kennengelernt haben muss. Es sind jedes Jahr dieselben. Also hatte er eine stärkere Bindung.«

Zoltan zuckte mit den Schultern. »Wir Kroaten sind gastfreundlich. Das muss nichts bedeuten.«

»Nichts bedeuten?« Pia schüttelte den Kopf. »O doch, das bedeutet etwas. Das weiß ich.«

»Na ja, vielleicht war er Spion beim BND. Damals gehörte Jugoslawien doch quasi noch zur anderen Seite, zumindest zu den Blockfreien.«

Pia starrte den Freund an. »Du nimmst mich nicht ernst«, beschwerte sie sich.

Dann musste sie aber doch lachen.

Königreich Jugoslawien

Vierzigerjahre

An dem Tag, als Aleksija ihren zukünftigen Mann zum ersten Mal sah, kam er die Straße entlang. Man sah, dass er kein Stadtmensch war, sondern ein Bursche vom Land, aber er strahlte ein Selbstbewusstsein aus, das alle Blicke auf sich lenkte. Er trug die Kleidung der Landleute, und er trug sie mit überbordendem Stolz. Er war so voller Lebendigkeit, strotzend vor Kraft. Er war das Bild eines Mannes, mit dem ihre Eltern nichts anzufangen wussten und das sie deshalb umso mehr verzückte. Er war kein Mann, der in der Fabrik arbeitete. Sie sah ihn mit seinen Freunden, mit denen er in einem rauen, aber freundlichen Umgangston kommunizierte. Er sah sie an und ließ es zu, dass sie ihn bemerkte, ohne sich an Formalien zu halten oder zu versuchen, sie zu blenden, wie die anderen, die bei den Eltern höflich um ihre Hand angehalten hatten und die sie gelangweilt nach Hause geschickt hatte.

Aleksija hatte immer einen Mann gewollt, der ihr standhalten konnte. Dieser Bursche konnte es. Sie sah ihn auf seinem Feld stehen, auf die Schaufel oder die Hacke gestützt. Sie bemerkte, wie er sie immer wieder beobachtete, und wich ihm nicht aus.

Er war ein schöner Mann. Auch das war er.

Sie stellte sich das Spiel seiner Muskeln vor, wenn er morgens in seinem Hof stand und sich den nackten Oberkörper wusch. Bestimmt tat er so etwas.

»Ich weiß nicht«, sagte ihre Mutter, eine Arztfrau, an diesem Tag beim Tee zu ihren Freundinnen, »ich weiß nicht, was der Kult um diese Bauern soll. Ein unzivilisiertes, unrasiertes Pack sind sie. Wie geschockt war die feine Gesellschaft damals in Zagreb, als die Radic-Brüder an der Spitze einer Kolonne von Landleuten in einfachen Kitteln in das Hohe Haus einzogen. Die Bauernpartei gebe dem ländlichen Kroatien das nötige Selbstbewusstsein, hieß es.«

Und die anderen Frauen nickten lächerlich überheblich, während Aleksija sich zwingen musste, nicht die Augen zum Himmel zu rollen und weiter die sittsame Tochter zu spielen. Darauf, dass ihr das gelang, war sie stolz.

Als sie ihn das nächste Mal traf, tanzte er. Sie fragte sich, ob er immer dort war, wo sie gerade hinging, um auf sie zu warten, aber eigentlich bezweifelte sie das. Er sah nicht aus wie ein Mann, der auf eine Frau wie sie wartete. Gewiss war sie für ihn eine Stadtfrau, eine Frau, die nicht die Arbeit leisten konnte, die auf dem Land notwendig war. Aber wenn sie ihn sah, dann wollte sie mit nackten Händen in der Erde wühlen und mit nackten Füßen über Steine laufen und ihm zeigen, dass kein Laut des Schmerzes über ihre Lippen kam.

Nein, Aleksija konnte den Blick nicht von ihm nehmen, und auch er sah sie. Das wusste sie. Seine Selbstsicherheit gefiel ihr, und sie beeindruckte ihn ebenso. Sie wartete, auch wenn es ihr schwerfiel, denn sie nahm die Dinge gern in die Hand.

Als er sie endlich zum Tanzen aufforderte, wurde sie zum ersten Mal in ihrem Leben rot.

Sie kannte die Tänze nicht, die er und seine Freunde tanzten. Ihr Tanzlehrer hatte ihr keine Tänze für Bauerntrampel beigebracht. Er hielt ein kleines Tuch in der Hand, das er während des Tanzes bewegte, um es ihr am Schluss zu überreichen. Abends legte sie es unter ihr Kopfkissen.

Sie heirateten, nachdem sie volljährig wurde. Ihre Eltern beschlossen, kein Wort mehr mit ihr zu sprechen. Eine Woche nach der Hochzeit gingen sie nach Cres zu seiner Familie. Dass seine Mutter sie ablehnte, spürte Aleksija sofort, aber ihr war klar, dass sie alles ertragen konnte, wenn nur er an ihrer Seite war – und das war er. Gemeinsam bestanden sie gegen die Welt.

Im Jahr 1941 überfiel Deutschland Jugoslawien. Plötzlich befand man sich im Krieg, der »Unabhängige Staat Kroatien« wurde gegründet, der ganz Bosnien und einen Teil der Vojvodina umfasste, nicht aber Dalmatien, auf das Hitlers Verbündeter Mussolini seine Begehrlichkeiten richtete. Die Welt war in Bewegung, sie hatten dennoch ihr eigenes kleines Glück.

Seine Mutter begann, sie zu hassen.

Elftes Kapitel

Deutschland, Gegenwart

Über die nächsten Tage half Pia weiter den Großeltern. Sie hatte sich den Keller vorgenommen, auch hier ausgemistet und sauber gemacht. Es hatte sich so viel Krempel im Laufe der Jahre angesammelt. Pia war froh um die anstrengende Arbeit. Es fühlte sich gut an, sich körperlich zu betätigen, am Abend verschwitzt und staubig unter der Dusche zu entspannen, noch irgendeinen Film anzuschauen und dabei zu Abend zu essen. Ins Forum schaute sie nur noch selten, und sie schrieb natürlich auch keine Beiträge mehr. Worüber auch?

Filinchen meldete sich privat per Mail, Pia blieb vage. Alles aufzuschreiben verstärkte den Schmerz nur noch mehr, es bedeutete, sich neue Gedanken zu machen, neue Fragen zu stellen, alles von vorne zu durchleben.

Kannst dich immer bei mir melden, schrieb Filinchen eines Tages und setzte einen Smiley dahinter.

Pia musste lächeln. Obwohl sie sich nie gesehen hatten, fühlte sie, dass sie in Filinchen eine wirklich gute Freundin gefunden hatte. Irgendwann würden sie sich gewiss auch im wahren Leben treffen. Das konnte sich Pia gut vorstellen. Sie teilten etwas, das andere nicht teilten, das sie vielleicht noch nicht einmal verstanden: den brennenden Wunsch nach einem Kind.

Pia reckte unvermittelt die schmerzenden Schultern und

massierte sich dann den Nacken. An diesem Tag hatte sie sich der Vorratskammer gewidmet. Sie hatte ein Regal dort angebracht und dann mit ihrer Großmutter einen Großeinkauf gemacht. Außer frischem Gemüse, Milch, Käse und Fleisch würde sie in den kommenden Wochen nichts mehr einkaufen müssen.

»Nimmst du noch einen Kaffee?«, fuhr Oma Jutta in ihre Gedanken.

Sie räusperte sich. »Ja, gern, Oma, und auch noch ein kleines Stück von deinem Streuselkuchen, bitte!«

Ihr Appetit kam zurück, und Oma Juttas Streuselkuchen war einfach der weltbeste.

»Du hast heute aber einen guten Appetit«, mischte sich Opa Klaus grinsend ein.

»Sie hat auch hart gearbeitet«, wies seine Frau ihn zurecht. »Und es ist doch schön, wenn das Kind einmal wieder isst.« Oma Jutta streichelte ihren Arm.

»War doch nicht so gemeint, Krötchen.«

Klaus legte einen Arm um Oma Jutta und zog sie dann an sich. Pia erwischte sich dabei, wie sie die beiden beobachtete.

Wusste ihre Großmutter wirklich nichts von Kroatien? Hatte sie das Album tatsächlich niemals gesehen? Auch früher nicht? Sie hatte eine Leseecke im Arbeitszimmer ihres Mannes gehabt und oft bei ihm gesessen, wenn er seinen Unterricht vorbereitet hatte. Pia konnte sich einfach nicht vorstellen, dass ihre Großeltern, die so miteinander harmonierten, Geheimnisse voreinander hatten.

»Pia, deine Tasse!«

Oma Jutta hatte sie anscheinend nicht zum ersten Mal angesprochen.

»Oh, entschuldige.« Pia reichte ihrer Oma die Tasse. Es klirrte leise, denn sie zitterte plötzlich. »Ich glaube, ich bin wirklich müde. Ich zittere schon.«

»Kein Wunder«, sagte Jutta mit einem strengen Seitenblick auf ihren Mann. »Du hast ja den ganzen Einkauf allein ins Haus geschleppt, während Opa und Zoltan draußen zugange waren. Aber jetzt haben wir es endlich geschafft, jetzt musst du dich erholen. Tu dir doch mal was Gutes.« Oma lachte verschmitzt.

Pia reckte sich noch einmal. »Ich dachte tatsächlich, ich fahre mal für ein paar Tage weg. Vielleicht in den Süden. Es gibt da jemanden in der Nähe von München, den ich gern besuchen würde.«

»Wie heißt er denn?« Opa Klaus sah sie fragend an.

»Sie heißt Jessica«, gab Pia zurück und trank einen Schluck. »Ich habe sie im Internet kennengelernt.«

»So macht man das heute also.« Opa Klaus schenkte sich selbst noch etwas Kaffee ein und füllte dann Oma Jutta Tee nach.

»München lohnt auf jeden Fall einen Besuch«, mischte sich Oma Jutta ein. »Wirklich, du hast dir ein bisschen Ruhe und Zeit für dich verdient. Und mit Sebastian ist es wirklich endgültig aus?«

Da war die Frage, vor der sie sich schon die ganze Zeit gefürchtet hatte. Sie hätte gleich mit ihren Großeltern über die Trennung sprechen sollen und wie es ihr damit erging. Jetzt war es umso schwerer. Aber sie schaffte es einfach noch nicht.

»Ich denke, ja …«

Es war schwer, dem Blick ihrer Oma nicht auszuweichen.

»Wie schade«, sagte sie.

»Geht schon …«, gab Pia mit brüchiger Stimme zurück.

Ihre Großmutter sagte nichts mehr, doch Pia wusste, dass sie es nicht wirklich bedauerte, dass Sebastian nicht mehr Teil ihres Lebens war. Sie hatte ihn von Anfang an nicht leiden können.

»Jetzt lass sie doch«, mischte sich Opa Klaus ein. Als Pia

in seine Richtung sah, bemerkte sie, dass er sie nachdenklich beobachtete. Später begleitete er sie zur Haustür. Als sie sich verabschieden wollte, schaute er sie ernst an. »Ich hab Sebastian getroffen. Ich weiß, dass es endgültig ist.«

Pia öffnete den Mund und schloss ihn dann wieder. »Ich konnte noch nicht darüber sprechen«, sagte sie leise. »Es ist noch zu frisch, und es tut noch zu sehr weh. Ich … Ich wollte euch nichts vorenthalten.«

Opa Klaus nahm sie spontan in den Arm. »Das ist schon in Ordnung. Du musst nichts sagen. Es ist deine Entscheidung. Aber ich bin da, wenn du mich brauchst.«

»Danke«, flüsterte sie. Jetzt, dachte sie, jetzt wäre doch ein günstiger Augenblick, um ihn nach Kroatien zu fragen.

Sie tat es nicht.

Er klopfte ihr aufmunternd auf die Schulter. »Und jetzt mach dir einen schönen Abend.«

»Ja, das mache ich.«

Opa Klaus strich Pia über die Wange, griff dann nach ihrer Hand. »Du bist stark, vergiss das nicht.«

Zwölftes Kapitel

Gleich am nächsten Tag, und bevor sie es sich anders überlegen konnte, buchte Pia ihre Reise. Dann fuhr sie noch einmal bei den Großeltern vorbei, um sich zu verabschieden. Zoltan hatte wahre Wunder im Garten vollbracht. Die Terrasse sah wirklich einladend aus. Die Möbel, die vorher dicht gedrängt auf dem Balkon gestanden hatten, machten sich hier richtig gut.

Zwei Tage vor der Abreise rief Pia ihre Mutter an, kam aber nicht mal zu einer Begrüßung.

»Ich hab Sebastian gestern Abend gesehen«, sagte Susanne mit diesem seltsamen Ton in der Stimme, der zwischen Besorgnis und Empörung darüber schwankte, dass die erwachsene Tochter ihr nicht die volle Wahrheit gesagt hatte.

»Ja?«, antwortete Pia langsam.

Ihr schwante nichts Gutes. Ihre Mutter war wunderbar, hilfsbereit. Sie unterstützte sie, wo immer sie konnte, aber zu oft erkannte sie nicht, dass Pia so viel Nähe gar nicht wollte. Manchmal kam sie sich vor, als wäre sie immer noch sechs Jahre alt. Das Beben in der Stimme ihrer Mutter war in jedem Fall nicht zu überhören.

»Ich wusste gar nicht, dass er eine Neue hat.«

»Ist das von Bedeutung?« Pia fand, dass ihre Stimme abgeklärter klang, als sie sich fühlte.

»Aber Kind, du hättest es mir wenigstens sagen können.«

»Wir sind getrennt. Natürlich hat er das Recht auf eine neue Partnerin.«

»Du solltest dir auch jemanden suchen.«

»Mama, das hast du jetzt nicht wirklich gesagt.«

Es war kurz still. »Das war distanzlos. Ich weiß«, sagte Susanne dann, »aber es ärgert mich einfach. Und du bist doch meine Freun… Ich … wollte sagen, ich will nicht, dass mein Schatz leidet.«

»Es geht mir ja schon besser.«

»Es geht dir immer noch nicht gut.«

Der Vorwurf in der Stimme ihrer Mutter war deutlich zu hören. Pia öffnete den Mund und schloss ihn unverrichteter Dinge wieder. Ihre Mutter hatte sie mit zwanzig bekommen. Sie war noch so jung gewesen, und weil der Altersunterschied nicht so groß war, verhielt sie sich manchmal so, als wären sie Freundinnen. Wir sind keine Freundinnen, dachte Pia, sie ist meine Mutter. Ich liebe sie, aber wie man eine Mutter liebt. Sie hatte eine Mutter-Tochter-Freundschaft immer seltsam gefunden. Ihre Mutter seufzte laut hörbar, als wollte sie auf diese Weise ihren Unmut äußern und ihre Tochter auffordern weiterzusprechen.

»Hat er etwas gesagt?«, fragte Pia.

»Er war überrascht. Es war ja auch ein ziemlicher Zufall. Ich gehe selten in die Stadt. Onlineshopping ist viel bequemer.«

»Ja, Mama.«

Ihre Mutter hatte das Onlineshopping vor zwei Jahren für sich entdeckt, während sie es vorher kategorisch abgelehnt hatte. Ihre ersten Schritte waren vorsichtig gewesen. Sie hatte Pia oft angerufen, aber irgendwann hatte sie den Dreh herausgehabt. Sie fand es schön, Päckchen zu bekommen. Pia hörte, wie ihre Mutter sich räusperte.

»Wie lange ist er mit dieser Frau schon zusammen? Kennst du sie?«

»Ich glaube nicht«, hörte Pia sich sagen.

Und will ich wissen, wie lange er schon mit ihr zusammen ist? Was wäre, wenn ich wüsste, dass die beiden schon vorher ein Paar gewesen sind?

»Ich hoffe, er hat dich nicht betrogen. Papa und ich …«

»Ach, Mama. Was würde das jetzt noch ändern? Und lass Papa da raus. Das ist eine andere Geschichte.«

»Was soll daran anders sein?«

»Es ist mein Leben, Mama. Das ist daran anders.«

Ihre Mutter schluckte. »Ich glaube, wir machen hier erst einmal Schluss, und ich lasse dir etwas Zeit zum Nachdenken.«

»Danke, Mama, ich denke auch, das wäre gut. Ich wollte mich ja auch eigentlich nur verabschieden.«

»Du fährst schon so bald?«

»Übermorgen geht's los.« Pia schaute auf die Kringel, die sie auf ihr Notizbuch gemalt hatte. »Ich ruf später vielleicht noch mal an.«

Sie rief nicht noch einmal an. Das Gespräch über Sebastians Neue ließ sie nicht mehr los, während sie Salatblätter wusch, Möhren, Gurken und Tomaten schnippelte, Granatapfelkerne hinzugab und ein Dressing vorbereitete. Es tat gut, so sorgsam zu sein, etwas nur für sich selbst zu tun. Während der Zeit mit Sebastian hatte es selten Salat gegeben. Er hasste Hasenfutter.

Sie hatte sich vorher kaum Gedanken darum gemacht, mit wem Sebastian jetzt sein Leben teilte, nun fragte sie sich, wo die beiden sich kennengelernt haben mochten. Auf den *Tatort*, den sie mit einem Glas Wein und dem Salat hatte genießen wollen, konnte sie sich kaum konzentrieren.

Schon gegen zehn duschte sie sich und wusch die Haare, föhnte sie an und flocht einen Zopf. Sie saß auf ihrem Bett und cremte sich die Hände ein, als sie sich plötzlich, unfähig, die Spannung in ihrem Körper zu halten, nach vorne sinken ließ. Sie wollte weinen, war aber zu verkrampft. Hilflos schnappte sie nach Luft, legte sich dann hin und zog die Beine an. Ihre Hände wanderten zu ihrem flachen Bauch.

Vielleicht bist du doch schwanger, sagte eine leise Stimme in ihr.

Sie wusste, dass das nicht sein konnte, aber der Gedanke ließ sich nicht vertreiben. Wie oft war sie zu solchen Gelegenheiten in die Apotheke gerannt, um sich einen Schwangerschaftstest zu holen. Wie viele Bilder hatte sie im Forum gepostet, mit der Bitte um die Bewertung eines Geisterstrichs, eines kaum sichtbarer Strichs, der mehr und mehr verunsicherte, je länger man darauf starrte. Nicht alle waren freundlich mit ihr umgegangen. Manche hatten versucht, sie ruppig auf den Boden der Tatsachen zurückzurufen.

Sie war nicht die Einzige, die solche Bilder postete, und nicht die Einzige, die Gegenwind erlebte. Sie horchte in sich hinein und spürte, wie sich ihr Körper auf das Baby vorbereitete. Sie strich über ihren Bauch und stellte sich vor, wie es wäre zu spüren, dass sich dort etwas bewegte. Sie war sogar schon einmal beim Arzt gewesen, hatten behauptet, schwanger zu sein, doch da war nichts gewesen, nur Leere.

Eine Leere, die sie auch jetzt spürte.

Pias Schultern begannen zu zucken, und dann endlich flossen die Tränen, Tränen um etwas, das sie nie gehabt und doch verloren hatte.

Dreizehntes Kapitel

Deutschland, Kroatien, Gegenwart

Pia hatte eine gute Stunde Aufenthalt im Münchner Hauptbahnhof, denn der Nachtzug in Richtung Rijeka würde erst kurz vor Mitternacht abfahren. Zehn Stunden würde er bis zu der kroatischen Hafenstadt brauchen, doch sie hatte geplant, in Postojna einen Zwischenstopp einzulegen, um sich die berühmten Tropfsteinhöhlen anzusehen. Dann wollte sie weiter auf die Halbinsel Istrien, nach Rovinj, von dort nach Rabac und schließlich nach Opatija. Zoltan hatte ihr die Reiseroute vorgeschlagen. Und er war sich ziemlich sicher, dass auf einem der Fotos das Seebad Opatija zu erkennen war. Schließlich würde sie nach Rijeka fahren und von dort mit einem Katamaran zur Insel Cres übersetzen. Insgesamt hatte sie sechs oder sieben Wochen für die Reise eingeplant.

Sie kaufte sich etwas zu essen an einem der zahlreichen Stände. Obgleich sie aufgeregt war, setzte sie sich auf eine Bank und zwang sich, die asiatische Nudelpfanne langsam Gabel für Gabel zu genießen. Es schmeckte besser als erwartet.

Hatte sie zuerst den Eindruck gehabt, jeder beobachte sie, weil sie allein reiste, musste sie bald feststellen, dass dem nicht so war. Dafür hatte sie mehr als genug Zeit, sich selbst umzuschauen. Ein kleines Kind schlief auf den Schultern seines

Vaters, während sich sein wenig älterer Bruder an die Mutter geschmiegt hatte.

Pia dachte unwillkürlich daran, dass sie vor Jahren auf einer Klassenfahrt im Deutschen Museum gewesen waren und wie sie während des folgenden Besuchs im Planetarium fast eingeschlafen wäre. Zoltan war damals auch dabei gewesen. Ira, die sie nicht hatte leiden können, hatte sie am Diskoabend damit aufgezogen, dass der Dicke in sie verliebt sei.

Pia vertilgte den letzten Rest Nudeln, besorgte sich noch ein paar belegte Brötchen und etwas Süßes für die Fahrt und kaufte anschließend einen Kaffee. Sie war erschöpft. Auf der Fahrt nach München hatte sie versucht zu lesen, doch es war ihr im Trubel des Großraumwagens einfach nicht gelungen, sich zu konzentrieren. Erst ein Hörbuch hatte sie wie immer zuverlässig einnicken lassen.

Nachdem sie ihren Kaffee getrunken hatte, verschaffte sie sich einen Überblick über die vorhandenen Geschäfte. Sie dachte an Filinchen, die in der Nähe wohnte, an Zoltan, der anhand der Fotos das Reiseziel des Großvaters ermittelt hatte. Auch Opa Klaus musste damals mit dem Zug gereist sein – den VW Käfer, den ihre Großeltern gefahren hatten, als Pia schon auf der Welt gewesen war, hatte es da noch nicht gegeben. Das vermutete sie zumindest.

Obgleich sie nur das Allernötigste mitgenommen hatte, wurde Pia der Rucksack auf den Schultern nach einer Weile unangenehm schwer. Sie kaufte sich ein Eis, in einem Kiosk ließ sie den Blick über das Zeitschriftenangebot wandern, dachte an ihre Mutter, die eingeschnappt geklungen hatte, weil sie sich nur telefonisch in den Urlaub verabschiedet hatte und nicht weiter mit ihr über ihre gescheiterte Beziehung reden wollte.

Pia blätterte in der *Gala*, entschied sich für zwei Frauenzeitschriften. Dann war es endlich so weit. Sie bestieg den Nachtzug nach Rijeka, fand ihr Abteil nach einigem Suchen.

Sie hatte ein Einzelabteil gebucht, was teurer gewesen war, aber sie wollte allein sein. Es war etwas enger, als sie sich das vorgestellt hatte, sie hatte jedoch alles, was sie brauchte.

Während der Zug den Bahnhof verließ, schenkte sie sich etwas gesüßten Pfefferminztee ein – sie hatte ihn auf Zoltans Anraten gekocht und in einer Thermoskanne mitgenommen – und schlug eine der Zeitschriften auf. Hin und wieder hob sie den Kopf und sah nach draußen. Die Dunkelheit wurde immer wieder von Lichtern durchbrochen. Die Enge erschien ihr jetzt sogar ganz gemütlich. Tatsächlich konnte sie sich endlich auf das Neue freuen, das vor ihr lag, auch wenn ihr die Tatsache, ganz allein unterwegs zu sein, Angst machte.

Gut sieben Jahre lang war sie nicht mehr ohne Sebastian gereist. Einerseits fühlte sie sich ob ihrer Entscheidung mutig, dann wieder zweifelte sie. War es wirklich richtig gewesen, sich eine so weite, so unbekannte Strecke auszusuchen? Was, wenn irgendetwas schieflief, und sie sich nicht verständlich machen konnte? Natürlich hatte ihr Zoltan versichert, dass viele Kroaten Deutsch sprachen oder Englisch.

Pia machte sich trotzdem Sorgen. Vielleicht lag das in ihrem Naturell, aber sicherlich auch daran, dass sie Sebastian das Ruder für so lange Zeit überlassen und schleichend verlernt hatte, sich selbst zu organisieren.

Das würde sich jetzt ändern.

Pia stand in Opatija am Pier und sah auf das Meer. Sie liebte den Anblick, sie liebte einfach alles daran: die unendlich blaue Weite, das glitzernde Wasser, die Geräusche, die unvergleichlich frische Meeresluft, die nach Salz schmeckte. Am Meer zu stehen, mit seinem immer wiederkehrenden Zyklus, gab einem eine Idee von Ewigkeit. Dennoch scannte sie stets wachsam ihre Umgebung, als könnte jederzeit etwas Unerwartetes oder Bedrohliches geschehen.

Seit sie vor zwei Tagen früh am Morgen bei Postojna den ersten Zwischenstopp eingelegt hatte, um die Grotten zu besuchen, fühlte sie sich zuweilen so, als hätte man sie in der Wildnis ausgesetzt – ohne einen Beschützer an ihrer Seite.

Hatte Sebastian sie verlassen, weil sie sich irgendwann wie ein kleines Kind verhalten hatte? Weil sie sich alle Verantwortung hatte abnehmen lassen, keine eigenen Pläne mehr gemacht und durchgesetzt hatte? Rückblickend kam es ihr tatsächlich so vor, als hätte sie sich in den letzten Jahren zurückentwickelt. Anstatt ihre Fühler auszustrecken, hatte sie es zugelassen, dass Sebastian sie ihr kappte. Sie musste das jetzt alles hinter sich lassen, das und nur das war ihre Aufgabe.

Einatmen, ausatmen, einatmen, ausatmen …

Beim Besuch der Tropfsteinhöhle von Postojna, dieses gigantischen Höhlensystems mit seinen verschiedenfarbigen Sälen voller teils bizarr geformter Stalagmiten und Stalaktiten, war sie aus dem Staunen nicht mehr herausgekommen. Direkt neben dem Höhleneingang verschwand der Fluss Pivka in der Unterwelt, arbeitete sich weiter durch Risse im Kalk, den die Urgewalten vor Jahrmillionen aufgefaltet hatten.

Später im Hotel hatte sie den letzten Rest Pfefferminztee getrunken und dazu ein Sandwich gegessen, sich einsam gefühlt und vor dem Schlafen noch ein wenig im Album ihres Großvaters und in ihren Reiseführern geblättert. In Postojna war Opa Klaus vielleicht nie gewesen. Pia war dennoch froh, Zoltans Empfehlung gefolgt zu sein.

Wie hatte ihr Großvater das Geld für diese Reise wohl zusammenbekommen? Damals war er Student gewesen. Seine Mutter, eine Kriegerwitwe, hatte seinen Bruder und ihn wenig unterstützen können, das wusste Pia aus Erzählungen. Klaus hatte deshalb diverse Aushilfsjobs gehabt, hatte Nachhilfeunterricht gegeben und in den Wintersemesterferien als Hilfsarbeiter bei Opel in Rüsselsheim gearbeitet. Es war keine leichte Zeit gewesen. All das wusste sie. Ob er einen Teil der Strecke getrampt war, wie es viele damals gemacht hatten?

Wieder spürte sie dieses Vibrieren in sich, das sie immer spürte, wenn sie an Sebastian dachte. Manchmal fühlte es sich so an, als steckte in ihrem Unterleib ein riesiger schmerzhafter Knoten. Gefühle der Trauer, des Hasses, der Fassungslosigkeit stürzten erneut auf sie ein. Man warf sieben Jahre doch nicht einfach so weg. Sie waren Teil von einem, Teil der Persönlichkeit, Teil der Vorstellung von der Zukunft, die man sich gemacht hatte.

Pia dachte daran, wie sie Sebastian kennengelernt hatte. Auf einer Studentenparty in Frankfurt war das gewesen, danach hatte sie kaum noch welche besucht. Sie war nie ein Ausgehtyp gewesen. Man hatte viel Depeche Mode gespielt auf dieser Party, und Sebastian hatte sie an den jungen Dave Gahan erinnert: cool und verletzlich zugleich irgendwie.

Damals war er noch schmaler gewesen, regelmäßige Besuche im Fitnessstudio hatten mittlerweile seine Muskeln gestählt. Als Erstes war ihr aufgefallen, was für ein guter Tänzer er war. Unter den Männern gab es schließlich nicht viele davon. Sebastian hatte die Blicke auf sich gezogen, aber auch seine Tanzpartnerin gut aussehen lassen. Studiert hatte er Jura und Philosophie im Nebenfach, wie sie einem Gespräch entnommen hatte. Die Kombination hatte sie neugierig gemacht.

Dass sie ihn beobachtet hatte, war ihm natürlich nicht entgangen. Er war rasch zum Gegenangriff übergegangen. Zuerst hatte sie nur seine Blicke auf sich gespürt, aber sie hatte sich als zu langweilig eingeschätzt. Sie hatte nicht damit gerechnet, dass er sie tatsächlich ansprechen würde. Typen wie er interessierten sich für Frauen wie sie gewöhnlich nicht. Ihr war auf einmal bewusst gewesen, wie langweilig ihr Outfit im Vergleich zu dem der anderen Mädels war und dass sie keinen besonders flippigen Haarschnitt hatte und so vieles mehr.

Dann hatte er neben ihr gestanden.

»Darf ich dir einen Drink bringen?«, hatte er gefragt, was jetzt nicht die Anmache unter den Anmachen war, aber es hatte ihr gefallen. Aus seinem Mund hatte auch das gut geklungen.

Zu ihrer Überraschung hatten sie den Rest der Nacht nicht aufgehört zu reden. Sie hatten immer wieder neue Themen gefunden. Es war beglückend und erleichternd gewesen, und irgendwie hatte sie die Blicke der anderen genossen. Am frühen Morgen waren sie gemeinsam über den Eisernen Steg gelaufen. Da hatte er zum ersten Mal den Arm um sie gelegt, und sie hatte einfach nichts gesagt.

Er hat sich das schwächste Glied in der Kette ausgesucht, ein Mädchen, das formbar ist, das er am leichtesten in den Griff bekommen kann, eines, das sich ihm ergeben wird.

Pia schluckte. Es kostete sie Mühe, aus den Erinnerungen aufzutauchen. Sie hatte sich Sebastian in allen Lebensbereichen vollkommen unterworfen, so sehr, dass sie jetzt Mühe hatte, wieder Zugang zu dem zu finden, was ihr gefiel.

In diesem Moment hätte sie gern mit einer Freundin geredet, aber sie hatte alle Freundinnen über die Beziehung mit Sebastian aus dem Blick verloren.

Konnte sie sich jetzt einfach so melden, nach sieben Jahren? Bei Simone zum Beispiel, mit der sie seit ihrer Kindergartenzeit durch dick und dünn gegangen war?

Pia wurde jäh von einem neuerlichen Gefühl der Einsamkeit überschwemmt. Sie konzentrierte sich wieder auf ihre Umgebung, auf das Ufer, das Meer, die Wellen … Bislang kam ihr nichts bekannt vor. Wie auch? Opa Klaus hatte auf seinen Reisen ja selten Ortschaften fotografiert.

Und wenn ich ankomme? Was werde ich nach so langer Zeit

auf Cres vorfinden? Finde ich überhaupt den Ort, der für Opa so eine große Bedeutung gehabt zu haben scheint?

Sie hatte die Fotos ihres Großvaters im Kopf, Schwarz-Weiß-Aufnahmen, manche körnig und verschwommen, auf anderen waren lachende oder ernst blickende junge Menschen vor dem Hintergrund des Meeres oder unter alten Olivenbäumen ganz deutlich zu erkennen. Gegen die Farben des Lebens wirkten die Erinnerungen in dem Album grau und wie aus einer anderen Welt.

War es richtig gewesen, herzukommen? Warum hatte sie ihren Großvater nur nicht gleich gefragt, als sie das Fotoalbum gefunden hatte, versteckt, ganz hinten im Regal? Weil sie fürchtete, dass die Wahrheit irgendetwas Kostbares im Leben ihrer Großeltern oder in ihrer eigenen Beziehung zu ihnen zerstören würde? War das denn möglich, nach so langer Zeit? Wusste ihre Oma vielleicht doch von Kroatien, und die beiden hatten nur nie davon erzählt?

Pia schluckte. Von Postojna hatte sie sich ihrem Ziel mit einem Reisebus in Richtung Rovinj genähert. Sie war durch die Stadt gebummelt und dann weiter nach Rabac gefahren, wo sie eine unruhige Nacht verbracht hatte, weil sie erneut daran gezweifelt hatte, ob es wirklich eine gute Idee gewesen war, zu dieser Reise aufzubrechen. Beinahe wäre sie an einer Weiterfahrt gescheitert, was ihr in ihrer Hilflosigkeit wie ein Sinnbild ihres derzeitigen Lebens vorgekommen war. Doch dann hatte sie sich durchgerungen, das spontane Angebot einer junge Frau mit tiefschwarz gefärbten Haaren und lauter Raucherstimme, sie in Richtung Opatija mitzunehmen, anzunehmen. Was sollte schon geschehen?

Gordana, wie die junge Frau hieß, sprach gut Deutsch und hatte erzählt, dass sie in Deutschland als Kind jugoslawischer Gastarbeiter aufgewachsen war. Sie arbeitete als Sekretärin in einem mittelständischen Unternehmen und hatte mit ihren fünfundzwanzig Jahren bereits zwei kleine Kinder, um die sich während ihrer Reise die deutschen Großeltern kümmerten. Momentan machte sie nämlich Urlaub bei ihrer Verwandtschaft in der Nähe von Opatija.

Die Erinnerung an die Fahrt mit Gordana ließ Pia unwillkürlich lächeln …

Am Rückspiegel des Autos baumelten die kroatische Flagge mit dem Schachbrettwappen, ein Rosenkranz und ein Wunderbaum. Sie erkannte Vanilleduft. Wahrscheinlich sollte der Baum den Zigarettenqualm bekämpfen, den die junge Frau mehr oder weniger erfolgreich aus dem Fenster pustete, während sie mit einer Hand das Steuer hielt. Pia bewunderte insgeheim Gordanas Coolness, immerhin war sie schon Mutter. Ihre Nägel waren knallrot lackiert, die Lippen in derselben Farbe nachgezogen. An ihren Armgelenken klimperten mehrere Silberarmreifen, um den Hals trug sie ein Kreuz an einer Silberkette. Ihr petrolfarbenes T-Shirt und die weißen Jeans waren eng anliegend. Ans Armaturenbrett hatte sie ein Foto ihrer Kinder geklebt, ein Junge und ein Mädchen, ein Pärchen, wie Pia es sich selbst einmal gewünscht hatte. Gordana bemerkte ihren Blick.

»Bist du allein unterwegs?«, fragte sie.

»Ja«, erwiderte Pia rau.

Als sie sich wenig später Luft zugefächelt hatte, deutete ihre Chauffeurin auf eine Wasserflasche im Fußraum. »Bedien dich.«

Während Pia zu scheppernder kroatischer Volksmusik dankbar trank und sich das verschwitzte Gesicht kurz entschlossen mit einem Papiertaschentuch trocken tupfte, erkundigte sich die Schwarzhaarige, warum sie denn nicht direkt mit dem Zug nach Rijeka gefahren sei, wenn sie nach Cres wolle. Pia zögerte zuerst, erzählte dann von Zoltan, der auch aus Kroatien kam und ihr von Opatija und anderen

Dörfern in Istrien vorgeschwärmt hatte, und dann vertraute sie ihr sogar ihren Wunsch an, dorthin zu fahren, wo ihr Großvater in den Sechzigerjahren einige Sommer verbracht hatte.

»Eine nette Idee«, pflichtete ihr Gordana bei. »Warum ist er nicht mitgekommen?«

Pia starrte aus dem Fenster. »Hm … Er weiß gar nicht, dass ich hier bin.«

»Warum denn nicht? Er hätte dich doch an seinen Erinnerungen teilhaben lassen, dir alles zeigen können.«

»Ich weiß nicht …«

Gordana warf Pia einen irritierten Blick zu, bevor sie ihren Zigarettenstummel aus dem Fenster warf. Pia war entsetzt, aber gleichzeitig froh, dass sie sich wieder auf die Straße konzentrierte, nicht nur, weil die Strecke kurvenreich war. Sie überlegte, aber sie wusste nicht, was sie antworten sollte. Es war ihr ja selbst nicht klar.

Sie schaute wieder aus dem Fenster. Langsam, dachte sie, fühlt es sich doch wie Urlaub an. Auch wenn sie Höhenzüge nicht unbedingt mochte, musste sie zugeben, dass diese Straße zu den schönsten gehörte, auf denen sie bislang gefahren waren. Das tiefblaue Meer lag weit unter ihnen. Man sah Inseln. Mittelalterliche Dörfer und kleine Hafenstädte säumten die Strecke. Sie dachte an die schöne Altstadt von Rovinj mit ihren engen, kopfsteingepflasterten Gassen.

»Wo soll ich dich absetzen, wenn wir da sind?«, fragte Gordana unvermittelt.

»Lass mich einfach raus, wann es passt.«

»Ach was, ich bring dich zum Hotel. Oder wo übernachtest du?«

»In einer kleinen Pension. Ich bleibe zwei Tage in Opatija. Mein Großvater muss auch dort gewesen sein. Es gibt Fotos, die darauf schließen lassen.«

»Seit damals dürfte sich aber doch einiges getan haben«, hörte sie Gordana sagen.

»Wahrscheinlich.« Pia fiel auf, dass sie ihre Finger knetete.

Südlich von Mošćenička Draga führte die Straße die Steilküste durch unberührte Landschaft hoch. Der Anblick der Tiefe nahm Pia dieses Mal ein wenig den Atem, obwohl das leuchtende Meer unten sie geradezu verzauberte. Gordana wies zu Pias Fensterseite hinüber.

»Da drüben ist übrigens Cres«, sagte sie. »Die zweitlängste der Kvarner Inseln und an ihrer engsten Stelle nur zwei Kilometer breit.« Sie lächelte. »Ich war auch schon einmal dort, eine tolle Insel voller Naturschönheiten. Wenn man das mag …«

Nachdenklich schaute Pia zu der Insel hinüber. Ihre Chauffeurin schien keine Freundin von zu viel Natur zu sein. Was würde sie dort drüben finden? Würde es überhaupt etwas zu entdecken geben? Vielleicht hatte sie die Reise gänzlich umsonst angetreten. Oder sie stürzte hier irgendwo einen Steilhang hinunter und endete zerschunden in der Tiefe. Dann würde in der *Bild* stehen: *Deutsche Touristin verunglückt. Sie suchte das Glück und fand den Tod.*

Sie wollte lachen, doch mit einem Mal kämpfte sie gegen die Tränen an.

Das alte Seebad Opatija hatte seinen ganz eigenen Charme. Zwar war Pia durch Bilder im Reiseführer darauf vorbereitet, trotzdem überraschte sie die subtropische Üppigkeit der Umgebung – herrschaftliche Prachtbauten versanken im Grün von Palmen und Akazien und einem Blütenmeer von Kamelien und Magnolien. Bald legte sie die Kamera kaum noch aus der Hand. Es war unglaublich. Sie fotografierte die frühere Abtei Jacobus ad Palum, um die herum die ersten Bewohner Opatijas gesiedelt hatten. Sie las, dass das kleine Fischerdorf erst 1844 mit dem Bau der Villa Angiolina, dem Feriendomizil des reichen Kaufmanns Iginio Scarpa aus Rijeka, bekannt geworden war, und dass der Ort 1921 für einige Jahre an die Italiener gefallen war, die ihn Abbazia nannten.

Dank seines wohltuenden Meeresklimas war Opatija früher ein beliebter Kurort gewesen, dessen angenehme Atmosphäre sich bald auch im kaiserlichen Wien herumgesprochen hatte. Seit dem Ende des 19. Jahrhunderts überwinterten dort die Reichen und Schönen Europas, und die Wiener Hofkreise feierten rauschende Silvesterbälle. Irgendwann hatten sich die ersten Gäste prächtige Villen bauen lassen, wobei dem heimatlichen Geschmack freie Hand gelassen worden war. Alpenländische Gutshöfe waren hier neben barocken Palästen oder Residenzen im venezianisch-gotischen und im österreichischen Jugendstil zu finden.

Während Pia durch die Straßen schlenderte, stellte sie sich Sisi und Franz Joseph beim Lustwandeln vor, Anton Tschechow, James Joyce, Isadora Duncan, Kaiser Wilhelm II., den italienischen König Umberto von Savoyen sowie die Komponisten Mahler, Puccini und Lehár und so viele Berühmtheiten mehr, die hier einst Urlaub gemacht hatten und nun Erwähnung in den Reiseführern fanden. Natürlich waren seitdem neue Hotels hinzugekommen und auch Cafés, Nachtclubs und Diskotheken fehlten nicht. Jetzt im Sommer war die Stadt voller Touristen, dennoch konnte man sich gut vorstellen, wie es einmal gewesen war.

Dass Opatija kein Seebad im üblichen Sinne war, zeigten die künstlich angelegten Badestrände und die Hotels, die mit Meerwasserswimmingpools aufwarteten. Entlang des Lungomare jedoch, einer wunderschönen, vor über hundert Jahren von Kaiser Franz Josef angelegten Uferpromenade zwischen Opatija, Volosko und Lovran, ließen sich auch immer wieder hübsche natürliche Badebuchten finden.

Pia ging kurz an den Strand, dann kehrte sie ins Stadtinnere zurück. Sie hatte sich fest vorgenommen, ihre Unsicherheit zu überwinden, und bevor sie es sich anders überlegen konnte, betrat sie das nächstbeste Café, um etwas zu trinken und eine Kleinigkeit zu essen. Vielleicht hatte genau hier James Joyce seinen Kaffee getrunken, vielleicht hatte er an derselben Stelle gestanden wie sie, um aufs Meer hinauszublicken.

Sie stellte fest, dass es ihr Spaß machte, die Leute zu beobachten, die mit ihr auf der Terrasse saßen. Gut gekleidete schlanke junge Leute waren darunter, Paare mittleren Alters, viele mit ihren Hunden. Pia hatte den Eindruck, dass man in diesem Ort mehr Wert auf Kleidung legte, in jedem Fall mehr Wert, als sie es tat. Das wirkte offenbar ansteckend, denn sie flanierte danach eine Ladenstraße entlang und kaufte sich schließlich ein hübsches Tuch, bevor sie sich erneut ein ruhiges Plätzchen suchte, etwas über die Küste, die Inseln und das herrliche klare Wasser las und kurzerhand entschied, eine Taucherbrille nebst Schnorchel zu kaufen.

Als sie später den Hafen erreichte, fuhr eben ein Kreuzfahrtschiff ein. Pia konnte Menschen an Deck sehen, die interessiert zum Land herübersahen. Manche sprachen miteinander, andere nicht. Manche winkten. Pia dachte an die Kvarner Inseln, die sie auf dem Weg nach Opatija zum ersten Mal gesehen hatte. Aus der Ferne hatten sie wie eine Mondlandschaft gewirkt, mit vielen Felsen und würzig duftender Macchia. Dieses Kreuzfahrtschiff musste dort vorbeigefahren sein. Sie konnte sich nicht vorstellen, selbst einmal eine Kreuzfahrt zu machen … Oder vielleicht doch? Manchmal hatte sie den Eindruck, keine Ahnung mehr von ihrem eigenen Leben zu haben, nicht mehr zu wissen, was ihr guttun könnte und was nicht, was ihr gefallen würde und was nicht.

Ich dachte tatsächlich, dass Sebastian und ich glücklich sind. Warum war ich so blind?

Mit dem Handrücken wischte sich Pia die Tränen von den Wangen und beschloss, noch einen Spaziergang auf der Uferpromenade zu machen. Sie würde sich heute körperlich fordern, damit sie müde war und diese Gedankenspirale in ihrem Kopf endlich aufhörte. Sie wollte nicht mehr grübeln. Sie wollte diese Enttäuschung und diesen Schmerz nicht mehr spüren. Sie wollte vorwärtsschauen.

Der Abend fühlte sich samtig an, wie eine warme, schützende Decke. Der Duft von Pinien und Lorbeer lag in der Luft. Pia folgte dem betonierten Fußweg, der sich oberhalb des Meeres entlang der Prachtvillen mit ihren Parks schlängelte. Hin und wieder luden Bänkchen zum Ausruhen ein. Langsam entspannte sie sich.

In dieser Nacht schlief Pia tief und traumlos. Zum Frühstück bestellte sie sich Rührei und trank viel Kaffee dazu. Sie hatte sich bereits über die Busverbindungen nach Rijeka kundig gemacht, sah sich noch ein wenig in der Stadt um und erstand ein paar Postkarten. Nach einem leichten Mittagessen im Valle Losca, einer hübschen kleinen Taverne, setzte sie sich auf eine Bank an der Strandpromenade. Normalerweise schrieb sie ihrer Mutter und den Großeltern immer aus dem Urlaub, aber noch sollte niemand von ihrer Reise nach Kroatien erfahren. Sie konnte natürlich eine SMS schicken, von einer Reise in den Süden erzählen und sie damit vertrösten, dass es später viele Fotos zu sehen geben würde. Ja, so konnte es gehen.

Pia lächelte in sich hinein. Unerwartet fühlte es sich an diesem Tag nicht mehr so schlimm an, allein zu sein. Sie genoss es sogar ein wenig, sich nicht ständig erklären zu müssen.

Als sie den Bus bestieg, kam sie sich wieder wie eine Studentin auf ihrer ersten Reise allein vor: dieselbe Aufregung, ob man wohl den richtigen Bus erwischt und ob man auch alles richtig verstanden hatte. Auf Anspannung folgte Entspannung.

Einatmen, ausatmen, einatmen, ausatmen.

Pia sprach mit ein paar amerikanischen Backpackern und freute sich darüber, wie gut ihr Englisch noch war. Die Jungs hatten die Uni gerade abgeschlossen und reisten nun noch einmal durch Europa, bevor sie ihre Jobs antraten und für den Rest ihres Lebens die Schulden zurückzahlten, wie eine Rothaarige namens Ally ernst und doch mit einer gewissen Unbekümmertheit sagte. Pia lachte. Sie hatte eigentlich nach dem Abschluss ihres Soziologiestudiums ausgiebig reisen wollen, sich dann aber nicht getraut. Das Angebot, das Onlineangebot für die Firma, für die sie schon während des Studiums gearbeitet hatte, weiter auszubauen, war die sicherere Entscheidung gewesen.

Und ich habe darüber vergessen, was wichtig ist …

Wie sie es liebte und wie sie es vermisst hatte, solche Gespräche zu führen, diese Verbundenheit mit anderen Menschen zu spüren, die man eigentlich nicht kannte.

Die Amerikaner wollten weiter nach Dalmatien, steuerten jetzt aber erst einmal den nächsten Campingplatz an. Pia hatte ein Hotelzimmer in Rijeka gebucht, um von dort aus nach Cres überzusetzen. Es war nicht die günstigste Strecke, aber sie vermutete, dass es die war, die ihr Großvater genommen hatte. Immer wieder hatte sie sich die Fotos angesehen und mehr und mehr kleine Hinweise gefunden, die auf einen Ort hinwiesen oder einen Hafen oder eine Sehenswürdigkeit, die Opa Klaus besucht hatte.

Ally und sie tauschten Adressen aus. Sie könne gern einmal nach Portland/Oregon kommen, sagte die junge Frau, die sie an Julianne Moore erinnerte, und Pia lud sie nach Frankfurt ein.

Wenig später breitete sich vor ihnen eine Bucht aus, der Himmel war klar und tiefblau und ließ einen ungehinderten Blick auf Rijeka zu. Pia hatte gelesen, dass Rijeka zu den größeren Städten Kroatiens gehörte mit einem bedeutenden Hafen. Viele Touristen kamen jedes Jahr, denn die Stadt war das Kunst- und Kulturzentrum des Nordens. Der Bus hielt nicht weit vom Hotel. Nach dem Einchecken holte Pia sich etwas Brot und Käse, um ihren Hunger zu stillen, und durchstöberte das Fotoalbum nach den Bildern, die Opa Klaus von Rijeka gemacht haben musste. Viele gab es nicht. Als ihr Großvater jung gewesen war, hatte man teure Filme kaufen müssen. Jede Aufnahme wollte wohlüberlegt sein.

Gesättigt flanierte sie kurz darauf durch die Fußgängerzone. Die Prachtbauten des italienischen Novecento prägten Rijekas Architektur. Pia zog der marode Charme in den Bann. Einen kurzen Moment erwischte sie sich dabei, nach einem Mitbringsel für Sebastian Ausschau zu halten, und empfand einen stechenden Schmerz, als sie sich daran erinnerte, dass dies nicht mehr nötig war. Später machte sie einen Ausflug auf den Stadtberg mit seiner Wallfahrtskirche und der Festung. Von oben konnte man über die Kvarner Bucht bis zu den Inseln sehen. Auch Opa Klaus hatte vor vielen Jahren hier gestanden, das zeigte deutlich das letzte Bild, das er in Rijeka aufgenommen hatte.

Vierzehntes Kapitel

Kroatien, Insel Cres, Gegenwart

Pia stand an der Reling und schaute über das Meer. Sie hatte sich ein wenig davor gefürchtet, mit einem Katamaran zu fahren, aber offenbar hatte sie keine Schwierigkeiten mit der Seekrankheit wie ein paar andere. Nein, sie fand die Fahrt mit dem Schiff zauberhaft – das Meer ringsherum, die salzige Luft, die das Atmen so viel leichter machte, das klare Wasser. Sie freute sich darauf, endlich anzukommen, und dann, am frühen Nachmittag, betrat Pia erstmals den Boden der Insel Cres im gleichnamigen Örtchen.

Familien mit aufgeregten oder müden Kindern verließen mit ihr das Schiff, Pärchen. Allein schien außer ihr niemand zu sein. Pia schulterte entschlossen ihren Reiserucksack. Sie hatte sich die genaue Wegbeschreibung zu Hause ausgedruckt, trotzdem war sie beunruhigt, als sie endlich ihr Ziel, eine kleine Pension, erreichte.

Zu ihrer Überraschung war die Tür verriegelt. Pia zögerte, entschied dann, dass ihr wohl nichts anderes übrig blieb, und drückte auf den Klingelknopf. Drinnen schrillte ein heller Ton, der sie zusammenzucken ließ. Plötzlich kam die Verunsicherung mit voller Kraft zurück, das Gefühl, dass es albern gewesen war, diese Reise anzutreten. Was hatte sie sich nur eingebildet?

Endlich hörte Pia drinnen ein Geräusch. Schritte, ein Schlüssel, der ins Schloss geschoben wurde. Es knarrte, die Tür öffnete sich. Ein dicker Mann, er war vielleicht um die dreißig, stand vor ihr und musterte sie leicht unwirsch, sodass Pia vermutete, sie könnte seinen Mittagsschlaf gestört haben.

»Pia Sommer«, sagte sie, weil ihr sonst nichts einfallen wollte.

»Der Eingang ist vorne«, erwiderte der Mann kurz angebunden, in kaum verständlichem Englisch.

»Entschuldigen Sie«, platzte Pia errötend auf Deutsch heraus.

Als sie Anstalten machte, sich umzudrehen, unterdrückte der Mann ein Gähnen und murmelte: »Ist schon gut, kommen, kommen …«

Er sprach also auch Deutsch, aber das machte die Situation nicht angenehmer. Ohne ein weiteres Wort drehte er sich jetzt um und ging voraus. Pia folgte ihm durch das Halbdunkel eines Flurs bis in eine großzügige Halle mit einem schwarzweiß gefliesten Boden. Gegenüber der Tür befand sich ein halbhoher Tresen aus dunklem Holz, auf dem neben einer abgegriffenen Messingklingel ein großes Buch lag. Ein hagerer Mann stand dort, älter als der Dicke, aber ihm doch ähnlich. Er kniff die Augen zusammen, holte dann eine Hornbrille aus der Brusttasche seines Hemdes und nickte dem Dicken zu, der daraufhin verschwand.

»Sie entschuldigen meinen Sohn. Zladko hatte Nachtdienst«, sagte er und schob die Brille auf die Nase, um Pia fragend zu mustern. »Sie wünschen?«

»Ich habe gebucht«, sagte Pia. »Sechs Wochen. Auf den Namen Pia Sommer.«

Der Hagere runzelte die Stirn. »Aber wir sind voll. Kein Zimmer mehr frei. Es ist Hochsaison …«

Seine Antwort ging ihr durch und durch.

Einatmen, ausatmen, einatmen, ausatmen …

Pia nahm allen Mut zusammen und bat dann mit einem Lächeln: »Ach, bitte, schauen Sie doch noch einmal genau nach.«

Schweigend klappte der Mann das große Buch auf. Er gähnte, rieb sich dann kurz über Gesicht und Augen, bevor er zu blättern begann. Offenbar hatte er auch geschlafen. Durch eine schmale Tür hinter ihm meinte Pia eine Liege erkennen zu können.

Pia sah, wie er die Namensliste durchging. Sie versuchte, auf dem Kopf zu lesen, gab aber wenig später auf. Die krakelige Schrift war einfach nicht zu entziffern. Der Mann folgte der Reihe der Namen bis zum Ende des Blattes, blätterte um und las weiter, schüttelte dann kaum merklich den Kopf und blätterte wieder zurück.

Pia wurde unruhig. Draußen hörte man Stimmen, dann wurde die Vordertür geöffnet. Eine Familie traf ein, mit der sie, wie sie sich gleich erinnerte, gemeinsam auf dem Katamaran gewesen war. Der Familienvater machte selbstbewusst auf sich aufmerksam. Der Hagere suchte nach seinem Namen, den er innerhalb kurzer Zeit gefunden hatte. Die fünf verschwanden erleichtert in Richtung der ihnen zugewiesenen Zimmer.

»Nein, keine Reservierung für Sie. Tut mir leid«, sagte der Pensionswirt und zuckte mit den Schultern.

»Doch, ich habe gebucht.«

Pia hörte die Aufregung in ihrer Stimme. Sie holte ihr Handy hervor, hielt dem Mann das Anrufprotokoll vor die Nase und die Bestätigungsmail. Plötzlich fühlte es sich an, als würde sie den Boden unter den Füßen verlieren. Das Gefühl der Hilflosigkeit schnürte ihr die Kehle zu.

»Ich … ich … Wie kann das sein?«, stammelte sie. Warum nur hatte sie sich die Reservierungsunterlagen zu Hause nicht ausgedruckt? Der Mann redete nun auf sie ein, Pia versuchte panisch, sich zu sammeln. Ja, sie verstand schon, dass es in der Hochsaison schwierig war, dass so etwas mal passieren konnte. Nein, sie wollte nicht nachsehen, ob auf einem der Campingplätze womöglich noch etwas frei war. »Ich habe nicht mal ein Zelt«, sagte sie verzweifelt, »und kein Auto.«

»Das ist schlecht.«

Der Wirt schien sich jetzt zumindest unwohl zu fühlen, aber entgegenkommen konnte er ihr auch nicht. Angeblich war um diese Jahreszeit auf der Insel kein freies Zimmer mehr zu bekommen.

Pia biss sich auf die Lippen. Ganz offensichtlich hatte Sebastian recht. Sie war unselbstständig. Sie brachte nicht mal so etwas fertig, wie eine Reise allein zu buchen.

Was nun?

Fünfzehntes Kapitel

Goran spürte, wie der Ärger in ihm hochbrodelte, als wäre er ein Vulkan kurz vor dem Ausbruch. Er hatte immer gewusst, dass sein Vater sich nichts sagen lassen wollte, niemals. Ich habe recht, und daran rühren wir nicht, danach lebten die Alten hier. Was sollte er tun? Das Weingut stand kurz vor dem Bankrott. Die Zeit der Zurückhaltung war vorbei. Er musste einen Weg finden, wenn sie nicht alles verlieren wollten. Die Familie Katić – und das war nicht übertrieben – stand am Abgrund.

Wo sollten sie denn hin, die Eltern, wenn alles verkauft werden musste? Nach Rijeka, in eine kleine Wohnung? Was würde der Vater da tun? Er hatte nicht gelernt, sich in seiner Freizeit zu beschäftigen. Er kannte nur die Arbeit auf dem Weingut und auf dem Land. Von morgens bis spätabends schuften, darin war er gut. Nur eben nicht in der Verwaltung der Finanzen. Was sollte die Mutter tun, die fast ihr ganzes Leben auf Cres verbracht hatte und zudem nicht gern reiste? Während ihre Schwester Ana nach Deutschland gegangen war, und sich dort ein neues Leben aufgebaut hatte, war Marija geblieben. Hier war ihr Leben. Hier war alles, was sie brauchte.

Er zog sich in sein Zimmer zurück und rief seine Cousine Katalina in Deutschland an. Aber auch Anas Tochter wusste keine Lösung. Sie diskutierten Optionen, dann schwiegen sie eine Weile.

»Du musst dranbleiben«, sagte sie endlich.

Goran gab ein Schnauben von sich. »Das sagt sich so leicht. Ich habe das Gefühl, es wird immer schlimmer. Er ist so starrsinnig. Wie Opa damals, nur hatte Opas Starrsinn keine Folgen …« Er ballte die Rechte zur Faust. »Wir stehen kurz vor dem Ende, und ich hab das Gefühl, nur gegen Wände zu rennen.«

Er hörte Katalina seufzen. »Was sagt Marija?«, fragte sie. »Hast du versucht, mit ihr zu sprechen?«

»Natürlich, aber sie sagt, dass das Männersache ist. Sie kümmert sich nicht um die Verwaltung des Hofes.«

Katalina lachte. »Sie wäre besser darin als dein Vater. Meine Mutter hat's mir gesagt. Marija war wirklich gut in der Schule, ein richtiges Mathetalent. Und Zlata? Hast du sie gebeten zu vermitteln?«

»Was soll sie sagen? Sie gehört nicht zur Familie.«

»Na, hör mal. Sie gehört ja wohl fast zur Familie. Sie ist Marijas beste Freundin, und das schon seit einer Ewigkeit. Die beiden teilen alles, und sie reden auch über alles. Zlata weiß sicher Bescheid. Sie weiß auch, wie die Welt hinter dem Horizont aussieht.«

Goran hörte das vertraute Lachen in Katalinas Stimme.

Verdammt, wie er sie vermisste. Sie hatten gute Tage gehabt, damals in Deutschland, als er während seines Studiums bei seiner Tante Ana gewohnt hatte. Er stützte sich mit dem erhobenen Arm gegen die Hausmauer, neben der er jetzt stand. Ohne es zu bemerken, hatte er das Haus verlassen. War einfach die Straße hinuntergelaufen.

»Ach, Kata, wann kommst du endlich mal wieder? Ich brauche zumindest einen vernünftigen Menschen an meiner Seite. Jeden Tag telefonieren reicht bald nicht mehr.«

»Bald. Ich komme euch bald besuchen. Goran, du schaffst das schon.«

»Manchmal zweifle ich daran.« Goran räusperte sich. »Weißt du eigentlich«, wechselte er dann das Thema, »warum Zlata nie geheiratet hat?«

»Wie kommst du ausgerechnet jetzt darauf?«

»Keine Ahnung. Es kam mir einfach gerade in den Sinn. Sie ist doch eine schöne Frau.«

»Chauvi.« Es rauschte in der Leitung. »Ich weiß nicht«, sagte Katalina dann. »Mama hat nie etwas erzählt, allerdings hab ich auch nicht gefragt.«

»So ziemlich alle Frauen, die ich kenne, sind verheiratet …«, sprach Goran nachdenklich weiter.

»Glaubst du, eine Frau kann nicht glücklich sein, wenn sie allein lebt?« Katalina neckte ihn. Er hörte es an ihrer Stimme.

Sie wechselten noch ein paar Worte und verabschiedeten sich dann voneinander. Katalina hatte einen Termin, und die Verbindung war schlecht an diesem Tag. Er hatte sie kaum verstehen können. Goran grübelte weiter. Am liebsten würde er seine Cousine gleich wieder anrufen, um sie erneut anzuflehen, bald zu kommen. Ihr Rat war ihm so wichtig. Sie verstand ihn, sie wusste, was ihn zu dem gemacht hatte, was er heute war.

Er würde alles dafür tun, das Weingut seiner Eltern übernehmen zu können. Das wusste er, seit er es wieder wagte zu träumen. Vielleicht würde ihm das neuen Halt geben.

Goran hielt inne. Da war ein Geräusch. Er hatte es erst nur unterbewusst wahrgenommen. Nun kniff er die Augen zusammen und lauschte – doch, jetzt hörte er es ganz deutlich. Jemand weinte.

Nein, das konnte nicht sein. Was sollte sie jetzt tun, ohne Bleibe an einem Ort, den sie nur von alten Fotos und aus Reiseführern kannte? Es war warm, aber sie konnte die Nacht ja wohl kaum draußen verbringen. Das war unmöglich, vielleicht sogar gefährlich …

Pia setzte sich vor der kleinen Pension auf die Stufen, suchte im Internet nach anderen Unterkünften in der Nähe und rief einige an. Es war tatsächlich alles ausgebucht.

Sie hatte mit einem Mal das Bedürfnis zu weinen wie ein kleines Kind. Sie fuhr sich mit dem Handrücken über die Augen, als könnte sie damit die Tränen zurückhalten. Es gelang ihr nicht.

»Verdammt, verdammt, verdammt …«, murmelte sie und stand auf.

»Kann ich Ihnen helfen?«

Eine freundliche Männerstimme, trotzdem wollte sie nur noch weg. Der Mann sprach Deutsch, und sie, eine erwachsene Frau, stand weinend vor ihm. Das war so beschämend.

»Nein, nein, schon gut, alles in Ordnung«, sagte sie mit belegter Stimme.

Nur weiter. Nur weg.

»Alles in Ordnung? Wirklich?«

»Ja, natürlich.«

Der Fremde betrachtete sie jetzt unverschämt genau.

»Aber Sie weinen«, stellte er fest.

Pia unterdrückte den Impuls, ihn anzufahren, wenn er auch nur die Wahrheit sagte. Sie schulterte ihren Rucksack, zog ein Taschentuch aus ihrer Hosentasche, um sich die Nase zu putzen.

»Ja, das tue ich, und es tut mir leid«, sagte sie dann. »Ich hab wohl etwas überreagiert. Ich bin erschöpft von der Reise, und jetzt hat etwas mit meiner Buchung nicht funktioniert.« Sie wies mit dem Kopf auf die Pension. »Aber ich finde schon was.«

Er machte keine Anstalten weiterzugehen. Stattdessen spürte sie eine Hand auf ihrem linken Arm, wenngleich er die Hand sofort wieder wegnahm, als sie ihn scharf anblickte.

»Sie … Heißt das, Sie haben keine Übernachtungsmöglichkeit? Da kann ich Ihnen vielleicht helfen. Ich kenne den Besitzer. Es wird sich eine Lösung finden. Kommen Sie mit.«

»Nein. Er sagt, dass er ausgebucht ist.«

»Das bezweifle ich. Ich kenne ihn.«

Natürlich kannte er ihn. Wahrscheinlich kannten sich die Insulaner alle.

Sie zögerte. »Aber …«

»Nun kommen Sie schon!«

Der junge Mann lief ins Haus, und Pia entschied, dass es besser war, ihm zu folgen, wenn sie sich nicht vollkommen lächerlich machen wollte. Irgendwie fühlte sie sich sogar erleichtert. Vielleicht wurde jetzt ja doch alles gut.

Als sie den kleinen Empfangsraum erneut betrat, hörte sie ihren Retter bereits auf Kroatisch verhandeln. In diesem Moment bedauerte sie es, die Sprache nicht zu verstehen. Es blieb ihr nur, die beiden Männer im Gespräch zu beobachten und zu rätseln, was sie besprachen. Irgendwo hatte sie gehört, dass Kroatisch keine Sprache war, die sonderlich schwer zu erlernen war. Vielleicht konnte sie ihre Zeit hier ja nutzen und sich wenigstens das Wichtigste aneignen.

Wenig später kam der junge Mann breit lächelnd auf sie zu, der Hagere verschwand in einem Hinterzimmer.

»Wie ich schon sagte, wir haben eine Lösung gefunden. Sie werden im Gartenhaus untergebracht. Nein, schauen Sie nicht so. Sie schlafen nicht zwischen Gartengeräten und Gerümpel, Sie werden es gleich sehen. Ich finde sogar, es ist Ivos schönstes Zimmer. Er liebt es und vermietet es nur in der Not an besondere Gäste. Es bietet im Übrigen viel mehr Privatsphäre als die Zimmer im Haus. Es wird Ihnen gefallen.«

Er lächelte sie an. Pia runzelte die Stirn. Woher wusste er, dass ihr Privatsphäre wichtig war? Sie war jedoch zu müde, um weiter darüber nachzudenken. Die Aussicht darauf, bald in ein Bett fallen zu können, war so verführerisch. Wenn sie ausgeschlafen hatte, sah dann sicher alles ganz anders aus. Sie bückte sich nach ihrem Rucksack, den sie neben sich abgestellt hatte.

»Lassen Sie mich das machen.«

Ihr fremder Retter bückte sich.

»Das ist wirklich nicht nötig.«

»Bitte.«

Er sah sie an, und sie erstarrte. Seine Augen waren haselnussbraun, vertrauenerweckend … Für einen Moment war da etwas … Eine Erinnerung?

Dann kam der Hagere mit dem Schlüssel zurück, Ivo hieß er, das wusste sie jetzt.

Pia schüttelte nochmals den Kopf und nahm ihren Rucksack auf die Schulter. »Nein, danke.«

Der junge Mann nahm den Schlüssel entgegen und ging voraus. Das Gartenhaus war vielleicht fünfzig Meter vom Haupthaus entfernt, wunderschön gelegen, umgeben von Kiefern, Rosmarinsträuchern, Salbei, Ginster und Lavendel. Durch die Bäume hindurch konnte man das Meer glitzern sehen.

Sie blieb noch einen kurzen Moment stehen und genoss die Umgebung, den Kräuterduft, das Rauschen des Meeres in der Ferne. Es war zauberhaft, und sie fühlte mit einem Mal eine unendliche Erleichterung.

Pia hörte, wie die Tür aufgeschlossen wurde. »Wollen Sie nicht hereinkommen?«, kam es dann von drinnen.

»Doch, doch …«

Das Zimmer war ein Traum. Es war wohl vor nicht allzu langer Zeit renoviert worden, die Wände waren in hellen Farben gestrichen, die offen liegenden Balken weiß lasiert. In der Mitte des Raumes stand ein modernes breites Bett, Kissen und Zudecke mit hellblauer Bettwäsche bezogen. Vom Bett aus konnte man durch das Fenster das Meer sehen. Sie stellte ihren Rucksack auf einem antiken Tischchen ab, auch der Nachttisch neben dem Bett war ein restauriertes Möbelstück. Ihr gefiel die Mischung aus Alt und Neu.

»Zu viel versprochen? Gefällt es Ihnen?« Sie nickte. »Ivo hat das Häuschen im Frühjahr erst saniert. Es gibt sogar eine kleine Küchenzeile«, der junge Mann deutete nach rechts, »ein Badezimmer mit Regendusche und Waschmaschine, eine Terrasse nebst Gartenmöbeln. Sie sind erst die Zweite, die hier wohnen wird.«

Pia räusperte sich. »Es ist wirklich sehr schön.« Ihr fiel auf, dass ihre Stimme immer noch belegt klang.

»Brauchen Sie noch etwas?«

Sie spürte seinen Blick auf sich und fragte sich, ob sie nach seinem Namen fragen sollte oder ihren eigenen nennen. Aber dazu kannten sie sich doch viel zu kurz.

»Danke«, sagte sie lediglich. »Es ist alles perfekt.«

»Dann gehe ich jetzt wohl.« Er nickte ihr zu.

Sie zögerte. »Entschuldigen Sie«, sagte sie dann doch kurzentschlossen. »Ich hab mich ja noch gar nicht vorgestellt. Mein Name ist Pia Sommer. Vielen, vielen Dank. Wirklich, vielen, vielen Dank!«

»Goran Katić.« Er reichte ihr die Hand. »Herzlich willkommen auf Cres!«

Obwohl sie nun wirklich müde war, stellte Pia sich in dem kleinen, mediterran eingerichteten und gestalteten Bad noch rasch unter die Dusche, schlüpfte dann in frische Kleidung und kroch wenig später zwischen die angenehm kühlen Bettlaken. Sie wollte sich ein wenig ausruhen und sich später noch etwas umsehen.

Pia legte sich auf den Rücken und verschränkte die Arme hinter dem Kopf. Das Bettzeug kam ihr bei näherem Hinsehen bekannt vor. Sie musste lächeln, als sie entdeckte, dass es von IKEA war. Das fühlte sich gleich ein wenig wie zu Hause an. Sie dachte an den jungen Mann – Goran, so hatte er sich vorgestellt. Jetzt war sie doch erleichtert, dass sie seine Einladung, ihr zu helfen, angenommen hatte. Alles würde gut. Sie hatte die Reise nicht umsonst gemacht. Sie würde etwas darüber erfahren, was ihr Großvater hier gemacht hatte, zumindest würde sie die Orte besuchen können, die er auch besucht hatte. Gleich am kommenden Morgen würde sie damit anfangen.

Sie überlegte, ob sie Opa Klaus eine Postkarte schicken sollte, eine von jenen, die sie in Opatija gekauft hatte … Wie würde er darauf wohl reagieren? Dann sah sie Goran Katić' freundlich lachendes Gesicht vor sich. Sie war ihm wirklich sehr dankbar, sehr, sehr dankbar …

Langsam fielen Pia die Augen zu. Gedanken huschten durch ihren Kopf, aber es fiel ihr zunehmend schwerer, sich auf einen davon zu konzentrieren. Sie ließen sich einfach nicht festhalten.

Sechzehntes Kapitel

Trotz der Aufregungen nach ihrer Ankunft auf der Insel schlief Pia in der Nacht tief und fest. Sie war nach ihrem Nachmittagsschläfchen erst gegen Abend aufgewacht, hatte einen Apfel gegessen, ein paar Nüsse und Salzbrezeln aus ihrem Reiseproviant. Dann hatte sie sich auf die kleine Terrasse hinter dem Haus gesetzt, gelesen und den Sonnenuntergang beobachtet. Schon früh hatte sie sich wieder schläfrig gefühlt.

Als sie nun aufwachte, fühlte sie sich erholt und sehr hungrig. Sie machte sich einen Instantkaffee – einen Rest Pulver fand sie im Schrank –, aß einen Keks dazu und nahm sich vor, später Milch und ein paar Lebensmittel einkaufen zu gehen.

Was war das für ein friedlicher Augustmorgen! Es fühlte sich gut an, hier zu sein, und jetzt war sie zum ersten Mal ganz sicher, die richtige Entscheidung getroffen zu haben. Das karge Frühstück schmeckte ihr seltsamerweise, später würde sie eine Kleinigkeit essen gehen, und es würde ihr gleichgültig sein, was die anderen wohl darüber dachten, dass sie allein war.

Ich will mich dem Leben stellen.

Es klang übertrieben, und doch fühlte es sich genau so an.

Pia kochte sich noch einen Kaffee und sah erneut in das Fotoalbum. Schon bei der Ankunft im Hafen hatte sie einige Dinge entdeckt, die ihr bekannt vorkamen. Heute wollte sie die ersten Punkte ablaufen, Fotos machen und die Bilder dann vergleichen. Würde es ihr auch gelingen, die Menschen auf den Fotos ihres Großvaters ausfindig zu machen? Was, wenn sie die Insel längst verlassen hatten? Opa Klaus war ein halbes Jahrhundert zuvor hier gewesen, Jahre, in denen viel geschehen war. Womöglich zu viel.

Nun, es war müßig, sich darum Gedanken zu machen. Sie musste es herausfinden.

Pia packte ihre Badesachen und die Kamera ein. Zuerst wollte sie sich mit der näheren Umgebung vertraut machen. Ihr Weg führten sie durch Cres' enge Gassen. Sie sah sich die Marienkirche an und fand auch den Turm, den Zoltan erkannt hatte. Von hier aus hatte man eine beeindruckende Aussicht. Gegen Mittag blieb sie vor einem Bistro in Hafennähe stehen, an dem sie bereits zweimal vorübergeschlendert war, und studierte die Speisekarte. Das Bistro bot eine recht große Auswahl an Pizzen und Nudelgerichten, auch typische Fleischgerichte gab es und den touristischen Klassiker schlechthin: »Šnicl i pomfrit«.

Pia wählte Spaghetti Frutti di Mare und schlenderte nach dem Essen zur Fähranlegestelle, wo man das Wasser gegen die Steine der Mole glucksen hörte. Das Licht, stellte sie fest, war etwas ganz Besonderes: Geradezu strahlend war es und warm zugleich. Viele der kleinen Wege führten zum Meer mit seinen kleinen Badebuchten.

Am späten Nachmittag ließ ihr der Duft gebratenen Fleisches, der von einer Imbissbude in Strandnähe heranzog, erstaunlicherweise erneut das Wasser im Mund zusammenlaufen. Ein kauziger alter Mann steckte ihr mit einem freundlichen Lächeln zuckersüße Aprikosen zu, die er von einem Baum in seinem Garten gepflückt hatte. Es fühlte sich längst nicht mehr so seltsam an, allein spazieren zu gehen. Nein, es fühlte sich sogar richtig an. Pia verließ den Ort, und inmitten eines immerwährenden Surrens und Flatterns, eines Piepens,

Tschilpens und Krächzens, inmitten eines Traums von Farben und Bewegung durchwanderte sie erstmals die duftende Macchia und machte Foto um Foto. Sie war froh über die kleine Kamera, die Sebastian ihr zum letzten Geburtstag geschenkt hatte. Die Vielfalt der Schmetterlinge war beeindruckend, auch wenn sie die wenigsten davon erkannte. Im Reiseführer waren sie erwähnt worden: Nachtpfauenauge, Apollofalter und Gemeines Blutströpfchen. Pia beobachtete Meisen, Lerchen, blitzschnell über den Weg huschende Wachteln. An der Küste segelten die Möwen im Wind. In den Abendstunden, hatte sie gelesen, hörte man manchmal eine Nachtigall.

In einem kleinen Laden machte sie die wichtigsten Besorgungen und spazierte dann zurück zu ihrem Gartenhäuschen. Auch an diesem Abend saß sie noch lange auf der Terrasse. Der Wind trieb vom Haupthaus Gemurmel herüber. Man aß zu Abend. Später bereitete sie sich einen kleinen Snack zu. Sie nahm sich vor, am nächsten Tag frischen Fisch am Hafen zu kaufen.

Am Morgen stand sie sehr früh auf. Die Luft roch frisch und hielt das Versprechen auf einen sonnigen Tag bereit. Es war wunderbar, Dinge zu sehen, die man zu späterer Stunde nicht mehr sehen konnte. Um diese Zeit fühlte es sich an, als gehörte einem die Welt ein bisschen mehr, als könnte man ihrem Rhythmus lauschen und eins mit ihr werden.

Die Sonne war noch nicht richtig aufgegangen, als sie sich auf den Weg machte. Kurz bevor sie den Hafen erreichte und noch einmal gen Osten schaute, wechselte der Himmel von einem hellen Graulila zu einem Goldrosa, das immer stärker wurde. Den Sonnenaufgang direkt am Meer zu verfolgen musste wunderbar sein.

Als Pia eintraf, konnte sie bereits Fischer mit ihrem Fang sehen. Man kaufte direkt vom Boot. Die meisten Fische kannte sie nicht. Seebarsch sollte es hier geben, Drachenkopf, Scholle, Langusten und vieles mehr. Eine Einheimische empfahl ihr wild gestikulierend eine Seezunge. Pia brachte sie rasch in ihr Häuschen und verstaute sie bis zum Abend in dem kleinen Kühlschrank, der zur Küche gehörte.

Sie fühlte sich so gut wie schon lange nicht mehr.

Zu ihrem Erstaunen war es bereits zehn Uhr, als Pia am folgenden Morgen erwachte. Gewöhnlich war sie eine Frühaufsteherin, doch vielleicht waren die letzten Tage doch anstrengender gewesen, als sie es für sich wahrgenommen hatte. Sie war viel unterwegs gewesen, hatte lange am Strand gelegen, war im glasklaren Meer geschwommen. In jedem Fall fühlte sie sich ausgeruht wie schon lange nicht mehr, ausgeruhter sogar als nach ihrer ersten traumlosen Nacht in Opatija.

Eine Weile blieb sie noch liegen und beobachtete die Welt da draußen durch ihr Fenster. Sie war sich sicher, dass sie in der Nacht irgendetwas geträumt hatte, konnte sich allerdings nicht erinnern. Sie wusste nur, dass es nichts Bedrohliches gewesen war.

Nach einer Weile stand sie auf, öffnete das Fenster und genoss einige tiefe Atemzüge, bevor sie sich in einem kleinen Kupferkännchen, einer *dzezva*, einen Mokka braute. Sie hatte gelesen, wie man das machte, aber sie würde noch üben müssen, bis sie ihn so gut hinbekam, dass er richtig schmeckte. Pia trank in kleinen Schlucken, aß dazu von dem frischen Weißbrot, das sie am Abend in einer kleinen Bäckerei erstanden hatte. Es duftete unwiderstehlich.

Auf der Terrasse setzte sie sich auf einen der Stühle an das kleine wacklige Tischchen und schaute sich um. Das Häuschen war von einem wunderschönen wilden Steingarten umgeben, einem Garten, wie Pia ihn sich manchmal erträumt hatte und in dem sie immer wieder Neues entdeckte. Es gab blühende Büsche, Blumen und üppig wuchernde Kräuter, die sie gar nicht kannte.

»Frau … Frau Sommer …?«

»Goran, haben Sie mich erschreckt …«

»Oh, tut mir leid, das wollte ich nicht …« Er deutete in Richtung Tür. »Ich hab vorne geklopft, aber Sie haben mich wohl nicht gehört.«

»Das hab ich tatsächlich nicht.«

Pia blieb sitzen, weil sie noch in Nachtshirt und Shorts war, gleichzeitig wollte sie nicht unhöflich sein. Was sollte sie tun?

»Ich wollte nur fragen, ob es Ihnen gut geht. Haben Sie sich etwas eingelebt?«

»Ja, danke. Vor allem schlafe ich wunderbar, seit ich hier bin. Vielen Dank noch einmal. Dieses Häuschen ist einfach perfekt.« Er nickte lächelnd. Sie zögerte einen Moment, bevor sie fortfuhr: »Würden Sie kurz warten? Dann zieh ich mir rasch etwas über. Wollen Sie sich einen Moment setzen? Ich mache uns einen Kaffee.«

»Gern.«

»Vielleicht können Sie mir ja auch noch ein paar Tipps geben. Wo kann man hier am besten einkaufen? Ich hab so viele Fragen.«

»Klar. Ich hab Zeit heute. Wir können einen Rundgang durch den Ort machen.«

»Das wäre super.«

Pia lächelte, sprang auf und ging rasch ins Haus zurück. Sie kochte noch ein Kännchen Mokka, zog sich eine kurze Jeans an, dazu ein weißes Top und Sneakers. Mit einem konzentrierten Blick in den Spiegel kämmte sie ihr Haar, erwog kurz, es offen zu lassen, und machte sich dann doch einen Pferdeschwanz. Fünf Minuten später stand sie wieder auf der Terrasse mit zwei Tässchen Kaffee.

»Danke«, sagte Goran. »Aber erst mal schlag ich vor, dass wir uns duzen. Ich bin Goran.« Er reichte ihr die Hand.

»Pia. Schön, dass du dir Zeit nehmen kannst.«

»Ist schon okay. Ich bin gerade endgültig zurück auf die Insel gekommen und noch dabei, mich wieder einzuleben.«

Seine Offenheit erstaunte sie.

»Du sprichst so gut Deutsch«, stellte sie dann fest.

Er nahm einen Schluck Kaffee. »Na, das sollte ich wohl. Ich hab in Deutschland studiert.«

»Wirklich? Wo denn?«

»Weinbau, in Geisenheim. In der Nähe von Rüdesheim am Rhein.« Er lachte. »Mit deutschem Wein kenn ich mich aus.«

»Und was kannst du mir über kroatischen Wein sagen?«

Pia spürte das Lächeln auf ihrem Gesicht, was sie verblüffte. Wie leicht sie mit dem jungen Kroaten ins Gespräch gekommen war. Wie mit den Amerikanern auf der Reise.

Jetzt grinste er. »Ich warne dich, ich bin Weinliebhaber. Du erfährst vielleicht mehr über Wein, als du es dir wünschst. Der Wein ist nämlich das Lebenselixier meiner Familie. Wir können stundenlang darüber reden.«

»Warum nicht?« Es gelang ihr tatsächlich, seinen Blick zu halten, ohne sich unwohl zu fühlen. »Ich mag Wein.«

Flirtete sie etwa?

»Also gut.« Goran zuckte mit den Schultern. »Kroatien, das sind annähernd sechzigtausend Hektar Rebfläche. Es gibt drei Hauptregionen: das nördliche und das kontinentale Kroatien sowie das Küstenland.«

»Interessant.«

Sie erwiderte sein erneutes Grinsen.

»Genauer gesagt«, fuhr er schmunzelnd fort, »weist unser Land alle in der Welt bekannten Weinbauzonen auf. Die werden im Übrigen von der Gesamtzahl der Sonnenstunden und

Temperaturen bestimmt. Das kroatische Klima steht unter kontinentalem und mediterranem Einfluss. Unsere Hauptsorten sind Riesling, Malvasia und der dunkelrote Plavac Mali. Die Weine im Süden haben einen höheren Alkoholgehalt, die unsrigen dafür ein stärkeres Aroma und, ich würde sagen, einen eher erfrischenden Charakter.«

»Keiner schmeckt nach Essig?«, neckte sie ihn, erstaunt über ihre eigene Forschheit.

Er lachte wieder. »Nein! Wir sind Experten. Wir können auf eine lange, traditionsreiche Weinbaugeschichte zurückblicken. Du hast doch sicher in einem Reiseführer gestöbert und Bilder der berühmten Terrassen um den Ort Bakar gesehen und die Weingärten um die Stadt Novi Vinodolski? Leider wurden auch wir nicht von der Reblaus verschont. Viele einheimische Sorten sind fast völlig verschwunden, aber sie kehren langsam zurück. Der erfrischende Žlahtina beispielsweise mit seinem wunderbaren, luftigen Duft und seinen zarten Blumen- und reifen Fruchtaromen. Auch Trojšćina oder Gegić haben auf den Inseln überlebt. Hast du schon von *gemišt* oder *špricer* gehört?«

Pia legte den Kopf schief. »Hört sich an wie Gespritzter …«

»Genau, so ist es.« Goran lächelte. »Es sind säuerliche Weißweine, die mit Wasser verdünnt werden. Die Ersten, die hier Wein anbauten, waren wohl die Illyrer, aber so richtig fing es dann erst zur Zeit der Griechen und Römer an.«

»Du kennst dich wirklich aus.«

»Wie gesagt, ich hab's studiert.« Goran hob einen Ast auf und begann, die Rinde abzuknibbeln. »Und meine Familie lebt seit Jahrhunderten vom Weinbau. Neben dem Olivenanbau und der Fischerei ist das ein wichtiger Wirtschaftszweig für uns.« Er schleuderte den Ast zwischen die Bäume. »Aber heute ist vieles anders. Wir müssen neue Wege gehen und neue Fundamente entwickeln.« Er sah auf einmal ernst aus. »Warst du schon mal in Kroatien?«, fragte er nach einer Weile.

»Nein, das ist mein erstes Mal. Warte, ich hol nur schnell meine Tasche. Dann können wir los.«

Sie steckte ein paar Sachen in ihre neue Umhängetasche, die sie sich am Tag zuvor an der langen Strandpromenade gekauft hatte. Von der Terrasse des Haupthauses, wo die Letzten noch ihr Frühstück einnahmen, drangen Stimmen zu ihnen herüber, als sie sich auf den Weg machten.

Goran räusperte sich. »Und, wie stellt man ihn sich so vor, den Balkan? Wenn man noch nie da war, meine ich?«

»Wie bei Karl May«, witzelte Pia. »*In den Schluchten des Balkan*. Kennst du das?« Sie hatte das Buch einmal bei ihren Großeltern im Regal entdeckt, es aber nie gelesen.

»Nein, ich weiß nur, dass die Winnetou-Filme bei uns gedreht wurden, die neuen und die alten.«

Sie nickte. »Tut mir leid wegen neulich. Ich war so müde und nicht besonders freundlich.«

»Kein Problem. Die Vorstellung, ohne Dach über dem Kopf in einem fremden Land dazustehen … Da kann man schon mal die Fassung verlieren. Es geht dir also besser?«

»Viel besser.« Sie war dankbar dafür, dass er sie nicht auf die Tränen ansprach. »Du warst ein Geschenk des Himmels. Ich möchte mir nicht ausmalen, was passiert wäre, wenn …«

»Dann hättest du dich auf Englisch verständigt. Du hättest das schon hinbekommen. Da bin ich mir sicher.«

Sie sah ihn von der Seite an. Er schien nie die Fassung zu verlieren. Jedenfalls konnte sie sich das nicht vorstellen. Er wirkte so vollkommen ruhig und ausgeglichen.

»Wollen wir vielleicht nachher einen richtigen Mokka trinken gehen? Die Einheimischen hier verstehen was vom Kaffeekochen.«

Sie nickte verzagt. »Ich muss noch lernen, wie man das richtig macht.«

Sie hatten das Eingangstor erreicht und verließen den Garten. Während er ihr vorausging, musterte sie ihn verstohlen. Er trug Jeans, allerdings nicht kurze, wie sie selbst, dazu ein verwaschenes blaues T-Shirt. Seine dunklen Haare waren nicht lockig, aber auch nicht glatt, die Haut leicht gebräunt. Es wunderte sie, wie viele Details ihr auffielen. Er ist nicht unattraktiv, dachte sie. Und als wäre das etwas Verbotenes, errötete sie.

Es saßen kaum Frauen in dem Café, in das er sie führte, aber Goran betrat den Raum so entschlossen, dass auch Pia nicht zögerte. Es dauerte einen Moment, bis sie sich an das Dämmerlicht gewöhnte. Sie verstaute die Einkäufe unter ihrem Stuhl. Der junge Kroate hatte sie in einen kleinen Supermarkt begleitet und ihr die Zutaten für ein paar typisch kroatische Gerichte empfohlen.

»Natürlich bin ich beim Einkauf nach meinem Geschmack gegangen«, hatte er gesagt. »Sag mir beim nächsten Mal Bescheid, wie es dir geschmeckt hat.«

»Mache ich«, hatte sie geantwortet. »Der Fisch, den ich gestern am Hafen gekauft hab, ist mir ziemlich gut gelungen.«

Und dann hatte sie darüber nachgedacht, ob »beim nächsten Mal« hieß, dass sie einander wiedersehen würden. Pia war verwundert gewesen und hatte sich zugleich gefreut.

»Morgen kannst du allein einkaufen gehen. Du kennst dich jetzt ja aus«, scherzte er nun und wies auf die Tüten voller Obst und Gemüse.

Sie war entspannt genug, darüber zu lachen. »Wohnst du jetzt bei deinen Eltern?«, erkundigte sie sich, weil sie nun doch irgendetwas sagen wollte.

»Ich bin wie gesagt gerade wieder hierhergezogen. Allerdings hab ich zuletzt in Rijeka in einem Weinhandel gearbeitet. Weit weg war ich jedenfalls nicht, deshalb konnte ich meine Eltern immer mal wieder besuchen.«

»Ah …«

»Und jetzt werde ich wohl bleiben. Die Insel lässt einen eben nicht los.«

Pia verlor sich für einen Moment in Gedanken. War das für ihren Großvater auch so gewesen? Hatte die Insel ihn nicht losgelassen? Immerhin war er über einige Jahre hinweg hergekommen.

Ihr Magen knurrte plötzlich leise. Als hätte Goran es gehört, zeigte er ihr eine kleine Auslage mit Gebäck und bestellte dort auch gleich Mokka für sie beide. Sie deutete auf einen Strudel.

»Den da hätte ich gern. Nimmst du auch einen?«

Er lehnte dankend ab.

»Meine Mutter versorgt uns, als würde uns gleich der Hungertod drohen. Nein, bis heute Abend bin ich wahrscheinlich ziemlich satt.«

Der Mokka, der bald darauf serviert wurde, war stark und gut. Der Kuchen hatte gerade die richtige Süße.

»Bei Strudel kann ich einfach nicht widerstehen.« Pia lächelte. »Der gehört zu meinen absoluten Lieblingskuchen.«

»Ein Überbleibsel der österreichischen Monarchie«, erwiderte Goran.

Pia genoss ein paar Bissen, dann legte sie ihre Gabel zur Seite.

»Hat es dir eigentlich in Deutschland gefallen?«

Goran stellte die Mokkatasse ab. »Ja. Es hat Spaß gemacht, andere Menschen kennenzulernen, eine andere Kultur. Ana, die Schwester meiner Mutter, lebt mit ihrer Familie schon lange in Deutschland. Früher, lange vor meinem Studium, hab ich sie öfter besucht. In den Ferien. Das war immer was Besonderes. Ich hab mir damals schon ausgemalt, wie das wäre, mal einige Zeit weg von zu Hause zu verbringen, und als sich die Gelegenheit ergab …« Goran wirkte, als befände er sich ganz weit weg, dann ging ein Ruck durch seinen Körper.

Pia nahm erneut einen Bissen, kaute und schluckte.

»Ich finde das mutig. Ich war nie länger von zu Hause weg, schon gar nicht in einem anderen Land. Ich war wohl immer eher ängstlich.«

»Aber jetzt reist du allein.«

»Das stimmt, das kann man dennoch kaum vergleichen.«

»Weshalb nicht?«

»Ich bin hier nur zu Besuch. Ich muss mich nicht für längere Zeit auf etwas Neues einlassen.«

»Sei nicht so streng mit dir.«

Goran lächelte sie aufmunternd an. Sie fand sein Lächeln schön, und für einen Moment wusste sie nicht, was sie sagen sollte.

»Ich glaube, ich sollte mich langsam auf den Weg machen«, sagte sie schließlich. »Sonst läuft mir der Käse noch davon.«

Deutschland

Sechzigerjahre

Branko konnte nicht mehr erfassen, wie viele Stunden sie unterwegs gewesen waren, seit sie Cres verlassen hatten. Klaus' alter VW Käfer war kurz vor den Sommerferien kaputtgegangen, und er hatte kein Geld für eine Reparatur gehabt. Er war in diesem Jahr wieder mit dem Zug und Bus angereist, also mussten sie jetzt auch mit dem Zug nach Deutschland zurück.

Branko schloss die Augen. Wenn er die Augen schloss, sah er Zlata vor sich. Er sah ihre schlanke Gestalt und kämpfte wieder gegen das Bedürfnis an, sich sofort auf den Weg zu ihr zu machen, um sie in die Arme zu schließen. Aber dafür hatte er das Geld nicht, und so musste er wohl oder übel bleiben.

Wie hatte er Zlata nur allein bei ihrer Mutter lassen können? Bei Aleksija, der alten Hexe. Zlata liebte ihre Mutter, aber sie wussten doch alle, wie kalt dieses Weib war. Durch ihre Adern floss Eis, das hatte er schon gespürt, als er noch ein Kind gewesen war.

Seit sie an diesem Morgen nach so vielen Stunden mit dem Nachtzug in München angekommen waren, fühlte sich Branko in jedem Fall wie zerschlagen und so fremd wie noch nie zuvor in seinem Leben. Im Liegewagen hatte er nicht wirklich Ruhe gefunden. Es war laut gewesen. Die Mitreisenden hatten sich unterhalten, gegessen und auch Alkohol getrunken. Einer hatte gesungen und sich lange Zeit auch nicht durch die lautstarken Beschwerden der anderen beirren lassen, sodass es fast zu einer Prügelei gekommen wäre.

Als es endlich ruhiger geworden war, hatten bald die ersten zu schnarchen begonnen. Unzählige Gedanken waren Branko durch den Kopf geschossen. Immer, wenn er gerade eingeschlafen war, war er wieder aus dem Schlaf geschreckt. Jetzt fühlte er sich am Ende seiner Kräfte, auch wenn er nicht allein war, auch wenn er Klaus an seiner Seite hatte.

Wie viele Hoffnungen hatte er sich gemacht, und jetzt kam es ihm so vor, als könnte keine einzige davon wahr werden. Alles war so fremd hier: die Stimmen, das Licht, die Gerüche. Er wollte zusammenzucken wie ein kleines Mädchen, als jemand an seiner Seite lospolterte. Er hatte ein wenig Deutsch von Klaus gelernt, aber nun glaubte er, kein Wort zu verstehen. Die Sprache klang hart und bedrohlich. Er fühlte sich so einsam wie noch nie zuvor in seinem Leben.

Was sollte hier besser werden? Was wollte er erreichen? Er würde scheitern und wie ein geprügelter Hund nach Hause zurückkehren. Er würde kein Haus bauen und keinen Garten anlegen. Er würde nie wieder aufs Meer hinausfahren. Ein Gedanke durchfuhr ihn mit einer Wucht, die er kaum für möglich gehalten hätte: Ich hätte Zlata nie verlassen sollen. Ich werde sie nie wiedersehen … Was, wenn sie ihn vergaß? Aber das würde nicht passieren, dessen war er sich sicher. Sie würde ihn nicht vergessen.

Aber würde er auch zu ihr zurückkehren, wenn er scheiterte, oder würde er sich zu sehr schämen? Was würden die Leute daheim sagen?

»Branko!« Klaus sprach so laut, als hätte er ihn nicht zum ersten Mal angesprochen. »Unser Anschlusszug fährt erst in gut zwei Stunden. Wollen wir uns etwas zu essen suchen?«

Branko starrte seinen Freund an und wusste nicht, was er sagen sollte. Er hatte kaum Geld. Er musste das Wenige zusammenhalten – und was sollte er hier essen? Da gab es keine Gerüche, die ihn verlockten. Deutsches Essen schmeckte nicht, das hatte er schon gehört. Branko spürte, wie sich sein Magen zusammenkrampfte. Dann legte Klaus ihm einen Arm um die Schultern und lächelte ihn aufmunternd an.

»Komm schon, ein paar Weißwürste solltest du probieren.«

»Weißwürste?« Branko runzelte die dichten Augenbrauen. Davon hatte er noch nie gehört.

»Eine bayerische Spezialität«, erklärte Klaus. »Sehr lecker.«

Branko brach der Schweiß aus. Er war hier gefangen, hier in diesem kalten, fremden Land. Feine Schweißperlen bildeten sich an seinem Haaransatz. Er stellte seinen Koffer ab, wischte sich mit dem Handrücken über die Stirn.

Klaus ließ nicht locker. »Hey, glaub mir, es wird dir schmecken. Jetzt ist es so weit, jetzt zeig ich dir meine Heimat. Darauf hab ich mich schon die ganze Zeit gefreut. In Frankfurt wirst du Rippchen mit Kraut kennenlernen.« Sauerkraut … Davon hatte Branko gehört. Das aßen die Deutschen ständig. Klaus klopfte ihm auf die Schulter. »Glaub mir, Branko, es wird dir gut gehen hier. Ich werde immer an deiner Seite sein, das hab ich Zlata doch versprochen. Sie würde mir die Augen auskratzen, wenn ich mein Versprechen bräche. Komm!«

Branko nickte und machte sich daran, Klaus zu folgen. Es blieb ihm ja nichts anderes. Er musste mitgehen. Klaus war der Einzige, der ihm hier helfen konnte. Er dachte daran, dass er Zlata baldmöglichst einen Brief schreiben musste.

Am liebsten hätte er sie angerufen, am liebsten hätte er ihre Stimme gehört, aber er kannte auf Cres niemanden mit einem Telefon. Es würde lange dauern, bis er wieder die Stimme eines geliebten Menschen hörte.

Branko mochte die Weißwürste nicht, aß sie jedoch aus Höflichkeit. Im Zug, der sie nach Frankfurt brachte, schlief er wider Erwarten ein. Als er das nächste Mal erwachte, hielt Klaus ihm einen schwarzen Kaffee entgegen.

Branko trank dankbar. Danach fühlte er sich nicht gut, aber etwas besser. Er schaute auf die fremde Welt vor dem Fenster und versank in Gedanken. Vielleicht würde er rasch genügend Geld sparen können und nach Cres zurückkehren. Er würde Zlata heiraten, ihr ein Haus bauen. Sie würden mindestens zwei Kinder bekommen. Er musste lächeln, während er sich einen Jungen vorstellte und ein Mädchen, das wie Zlata aussah.

Es war Klaus, der ihn aus den Gedanken riss. Sie näherten sich dem Frankfurter Hauptbahnhof, einem Kopfbahnhof mit einer geradezu unübersichtlichen Anzahl an Gleisen und einem Durcheinander an Menschen. Am liebsten hätte Branko sich an Klaus festgehalten. Wie ein kleiner Junge, der Angst hatte, verloren zu gehen.

Es dauerte noch ein wenig, bevor sie in Klaus' Wohnung ankamen. Der Freund bewohnte ein winziges Studentenzimmer mit einer Küchenzeile und einer immerhin recht breiten Matratze auf dem Boden. An der Wand hing ein Bild von Karl Marx, so wie bei Brankos Opa eines von Josip Tito gehangen hatte. Die Toilette teilte Klaus sich mit sechs anderen. Zum Duschen ging es in die örtliche Badeanstalt.

Voreerst würde Branko hier Unterschlupf finden.

Sie teilten sich die Matratze. Manchmal zogen sie einander nachts die Decke weg. Meist erwachte Branko dann fröstelnd. Es war kalt in diesem Deutschland. Er konnte sich nicht vorstellen, dass er sich je daran gewöhnen würde. Aber er wollte ja auch nicht bleiben.

Deshalb musste er rasch Deutsch lernen. Er musste rasch Arbeit finden, rasch viel Geld verdienen, um rasch nach Cres zurückkehren zu können.

Klaus brachte ihm Lernmaterialien aus der Bibliothek mit. Während er wieder seine Vorlesungen besuchte, blieb Branko allein zurück und lernte Deutsch. Wenn er genug davon hatte, putzte er Klaus' Zimmer. Er kochte jeden Tag. Am Wochenende gab es Fleisch, unter der Woche Kartoffeln und Gemüse.

»Ich kann dich wohl kaum mehr gehen lassen«, scherzte Klaus, »wenn du mich so gut versorgst.«

An einer Wand hatte Klaus aus Steinen und Brettern ein Regal aufgebaut, das vollgestopft war mit Büchern und Zeitschriften. Manchmal nahm Branko eines der Bücher zur Hand und blätterte darin, aber sein Deutsch war noch zu schlecht, um den Inhalt zu begreifen. Als er Klaus einmal zu einer Vorlesung begleitete, verstand er kein Wort.

Es war frustrierend.

Abends sprachen sie oft Kroatisch miteinander. Klaus beherrschte die Sprache mittlerweile recht gut. Er lernte viel. Wenn er Zeit hatte, unterstützte er Branko dabei, Arbeit zu finden. Zuerst schien ihnen kein Erfolg beschieden, dann bekam er eine Chance als Hilfsarbeiter bei Opel. Wenn er besser Deutsch konnte, würde er vielleicht etwas Besseres finden.

Die Arbeit war schwer, aber zum ersten Mal erschien es ihm so, als hätte er die richtige Entscheidung getroffen, als er Cres verlassen hatte. Er brachte Geld nach Hause. Er konnte sparen und würde Klaus nicht mehr auf der Tasche liegen.

Das neue Semester ging in die zweite Woche, als sie Besuch

von einer Jutta bekamen, die Klaus wohl gut kannte. Jutta und er waren gemeinsam zur Schule gegangen. Sie hatte eine Ausbildung in ihrem Heimatort gemacht und trat nun eine Stelle in Frankfurt an. Offenbar waren die beiden einmal ein Paar gewesen.

»Sag ihr nichts von Cres«, sagte Klaus.

Branko nickte, doch er wunderte sich.

Jutta trug eine bestickte Folklorebluse, so altbacken, wie Branko sie seiner eigenen Mutter kaum zugetraut hätte, und eine eng anliegende Hose. Sie hatte raspelkurzes Haar von einer seltsam roten Farbe. Klaus erklärte ihm, dass sie es mit Henna färbe. Die junge Frau hatte eine Kamera dabei. Sie arbeitete in einem Büro und fotografierte in ihrer Freizeit. Sie zeigte ihm ein paar der Bilder. Branko gefielen sie.

Da Jutta nun manchmal über Nacht blieb, wurde es eng im Zimmer. Es verstörte ihn, mit welcher Selbstverständlichkeit sie sich abends vor ihm auskleidete und in ihre Nachtwäsche schlüpfte. Sie lagen jetzt manchmal zu dritt auf der Matratze, doch meist zog Branko sich auf das durchgesessene Sofa zurück.

Es schlief sich unbequem auf diesem Sofa. Immer wieder wachte er auf. Sein Rücken begann zu schmerzen. Sein Nacken wurde steif. Ständig musste er eine neue Position finden. Meist verließ er früh am Morgen das Zimmer und ging in den Park, um endlich einen Brief an Zlata zu schreiben, doch es wollte ihm nicht recht gelingen. Natürlich hatte er ihr schon einige Postkarten geschickt, aber ein richtiger Brief, das war etwas anderes.

Branko hatte Zlata noch nie einen Brief geschrieben. Er hatte es sich tatsächlich einfacher vorgestellt. Er dachte an die witzigen kleinen Nachrichten, die Jutta an Klaus schrieb, wenn sie morgens früh losmusste. So wollte er schreiben können und konnte es doch nicht.

Eines Morgens – Branko machte gerade Frühstück – stand Jutta plötzlich neben ihm an der winzigen Küchenzeile. Sie trug ein Minikleid wie viele Frauen in der Stadt, nur ihre Frisur mit dem auffallenden Farbton war ungewöhnlich … Sie wirkte ein wenig, als wäre sie aus der Welt gefallen.

»Wo hast du Klaus eigentlich kennengelernt?«, fragte sie.

Er suchte nach Worten, überlegte, was er ihr erzählen sollte. Er verstand schon so viel, nur Deutsch zu sprechen fiel ihm immer noch schwer.

»Bahnhof«, sagte er schließlich.

»Ihr habt euch im Bahnhof kennengelernt?«

Branko nickte und zuckte bedauernd mit den Schultern. Heute passte es, dass er nicht gut Deutsch sprach. So musste er nicht zu viel lügen.

Jutta lachte. »Ist schon gut. Ich kann Klaus fragen.«

Branko nickte erneut. Sie sah auf die Uhr.

»Wirst du uns heute Abend etwas kochen? Ich liebe die fremde Küche.«

Er verstand »kochen« und nickte. Er dachte daran, Cevapcici zu machen und Ajvar, eine Würzpaste, und als er es Klaus später vorschlug, stimmte der begeistert zu.

Während er Paprika hackte, erzählte Branko von seinem Gespräch mit Jutta. Auf Kroatisch natürlich.

»Und was hast du gesagt?«, fragte Klaus mit leiser, kaum hörbarer Anspannung in der Stimme.

»Nichts. Ich spreche nicht gut genug«, gab Branko zurück.

Warum sollte Jutta nichts von Cres erfahren? Er konnte sich das nicht erklären.

»Er hat gesagt, ihr habt euch im Bahnhof getroffen«, mischte sich Jutta ein, die offenbar ahnte, worüber sie redeten. Sie war eine aufmerksame Frau.

Klaus nickte. »Ja, damals, weißt du, als ich in Österreich

einen Freund besucht habe. Danach waren wir gemeinsam wandern, und …«

Jutta kochte Tee. »Du musst mir nicht alles sagen. Ist schon in Ordnung. Ich finde es gut, dass du ihm hilfst. Ich würde mich furchtbar gern richtig mit ihm unterhalten. Hören, wo er herkommt, wie es sich lebt im Süden. Schade, dass er noch so schlecht Deutsch spricht.«

»Ja, wirklich schade.« Klaus überspielte seine Nervosität, indem er den Tisch deckte. Das spürte Branko. Mit einem Mal stand Jutta hinter dem Freund und umfing ihn mit beiden Armen.

»Ich hab dich so oft vermisst, als du weg warst. Du mich auch?«

Klaus drehte sich um und küsste sie. »Von hier bis zum Horizont.«

Einmal mehr glaubte Branko, vor Sehnsucht nach Zlata umzukommen.

An einem Wochenende fuhren sie zum Scheerwald, wo sich ein großer Spielplatz mit Grillmöglichkeit und einem hohen Holzturm befand, von dem aus man einen schönen Blick über die Stadt hatte. Es war ein wunderbarer Tag. Die Herbstsonne strahlte golden vom tiefblauen Himmel. Das Meer fehlte Branko, dennoch fühlte er sich gut. Jutta sagte, man müsse die Tage genießen, bis es trist und grau werde. Branko hoffte, dass der regnerische Winter, vor dem ihn die anderen gewarnt hatten, noch lange nicht kommen würde.

Ihm gefiel der Platz. Die vielen Familien und vor allem die Kinder sorgten für Leben. Man spielte Fußball. Ein Mädchen schlug Rad. Kleinkinder saßen in Sandkästen, spielten auf Klettergerüsten oder ließen sich juchzend nass spritzen. Erwachsene redeten miteinander. Es wurde gelacht und hier und da sogar gesungen. Obwohl es noch nicht Mittag war, stieg der Duft nach Gegrilltem in ihre Nasen. Branko trug einen Korb mit Fleisch, das er in einer selbst gemachten Soße eingelegt hatte, Jutta einen Salat, und Klaus schleppte seinen alten Armeerucksack, in dem eine Decke steckte, Geschirr und die Grillkohle.

Sie fanden einen Platz, Jutta breitete die Decke aus, weil sie gern auf dem Boden aß. Branko und Klaus lieferten sich kurz darauf einen Wettbewerb beim Anzünden der Kohle. Jutta, die an diesem Tag zu einer engen lilafarbenen Jeans ein besticktes grünes Hemd trug, lachte über sie.

Branko ließ Klaus gewinnen, denn er war dem Freund immer noch dankbar. Gemeinsam hatten sie viel erreicht. Der Anfang verlor nach und nach seinen Schrecken. Bei Opel würden sie ihn schon bald fest anstellen. Die Arbeit war schwer, die Schichten waren lang, aber er würde das Geld verdienen, das ihm zur Erfüllung seines Traumes fehlte. Wäre er zu Hause geblieben, wäre er jetzt keinen Schritt weiter. Er würde seinem Vater zur Hand gehen, fischen, Netze flicken, im Weingarten arbeiten, eben alles tun, was so anfiel auf dem Hof.

Er legte sich auf den Rücken und dachte wieder einmal an Zlata. Von seinem nächsten Lohn würde er ihr Geschenke kaufen. Ein Parfum vielleicht und duftende Seifen, wie er sie in einem Laden gesehen hatte. Er seufzte leise.

»Was ist?«, fragte Jutta.

Er hörte eine Mischung aus Interesse und leiser Besorgnis in ihrer Stimme. Ihr hatte er sich ein paar Tage zuvor anvertraut. Ihr hatte er versucht zu sagen, wie fremd das manchmal alles für ihn war. So gut er eben konnte. Sein Deutsch wurde von Tag zu Tag besser, weil er jetzt jede Minute seiner Freizeit nutzte, um zu büffeln. Und doch musste er geduldig sein.

»Alles gut. Ich denken an Haus, das ich will bauen.«

»Das ist ein schöner Traum.«

»Ja.«

»Wollt ihr mich alles allein machen lassen?«, mischte sich Klaus in diesem Moment ein.

»Nein, nein, du Armer«, gab Jutta scherzend zurück und machte sich daran, das Fleisch auszupacken.

Wenig später stieg der Duft brutzelnder Steaks in den Himmel und in ihre Nasen. Ihnen lief das Wasser im Mund zusammen. Branko begann zu singen, so glücklich war er. Die beiden Deutschen hörten ihm zu. Sie waren Freunde, wunderbare Freunde, wie man sie einmal im Leben finden musste.

Bald konnten sie essen, danach saßen sie zusammen, redeten und gestikulierten in einem Gemisch aus Kroatisch und Deutsch und schauten den Kindern beim Spielen zu. Branko stellte sich vor, wie er selbst einmal als Vater seinen Kindern zusehen würde. Zum ersten Mal seit Langem fühlte er sich so wohl in Deutschland, als wäre er richtig angekommen. Er würde nicht scheitern und mit leeren Taschen nach Hause zurückkehren. Er würde als reicher Mann zurückkommen, als jemand, der etwas erreicht hatte.

Er versprach, Jutta das Rezept zu geben, als sie seine Soße lobte und sich wohlig seufzend über den Bauch rieb. Klaus schlug vor, sich jetzt etwas zu bewegen, ging noch einmal los und holte einen Ball aus seinem VW Käfer. Branko half Jutta derweil dabei, alles zusammenzupacken. Als sie fertig waren, schnappte sich Jutta ihre Kamera, und er fragte sich, ob er sie bitten konnte, ein Foto von ihm für Zlata zu machen.

Klaus kam zurück. Sie spielten eine Runde Fußball, gerieten ins Schwitzen. Danach tranken sie den Wein, den Klaus mitgebracht hatte, und dösten noch etwas in der Sonne. Zufrieden machten sie sich auf den Heimweg.

Ende des Monats zog Branko aus. Jutta hatte über einen Freund eine Wohnung in Rüsselsheim gefunden mit einem großen Zimmer, einer kleinen Küche und einem winzigen

Bad. Er musste sie sich mit einem anderen Fremden teilen. Der kam ebenfalls aus Jugoslawien, aus Beograd. Es tat gut, wieder einmal mit jemandem zu sprechen, ohne nach Worten suchen zu müssen. Duro war im Sommer als Gastarbeiter gekommen, aber er hatte vorher schon etwas Deutsch gelernt. Sie tranken zusammen Slibowitz. Duro erzählte Branko von Beograd, einer richtigen Stadt, und dass dort seine Ehefrau auf ihn wartete, die er sehr vermisste. Branko erzählte von seiner Verlobten.

Klaus und Jutta halfen ihm mit einer Gartenliege aus nebst Armeeschlafsack. In einer alten Obstkiste bewahrte Branko seine Habseligkeiten auf. Die Wäsche wusch er mit der Hand oder im Waschsalon. Er hatte nicht viel mitnehmen können, das meiste war schon verschlissen gewesen, als er gekommen war, und so zeigte ihm Jutta eines Tages einen Laden, der mit gebrauchter Kleidung handelte, und half ihm, ein paar Sachen herauszusuchen. Jutta überredete ihn zu einem Hemd und engen Jeans. In dem Laden fanden sich sogar ein Paar Cowboystiefel und ein Gürtel mit großer Silberschnalle, der ihm sehr gefiel. Sie erzählte ihm, dass sie selbst in diese Läden ging und dass sie dort die Kleidung fand, die sie in ihrer Freizeit trug. Branko mochte den Geruch nicht, aber nachdem er alles einmal durchgewaschen hatte, war er zufrieden.

Unter der Woche sahen sie sich jetzt weniger häufig, aber am Wochenende unternahmen sie etwas zusammen.

Einmal saßen sie zusammen, und dieses Mal fragte Jutta Klaus, wo genau sie einander kennengelernt hätten.

»In München«, sagte Klaus rasch, so wie sie es ausgemacht hatten.

Branko fragte sich wieder einmal, warum Jutta nicht wissen durfte, wo Klaus in den letzten Sommern gewesen war, und wie er das auf Dauer geheim halten wollte.

Jutta hatte ihm erzählt, dass sie schon in der Schule ein

Paar gewesen waren. Waren sie es auch jetzt noch? Branko konnte das nicht erkennen. Die jungen Deutschen waren irgendwie anders. In Frankfurt, während seines Studiums, hätten sich Dinge geändert, hatte Klaus einmal gesagt. Er habe neue Freunde kennengelernt. In den Sommern in Kroatien habe er über ein anderes Leben nachgedacht.

Branko verschränkte die Arme hinter dem Kopf. Er lag im Halbdunkel auf seiner Liege in dem Zimmer, das er sich mit Duro teilte. Sie hatten zwei Bierchen getrunken und geraucht. Beide mussten sie morgens früh aus. Branko starrte an die Decke. Als Kind hätte er sich vor den Schattenspielen erschreckt. Heute war dem natürlich nicht mehr so, obgleich …

Er schloss die Augen. Von der anderen Seite des Raumes hörte er das Atmen seines Zimmergenossen. Duro war erkältet und schnarchte leise. Branko fiel es schwer einzuschlafen, wieder einmal. Er dachte an Zlata, tastete dann nach dem Brief, den er sich unter das Kopfkissen gelegt hatte, um ihr nahe zu sein.

Am Tag zuvor hatte er im Briefkasten gelegen, und sofort hatte sein Herz schneller geschlagen. Anders als er selbst schrieb sie ihm häufig, aber er würde auch mutiger werden. Er liebte ihre Briefe. Sie waren wunderbar, und er las sie wieder und wieder, bis er sie auswendig kannte, bis er jedes Wort und jede Redewendung im Herzen trug. Zlata hatte stets gut mit Worten umgehen können. Zlata hätte studieren können. Ihre Mutter hatte es nicht erlaubt. Manchmal kam es ihm so vor, als würde Zlata von ihrer eigenen Mutter gehasst.

Irgendwann schlief er ein, doch als er wieder erwachte, schien es ihm, als hätte er kaum mehr als ein paar Minuten geschlafen. Trotz seiner geschlossenen Augenlider meinte Branko wahrnehmen zu können, dass es heller wurde. Sicher war es Zeit aufzustehen. Er hatte den Eindruck, als erinnerte sich auch sein Körper daran, als machte er sich bereit. Irgendwo in seinem Kopf wurde ein Signal gesendet, dass es genau jetzt Zeit war aufzustehen. Auch sein Zimmergenosse schien aufzuwachen.

Branko öffnete die Augen, zögerte noch einen Moment und setzte sich dann auf. Unwillkürlich fröstelte ihn. Eigentlich war es nicht kalt, aber es fühlte sich kalt an. Ob er sich jemals an dieses Deutschland gewöhnen könnte? Immerhin gab es Tage, an denen er glücklich war.

Er stand auf und ging leise zum Fenster, von wo aus er auf die noch stille Straße herunterblickte. Er betrachtete das graue Haus auf der anderen Straßenseite. Solch hohe Häuser hatte er erst in Deutschland kennengelernt, bei ihm zu Hause gab es so etwas nicht. Er fand diese Häuser hässlich. Er träumte wieder von dem Haus, das er für Zlata bauen würde. Dann sah er sich und sie, wie sie gemeinsam am Strand entlangliefen, Hand in Hand. Manchmal sah er sie und sich auf ihrem eigenen Boot, das er von seinem ersparten Geld kaufen würde. Er wollte nicht als Fischer arbeiten, aber ein Boot besitzen. Es war gut ein Boot zu haben, wenn man auf einer Insel wohnte. Auch sein Vater hatte ein Boot. Manchmal hatten sie geangelt, und dann hatten seine Mutter und Marija den Fisch zubereitet.

Brankos Magen knurrte. Er dachte an das trockene Brot, das er noch in seinem Fach hatte. Er vermisste die süßen Früchte, den Schafskäse, das weiche Brot seiner Mutter, die Oliven. Er vermisste auch den Duft seiner Heimat.

Dieses Deutschland roch nicht wie Heimat. Am vergangenen Wochenende hatte Klaus seine Familie besucht, die in einem Dorf in der Nähe lebte, und Branko hatte sich doppelt einsam gefühlt. An diesem Wochenende würden sie wieder gemeinsam etwas unternehmen. Klaus versuchte alles, um ihm seine Heimat näherzubringen. Branko bezweifelte, dass es ihm gelingen würde.

Siebzehntes Kapitel

Kroatien, Insel Cres, Gegenwart

Auch an diesem Morgen fiel bereits Sonnenlicht durch den halb geschlossenen Fensterladen, als Pia erwachte. Sie blieb noch kurz in ihrem Bett liegen, rekelte sich genüsslich. Das langsame Aufwachen, ohne dass man sich beeilen musste, ohne dass jemand etwas von einem wollte, war einfach zu schön. Viel zu lange war sie nicht mehr in einen Tag gestartet, ohne sich hetzen zu müssen und ohne den Kopf schon vollgestopft zu haben mit den Anforderungen und Verpflichtungen, die auf sie warteten.

Es fühlte sich gut an, im Einklang mit seinem eigenen Rhythmus zu leben.

Als Erstes überlegte sie, was sie heute tun wollte. Niemand wartete auf sie, und das war ausnahmsweise einmal nicht beängstigend. Hatte sie in den wenigen Tagen, an denen sie auf der Insel war, schon gelernt, sich selbst genug zu sein?

Lächelnd stand sie auf, tapste über den bereits sonnenwarmen Dielenboden zum Fenster, stieß den Laden ganz auf und sah zum Meer hinüber. Der Tag versprach wie schon die anderen zuvor, schön und sonnig zu werden. Kräuterduft, mit salziger Luft gemischt, stieg ihr in die Nase. Pia atmete tief ein und aus, brühte sich dann einen »richtigen Kaffee« auf, wie Goran es nennen würde – mit dem Pulver, das er ihr empfohlen hatte.

Wenig später saß sie bereits auf der Terrasse und schmökerte in ihrer Urlaubslektüre.

Einatmen, ausatmen, einatmen, ausatmen.

Endlich kam wieder genügend Sauerstoff in ihren Körper.

Wirklich, sie hatte sich niemals vorstellen können, dass sich ein Gefühl der Erholung so rasch einstellen konnte. Nach einer Weile ging sie unter die Dusche, trug danach sorgfältig Sonnencreme auf und schminkte sich nach kurzem Zögern sogar: Wimperntusche, etwas zartroter Lippenstift, pudriges Rouge.

Nur für mich, dachte sie. Ich muss das für niemanden machen. Ich mache es nur für mich.

Sie bürstete ihr Haar, raffte es zu einem einfachen Dutt zusammen und schlüpfte in ein leichtes Sommerkleid, zu dem sie ihre geliebten Saltwaters anzog. Sie hatte die Sandalen durch Zufall im Internet entdeckt.

Während sie das Bett aufschüttelte und die frischen Handtücher, die am Abend vor der Tür gelegen hatten, gegen die gebrauchten austauschte, machte sie sich Gedanken über den Tag. Sie wollte wieder auf Entdeckungstour gehen.

Pia steckte etwas zu trinken, ihre Sonnenbrille, die Kamera und ein Tuch in ihre Umhängetasche und schloss die Tür hinter sich ab.

Das kleine Gartenhaus kostete natürlich mehr, als das Zimmer gekostet hätte, doch weil es durch Verschulden des Pensionsbesitzers zu der Fehlbuchung gekommen war, bekam sie es zum selben Preis. Mehr hätte sie sich auch nicht leisten können. Letztendlich hatte sie Glück im Unglück gehabt. Sie liebte das Gartenhaus jetzt schon, es war ein magischer Ort.

Langsam folgte Pia dem schmalen, steinigen Gartenpfad, pflückte ein Ästchen Thymian und zerrieb es zwischen den Fingern. Es duftete. Wie richtig war es gewesen, das Sabbatjahr anzutreten, mit dem Ziel, sich neu zu orientieren. Vor Kurzem hatte sie noch mit ihrer Entscheidung gehadert. Jetzt wusste sie, dass sie die Firma am Ende verlassen würde und etwas Neues beginnen.

Der Gedanke machte ihr keine Angst mehr.

Kurz vor ihrer Abfahrt hatten Ihre Großeltern ihr erzählt, dass sie Oma Juttas Bruder Otto kontaktiert hatten. Sie hatten ziemliche Überzeugungsarbeit leisten müssen, aber seine Söhne waren froh gewesen. Pia hatte nur ein paar Stunden gebraucht, um eine Website für das Weingut zu entwickeln. Das war ja eine ähnliche Arbeit wie die, die sie für ihre Firma machte, nur in viel kleinerem Rahmen. Wenn sie so etwas in Zukunft freiberuflich machte, würde sie den Druck nicht mehr spüren, der sie so sehr belastet und zum Schluss so unglücklich gemacht hatte. Tatsächlich hatte sie bereits erste Ideen. Sie waren noch vage, aber sie erkannte ihr Potenzial.

Als Pia auf die Gasse hinaustrat, blieb sie kurz stehen. Sollte sie zuerst runter zum Strand gehen oder gleich in den Ort, vielleicht in ein Café?

Pia schlug den Weg nach Cres ein. Immer wieder entdeckte sie hübsche Fotomotive. Die kopfsteingepflasterten Straßen und Gässchen füllten sich. Mit der Fähre und mit Bussen waren neue Gäste angereist. Hausfrauen tätigten ihren Einkauf in dem kleinen Supermarkt. Da sie noch nicht gefrühstückt hatte, entschied Pia, sich ein Stück Kuchen und einen Coffee to go zu holen, bevor sie sich einen Platz in der Nähe des Anlegers suchte, von dem aus sie den Fischereihafen und die Marina von Cres mit ihren zahlreichen Segelbooten beobachten konnte.

Sie nippte an ihrem Kaffee, aß dazu ihren Kuchen und schaute sich die Bilder an, die sie an diesem Vormittag bereits aufgenommen hatte. Einige löschte sie, mit anderen war sie zufrieden. Nach kurzem Zögern schickte sie ein paar Fotos an Zoltan.

Seine Antwort kam prompt: *Tolle Bilder. Bist du gut angekommen?*

Pia lächelte. *Danke*, textete sie zurück. *Warst mir eine große Hilfe. Ist wirklich sehr schön hier.*

Zoltan schickte einen Smiley.

Pia schrieb ihrer Mutter noch eine kurze SMS, teilte ihr mit, dass es ihr gut ging, und verstaute das Handy wieder in ihrer Tasche.

Sie kam an dem Bäcker vorbei, den Goran ihr empfohlen hatte. Das Brot, das sie dort erstanden hatte, schmeckte wirklich sehr lecker. Am Abend zuvor hatte sie es mit einem Glas Weißwein, Schafskäse und Oliven gegessen und sich einmal mehr im Urlaub gefühlt. Überhaupt war es ein schöner Zufall, dass sie diesen Goran getroffen hatte. Sie hoffte, dass sie ihn wiedertreffen und dass er ihr noch einiges über Cres erzählen würde.

Gut möglich, dass ich ihm irgendwann sogar das Album zeige …

Da war etwas an ihm, das ihr Herz schneller schlagen ließ, ein ungewohntes Gefühl nach sieben Jahren Beziehung, und es verwirrte Pia. War das nicht viel zu früh? Konnte sie denn schon wieder an einen neuen Mann denken, oder maß sie dem zu viel Bedeutung bei? Sicherlich war das so.

»Pia!«, hörte Pia mit einem Mal Gorans Stimme hinter sich. »Dachte ich mir doch, dass ich dich hier finde.«

Sie konnte ein Zusammenzucken nur mit großer Beherrschung verhindern. Er hatte sie gesucht? Rasch drehte sie sich um, freute sich, dass die Abenddämmerung das Rot auf ihren Wangen verbarg und dass sie in den letzten Tagen schon ein wenig Farbe bekommen hatte.

»Goran!«, begrüßte sie ihn und fragte dann unerwartet keck, wie sie fand: »Leistest du mir Gesellschaft?«

Sie war am Nachmittag am Strand gewesen, hatte dann im Gartenhaus geduscht und sich umgezogen, um noch einmal in den Ort zu gehen. Goran hatte ihr ein Restaurant empfohlen, und jetzt stand sie vor der Speisekarte, die draußen ausgestellt war, und hatte Lust auf Salat und gegrillten Fisch.

»Gern. Ich hatte heute viel zu tun und bin tatsächlich noch nicht zum Essen gekommen.«

Er hielt ihr das kleine Gartentor auf und deutete hinüber zu der Terrasse mit Blick aufs Meer. Sie fanden einen freien Tisch. Pia war froh, dass sie ein Kleid angezogen hatte, das ihre Figur, wie sie fand, besonders gut zur Geltung brachte. Ihr Haar hatte sie zu einem Banana Bun gewunden und einen schlichten Armreif angelegt. Sie hatte für einen Moment wieder mal mit sich gerungen, ob es einen Sinn ergab, sich für sich selbst schön zu machen, aber natürlich tat es das. Sie war die Einzige, für die sie wirklich schön sein wollte.

Ein Kellner kam auf sie zu. Goran und er wechselten ein paar Worte. Sie lachten. Dann führte der Mann Goran und sie zu einem besonders schön gelegenen Platz, nicht zu weit abseits. Die Karten wurden gebracht. Goran half ihr bei der Auswahl. Pia schlug vor, einen Aperitif zu ordern.

»Sicher. Martini, Aperol … Ich nehme einen Campari … Was magst du? Vielleicht einen Prosecco?«

»Ja, einen Prosecco.«

Sie lächelte. Ich flirte, fuhr es ihr im nächsten Augenblick durch den Kopf, und das nicht zum ersten Mal. Es fühlte sich immer noch ungewohnt an und gut zugleich. Wie ein Spiel, das sie lange nicht gespielt hatte. Sie hatte wirklich nicht mehr gewusst, wie einfach das war.

Der Kellner nahm die Getränkebestellung auf.

Goran räusperte sich. »Du siehst gut aus heute Abend.« Pia hob die Augenbrauen. »Besonders gut, meine ich«, fügte er mit einem verschmitzten Gesichtsausdruck hinzu.

»Danke.« Der Aperitif wurde schon gebracht, und Pia hob ihr Glas. »Na dann …«

Goran hob ebenfalls sein Glas, und sie stießen miteinander an.

Sie orderten ein Menü. Als Vorspeise gab es einen besonders fein komponierten Salat.

»Du machst hier also Urlaub?«, fragte Goran nach den ersten Bissen, die sie schweigend zu sich nahmen.

Pia nahm eine Gabel Salat, kaute behutsam und verschaffte ihrer Antwort damit etwas Zeit. »Eigentlich mache ich ein Sabbatjahr.«

»Ein Sabbatjahr?«

»Weißt du, was das ist?«

»Schon …« Goran trank einen Schluck von dem Wein, den sie zur Vorspeise bestellt hatten, und wirkte für einen Moment nachdenklich. »Ich hab nur noch nie jemanden getroffen, der so etwas macht. Entschuldige meine Neugier«, fuhr er dann fort, »aber wie kann man sich das leisten?« Pia zögerte erneut mit ihrer Antwort. »Es tut mir leid, ich bin zu weit gegangen. Natürlich geht mich das gar nichts an.«

»Ist schon in Ordnung. Nein, ich bekomme einen Teil meines Gehaltes weiter. Im weitesten Sinne soll ich mich für meinen Arbeitgeber weiterbilden.«

»Das scheint ein guter Arbeitgeber zu sein.«

Pia nickte. Trotzdem, fügte sie im Stillen hinzu, hab ich mich nicht wohlgefühlt. Trotzdem werde ich nicht auf Dauer in diese Firma zurückkehren. Ich werde den Mut finden, mein Leben zu ändern.

Die Vorspeisenteller wurden abgeräumt.

»Wenn ich ehrlich bin«, fuhr sie dann fort, »hab ich auch einiges gespart. Ich bin leider ein sehr auf Sicherheit bedachter Mensch.«

»Wieso ›leider‹?« Die Platte mit Grillfisch wurde gebracht. Goran machte eine kurze Einführung. Dann schaute er Pia ernst an. »Also, warum ›leider‹?«

Sie überlegte. »Ich bin nicht sehr spontan.«

»Muss man das sein?« Goran stieß seine Gabel in eine wunderbar krosse Pommes frites. »Ich wünschte mir manchmal, die Leute, mit denen ich zu tun habe, wären etwas bedachter«, sagte er dann mit einem Lächeln.

»Danke.«

Für eine Weile aßen sie schweigend. Der in Olivenöl gebratene Fisch schmeckte traumhaft, Pia fand zu ihrer Erleichterung keine Gräte.

»Was machst du denn jetzt hier auf der Insel?«, fragte Pia Goran, als der Nachtisch serviert wurde. »Du hast Weinbau studiert, arbeitest du auf diesem Gebiet?«

Goran nickte. »Ich bin gerade dabei, in den Betrieb meiner Eltern einzusteigen. Ich würde gern einige Dinge ändern. Allerdings wird das nicht leicht werden. Mein Vater ist nicht besonders erpicht auf Neuerungen.«

Sie spürte, wie Goran erneut verstohlen ihr Kleid musterte, und sie konnte in seinen Augen sehen, wie sehr es ihm gefiel. Seine Aufmerksamkeit tat ihr gut.

Nach dem Essen schlenderten sie noch ein wenig durch Cres. Dann brachte Goran sie in ihr Häuschen zurück. Am kommenden Morgen musste er zu einer Besprechung nach Rijeka, aber für das Wochenende verabredeten sie sich zu einem Ausflug. Pia freute sich darauf.

Goran kam trotz aller Müdigkeit in dieser Nacht nur schwer zur Ruhe. Es war einige Jahre her, dass er das letzte Mal mit einer Frau aus gewesen war, seine Cousine Katalina ausgenommen. Jahre, in denen er überzeugt gewesen war, er könnte sich nie wieder selbst vertrauen. Damals hatte er alles kaputt gemacht mit seinem verdammten Ehrgeiz, und sein Leben hatte sich um hundertachtzig Grad gedreht.

Ich habe alles zerstört.

Zumindest sah er eine Art Sinn darin, für das Gut seiner Eltern zu arbeiten, auch wenn er wohl niemals wieder die Freude dabei empfinden würde, die er empfunden hatte, bevor er zum Studium aufgebrochen war. Nach Jahren der Haltlosigkeit war er nach Cres zurückgekehrt, um seinen Eltern, die kurz davor standen, alles zu verlieren, beizustehen. Lange Zeit hatte sich keine Lösung auftun wollen, aber jetzt …

Er hasste den Gedanken, der ihn seit dem Gespräch mit Pia umtrieb. Pia … Sie machte ein Sabbatjahr und reiste mit ihrem ersparten Geld einfach so durch die Gegend. Pia Sommer hatte vielleicht das Geld, das seine Familie so dringend brauchte. Und er … Es gab doch viele junge Männer, die mit allein reisenden Frauen anbandelten. Konnte das vielleicht die Lösung sein, oder machte er sich etwas vor?

Ist das wirklich das, was ich will und fühle?

Goran schloss die Augen und sah Pia in ihrem Kleid vor sich, sah ihr Lächeln, hörte ihre Stimme und sah das Vertrauen, das sie ihm entgegenbrachte, in ihren Augen.

Verdammt, verdammt, was sollte er nur tun?

Gleich am Morgen würde er mit Katalina telefonieren. Er musste dringend mit ihr reden, bevor er nach Rijeka fuhr.

Unabhängiger Staat Kroatien
Insel Cres

Vierzigerjahre

Er war wütend. Alle sahen sie ihm an, dass er sich kaum beherrschen konnte. Schon die Art, wie er die Tür aufgerissen hatte, hatte sie alle zusammenzucken lassen. Mit festen Schritten kam er in den Garten heraus. Sie konnten seine Schritte in den genagelten Schuhen auf den Steinplatten knallen hören, während sie sich alle auf der Terrasse um den wackligen Küchenstuhl versammelt hatten, auf dem Aleksija stand.

Er ist mein Mann. Mein Beschützer. Mein Herz. Meine Liebe.

Aleksija beobachtete ihn. Sie wollte sich in seine Arme werfen, aber sie hatte Angst zu stürzen, wenn sie sich unbedacht bewegte.

Ihre Blicke trafen sich.

Er liebt dich.

Er liebte sie mit jeder Faser seines Seins, das sah sie ihm an. Er würde sie retten.

Jetzt sah er wieder zu seiner Mutter. Hoch aufgerichtet stand sie da, entschlossen, ihn wieder einmal spüren zu lassen, dass seine Entscheidung falsch gewesen war, dass er die Falsche geheiratet hatte. Kein Mädchen von hier, sondern eine aus der Stadt, keine, die die Eltern gewählt hatten, sondern eine, für die er selbst sich entschieden hatte.

Wie schwer es ihm fiel, den Unbewegten zu mimen, den Männlichen. O ja, es tat ihm weh, die Geliebte so zu sehen. Aleksija wollte den Schmerz aus seinem Gesicht streicheln.

Er kam auf sie zu. Sie ließ ihn nicht aus den Augen, während seine Mutter reglos zusah, wie er seine junge Frau vom Stuhl hob und auf den Boden stellte.

»So etwas tun wir hier nicht. So etwas haben wir noch nie getan«, sagte er.

Seine Mutter hob einen Mundwinkel, als wäre sie amüsiert. Aleksija schmiegte sich an ihn, um seine Körperwärme zu spüren. Sie dachte daran, wie sie die Frauen aus der Stube geholt hatten, wo sie an einem Deckchen gestickt hatte. Sie hatten nicht viel gesagt, lachend und kichernd hatten sie Aleksija mit sich nach draußen gezogen.

Ich habe mich nicht gewehrt. Ich habe sie machen lassen.

Sie wollte, dass ihre Schwiegermutter sie mochte. Sie wollte nicht zur Last fallen, sich nicht sperren gegen die Bräuche dieser Gegend. Sie wollte eine gute Frau sein – also hatte sie nicht widersprochen, als seine Mutter sie geheißen hatte, auf diesen Stuhl zu steigen, damit sie alle von allen Seiten begutachten konnten. Sie hatte auch nichts gesagt, als sie ihre Jacke hatte ausziehen müssen, die feinen Strümpfe aus der Stadt – und schließlich sogar das Kleid, sodass sie in Unterwäsche vor allen hatte dastehen müssen.

Ihre Schwiegermutter trat einen Schritt vor. »Schau sie dir an. Alles hat sie mit sich machen lassen. Sie denkt, wir sind Barbaren, denn sie kommt aus der Stadt. Barbaren, verstehst du? Für sie sind wir nicht mehr als Barbaren!«

»Ach, sei still, Mutter. Hörst du dir manchmal selbst zu?«

Ihre Schwiegermutter sagte nichts darauf, aber Aleksija spürte ihren Blick auf sich. Sie weinte nicht. Sie wusste, dass sie von allen gehasst wurde. Es lag wohl nicht daran, dass sie eine Serbin war. Nun, vielleicht lag es auch daran, aber hauptsächlich lag es daran, dass sie ihn geheiratet hatte. Seine Mutter würde niemanden akzeptieren, der ihr den Sohn wegnahm.

Am späten Abend gingen sie spazieren, etwas, zu dem sie ihn gebracht hatte, denn gewöhnlich gingen die Männer hier abends ohne ihre Frauen in die Bars. Sie war die Frau aus der Stadt. Sie war die Frau, die wunderliche Sachen tat, Dinge, die man als ordentliche Frau nicht tat.

Am Meer blieben sie stehen und sahen auf das Wasser hinaus. Sie hörten dem Geräusch der Wellen zu, das sie immer als beruhigend empfunden hatte. Sie spürte seine feste Umarmung. Sie wusste, dass er sie niemals verlassen würde, und trotzdem hatte sie plötzlich entsetzliche Angst, ihn zu verlieren.

Was soll ich tun, wenn er nicht mehr da ist? Wenn er mich nicht mehr beschützen kann?

Dann wurden die Zeiten schwieriger. Man hörte schlimme Dinge über Hitler, Unmenschliches. In den ersten Monaten versuchten sie, sich auf ihre Beziehung zu beschränken, aber bald ließ sich das draußen nicht mehr verdrängen. Ihr Mann sprach davon, sich dem Widerstand anzuschließen, wie es auch andere Kroaten taten, die nicht auf der Seite der Ustascha und ihres Führers Ante Pavelić standen. Aleksija war stolz auf ihn und hatte zugleich eine furchtbare Angst. Was würde geschehen, wenn sie ihren Mann verlor? Die Zeiten waren gefährlich. Zum ersten Mal schrieb sie ihren Eltern, doch es kam keine Antwort. Ihre Schwiegermutter machte ihr unmissverständlich klar, dass sie sich würde unterordnen müssen, wenn ihr Mann die Insel verließ.

»Ich habe Angst«, sagte sie.

»Du hast keine Angst«, antwortete er, »deshalb liebe ich dich.«

Aleksija schwieg und dachte, dass er sich irrte.

»Wenn du weggehst, nimmst du mein Herz mit«, flüsterte sie.

Sie presste ihr Gesicht gegen seine Brust.

»Ich lasse einen Teil meines Herzens bei dir.«

Sie musste sich auf die Lippen beißen, um nicht zu weinen.

»Deine Mutter hasst mich.«

»Sie ist eine alte Frau. Du bist stark, Aleksija.«

Sie fragte sich, woher er das Bild von ihr hatte. Konnte er nicht sehen, wie schwach sie war und dass sie ihn an seiner Seite brauchte?

»Wo geht es hin?«

»Das kann ich dir nicht sagen. Es ist besser, wenn du es nicht weißt. Vertrau mir«, sagte er, »vertrau mir. Alles wird gut.«

Achtzehntes Kapitel

Kroatien, Insel Cres, Gegenwart

»Du hast tatsächlich ein Boot!«

Goran zuckte mit den Schultern. Dann reichte er Pia mit einem Lächeln die Hand und half ihr, an Bord zu kommen. Sie spürte, wie das Deck unter ihren Füßen schwankte. Als sie mit dem Katamaran auf die Insel gekommen war, hatte sie sich wieder daran erinnert, dass sie eigentlich schon immer gern Boot gefahren war. Es war Sebastian gewesen, der bereits bei leichtem Seegang mit Übelkeit zu kämpfen hatte.

Kurz hielt sie inne. Sie dachte zum ersten Mal an Sebastian, ohne nicht zumindest ein wenig Trauer oder Schmerz zu empfinden. Jetzt, in diesem Moment, war es, als blickte sie auf etwas zurück, das einer Vergangenheit angehörte, die sie nicht mehr vermisste.

Zumindest weiß ich, dass ich ohne ihn überleben kann.

Ein Schmerz jedoch blieb: Da war das Kind, das es vielleicht niemals geben würde, das Kind, über das sie noch nicht einmal sprechen konnte.

Einatmen, ausatmen, einatmen, ausatmen.

Die Bohlen knarrten, als Goran sich zu ihr stellte.

»Viele hier haben ein Boot«, informierte er sie. »Es ist ein probates Verkehrsmittel für eine Insel. Man kann angeln gehen, und natürlich gibt es Badebuchten, die man anders nicht erreichen kann. Magst du schnorcheln?«

Pia nickte. Sie konnte die Augen nicht vom Anblick der weiten, blauen, glitzernden Meeresfläche abwenden. Sie fühlte sich frei, so frei, wie sie sich in der Nähe von Wasser immer fühlte. Viel zu lange war ihr diese Verbindung verloren gegangen. Das durfte ihr nie wieder passieren. Vielleicht konnte sie hier auch Abschied nehmen, mit einem Ritual oder so etwas, einer Flaschenpost, die sie ins Meer hinausschickte. Sie drehte sich lächelnd zu Goran.

»Ja, ich liebe es zu schnorcheln. Ich hab meinen Schnorchel dabei. Das Wasser ist hier wirklich so glasklar, wie ich gelesen habe. Es muss bezaubernd sein, hier abzutauchen ...«

»Das ist es. Wie eine andere Welt.«

Goran sah sie ernst an, zugleich umspielte ein zurückhaltendes Lächeln seine Mundwinkel.

»Ja, genau wie eine andere Welt«, wiederholte sie.

Er hatte die richtigen Worte gewählt. Wenn man sich unter Wasser befand, dann waren Licht und Geräusche gedämpft. Durch den Schnorchel konnte man Atemzug um Atemzug nehmen. Früher, im Urlaub mit ihren Eltern, war sie oft geschnorchelt. Sie war sich sicher, nichts verlernt zu haben.

»Dann werde ich dir heute ein paar Stellen zeigen, zu denen man nur mit dem Boot gelangt. Ich bin dort auch schon geschnorchelt. Ich bin mir sicher, es wird dir gefallen.«

»Bestimmt.«

Pia sah ihm nach, wie er ins Führerhaus ging. Der Motor begann zu tuckern, Goran navigierte aus dem Hafen hinaus. Pia blieb an der Reling stehen. Gegen die Sonne trug sie eine Kappe, die fest genug saß, um nicht davongeweht zu werden. Gegen die starke Sonneneinstrahlung hatte sie ein langärmliges Baumwollhemd angezogen und dazu Khakishorts und weiße Sneakers gewählt. Darunter trug sie ihren Bikini. Für eine Weile beschattete sie die Augen mit den Händen, dann holte sie doch ihre Sonnenbrille aus ihrer Tasche.

Sie fuhren an der von Macchia bewachsenen Küste der Insel entlang. Manchmal meinte Pia, unter der Meeresoberfläche einen dunklen Schatten zu erkennen. Mit etwas Glück, hatte sie gelesen, könne man zwischen den Inseln auch auf Delfine treffen, manchmal sogar auf Meeresschildkröten.

Pia genoss die Fahrt. Bis zu dem Moment, da Goran die Geschwindigkeit verringerte, fragte sie sich nicht, wann sie wohl ankommen würden. Dann verstummte das Motorgeräusch ganz, und Goran warf den Anker. Hoch über dem Meer sah man ein pittoreskes Dörfchen.

»Das ist Lubenice«, erklärte er. »Anfangs war hier nur eine Fluchtburg, dann wurde der Ort von Piraten als Stützpunkt entdeckt. Heute heißt es, es gebe mehr Schafe als Einwohner. Es ist sehr verwunschen hier. Du solltest Lubenice an einem anderen Tag besuchen. Heute will ich dir den Strand zeigen.«

Er half ihr aus dem Boot, und sie wateten an den Strand. Der Kiesstrand Sveti Ivan gehörte zu den schönsten, die Pia je gesehen hatte. Das Meer war türkisblau. Fast vierhundert Meter hoch lag der Ort über ihnen, was auch der Grund sein mochte, dass es hier recht einsam war.

Goran sammelte Kiesel und warf sie hinaus aufs Wasser. Pia lauschte dem Geräusch, während sie das Gesicht der Sonne zugewandt hielt. Es tat gut, die Wärme zu spüren. Sie ließ den feinen Kies durch ihre Finger rieseln.

»Gibt es hier auch Sandstrände?«, fragte sie dann. »Mir sind noch keine aufgefallen.«

Goran schien in Gedanken versunken zu sein, denn er antwortete nicht gleich.

»Du findest feinen Kies, normalen Kies, und ja, manchmal sogar Sand«, sagte er dann. »Ich persönlich mag den Sand nicht so sehr, das Wasser an Kiesstränden ist klarer. Aber natürlich ist es unbequemer, darüberzulaufen. An manchen Orten hat man künstliche Liegeflächen aus Beton geschaffen, aber ich mag's lieber natürlich.«

»Ich auch. Abgesehen davon ist Beton viel zu hart.«

»Das stimmt.«

Er lächelte sie an, wirkte aber immer noch etwas abwesend. Irgendetwas beschäftigte ihn. Sollte sie fragen? Kannten sie sich schon so gut, dass sie das tun konnte?

Pia sah auf das Wasser hinaus. In einiger Entfernung war ein Segelboot zu sehen. Manchmal schien es zwischen den flimmernden, tanzenden Wellen fast zu verschwinden, als wäre es nur ein Traumgebilde.

»Es ist so unglaublich schön hier.«

»Es macht mir auch Spaß, mal wieder einen Ausflug in die Umgebung zu machen. Man lernt auf diese Weise seine Heimat immer wieder neu kennen. Im täglichen Einerlei nimmt man das Schöne auch gar nicht mehr wahr.«

Pia schaute wieder zu dem Segelboot. An Deck meinte sie, Leute zu erkennen, die sich sonnten. Goran hat recht, dachte sie, im Alltag geht viel zu schnell das Besondere unter.

Sie schloss die Augen und atmete tief durch, spürte die Sonne auf der Haut. Goran hatte ihr auf der Fahrt von seiner Zeit in Deutschland erzählt und von seinen Schwierigkeiten bei der Rückkehr nach Cres. Sie war verwundert. Es wirkte alles so viel leichter hier. Die Menschen schienen sich weniger Gedanken zu machen und weniger Sorgen um Regeln. Sie waren nicht so bemüht darum zu gefallen.

Goran hatte gelächelt, als sie ihm ihre Sicht der Dinge geschildert hatte.

»Die Deutschen, heißt es immer, kennen keinen Spaß«, hatte er gesagt, »aber wenn man die andere Seite kennt, weiß man auch, wie angenehm Verlässlichkeit ist. Es ist gut, wenn es Regeln gibt, an die sich alle halten, und wenn man nicht bevorzugt behandelt wird, weil man Beziehungen hat.«

»So hab ich das noch nicht gesehen«, hatte sie gemurmelt. »Alles wirkt immer so unkompliziert hier. Keiner macht sich Sorgen, keiner macht sich einen Kopf.«

Goran hatte den Kopf geschüttelt. »Ach, wir machen uns auch Sorgen, aber man darf sich davon nicht kaputt machen lassen. Man sollte immer noch Freude an allem haben.«

»Gehen wir schwimmen?«, riss Goran Pia jetzt aus den Gedanken.

»Gern.«

Beide schlüpften sie aus der Kleidung – Goran trug seine Badehose unter der Jeans. Sie nahmen Schnorchel und Taucherbrillen und sprangen gemeinsam ins kühle Nass. Er zeigte ihr Dinge, die sie allein vielleicht nicht gefunden hätte. Gut eine Stunde durchstreiften sie schnorchelnd die Unterwasserwelt rund um das Boot. Dann kletterten sie wieder an Bord, ließen die Beine baumeln und die Sonne ihre nassen Körper trocknen.

»Hier in der Nähe sind gute Fischgründe«, sagte Goran. »Früher war ich oft mit meinem Vater dort. Eigentlich …«, er blickte in die Ferne, »… ist das noch gar nicht so lange her. Leider verstehen wir uns in letzter Zeit nicht so gut. Ich hatte es ja schon erwähnt.« Er schüttelte wieder den Kopf. »Ich weiß gar nicht, warum ich dir das erzähle.«

Sein Lachen klang ein wenig angestrengt. Sie spürte, dass es besser war, nicht nachzufragen.

Sie stillten ihren Durst und tauchten noch einmal ab. Das Wasser fühlte sich einfach wunderbar an. Die Temperatur war angenehm.

Wieder kletterten sie an Bord. Die Sonne stand nun höher am Himmel. Pia trug Sonnencreme auf, und Goran bot an, ihr den Rücken einzucremen. Als es zu warm wurde, suchten sie den Schatten des Bootshauses auf. Seite an Seite schliefen sie ein.

Als Pia erwachte, hatte Goran ein kleines Picknick vorbereitet. Sogar an Wein hatte er gedacht. Pia kostete eingelegte Tomaten und Paprika, aß frisch gebackenes Brot mit Käse und schließlich auch kalte, köstlich gewürzte Fleischbällchen. Goran hatte sogar Gläser mitgebracht, aus denen sie den Wein tranken.

»Ich würde gern noch andere Buchten kennenlernen«, sagte sie.

»Kein Problem. Willst du die Blaue Grotte sehen?«

Man erreichte die Grotte von Lubenice aus über einen Wanderpfad oder schwimmend über das Meer. Sie entschieden zu schwimmen. Irgendwann standen sie brusttief im Wasser. Ein hohes Gewölbe spannte sich über ihnen, durch einen kleinen Spalt schimmerte von draußen Licht herein. Pia fehlten die Worte. Auch Goran schwieg.

Sie schwammen zurück zum Boot, dann steuerten sie die nächste einsame Bucht an. Goran fuhr so dicht ans Ufer wie möglich und half Pia wieder hinaus. Da sie immer noch ihre Badekleidung trugen, mussten sie nicht darauf achten, trocken zu bleiben. Goran breitete eine Decke aus, auf die sie sich fallen ließen. Pia schloss erneut die Augen.

Die Wärme tat so gut. Sie schien eine heilende Wirkung auf ihre Seele zu haben. Sie dachte an das blaue Licht in der Grotte.

»Wollen wir noch einmal schwimmen gehen?«, fragte Goran.

Pia sprang auf und rannte lachend ins Wasser.

»Was für ein Tag«, sagte sie, als sie wieder zurück am Strand waren.

»Er ist noch nicht vorbei«, gab Goran zurück.

»Nein.«

Sie tranken noch ein Glas Wein, stießen miteinander an. Ihre Hände berührten sich wie zufällig. Sie sahen sich in die Augen und konnten den Blick plötzlich nicht voneinander nehmen.

»Pia …«, sagte Goran.

Nur ihren Namen. Sonst nichts.

Er berührte ihren nackten Arm, und sie bekam sofort eine Gänsehaut. Sie öffnete den Mund, konnte aber nichts sagen, nur spüren: seinen Körper, seine warme Haut, seinen Atem. Sein Kuss kam überraschend, aber sie wich nicht zurück. Er fühlte sich richtig an, und sie erwiderte ihn. Als sie sich voneinander lösten, war da kein Bedauern, keine Scham.

»Vielen Dank für alles«, sagte Pia.

»Vielen Dank, dass ich diesen Tag mit dir teilen durfte.«

Es war gut, sich jetzt zu trennen. Aber wie würde es weitergehen?

Neunzehntes Kapitel

Man sah es Petar an diesem frühen Morgen an, dass er am Vorabend zu viel getrunken hatte, und man hörte es auch. Aus blutunterlaufenen Augen starrte er seinen Sohn träge und zugleich herausfordernd an.

»Jetzt fang mir nicht schon wieder mit deinen neumodischen Ideen an«, polterte er los. »Erzähl mir lieber von dieser Frau, mit der du durch die Gegend ziehst, anstatt zu arbeiten. Wer ist sie? Hat sie Geld? Hält sie dich aus?«, stichelte er.

Goran hob den Kopf. Es war zu früh für solche Gespräche. Sie verdarben einem den Tag. Er musste sich zwingen, ruhig zu bleiben. Er und sein Vater, sie konnten beide sehr aufbrausend werden. Er wusste, dass sein Vater Streit suchte, weil er sich in die Ecke gedrängt fühlte. Und natürlich weil es ihm nicht gefiel, dass die jungen Leute auch ein bisschen Spaß im Leben haben wollten. Dass sie nicht nur den ganzen Tag an die Arbeit dachten. Er konnte es jedoch nicht zulassen, dass Petar Pia in seine Probleme mit hineinzog.

Goran wusste, es wäre besser, das Haus rasch zu verlassen an diesem Morgen. Wann kam Katalina endlich, verdammt noch mal?

Ich brauche dich, Kata, ich brauche ich.

Er trank einen Schluck Mokka. »Wie meinst du das, Vater?«, fragte er dann so ruhig er konnte.

»Na, du hast doch eine Neue.« Petar grinste. »Eine deutsche Goldeselin, wie man sagt. Eine von denen, die genügend Geld haben, um wochenlang Ferien zu machen und sich zu amüsieren. Ich hab's gehört. O ja, ich kriege alles mit.«

Goran fühlte Empörung in sich aufsteigen. Das war es, was ihm die Enge eines Dorfes so verhasst machte. Natürlich war sein Ausflug mit Pia nicht unbemerkt geblieben. Wie hatte er das auch nur glauben können. Er versuchte, die Wut zurückzudrängen, denn wenn er jetzt aufbrauste, war ihnen beiden nicht geholfen.

»Rede nicht so von ihr, Vater.«

Petar drohte ihm mit dem wulstigen Zeigefinger seiner rechten Hand. »Du verbietest mir nicht den Mund, du nicht. Ich kenne dich doch. Ich kenne meinen ehrgeizigen Sohn. Wenn du etwas erreichen willst, kennst du nichts … Das war schon immer so. Aber ich lasse nicht zu, dass du das Ruder an dich reißt. Verstehst du? Ich bestimme hier.«

Mit jedem Wort war Petars Stimme lauter geworden. Zum Schluss schlug er mit der Faust auf den Tisch, sodass das Geschirr klirrte.

Goran schüttelte den Kopf. »Ich weiß nicht, wovon du sprichst.«

»Das weißt du ganz genau. Alles zerstört hast du mit deinem krankhaften Ehrgeiz, und jetzt willst du es wieder tun, aber das lasse ich nicht zu.«

»Unsinn.«

Goran stand so abrupt auf, dass sein Stuhl zu Boden fiel. Er musste hier weg, sonst würden sein Vater und er sich noch schlagen, und das wollte er seiner Mutter nicht antun.

Er hob den Stuhl auf, trug seine leere Tasse zur Spüle hinüber, ging mit festen Schritten zur Tür und warf sie mit einem Krachen hinter sich zu. Während er den Hof durchquerte, wusste er gar nicht, was er denken sollte. Sein Vater hatte ja nicht ganz unrecht. Sein Ehrgeiz hatte vieles zerstört. Und weil er so ratlos war, hatte er sich sogar dazu hinreißen lassen, verabscheuungswürdige Gedanken zu haben … Das verdammte Geld! Es konnte alles zerstören.

Das bin ich doch nicht, niemals würde ich einen Menschen betrügen …

Pia …

Er sah sie in der Grotte stehen, als sie so ungläubig an die Decke gestarrt hatte, so verletzlich hatte sie ausgesehen. Er würde Pia nicht ausnutzen, niemals. Er konnte nicht einmal glauben, dass ihm je ein so verzweifelter Gedanke gekommen war.

Pia fühlte sich leicht, als sie an diesem Morgen erwachte. Gleich nach dem Aufstehen öffnete sie Türen und Fenster, um Sonnenwärme, Licht und Luft hereinzulassen. Dann duschte sie, wusch sich das Haar mit Kokosshampoo und schlüpfte in Shorts und ein großes dunkelblaues T-Shirt.

Einen Moment lang betrachtete sie kritisch ihre Beine, doch sie fand nichts an ihnen auszusetzen. Sie mussten nur noch ein wenig mehr Farbe bekommen. Sie schlüpfte in ihre Sandalen, nahm das Buch, das sie gerade las, und ging mit einem frischen Kaffee auf die Terrasse. Dort schaltete sie als Erstes ihr Handy ein. Eine Nachricht von ihrer Mutter, die sie später beantworten würde. Sie schaute die Aufnahmen an. Einige Motive hatte sie gefunden, die ihr Großvater auch abgelichtet hatte. Mit den Menschen auf seinen Fotos war sie noch kein Stück weitergekommen. Aber sie hatte ja auch noch niemandem die alten Fotos gezeigt. Sie war jetzt über eine Woche auf Cres. Sie würde jemanden fragen. Wahrscheinlich hatte sie bei Goran die besten Chancen, aber …

Pia schaute aufs Meer. Irgendetwas hielt sie davon ab.

War es nicht seltsam und erklärungsbedürftig, dass sie ihrem Großvater das Album entwendet hatte? Was sollte Goran von ihr denken? Wie sollte sie ihm das erklären? Es gab ja keinen Grund … Sie kannte ihn noch nicht gut genug, um ihr Geheimnis mit ihm zu teilen.

Zwanzigstes Kapitel

Marija trat durch die Tür hinaus in den Garten und hielt das Gesicht dem Himmel entgegen. Der *maestral*, den sie so liebte, wehte jetzt schon den ganzen Tag angenehm erfrischend vom Meer her. In den nächsten Tagen würde es noch schöneres Wetter geben. Sie dachte an früher und daran, dass sie sich nicht hatte vorstellen können, einmal die Einzige zu sein, die die Insel niemals verließ. Dabei war es doch die ängstliche Ana gewesen, die Cres nie hatte verlassen wollen.

Das Leben geht seltsame Wege …

Sie hörte Goran die Treppe herunterkommen. Am Tag zuvor hatten Petar und er sich gestritten. Sie stritten oft, fast so wie früher, als Goran gegen alles und jeden rebelliert hatte. Dabei war er doch ihr einziger Sohn.

Als er sie sah, lächelte er. Er war auf dem Weg zu dieser Deutschen. Das konnte sie ihm ansehen, sie war seine Mutter. Sie hatte diesen Ausdruck seit Jahren nicht mehr auf seinem Gesicht gesehen, und er beglückte und ängstigte sie zugleich.

Wird es eine Chance auf Heilung geben? Werde ich den Sohn zurückbekommen, den ich verloren habe?

Er hatte sich schon lange niemandem gegenüber mehr so geöffnet wie dieser Deutschen. War das gut?

Marija dachte an den gestrigen Streit. Petar hatte wieder

einmal ein paar wirklich hässliche Dinge gesagt, doch Goran würde niemals eine Frau ausnutzen oder respektlos behandeln. Er war ihr Sohn. So etwas würde er nie tun.

Pia machte sich auch an diesem Nachmittag zu einem Spaziergang auf. Sie entdeckte einen verwilderten Garten, der leider hinter einem verschlossenen Tor verborgen lag. Zu gern hätte sie dort fotografiert.

Den ganzen Tag über wehte der *Maestral* aus nordwestlicher Richtung, er flaute erst gegen Abend ab. Als sie es sich gerade auf ihrer kleinen Terrasse mit einem Glas Wein gemütlich machen wollte, kam Goran ums Haus herum.

»Meine Mutter hat zu viel gekocht«, sagte er, »das wird alles verderben, wenn du mir nicht hilfst.«

Sie lachte und verfolgte dann neugierig, was er auf den Tisch stellte. Es sah so verlockend aus. Sie war froh, dass sie sich so ungezwungen begegnen konnten, trotz dem, was auf dem Ausflug geschehen war.

Ich fühle mich so frei auf der Insel, als schöpfte ich eine Energie, die es nur hier gibt.

Rasch holte sie Geschirr und Besteck aus der Küche und ein Glas für Goran.

»Es war ganz schön windig heute«, sagte sie, während er noch mit den Vorspeisen hantierte.

Er runzelte die Stirn, sah kurz aus, als setzte er zu einem längeren Satz an, räusperte sich dann jedoch nur.

»Stimmt.«

Er schob einen Teller zu ihr herüber.

Wieder war sie irritiert ob dieser knappen Antwort. Dennoch … Wenn da etwas war, das er ihr sagen wollte, dann würde er das tun. Sie hatten Zeit. Es kam ihr sogar so vor, so albern das klingen mochte, als hätten sie alle Zeit der Welt.

»Na dann, guten Appetit! Auf deine Mutter und ihre Kochkünste.«

Sie stießen an, ließen sich Schafskäse und eingelegte Artischocken schmecken.

»Wind gibt es hier in den verschiedensten Formen«, setzte Goran unvermittelt an. »Den *maestral* liebt meine Mutter. Die *newera* dagegen, unsere launische Winddame, bringt heftige Stürme, Hagel und extreme Regengüsse von Westen mit sich. Dann heißt es in jedem Fall, den nächsten Hafen ansteuern. Die *bura* darf man auch nicht unterschätzen.«

Pia legte ihr Besteck ab. »Von der *bura* hab ich schon durch einen kroatischen Freund in Deutschland gehört. Du bist hoffentlich immer vorsichtig?«

»Immer.«

Sie nahm den nächsten Bissen, kaute und schluckte ihn hinunter.

»Du kennst dich gut aus mit den Winden.«

»Das muss man, wenn man gern auf dem Meer ist. Sonst wird es gefährlich.«

»Noch einen Schluck Wein?«

»Warte. Ich hab uns einen *špricer* mitgebracht. Möchtest du mal probieren?«

Pia nickte. Sie stießen an. »Sehr erfrischend.«

Goran trank ebenfalls und stellte sein Glas dann ab. »Als Kind wollte ich einmal kurz Wettermann werden, auch deshalb kannte ich jede bei uns auftretende Form von Wind: den *lebić* aus südwestlicher Richtung, den *burin*, der aus dem Nordosten kommt …«

»Und heute?«, unterbrach sie ihn.

Goran sah auf seinen Teller. Als er wieder aufschaute, war sein Gesichtsausdruck ernst. »Heute möchte ich das Erbe meiner Familie retten.«

Sie musterte ihn. War es vielleicht das, was diese tiefe

Ernsthaftigkeit ausmachte, die sie immer wieder an ihm wahrzunehmen glaubte? War etwas passiert? Hatte er eine schlechte Nachricht erhalten?

»Das klingt schwierig«, sagte sie vorsichtig.

Er lachte mit einem Mal, ein Lachen, das ihr schon vertraut war. »Ach, du weißt schon, die Alten wollen beim Alten bleiben, die Jungen wollen das Neue ausprobieren.«

»Willst du mir davon erzählen?«

»Da gibt es nicht viel zu erzählen. Eigentlich ist es so, wie ich schon einmal sagte: Mein Vater mag keine Neuerungen, ich dagegen würde gern etwas ausprobieren. Ich bin sicher nicht der Erste, dem es so geht.« Er schaute auf ihren Teller. »Bist du fertig?«

»Ja, danke.«

»Hat es dir geschmeckt?«

»Es war köstlich. Deine Mutter ist eine begnadete Köchin.«

Sie versuchte, das Gespräch wieder auf seine Familie zu lenken.

»Fühlt man sich da nicht gefesselt? Ich meine, wenn man weiß, dass man irgendwann das Gut der Familie übernehmen soll oder sogar muss?«

Er antwortete nicht sofort. »Nicht wirklich«, sagte er dann. »Ich könnte bestimmt auch ablehnen. Es gibt sicherlich irgendeinen weit entfernten Cousin, der das machen würde. Aber ich will es einfach. Es tut mir gut, wieder hier zu sein. Es tut mir sogar gut, mich als Teil einer Tradition zu sehen. Das sind meine Wurzeln, ich will sie nicht vergessen.«

Er sah jetzt ernst aus.

Pia schüttelte den Kopf. »Ich kann mir so etwas nicht vorstellen.«

»Vielleicht muss man damit aufwachsen.«

Goran stand auf, um die Nachspeise zu holen, die er in den Kühlschrank gestellt hatte.

»Hm, Vanillecreme«, stellte Pia nach dem ersten Löffel fest.

»Meine Mutter macht sie mit echter Bourbonvanille. Als sie sie das erste Mal gemacht hat, dachte mein Vater, sie hätte Asche in seinen Nachtisch gerührt.«

»Ich nehme an, er ist der Traditionellere in eurer Familie«, sagte Pia mit einem Lächeln.

»O ja, ginge es nach ihm, würden wir heute noch ausschließlich mit der Kutsche fahren.« Goran lachte wieder, aber da war auch Bedauern in seinem Ausdruck.

»Wann wolltest du weg von hier?«

»Meine ganze Jugend hindurch.« Goran hatte seinen Nachtisch blitzschnell gegessen und schob das leere Schälchen von sich weg. »Kaum hatte ich die Schule fertig und war volljährig, bin ich gegangen. Ich war in Deutschland, in Zagreb, in Rijeka, aber ich konnte die Insel nie ganz vergessen, sosehr ich das wollte. Ich konnte es einfach nicht.«

Pia nickte verständnisvoll. Wie war es ihrem Großvater ergangen, nachdem er nicht mehr hergekommen war? Hatte er Cres vergessen, oder dachte er vielleicht immer noch daran?

Wenn Goran sich in seinem alten Kinderbett ausstreckte, dann berührten seine Füße die Umrandung, die Arme musste er angewinkelt halten. Über seinem Kopf hingen Poster von Helden, die längst keine mehr waren. Im Halbdunkel sah er seine He-Man-Figur und die Power Rangers auf der schmalen Fensterbank. Er sah alte Schulbücher, die Striche an den Wänden, die sein Größenwachstum festhielten, und den Spalt im Fensterladen, durch den er manchmal nach draußen gesehen hatte.

Es war noch alles so wie früher, als er in die Ferne gegangen war. Eigentlich, um nie mehr zurückzukommen …

Gestern hätte er sie fast eingeweiht. Fast hätte er zu viel gesagt.

Er mochte sie. Sie bedeutete ihm etwas. Da war etwas zwischen ihnen gewesen, von dem Moment an, da er sie so verzweifelt auf den Stufen zu Ivos Pension angetroffen hatte. Sie hatte ihn gerührt, doch da war auch eine Stärke gewesen, die ihn angezogen hatte, eine Stärke, der sie sich selbst anscheinend nicht bewusst war.

Er sah auf die Uhr.

Nein, es war zu spät, Katalina anzurufen, und sie würde ihm auch nicht sagen können, ob es recht war, Pia um Hilfe zu bitten.

Würde sie ihn überhaupt verstehen? Durfte er es ihr sagen? Ahnte sie etwas? Nein, er hatte den Eindruck, dass sie ihm abgenommen hatte, dass es nur um Traditionen ging, mit denen er brechen wollte. Sie wusste nichts von drückenden Schulden, nichts davon, dass den Katićes das Wasser bis zum Hals stand.

Wird sie sich noch für mich interessieren, wenn ich ihr davon erzähle? Was, wenn sie die falschen Schlüsse zieht? Ich will sie nicht verlieren.

Goran erwachte von dem Geräusch quietschender Bremsen, aber als er ganz wach war, war es draußen totenstill. Da war kein Auto. Er hatte geträumt.

Einundzwanzigstes Kapitel

Deutschland, Gegenwart

Klaus bemerkte den Verlust nicht sofort. Jutta und er hatten die neue Küche noch etliche Male umgeräumt, bis sie die Aufteilung der Schränke zufriedenstellend fanden. Dann hatten sie die kleine Terrasse für sich entdeckt. Bald verbrachten sie alle schönen Sommertage dort. Sie werkelten in dem winzigen Gärtchen, nahmen ihre Mahlzeiten unter dem großen Sonnenschirm ein oder genossen einfach das schöne Wetter in den neuen Liegestühlen, um abends ermüdet und glücklich ins Bett zu fallen. Erst in diesen Tagen bemerkten sie beide, wie sehr sie einen eigenen kleinen Garten vermisst hatten.

In sein Arbeitszimmer war er in der ersten Zeit kaum gekommen, und eigentlich brauchte er es ja auch gar nicht mehr. Er wusste, dass Jutta es ihm ließ, weil ihr nur zu bewusst war, dass er sich immer noch von diesem Teil seines Lebens verabschiedete. Ein aktives Leben war es gewesen, und auch nach seiner Pensionierung war er über Jahre noch einmal in der Woche in die Schule gegangen, um schwächere Schüler in den Nachmittagsstunden zu fördern und sich mit jüngeren Lehrern zu unterhalten – Lehrern, die am Anfang ihres Berufslebens standen und von seinem Wissen profitieren konnten. Nebenbei hatte er Projekte verfolgt, Artikel für Onlinemagazine geschrieben, im örtlichen Naturschutzverein gearbeitet, ein Leben voller Fotos sortiert …

Klaus' Magen krampfte sich mit einem Mal zusammen, eine Gänsehaut überlief Rücken und Arme. Seine Knie wurden ihm weich.

Er hätte nicht gedacht, dass es einmal so schwer sein würde zurückzuschauen, doch seit er das Album vermisste, dachte er plötzlich wieder auf eine Art an früher, die er nicht für möglich gehalten hatte. Er war froh, dass ihm Jutta mit ihrer ruhigen Art zur Seite stand.

Ich liebe sie, fuhr es ihm durch den Kopf, und dass er ihr dies viel öfter sagen müsste. Eigentlich war auch klar, dass man das Sagen dieser Dinge in ihrem Alter nicht mehr aufschieben durfte, aber es kostete auch Mut – es kostete Mut, Dinge auszusprechen nach so langer Zeit. Es kostete Mut, von dem zu berichten, was man so lange verschwiegen hatte.

Klaus massierte seinen Magen. Es drückte nicht mehr so stark wie eben noch, aber er fühlte sich auch nicht wohl. Immerhin zitterte er nicht mehr, die Knie trugen ihn wieder.

Er sah sich um. Die Vergangenheit lag in einer großen Erinnerungskiste, die Pia für ihn gepackt hatte. All die kleinen Dinge, die er einst gesammelt und verwahrt hatte und die er noch nicht wegwerfen wollte. Doch irgendwann musste man sich von der Vergangenheit trennen – um Platz schaffen zu können für Neues.

Leicht war es nicht. Er kam nur langsam voran mit dem Aussortieren. An manchen Tagen blickte er tiefer zurück, als er es aushalten konnte, nahm Abschied von Dingen, die er im nächsten Moment am liebsten wieder an sich gerissen hätte. Vielleicht lag es daran, dass die Zukunft, die vor ihm lag, unweigerlich kürzer war als das, was er hinter sich hatte.

Ich bin ein alter Mann. Er wusste das, und doch war es schwer, sich das einzugestehen.

Und jetzt die Sache mit Pia. Er hatte schon vor einiger Zeit die seltsame Ahnung gehabt, dass etwas fehlte – so war das eben, wenn man umzog. Es ging immer etwas verloren.

Die Erinnerungskiste hatte er sich bis zum Schluss aufbewahrt. Während er sie durchforstet und voller Wehmut in alten Lehrbüchern geblättert hatte, hatte er schon dieses Gefühl gehabt, und nun war aus dem Gefühl Gewissheit geworden: Das Fotoalbum war verschwunden. Er wusste, dass er es an einem besonderen Ort versteckt hatte, aber er hatte sich nicht erinnern können, wo. Und natürlich hatte er Pia, die sein Arbeitszimmer ausgeräumt hatte, nicht danach fragen können. Im Stillen hatte er gehofft, dass sie das Album in die Erinnerungskiste gesteckt hatte.

Er hatte es nicht gefunden.

Sein Herz hatte schneller geklopft. Er hatte sich setzen müssen. Von einem Moment auf den anderen war ihm auch klar geworden, dass sie nicht in München war.

Sie ist in Kroatien. Sie ist auf Cres.

Er konnte nicht sagen, warum er das wusste. Er wusste es einfach. Warum sonst meldete sie sich gar nicht?

Ausgerechnet Kroatien. Wahrscheinlich hatte er schon beim Abschied eine Ahnung gehabt, aber sie war zu diffus gewesen, wie ein Bild, das einen vom Boden eines Sees anschaute und immer wieder vom Wellenschlag verborgen wurde.

Pia hatte das Album also entdeckt. Spionierte sie ihm nach?

Aber warum hatte sie ihm nichts gesagt, warum hatte sie ihn nicht gefragt?

Ich hätte ihr alles erzählen können.

Er hatte lange geschwiegen. Er hatte niemandem von diesen Sommern auf Cres erzählt.

Pia, ach, Pia …

Nebenan hörte er Jutta rumoren, die Frau, der er seit über fünfzig Jahren die Wahrheit schuldig war.

Hatten sie ein gutes Leben geführt? Ja, das hatten sie, ohne Zweifel. Vielleicht sollte er ihr einfach nichts sagen. Vielleicht würde es sie nur verletzen, dass es da eine Zeit gegeben hatte, die alles anders hätte verlaufen lassen können. Eine Zeit, in der er ein Leben ohne sie geplant hatte.

Aber ist es recht, ihr das zu verschweigen?

Er war ein Feigling gewesen. Er hatte Angst vor ihrer Reaktion gehabt, sicherlich auch Angst davor, dass sie ihn verlassen könnte.

Klaus setzte sich an seinen Schreibtisch und verharrte dann reglos.

Was damals geschehen war, war lange her. Er konnte sich kaum noch an die Zeit erinnern, da er Monat um Monat dem Moment entgegengefiebert hatte, an dem er sich auf dem Boot der Insel näherte. Er hatte an der Reling gestanden, in T-Shirt und Jeans, den prall gefüllten Rucksack mit seinen Habseligkeiten über der Schulter, und gewusst, dass er die nächsten Wochen an diesem herrlichen Ort verbringen durfte.

In seinem zweiten Sommer hatten sie schon gewartet. Sofort hatte er sein Kroatisch aufgefrischt. Sie waren einander in die Arme gefallen, hatten Strandgänge verabredet, hatten gemeinsam gegrillt. Er hatte sich frei gefühlt. Alles war so wunderbar gewesen: die Sonne, das Licht, die Farben, die Wärme, der Duft nach Thymian, Rosmarin und Salbei, seine Freunde, die ihn trotz der vielen Monate, die sie getrennt gewesen waren, einfach willkommen geheißen hatten, als hätte er schon immer zu ihnen gehört, als wäre er Teil ihrer Familien.

Er erinnerte sich noch gut an den Tag, an dem er Branko das erste Mal begegnet war. Der junge Kroate war da knapp achtzehn gewesen, hatte am Hafen gesessen, ein Netz geflickt und sehr düster dreingeschaut. In diesem Moment hatte man noch nicht sehen können, was für ein Lachen sich in dem Schlaks verbarg.

Das zweite Mal war er Branko vor dem Hof seiner Familie begegnet. Er hatte erkennend gegrinst und Klaus dann zu sich gewinkt, um ihm ein gut gefülltes Glas Selbstgekelterten anzubieten, der sehr viel schmackhafter gewesen war, als Klaus erwartet hatte.

Klaus hatte nicht gewusst, ob er ihn nur probieren sollte, doch in jedem Fall war er viel zu gut gewesen, um ihn einfach nur zu bewerten und dann wieder auszuspucken.

»Tourist?«, hatte Branko versucht, in Erfahrung zu bringen, was er auf der Insel suchte.

Klaus hatte genickt, sein Glas hochgehalten, »gut« gesagt, und es geleert.

Branko hatte gegrinst. »Mehr?«, hatte er gefragt.

Klaus hatte wieder genickt, obgleich er nicht sicher gewesen war, ob es eine gute Idee war, in der Mittagshitze zu viel kräftigen Wein zu trinken.

Branko hatte ihnen eingeschenkt und Klaus bedeutet, sich zu ihm an einen roh gezimmerten Holztisch, der unter einer Linde stand, zu setzen. Für einen Moment hatten sie dagesessen, den Wein genossen und den Augenblick.

Ja, so war es tatsächlich gewesen: Klaus hatte die Sonne auf sich gespürt. Er hatte Wein gerochen und warmes Holz und Tabak und süßes, reifes Obst und Kräuter. Insekten waren um sie herumgeschwirrt, eine Ziege hatte gemeckert, und über den Hof war pickend ein Huhn auf sie zugekommen. Und dann hatten sich die beiden jungen Männer wieder angesehen, und unwillkürlich hatten sie beide gelacht. Sie hatten sich ihre Namen gesagt, die Hände geschüttelt und sich noch einmal zugeprostet. Endlich war Branko aufgestanden.

»Komm«, hatte Branko gesagt und mit einer Hand gewedelt.

»Okay.«

Klaus hatte sein mittlerweile leeres Glas abgestellt, um

Branko zu folgen, der entschlossen auf ein kleines Tor im Haus zugelaufen war. An der steilen Treppe, die zur Haustür hinaufführte, hatte ein junges Mädchen gesessen, ein halbes Kind noch, das die Stufen heruntergehüpft war.

»Das ist Marija, die jüngere meiner Schwestern«, hatte Branko gesagt.

Das war der Tag gewesen, an dem er begonnen hatte, Kroatisch zu lernen. Klaus dachte an den säuerlichen Geruch im Kellergewölbe, an die alten Fässer. Eine Sorte Wein, die Branko ihm angeboten hatte, war erstaunlich schwer gewesen. Klaus hatte erneut gespürt, wie ihm der Alkohol zu Kopf stieg. Auch Branko hatte getrunken. Sie hatten wieder gelacht, während Marija sie beobachtet hatte. Dann war sie auf einmal verschwunden, und als sie zurückgekehrt war, hatte sie ihrem Bruder etwas gesagt. Branko hatte daraufhin ernst ausgesehen, doch er war zu betrunken gewesen, um diesen Zustand lange zu halten. Klaus hatte gesehen, wie sich sein Gesicht bald zu einem Schmunzeln verzogen hatte.

Sie waren die paar Stufen aus dem Keller nach oben gestolpert und dann quer über den Hof nach hinten in einen Garten gerannt. Sie hatten ein Brüllen hinter sich gehört, Brankos Vater, wie er später erfuhr, der seinen Sohn lautstark einen Nichtsnutz geschimpft hatte.

Wie oft war er danach durch das alte, malerische Holztor getreten, das Brankos Vater gerne durch ein modernes aus Metall ersetzt hätte, aber seine Mutter hatte gefunden, dass das eine Verschwendung sei.

Tatsächlich hatte es sich unter dem kroatischen Himmel so angefühlt, als könnte alles ganz anders sein.

Und dann hatte er Zlata kennengelernt, dieses zauberhafte Geschöpf, das ihre Herzen fast zerbrochen hätte.

Kroatien
Insel Cres

Sechzigerjahre

An manchen Tagen angelten sie erfolgreich und grillten den Fisch am Strand. Sie dösten, gingen baden, redeten miteinander, zur Not auch mit Händen und Füßen. Hier fühlte es sich an, als könnte er bleiben, als könnte er ein Leben führen, das sich im Einklang mit der Natur bewegte wie ein moderner Robinson Crusoe.

Es wurde Abend, die ersten Sterne kamen hervor. Sie alle – Branko, seine Schwestern Ana und Marija und seine Freundin Zlata – lagen auf dem Rücken, den Blick gen Himmel gerichtet, und waren glücklich.

Klaus dachte an den Tag, an dem er Zlata das erste Mal begegnet war, den Tag, der sich so unauslöschlich in sein Gedächtnis gebrannt hatte. Branko hatte sie mitgebracht. Sie war seine Freundin, was die beiden jedoch vor ihren Eltern geheim hielten.

»Sie würden uns nicht in Ruhe lassen«, hatte Branko eines Tages auf Klaus' Nachfrage entgegnet. Offenbar hatte Brankos

Vater nicht prinzipiell etwas gegen Zlata, aber er wollte entscheiden, mit wem sein Sohn liiert war. »Sie denken, wir leben noch im Mittelalter«, war Branko wütend fortgefahren, »aber so ist das nicht. Und nur weil Zlatas Mutter aus der Stadt kommt, heißt das noch lange nichts …«

Klaus sah Zlatas Mutter in den ganzen Jahren nur ein Mal, und da erinnerte nichts daran, dass sie aus der Stadt kam. Sie war vollkommen in Schwarz gekleidet, trug ein schwarzes Kopftuch und schwarze Schuhe. Ihr Gesicht zeigte kaum eine Regung. Sie wirkte sehr streng.

Branko wurde in den folgenden Sommern kräftiger, männlicher. Die harte Arbeit auf dem Fischerboot seines Vaters stählte seine Muskeln. Hin und wieder fragte er nach Deutschland und dem Leben dort. Ob die Leute aufeinander achteten, ob sie gastfreundlich waren.

Klaus fand, dass die Deutschen vielleicht nicht so gastfreundlich waren wie die Jugoslawen, aber es waren keine schlechten Menschen. Er fragte sich, ob es wohl irgendwann eine Gelegenheit geben würde, Branko seine Heimat vorzustellen.

Und dann, nach vier Sommern auf Cres, reisten Branko und er nach Deutschland.

Zweiundzwanzigstes Kapitel

Kroatien, Insel Cres, Gegenwart

Zlata hatte nur wenige Fotos von ihrer Mutter, alle waren bei einem Fotografen gemacht worden. Damals war das Fotografieren noch etwas Besonderes gewesen. Sie hatte die meisten Sachen aus Aleksijas Besitz fortgegeben. Sie brauchte keine Erinnerungen. Sich an ihre Mutter zu erinnern machte ihr Herz nicht leichter.

Es hatte Zeiten gegeben, da war Zlata verbittert darüber gewesen, dass ihre Mutter es sich selbst und auch der Tochter so schwer gemacht hatte, aber es war müßig, heute noch damit zu hadern.

Sie setzte ihre Mokkatasse ab, nahm den abgegriffenen Umschlag in die Hand und holte die Fotos heraus. Es war nun schon Jahre her, dass sie selbst so alt gewesen war, wie ihre Mutter auf diesen Bildern. Zlata war sich sicher, dass ihre Mutter einmal ein sanfter, liebenswerter Mensch gewesen war. Eine schöne, schlanke, modisch gekleidete Frau sah ihr da entgegen, das Haar hübsch zurechtgemacht. Sie trug einen Rock, der ihre Figur betonte, und eine gut geschnittene Kostümjacke. Sie war eine Frau, die jemanden anlachte, den sie liebte, einen Mann, den Zlata nie kennengelernt hatte: ihren Vater. Als er am Ende des Krieges umgekommen war, war sie noch zu jung gewesen, kaum ein Jahr alt.

Sie schaute ein Foto genauer an. Hoffnungsfroh zeigte sich die Mutter darauf. Zlata wusste, dass die Bilder in Rijeka aufgenommen worden waren. Sie und Marija hatten einen gemeinsamen Nachmittag dort verbracht, eine erste aufregende Reise an einen fremden Ort. Sie war dortgeblieben, hatte ein paar Jahre dort gewohnt und in einer Schule gearbeitet. Damals hatte sie auch die Straßen und Plätze besucht, an denen ihre Mutter aufgewachsen war. Sie hatte Menschen gesehen, die sie vielleicht gekannt hatten, aber sie hatte keine Fragen gestellt. Letztendlich hatte sie gar nicht versucht, Aleksija näherzukommen. Es war nicht möglich gewesen, ihr nahezukommen, dafür hatte Aleksija selbst gesorgt.

Nach dem Tod ihres Vaters hatte es die glückliche Frau auf den Bildern nicht mehr gegeben.

Manchmal fragte Zlata sich, ob ihr Vater die sanfte Aleksija hätte retten können. Er, der Mann, den sie so sehr geliebt hatte. Aber er war gefallen und hatte sie allein, ohne Schutz, zurückgelassen. Es war müßig, sich vorzustellen, was geschehen wäre, wäre das Leben anders verlaufen.

Zlata hatte schon früh verstanden, dass ihre Mutter Schwäche verabscheute, Aleksija hatte schwache Menschen geradezu verachtet. Wer schwach war, wurde niedergetreten. Mit den Schwachen hatte man kein Mitleid. Aleksija hatte immer kämpfen müssen, immer. Warum soll es anderen besser ergehen?, hatte sie stets gesagt.

Nachdem ihre Schwiegermutter einen Schlaganfall erlitten hatte, war sie zur unangefochtenen Herrscherin geworden. Herrscherinnen mussten stark sein in dieser Grube von züngelnden Schlangen, die ihr das Leben von Anfang an nur schwer gemacht hatten. Jedem musste klar sein, dass ihm Strafe drohte, wenn man ihr den Platz streitig machte.

Zlata wusste, dass ihr Vater die schöne Aleksija als seine

Frau mit auf die Insel gebracht hatte, aber es war ihm nicht vergönnt gewesen, an ihrer Seite zu bleiben.

Zlatas Mutter hatte ihrem Vater nicht verzeihen können, dass er sie allein zurückgelassen hatte. Allein mit ihrem Kind. Den Gerüchten nach hatte sie bei der Totenfeier keine Träne vergossen, während man das Klagen der Frauen, die ihren Vater ebenso geliebt hatten, denen er Aleksija jedoch vorgezogen hatte, noch die ganze Nacht hindurch gehört hatte.

Zlata nahm eines der Fotos, auf dem ihr Vater abgelichtet war. Ein ruhiger, freundlicher, sehr hübscher Mann, wie sie fand. Ihre Mutter hatte die Bilder nicht weggeworfen, aber sie hatte ihr nie vom Vater erzählt. Das, was ihr Leben ausgemacht hatte, war Kampf gewesen, ein immerwährender, nicht endender Kampf. »Diese Familie«, hatte Zlata ihre Mutter einmal zu ihrer Großmutter sagen hören, »verdorrt an der Wurzel. Deine Enkel werden keine Kinder haben, du boshaftes Weib, das sage ich dir. Denn aus solchem Übel kann nichts Gutes erwachsen.«

Und Aleksija hatte recht behalten. Zlata, das Kind ihres Sohnes und der verhassten Schwiegertochter, hatte als Einzige überlebt. Zwei Enkel waren Unfällen zum Opfer gefallen, zwei andere an Krankheiten gestorben. Aleksijas Schwägerin, die Schwester ihres Mannes, hatte fünf Fehlgeburten erlitten und war danach ins Wasser gegangen, wie man hinter vorgehaltener Hand gesagt hatte. Das arme Ding war offiziell im Kindbett gestorben, aber alle wussten, dass sie ertrunken war, weil sie den Schmerz und die Blicke und das Gerede über ihre Unfruchtbarkeit nicht mehr hatte aushalten können.

Dreiundzwanzigstes Kapitel

»Es sieht so natürlich aus, nicht? Der Kalkstein, der Pflanzenwuchs«, fragte Goran. Der Tag war sonnig wie jeder Tag, seit Pia in Kroatien war, der starke Wind hatte nachgelassen. Vom Meer kam eine leichte Brise, die die Wipfel der Kiefern kaum merklich bewegte. Goran stand so dicht neben ihr, dass Pia seine Wärme spürte, und es war sehr angenehm. Sie genoss Gorans Nähe. Er bedrängte sie nicht. Er tat ihr gut. Er ließ sie die Dinge vergessen, die sie belasteten. Es ging ihr jeden Tag besser. Sie konnte immer freier atmen. »Aber all das hier«, fuhr er fort, »diese sogenannte Macchia, ist durch Menschenhand entstanden. Weil der Wald hier seit Jahrhunderten gerodet wurde: für Brennholz, Holzkohle, Harz, Gummi, Farben, Fasern … Nicht zu vergessen die Schafe und Ziegen, die ebenfalls ihren Schaden angerichtet haben.«

Pia nickte. »Ich hab davon gelesen.«

Sie hatte die Schafe und Ziegen auch gesehen. Sie liefen überall herum, als gehörte ihnen die Insel.

»Gehen wir weiter?« Er schaute sie fragend an.

»Gern.«

Sie folgten dem Pfad noch ein Stückchen durch dichtes Gestrüpp. Er lief voraus, sie folgte ihm. Ohne diesen schmalen Pfad, dachte sie, gäbe es hier kein Durchkommen.

»Im Frühjahr«, sagte Goran, »kann das hier sehr schön aussehen, dann verwandelt sich alles in ein duftendes Blütenmeer aus Weiß, Rosa bis hin zu den Gelbtönen der verschiedenen Ginsterarten. Im Laufe des Jahres, wenn es wärmer wird, bleibt uns immerhin der Duft, den die Kräuter und manche Sträucher abgeben. Riechst du es?«

Sie blieben stehen und atmeten tief ein. Pia spürte eine kurze Berührung an ihrer Schulter, nicht mehr wie etwas Ungewohntes, sondern wie etwas sehr Vertrautes.

»O ja, es riecht unglaublich«, bestätigte sie.

Sie hatte bereits Thymian entdeckt, Rosmarin, Lavendel, Salbei und Bohnenkraut und geplant, ein Sträußchen zu pflücken, um damit am Abend ihre Küche zu schmücken. In ihren Reiseführern hatte sie von subtropischer Vegetation gelesen. Über Handelsbeziehungen waren exotische Pflanzen aus aller Welt nach Kroatien gekommen und hier heimisch geworden. Aus China hatten die Araber Zitrusgewächse wie die Apfelsine mitgebracht, Eukalyptusarten und Akazien stammten aus Australien, die Unechte Dattelpalme von den Kanaren, Agave, Feigenkaktus, Oleander und Tamariske aus den tropischen Zonen Amerikas. Während einst Flaumeichenwälder das Inselbild prägten, ließen sich heute Oliven, Feigen und Granatäpfel nicht mehr wegdenken. Goran machte sie auf kleine Orchideen aufmerksam, zeigte ihr Schwertlilien und Schachblumen.

»Du wärst ein guter Fremdenführer«, sagte sie.

»Als Schüler hab ich mir in den Sommern tatsächlich Geld damit verdient.« Er drehte sich langsam im Kreis. »Die Wachstumszyklen sind speziell. Das kommt von der langen Winterregenzeit und der mehrmonatigen Trockenperiode im Sommer, in dem es in der Regel sehr heiß ist. Die Pflanzen beginnen im Herbst mit dem Einsetzen der Regenfälle zu wachsen, die Blüte setzt im April und Mai ein, unter der Sommerhitze verwelken sie. Blühende Pflanzen überleben dann nur noch in Küstennähe oder wenn sie gegossen werden. Der Lavendel hält sich natürlich, und manchen Büschen und Sträuchern helfen ihre langen Wurzeln. Im Frühling kann man den Pflanzen wirklich fast beim Wachsen zusehen. Am Spätherbst liebe ich die orangeroten Früchte des Erdbeerbaums, das kräftige Rot des Mastixstrauches, das Blau des Wacholders. Du solltest wirklich auch einmal im Herbst kommen.«

Pia zuckte unmerklich zusammen. Jetzt hatte er es zum ersten Mal erwähnt, dass sie irgendwann gehen musste.

Wie es wohl wäre, einfach länger zu bleiben?

Der Gedanke, der ihr so unmittelbar gekommen war, verwirrte sie.

Goran sah sie fragend an. »Alles in Ordnung?«, erkundigte er sich.

»Klar«, gab Pia mit einem Lächeln zurück.

Sie konnte ihm nicht all das sagen, was ihr im Kopf herumschwirrte. Sie konnte ihn nicht an Gefühlen teilhaben lassen, die in ihrer Intensität doch viel zu früh kamen. Goran und sie hatten sich nur geküsst, aber das war in einem besonderen Moment geschehen. Keiner von ihnen hatte danach das Gespräch darauf gebracht. Es war, als wären sie beide einen Schritt zurückgetreten, um die Situation neu zu bewerten. Sie hatten nicht beschlossen, sich voneinander zurückzuziehen, aber sie forcierten auch nichts.

Sie konnte sich nicht einfach neu verlieben. Sie musste den Verstand einschalten und das Herz zurückstehen lassen. Sie musste sich erst über einige wichtige Dinge in ihrem Leben klar werden.

»Ist wirklich alles in Ordnung?«

»Ja, es ist … Es ist nur so schön hier …« Sie lächelte wieder und hoffte, überzeugend genug geklungen zu haben.

Jetzt liefen sie über die Felsentrift, eine Region, in der jegliche großwüchsige Vegetation zerstört worden war. Doch auch hier lugten aus den Felsspalten Anemonen, Alpenveilchen, Schwertlilien, Thymian hervor.

»Eine Eidechse, siehst du?« Goran zeigt auf eines der kleinen Reptile.

»Ich mag Eidechsen«, rief Pia aus, als es davonhuschte.

Sie blieb stehen, um nach dem Anstieg wieder zu Atem zu kommen. Ich muss wirklich häufiger Sport machen, fuhr es ihr durch den Kopf, während sie die Hände in die Taille stemmte. Wenigstens hatte sie kein Seitenstechen.

»Das war eine Smaragdeidechse«, erklärte Goran. Wie auf ein Wort huschte eine zweite quer über den Weg. »Du siehst«, fuhr der junge Mann mit einem Lächeln fort, »du bist hier ganz richtig.«

»Ich weiß.«

Am Morgen beim Frühstück auf der Terrasse hatte sie eine Eidechse gesehen, die sich an der Hauswand wärmte. Es war ein recht kleines Tier gewesen. Pia mochte die zartgliedrigen Reptilien mit den winzigen Augen. Hier auf der Insel begegneten sie einem überall. Dann war der Gecko aufgetaucht, den sie schon ein paar Mal gesehen hatte, und sie hatte vergebens versucht, ein Foto von ihm zu machen. Na, warte, hatte sie gedacht, ich erwisch dich schon noch. Ich hab Zeit, weißt du. Ich hab alle Zeit der Welt.

Vier Wochen noch …

Pia nahm ihre Umhängetasche von den Schultern, holte ihre Wasserflasche heraus und trank einen Schluck.

»Es soll übrigens Smaragdeidechsen geben, die bis zu einem halben Meter lang werden«, sagte Goran.

»Wirklich?«

»Da, ein Sperber.«

Pia folgte Gorans Handbewegung, doch sie war zu spät. Der Vogel flog bereits weiter, sodass sie ihn nur als hellbraunen Schatten wahrnahm.

»Ich hab gelesen, hier auf Cres gibt es sogar Gänsegeier.«

»Stimmt. Und Steinadler. Ich hab auch schon Schildkröten gesehen, aber die sind echt selten.«

Wieder huschte eine Eidechse über den Weg.

»Da«, rief Pia aus. »Ach, sie sehen einfach zu perfekt aus. Alles ist dran, aber es ist winzig.«

»So hab ich das noch nicht gesehen.« Goran lachte. »Es ist schön, wenn man die Dinge aus einem anderen Blickwinkel sieht.«

Er hat recht, dachte sie, es ist wirklich gut, die Dinge aus einem anderen Blickwinkel zu sehen.

Kroatien
Insel Cres

Sechzigerjahre

Klaus fürchtete schon, er müsste den ganzen Weg nach Rijeka laufen, als ein klappriger Zastava neben ihm anhielt. Erleichtert atmete er durch. Die ersten paar Kilometer war er noch munter ausgeschritten, dann war es immer wärmer geworden, und bald hatte er festgestellt, dass er viel zu wenig Wasser dabeihatte. Es war Stunden her, dass er den letzten Schluck getrunken hatte. Sein Mund war vollkommen ausgedörrt.

»*Dobar dan!*« Er sah in ein schmales, junges Gesicht mit dunklen, neugierigen Augen. Der Deckel des Kofferraums wurde durch ein Seil gehalten, auf dem Rücksitz fanden sich säckeweise Zwiebeln und anderes Gemüse, aus der geöffneten Autotür stieg eine dichte Wolke Zigarettenqualm zu Klaus auf. »Wohin?«

Der Fahrer sprach Deutsch. Klaus war erleichtert und nahm sich nicht zum ersten Mal vor, Kroatisch zu lernen.

»Nach Rijeka.«

Eine knappe Handbewegung. »Steig ein.«

»Danke!«

Klaus ließ sich nicht zweimal auffordern. Längst hatte er das Gefühl, dass die Sohlen seiner Turnschuhe fast abgelaufen waren und dass er bald mit bloßen Füßen auf glühend heißem Boden gehen musste. Er ließ sich in den Sitz fallen und streckte die Beine aus, so weit, wie es möglich war. Wenn er die Schuhe auszog, würde er sie danach wahrscheinlich nicht mehr anziehen können. Am Abend konnte er seine Füße hoffentlich im Meer kühlen.

Der Zastava knatterte los. Klaus' Retter qualmte, hielt die Zigarette mit den Lippen fest, eine Hand am Steuer, die andere durch das geöffnete Fenster auf das Dach gelegt, wo er mit den Fingern einen kleinen Rhythmus trommelte.

»Seit wann du unterwegs?«, fragte er.

»Seit acht Uhr morgens.«

Es war jetzt fast zwei Uhr. Klaus hatte gegen Mittag ein Brot mit Käse und Oliven gegessen und eine ganze Flasche Brunnenwasser getrunken, die er sich wohl besser eingeteilt hätte. Er leckte sich über die rissigen Lippen.

»Das früh.« Der Mann lachte. »Ihr Deutschen immer früh.«

Der Mann sagte nicht »früh«, sondern »frih«. Dann erzählte er, dass er bei seinen Eltern gewesen war, um einen Vorrat an Zwiebeln und Gemüse zu holen, dass er in der Gegend von Rijeka wohne. Er fragte, was Klaus herbrachte.

»Urlaub.«

»Urlaub? Was machst du?«

»Ich studiere. Wir haben Semesterferien. Ich schau mich ein bisschen um. Will Land und Leute kennenlernen.«

»Ah, du Student.«

»Ja.« Klaus überlegte kurz, fügte dann hinzu: »Russisch, Geografie und Mathematik.«

»Russisch, ah. Guten Tag, Genosse.« Der junge Mann lächelte ihn spöttisch von der Seite an.

Klaus sah aus dem Fenster. Sollte er sagen, dass er aus Westdeutschland kam? Was machte das schon aus? Er entschied, nichts zu sagen. Er war nach Istrien gefahren, weil er davon gelesen hatte, von dort aus wollte er weiter. Er wusste noch nicht, wohin.

Und dann, als sich die Straße südlich von Mošćenička Draga die Steilküste hochwand, sah er zum ersten Mal die Insel Cres.

Als sie auf Rijeka zufuhren, hörte Klaus die Bremsen quietschen. Sein Chauffeur hatte ihm mittlerweile eine der Zigaretten angeboten, die er unablässig rauchte. Klaus nahm dankend an und musste kurz darauf husten, was den anderen zum Lachen brachte. Klaus stimmte weiter hustend ein, kurbelte dann die Scheibe herunter und blies den Rauch in die warme Nachmittagsluft.

Der andere hatte ein bisschen von sich erzählt, auch dass er nach Cres weiterreisen würde. Klaus hatte Inseln schon immer gemocht. Als sein Magen plötzlich laut knurrte, bot ihm sein Chauffeur ein Stück Salami an. Klaus biss dankbar hinein. In seinem Rucksack fand er noch einen Rest Brot, den er teilte.

Der Mann ließ ihn an einem kleinen Laden raus. Klaus kaufte ihm zum Dank ein paar Zigaretten. Staub wirbelte auf, als er davonfuhr.

Es war noch etwas zu laufen bis zur Stadtmitte. Seinen Füßen ging es jedoch wieder besser, und er genoss den Spaziergang im Nachmittagsschatten. Er hoffte darauf, ein billiges Hotel oder ein Zimmer zu finden. Sein Retter hatte ihm ein paar Tipps gegeben.

Tatsächlich fand sich ein freies Schlafplätzchen, wo er am Morgen sogar ein Frühstück bekommen würde. Die Morgentoilette machte man in der Küche unter den Augen einer uralten, zahnlosen Greisin, die mädchenhaft kicherte. Er würde sich wohl noch an vieles gewöhnen müssen in diesem Land.

Obgleich die Füße doch noch schmerzten, schaute sich Klaus am nächsten Morgen noch ein wenig in Rijeka um. Schließlich erklomm er auch den Hausberg der Stadt. Oben angekommen breitete sich die Stadt vor ihm aus, das Meer glitzerte auf den Horizont zu. Klaus hatte ein gutes Gefühl. Er fühlte sich frei, etwas, das er in letzter Zeit gar nicht mehr gespürt hatte. Hier hatte er Zeit nachzudenken, und er war sich sicher, wenn er nach Hause zurückkehrte, würde er ein neuer Mensch sein. Wenn er nach Hause zurückkam, dann wusste er, was er wollte.

In den Gassen des Örtchens Cres tanzten Licht und Schatten miteinander. Klaus war sofort fasziniert gewesen, als er die Insel von oben gesehen hatte. Und er hatte spontan entschieden, dorthin zu fahren. Fast hatte es sich so angefühlt, als wäre Cres schon von Anfang an sein Ziel gewesen.

Im Hafen klatschte das Wasser an die Mole und trug den Geruch von Salz, Algen und Fisch mit sich. Der Ort lag in einer kleineren, geschützten Nebenbucht der großen Bucht von Valun. Der Weg zum Hauptbadestrand führte direkt an den Hafenbecken vorbei. Im Ort selbst lockten enge Gassen, Kopfsteinpflaster und alte Gebäude. In der Marina ließen Segelschiffe von der Ferne träumen. Schwarz gekleidete Frauen liefen an ihm vorbei. Er spürte ihre Blicke auf sich, doch wenn er sie ansah, sahen sie weg. Nervös spielte Klaus mit den Münzen in seiner Tasche.

Als er ein Café betrat und sich einen Mokka bestellte, der in kleinen bronzefarbenen Kännchen gekocht wurde, fühlte er sich auf einmal sehr allein, obwohl er nicht der einzige Gast war. Alte Männer mit knorrigen, windgegerbten Gesichtern hatten sich hier versammelt, Fischer, die ihren Fang für den Tag getan hatten. Sie alle schlürften aus kleinen Tassen, ließen Würfel rollen oder schnickten die Perlen ihrer kleinen Ketten durch ihre Finger. Bis auf die Frau des Wirtes, die hinter dem Tresen stand und unermüdlich spülte und putzte, waren keine Frauen auszumachen. Klaus beobachtete das Geschehen um sich her, während er seinen Kaffee trank.

Von nun an ging er jeden Tag zum Hafen. Er war kaum eine Woche auf der Insel, da fiel ihm dort ein junger Mann auf, der ungehalten ein Netz flickte. Ihre Blicke trafen sich. Sie mussten plötzlich beide lachen. Der junge Mann, Branko mit Namen, erklärte ihm mithilfe von Gesten, wo er wohnte. Klaus besuchte ihn dort einige Tage später. Sie tranken Wein. Klaus lernte Brankos Schwestern kennen.

Er hatte sein Zelt auf einer Wiese bei einem Bauern aufschlagen dürfen. In den kommenden Tagen erforschte er die nähere Umgebung des Örtchens Cres. Irgendwann lud Branko ihn auf das Boot seiner Familie ein. Klaus liebte es, auf dem Wasser zu schaukeln. Das Holz fühlte sich warm unter den Füßen an, das Wasser gluckste an die Planken, wenn sie ankerten. Sie fingen einen großen Wolfsbarsch.

Ihre Unterhaltung war anfangs eher ein Radebrechen, aber sie lernten beide. Branko ein wenig Deutsch, er selbst ganz gut Kroatisch. Es war, als hätten sie sich schon immer gekannt. Sie verstanden sich, als schlüge ihr Herz in einem Rhythmus.

Wann habe ich je solch einen Freund gehabt?

Eines Tages hatte Branko die Mädchen dabei – seine Schwester Ana, die drohte, ihn zu verraten, weil er einfach das Boot genommen hatte, und Zlata, die er ihm vorstellen wollte. Sie fuhren wieder mit dem Boot raus aufs Meer, angelten, dieses Mal ohne Erfolg – wahrscheinlich, weil die manchmal noch sehr kindliche Marija, die Jüngste in der Runde, unablässig plapperte. Danach kehrten sie zum Strand zurück, wo sie bis zur Erschöpfung Ball spielten.

Schließlich ließen sie sich ins Gras fallen. Klaus gähnte. Er war müde, vielleicht vom Ballspielen, vielleicht auch vom Aprikosenschnaps, dem Branko und er recht gut zugesprochen hatten.

Am nächsten Morgen erwachte Klaus viel zu früh mit ausgedörrter Kehle in seinem Zelt. Er schmeckte immer noch Aprikose. Er musste jetzt dringend etwas trinken, und dann brauchte er einen starken Mokka. Verzweifelt versuchte er, sich zu erinnern, was zuletzt geschehen war. Er konnte es nicht. Das letzte Bild, das sich in ihm eingebrannt hatte, war Zlatas wohlgeformtes Hinterteil.

Vierundzwanzigstes Kapitel

Kroatien, Insel Cres, Gegenwart

Während Goran langsam die Treppe zum Eingang seines Elternhauses hinaufstieg, spürte er, wie sich ihm der Magen zusammenzog. Es fiel ihm schwer, Fuß vor Fuß zu setzen. Die vergangenen Tage waren nicht leicht gewesen. Er war wieder einmal nach Rijeka gefahren. Er fand einfach niemanden, der ihm einen Kredit geben wollte, der ihm zutraute, dass er den Hof so umstrukturieren konnte, dass er wieder größeren Ertrag abwerfen würde. Rosig sah es nicht aus.

Natürlich würde er nicht aufgeben, das war nicht seine Art. Immerhin ging es um das Haus seiner Familie, nicht um seinen persönlichen Erfolg. Was aber, wenn es schon zu spät war? Was, wenn ihn die Situation dazu zwang, einen Menschen anzulügen, der ihm immer wichtiger wurde?

Pia …

Manchmal musste man loslassen, um nicht alles zu verlieren. Das hatte er bereits einmal auf bittere Art gelernt.

Ich muss ihr die Wahrheit sagen.

Vor der Tür blieb er stehen und säuberte sich sorgsamer die Schuhe, als es nötig war.

Vor wenigen Tagen hatte ihm seine Mutter heimlich die Geschäftsunterlagen gegeben oder das, was Petar Geschäftsunterlagen nannte. Sie hatten nicht im Entferntesten diese

Bezeichnung verdient. Er hatte ein inoffizielles Gespräch mit der Bank geführt, bei der sein Vater seine Konten hatte, und der Bankmensch hatte nur mit ihm, Goran, gesprochen, weil sie gemeinsam zur Schule gegangen waren.

Es war nicht zu übersehen gewesen, dass sein Vater völlig den Überblick verloren hatte. Petar, der früh von der Schule abgegangen war, hatte sich schon immer schwer mit Finanzen getan. Am liebsten würde er das Geld für seine Erträge und sein Erspartes noch unter der Matratze verwahren. Er war ein Landmann, einer, der gern auf dem Feld arbeitete, der guten Wein kelterte, der Möbel schreinern konnte und beim Fischfang geschickt war. Er war stolz auf das, was er mit seinen Händen schaffen konnte, stolz auf seinen Hof, stolz darauf, dass sein Wein gern getrunken wurde.

O ja, Petar war durchaus geschickt. Er hatte gute, brauchbare Dinge geschaffen, aber er war eben kein Geschäftsmann.

War er selbst es? Den Beweis galt es wohl noch zu erbringen.

Goran horchte. Er konnte das Radio von drinnen hören. Kroatische Volksmusik, wie sie seine Mutter gern hörte. Er öffnete die Haustür und schloss sie leise hinter sich. Dann zog er die Schuhe aus. In Deutschland hatte er sich nur schwer daran gewöhnen können, dass alle mit ihren Straßenschuhen die Wohnungen betraten. In Kroatien gab es sogar den Brauch, dass man Gästen Hausschuhe anbot und ihre Schuhe putzte.

Als er die Küchentür öffnete und nur seine Mutter sah, bemerkte er erst, wie angespannt er war – und wie froh, dass der Vater nicht im Haus war. Marija saß an dem großen alten Holztisch und schälte Kartoffeln für das Mittagessen. Ein Strahlen ging über ihr Gesicht, als er eintrat.

»Wie schön! Du isst doch mit uns?«

»Ist Vater da?«

Ihr Blick verdüsterte sich. »Können wir nicht wenigstens in Ruhe essen?«

Goran hob unwillkürlich die Schultern. »Ist er da? Es tut mir leid, aber es steht so schlecht, Mama, dass ein Gespräch nicht mehr aufschiebbar ist.«

Sie seufzte. »Ich weiß. Er ist draußen, hinten bei den Gemüsebeeten.«

Das hieß, weiter weg. Goran spürte, wie er entspannte.

Marija sah ihn flehentlich an. »Können wir vielleicht bis nach dem Essen warten?«

Goran wollte widersprechen, dann schluckte er. »Ist gut«, willigte er ein. Er trat an den Herd. »Was gibt es denn?«

»Interessiert es dich?«

»Natürlich.«

Sie lächelte ihn an, und er sah die Hoffnung in ihren Augen und musste sich zwingen, sich nicht abzuwenden.

Die Stimmung während des Essens war erstaunlich friedlich. Weder Petar noch Goran machten spitze Bemerkungen. Es schmeckte allen.

»Du könntest für ein Restaurant kochen«, lobte Goran seine Mutter.

»Dann würde ich die Lust verlieren. Das wäre mir zu anstrengend.«

Marija warf ihrem Sohn einen Blick von der Seite zu, sprach aber nicht weiter, während sie ihm noch ein Stück Fleisch auf den Teller gab.

Ich muss mit Vater reden, dachte er, ich kann mich nicht wieder von ihm abwimmeln lassen. Jetzt gibt es kein Aufschieben mehr.

Nach dem Mokka ging Petar hinaus in den Garten, um zu rauchen. Goran half seiner Mutter unter deren Protest beim Spülen und folgte seinem Vater erst dann. Er holte zwei Päckchen Zigaretten aus den Taschen seiner Lederjacke und gab sie Petar.

»Bist ein guter Junge«, sagte er. Goran schwieg. Es fühlte sich seltsam an, dass ihn sein Vater immer noch so ansprach, aber er wusste auch, dass ihm die Worte für anderes fehlten. Petar nahm eine Zigarette aus dem neuen Päckchen. Er zündete sie an, atmete tief ein und blies genüsslich wieder aus. Er wandte sich zu seinem Sohn um. »Willst du auch? Sind wirklich besser als die Selbstgedrehten.«

Goran schüttelte den Kopf.

Jetzt, jetzt ist ein guter Zeitpunkt ...

Für einen Moment fühlte es sich richtig an, mit seinem Vater hier zu stehen. Für einen Moment gab es keinen Druck. Für einen Moment sah er seinen jüngeren Vater mit dem tiefschwarzen Haar, der seinem Sohn einen Holztraktor gezimmert hatte. Petar nahm einen erneuten Zug, stieß den Rauch aus.

»Du willst mit mir sprechen?« Petar quittierte den Blick seines Sohnes mit einem spöttischen Lächeln. »Du willst doch immer mit mir sprechen. Du willst mir doch sicher wieder sagen, wie ich es besser machen kann.«

Petars Blick glitt in die Ferne, und zum ersten Mal erkannte Goran etwas wie Unruhe in seiner Haltung. Vielleicht war das die Chance ...

»Ich habe mir die Unterlagen angesehen.«

Petar nahm die fast zu Ende gerauchte Zigarette zwischen Daumen und Zeigefinger und drückte sie wie immer am steinernen Türrahmen aus. »Und?«, fragte er dann. »Was hat dir das gebracht?«

Goran lehnte sich gegen die Hauswand, sie gab ihm scheinbar mehr Halt. »Überlass Mama die Verwaltung des Hofes. Sie würde das gern übernehmen. Sie ...«

Goran brach ab. Er sah zu, wie sein Vater eine weitere Zigarette aus der Schachtel nahm und anzündete. Danach schwieg er. Das kann er gut, dachte Goran, schweigen kann er wirklich gut.

Er versuchte, nicht dem Gefühl des Ärgers zu folgen, das sich in ihm ausbreitete. Es war besser, einen klaren Kopf zu bewahren. Petar nahm die Zigarette aus dem Mund.

»Wollt ihr mich loswerden?«

Gorans Hände ballten sich zu Fäusten. Er hörte seinen eigenen zitternden Atem.

Verdammt, jetzt nicht die Kontrolle verlieren.

Er musste Ruhe bewahren.

»Das ist doch Unsinn. Mama liebt dich. Du bist ihr ein guter Mann.«

»Offenbar nicht gut genug, um für sie zu sorgen.«

»Du mochtest den Papierkram noch nie. Überlass ihn ihr. Mama würde sich gern um die Finanzen kümmern.«

»Was sollen die anderen denken? Dass ich mein Geschäft nicht führen kann?«

»Was kümmern dich die anderen? Die haben dich doch noch nie interessiert. Du warst immer unabhängig. Du hast dir nie etwas sagen lassen, aber diese Geldangelegenheiten …«, Goran versuchte, es verächtlich klingen zu lassen, »… die liegen dir nicht. Du bist ein Mann der Tat.« Petar bewegte sich fast unmerklich. Sein Gesicht entspannte sich etwas. Er rauchte wieder konzentrierter. Goran kämpfte gegen das Bedürfnis an, sich zu räuspern, als Petar den Rauch nun in seine Richtung blies. »Das Rechnen ist Mama schon in der Schule leichtgefallen. Rechnen kann sie immer noch gut.« Goran wartete ab, verunsichert, ob jetzt der richtige Zeitpunkt war.

Sein Vater seufzte. »Meinst du wirklich?«

»Ja, ich … Lass uns einfach mal drüber reden. Ganz in Ruhe.«

»In Ordnung.« Petar seufzte, und Goran wusste, dass er immer noch vorsichtig sein musste. »Trinkst du einen Schluck mit mir? Einen kleinen Slibowitz? Du bist doch ein Mann.«

Goran verschluckte die Frage, was das mit Männlichkeit

zu tun hatte. Es war der Weg seines Vaters, ihm die Hand zu reichen.

»Gut, trinken wir einen.«

Petar holte Gläser aus der Küche und die Flasche Selbstgebrannten. Sie tranken zwei Schnäpse rasch aufeinander.

»Was macht die Deutsche?«, fragte er dann. »Du bist immer noch mit ihr unterwegs, oder?« Goran nickte. »Könntest sie mal einladen.« Petar zwinkerte ihm zu. »Vielleicht bringt das ja etwas.«

Goran gelang es nicht, das Glas ruhig auf den Tisch zurückzustellen. Für einen Moment fürchtete er, dass es zerbrochen war.

»Lass sie da raus.«

»Hey!« Petar hob beschwichtigend die Hände. »Nur ein Scherz, nur ein Scherz. Es ist schön, dass du dich mal wieder mit einer Frau triffst. Ist schon viel zu lange her.«

Das ist es nicht, dachte Goran, es wird niemals zu lange her sein.

Deutschland

Sechzigerjahre

Branko erwachte schaudernd. Er sah zum ersten Mal in seinem Leben Eisblumen. Über Nacht war das Fenster seines Zimmers zum Teil von einer Schicht Eis überzogen worden, das sich in malerischen Formen über das Glas zog. Es sah hübsch aus, besonders jetzt, da es von der Sonne bestrahlt wurde. Aber es machte ihn auch traurig, weil er es nicht gemeinsam mit Zlata bestaunen konnte. Er wusste, dass es ihr gefallen hätte, und weil sie bestimmt auch gefroren hätte, hätte er sie in den Arm genommen und an sich gedrückt. Doch sie war nicht da, und der bloße Gedanke daran tat ihm körperlich weh.

Er vermisste sie. Natürlich schrieben sie sich, mittlerweile fiel ihm das Briefeschreiben nicht mehr so schwer, aber das war nicht das Gleiche, wie sie bei sich zu haben. Er war auch kein Mann der Worte. Es war ihm einfach nicht möglich, seine Gefühle ausreichend zu beschreiben.

Branko schloss die Augen und versuchte, sich daran zu erinnern, wie Zlata aussah. Er musste zugeben, dass es ihm doch schwerfiel. Es fiel ihm nicht leicht, sich zu erinnern, weil sie so lange schon getrennt waren – auch, wenn er sie immer noch liebte wie am ersten Tag.

Vorsichtig streckte er eine Hand unter der Decke hervor. Es war schrecklich kalt, daran konnte er sich einfach nicht gewöhnen. Es kostete ihn Überwindung aufzustehen. Er fragte sich, wie lange so ein deutscher Winter andauerte.

So schnell er konnte, zog er sich an, sogar die Schuhe mit den dicken Socken, damit die Füße nicht zu Eisblöcken wurden. Seine Mutter hätte es nie gestattet, dass er Schuhe im Haus trug, aber hier gab es keine andere Möglichkeit – es war einfach zu kalt.

Er kochte sich einen Instantkaffee auf einem kleinen Gaskocher, den er von Klaus bekommen hatte, und beschloss, sich auf dem Weg zur Arbeit ein paar belegte Brötchen beim Bäcker zu holen. Duro arbeitete in der Nachtschicht, also war er allein. Für den frühen Abend hatte er sich mit Klaus verabredet.

Mit dem Kaffee in der Hand trat er ans Fenster und sah hinaus. Die Frau, die kurz darauf vorüberging, fiel Branko nicht zum ersten Mal auf. Sie ging jeden Morgen um etwa dieselbe Zeit an dem Haus entlang, in dem er und Duro das Zimmer angemietet hatten. Sie war alt, das Alter hatte sie kleiner gemacht, als sie ursprünglich gewesen war. Das silbergraue Haar trug sie ordentlich zu einem Dutt gedreht. Er sah sie niemals ohne ihren kleinen blauen Hut. Für den kalten deutschen Winter erschienen ihm ihr Mantel und die dunklen Halbschuhe zu dünn.

Er wusste nicht, ob sie jemals mit einem anderen Menschen sprach. Er hatte sie auch schon beim Bäcker gesehen, wo sie ihre Brötchen bestellt und dann mit zitternder Hand die abgezählten Münzen auf die Ablage geschoben hatte. Sie zählte ihr Geld immer in aller Ruhe ab, ganz egal, wie lang die Schlange hinter ihr war. Danach war nur noch das Geräusch der Kasse zu hören, das Glöckchen, wenn sie auf- und wieder zuging. Die Frau sprach nie. Sie schien allein zu sein, ohne eine Menschenseele, die ihr Leben teilte. Manchmal, wenn er sie so sah, fühlte er sich ihr nahe. Auch er hatte keine Familie in Deutschland, keine Menschenseele. Manchmal dachte er, dass es falsch gewesen war wegzugehen. Aber er verdiente auch gutes Geld. Er würde sich bald Zlatas und seinen Traum erfüllen können.

Am Wochenende traf er sich oft mit Klaus und Jutta. Bei den Deutschen, so auch bei Klaus, ging es viel darum, sich von den Eltern abzugrenzen. Es ging um die politische Vergangenheit, um Dinge, die richtig gemacht werden mussten, um Widerstand. Klaus' Haare waren inzwischen fast schulterlang, was Branko zuerst irritiert hatte. Jetzt fand er Gefallen daran und ließ seine eigenen Haare ebenfalls länger wachsen. Er trug enge Jeans, karierte Hemden und nannte eine Jeansjacke sein Eigen, in der er jetzt dummerweise wie ein Hund fror. Vielleicht konnte ihn Jutta noch einmal in einen dieser Secondhandläden mitnehmen, damit er sich eine warme Winterjacke und einen Wollpullover kaufen konnte. Die Studenten trugen sogenannte Afghanen, deren Anblick Branko zuerst verstört hatte, die jedoch sehr warm halten sollten. Manche hatten grüne lange Jacken, die sie Parka nannten. Das war schon eher sein Ding.

Klaus und er konnten sich jetzt zwei Wochen nicht so oft sehen, weil Klaus viel für die Uni tun musste, er schrieb bald Klausuren. Branko wollte Überstunden machen – Geld konnte er immer gebrauchen. Mittlerweile hatte er sich auch mit seinen Kollegen angefreundet. Sie gingen gemeinsam ein Bier trinken, dann fragten sie ihn manchmal nach seiner Heimat. Er erzählte, und es tat ein bisschen weh. Er hatte ihnen sogar ein Bild von Zlata gezeigt und sie »meine Verlobte« genannt. Die Männer hatten anerkennend genickt. »So eine schöne Frau!«, hatte einer gesagt.

Jutta war oft bei ihren Eltern, er traf sich meist mit Klaus allein. Ihre Beziehung war so anders als seine und Zlatas. Branko fragte sich wieder einmal, ob Klaus und Jutta wirklich ein Paar waren.

Fünfundzwanzigstes Kapitel

Kroatien, Insel Cres, Gegenwart

Gorans Einladung überraschte und erfreute Pia zugleich. Sie hatte viel über die kroatische Gastfreundschaft gelesen, auch Zoltan hatte sie mit ziemlichem Stolz erwähnt. Goran wollte ihr den elterlichen Hof zeigen. Würde sie auch seine Eltern kennenlernen?

Davor fürchtete sie sich ein wenig. Was würden die von der Deutschen denken? Bestimmt sprachen sie kein Deutsch, dann musste Goran übersetzen, und das war doch immer etwas umständlich.

Die Katićes nannten ein schönes altes Haus ihr Eigen, das Wärme ausstrahlte und das Pia sofort in den Bann zog. Man konnte sich Generationen vorstellen, die sich hier versammelten, Kinder, die umherliefen, alte Menschen, die auf ihr Leben zurückblickten. Mitten im Hof wuchs ein knorriger alter Olivenbaum, darunter stand ein stabiler Holztisch mit Bänken. Auch einen Brunnen gab es, ein Eimer an einem Seil stand auf seiner Umfassung.

Wie romantisch.

Pia trat näher und sah hinunter. In der Tiefe sah man Wasser glitzern.

»Es ist noch gar nicht so lange her, seit wir an die Wasserversorgung angeschlossen wurden«, bemerkte Goran hinter ihr. »Aber das Brunnenwasser ist gut. Ich stelle es mir nur sehr anstrengend vor. Als meine Mutter jung war, in den Sechzigern, da musste sie ihrer Mutter noch das Wasser für den Haushalt und all die anderen Dinge hineintragen.«

In den Sechzigern, dachte Pia, als Opa hier war …

Ob ich Goran bald fragen werde?

Aber irgendetwas hielt sie weiterhin davon ab.

Goran wies sie auf einen eingezäunten Hühnerstall, der sich ans Haus anschloss. Der Zaun hielt die Hühner jedoch offenbar nicht davor zurück, pickend über den Hof zu laufen. Nur ein paar Schritte entfernt hatte sich ein älterer Hund mit silbergrauen Haaren im dunklen Fell in den Schatten geflüchtet, hob nur kurz den Kopf, als sie vorübergingen, und wedelte matt mit dem Schwanz. Die Sonne stand fast im Zenit, und es war sehr heiß.

»Gab es damals eigentlich schon Touristen? In den Sechzigern, meine ich?«, fragte Pia und drehte sich zu Goran um.

Der runzelte die Stirn. »Es heißt, damals seien die ersten gekommen. Meine Eltern haben mir davon erzählt, aber sie waren eben noch jung. Sie erinnern sich an andere Dinge.«

Pia nickte.

»Da hast du wahrscheinlich recht.«

Sie wusste ohnehin nicht recht, warum sie die Frage gestellt hatte – vielleicht, um in Erfahrung zu bringen, wo ihr Großvater damals gewohnt hatte? Wo hatte man die Touristen damals eigentlich untergebracht?

»Hast du Hunger?«, riss Goran sie aus den Gedanken.

Pia nickte. Tatsächlich hatte sie am Morgen nicht gefrühstückt, sondern nur einen Kaffee getrunken. Wenig später standen Pljeskavica, mit Käse gefüllte Hacksteaks, Gurkensalat und Traubensaft auf dem Tisch unter dem Olivenbaum, der ihnen natürlichen Schatten spendete. Der Traubensaft schmeckte fruchtiger als alle Säfte, die Pia zuvor getrunken hatte. Das Essen beruhigte den Magen. Ab und zu, wenn sie aufblickte, spürte sie Gorans Blick auf sich. Er sprach an diesem Tag weniger, als beschäftigte ihn irgendetwas.

Nach dem Essen verschwand er rasch im Haus, nach einer Weile kam er mit zwei frisch gebrühten Mokkas zurück.

»Sind deine Eltern eigentlich da?«

Er schüttelte den Kopf. »Sie sind unterwegs.«

Kurz fragte sie sich, ob er das beabsichtigt hatte.

»Wie lange wohnt deine Familie schon hier?«

Goran schaute sich um. »Etwa zweihundert Jahre. Komm!«

Er streckte ihr die Hand entgegen und half ihr beim Aufstehen. Über den Hof mit seinem unebenen Pflaster folgte sie ihm zu einer schmalen Treppe, die in den Keller führte. Mit jedem Schritt schien es kühler zu werden. Mit einem Geräusch gab Pia ihrem Frösteln Ausdruck und rieb sich über die Arme. Goran drehte sich kurz zu ihr um und lachte dann.

»Wenn man aus der Wärme kommt, wirkt es immer doppelt so kalt hier unten, aber wenn einem so richtig heiß ist, kann es auch sehr angenehm sein.«

»Ich hätte mir doch lieber etwas Langärmliges angezogen«, gab Pia schmunzelnd zurück, doch sie gewöhnte sich schnell an die kühlere, aber angenehm gleichmäßige Temperatur und genoss sie nun fast.

Goran nahm einen großen Metallschlüssel von der Wand und schob ihn in das Schloss, dann drückte er gegen die Tür, die quietschend aufging, und betätigte einen Schalter. Gedämpftes Licht flammte auf, hell genug immerhin, um sich zu orientieren. Sie befanden sich in einem Weinkeller. Große Fässer, vom Alter nachgedunkelt und verwittert, waren an den Wänden des niedrigen Gewölbes aufgestapelt. An einer Wand waren Regale angebracht, in denen eingestaubte Flaschen lagen. Schon abgefüllter Wein von den Vorjahren. Der Boden war gepflastert wie im Hof. Hier und da war er ausgebessert worden. Es roch säuerlich und vergoren. Sie kannte den Geruch. Obgleich es sehr lange her war, erinnerte Pia sich sofort an den kleinen Bauernhof ihres Onkels. Als sie sich umdrehte, machte sie neben der Tür eine Kerze aus. Goran bemerkte ihren Blick.

»Wenn nicht genügend Sauerstoff da ist, geht die Kerze aus. In Weinkellern dieser Art können sich zu bestimmten Zeiten gefährliche Gase bilden.«

Pia nickte. »Das hab ich schon gehört.«

Sie schaute sich um, während Goran im hinteren Teil des Kellers verschwand und mit zwei Gläsern zurückkehrte. Aus einem Fass zapfte er etwas Wein.

»Gehen wir wieder nach oben?«, fragte er dann.

»Gern.«

Er ließ sie vorausgehen. Oben angekommen wies er auf eine schwere Holzbank, die neben dem Treppenaufgang stand.

»Setz dich.«

Sie tat es. Das Holz war angenehm warm. Goran reichte Pia ein kleines Glas. Ein Probierglas. Sie hatte solche schon auf einer Weinprobe gesehen. Die Flüssigkeit in dem Glas war hell mit einem Stich ins Goldene. Sie schnupperte: ein frischer Duft. Sehr angenehm. Ihr wurde plötzlich wieder bewusst, wie sehr sie Wein mochte – etwas, dass sie seltsamerweise vergessen hatte.

Pia hob ihr Glas. »Darf ich?«

»Natürlich. Deshalb hab ich es dir gegeben.«

Sie trank den ersten Schluck Wein, ließ ihn über die Zunge wandern. Er war fruchtig, mit einer leicht herben Note. Ein Wein, der gut zu Süßem passte.

»Mhm … gut.«

»Findest du?« In Gorans Stimme war eine Mischung aus Stolz und Unsicherheit.

»Ja, finde ich.« Sie trank noch einmal. Auch Goran nahm

einen Schluck. »Ich muss den nicht ausspucken, oder?«, neckte sie ihn.

Er lachte, leerte sein Glas und stellte es ab.

»Natürlich nicht.« Er setzte sich neben sie. »Ich habe zwei Jahre an diesem Wein gearbeitet. Das hatte ich vor, seit ich aus Deutschland zurück bin. Ich wollte einen eigenen Wein entwickeln, einen Wein, der für mein Zuhause steht, für die Insel, für das, was ich fühle, wenn ich hier bin. Einen Wein, der einen ganz eigenen, unvergesslichen Geschmack hat und sich doch nicht in den Vordergrund drängt.«

Pia nickte. Sie musste an ihren Onkel Otto denken. Sie dachte an Weinberge und ihr besonderes Farbenspiel im Wechsel der Jahreszeiten. Sie dachte an den Geruch vergorener Trauben, an süßen Traubensaft und Federweißen. Ja, Wein war irgendwie auch ein Teil ihres Lebens.

»Das ist dir gelungen, wirklich.«

Sie stellte ihr Glas ebenfalls ab, lehnte sich gegen die raue Mauer des Hauses. »Ihr lebt also vom Weinbau? Ich weiß, du hast mir schon einmal davon erzählt …«

»Genau. Vom Weinbau und von ein bisschen Landwirtschaft, früher auch vom Fischfang. Wir machen von allem etwas eben.«

»Und das geht?«

»Na ja, nicht wirklich … Das ist das Problem. Leider bin ich mir unsicher, wie wir in Zukunft am besten vorgehen sollten. Ich liebe mein Elternhaus, so wie es ist. Ich will das hier alles erhalten, aber … Ich denke, wir werden Dinge verändern müssen.« Er hob die Schultern.

»Der Hof sieht groß aus.«

»Der Hof *ist* groß«, bestätigte er. »Es ist eher ein Gut. Wir hatten früher viele Angestellte. Hier haben große Familien gelebt, zu bestimmten Zeiten mehr als eine unter einem Dach. Hier lebte die Hauptfamilie, hier lebten die unverheirateten

Familienmitglieder.« Goran deutete auf verschiedene Bereiche des Hofes. Die Hühner liefen jetzt träger umher. Gras und andere kleine Pflanzen kämpften sich durch die Fugen und Risse und Spalten der Pflastersteine, auf denen sich Eidechsen sonnten. »Hier wurde gearbeitet, aber auch immer viel gefeiert. Ich erinnere mich noch daran, wie das in meiner Kindheit war – Kinder, die zum Spielen kamen, der Duft des Essens, die Erwachsenen, die irgendwann tanzten und sangen. Ich habe das vermisst, als ich weg war.«

Gorans Blick wurde wehmütig.

Pia räusperte sich. »Wo wurde getanzt? Dort?« Sie zeigte auf die Mitte des Hofes. »Ich meine, unter dem Olivenbaum wurde ja gegessen, oder?«

»Ja … Soll ich dir jetzt die Ställe zeigen?«

»Unbedingt.«

Er zeigte ihr die Verschläge, in denen sie früher Ziegen gehalten hatten, aber die Herstellung von Käse hatte man aufgegeben. Es gab einen Pferdestall, auch der war verwaist. Natürlich hatte es jede Menge Kleinvieh gegeben. Neben Hühnern auch Hasen und Enten und sogar Tauben.

»Vielleicht sollte ich die Käserei wieder zum Leben erwecken.« Goran sah sie an und lächelte. »Denkst du, dass gut gemachter Käse seine Abnehmer finden würde?«

Pia nickte. In Gorans Leben musste sich also auch etwas ändern … Machte sie das vielleicht zu Verbündeten?

Goran brachte sie am Nachmittag in ihr kleines Gartenhaus zurück, weil er noch einen Termin wahrnehmen musste. Später machte Pia noch einen Spaziergang durch den großen Garten der kleinen Pension. Vom Haupthaus mit seiner Ferienwohnung und den einzeln vermieteten Zimmern drangen Stimmen zu ihr herüber. Auf der Gemeinschaftsterrasse saßen ein paar Feriengäste bei Kerzenlicht beieinander, tranken Wein und spielten Karten. Vage Gedanken, die sie sich während des gemeinsamen Nachmittags mit Goran gemacht hatte, nahmen Formen an.

Pia dachte an den Wein und daran, was Goran darüber erzählt hatte. An den Käse, den wieder herzustellen und zu vermarkten er überlegte. Konnte sich daraus nicht etwas machen lassen? Ihre Gedanken waren noch zu unausgereift – wahrscheinlich ging sie das alles auch gar nichts an –, dennoch schwirrten sie ihr im Kopf herum.

Es war wieder einmal ein wunderschöner Tag gewesen. Morgen würden sie sich nicht sehen, aber am Tag darauf. Heute Abend, dachte sie, werde ich ein wenig zeichnen, der Gedanke war ihr während des Spaziergangs gekommen. Es war lange her, dass sie das zum letzten Mal gemacht hatte, und sie war froh darum, wenigstens einen weichen Bleistift in ihrem Mäppchen zu finden. Als Jugendliche hatte sie sogar darüber nachgedacht, Kunst zu studieren.

Pia holte das kleine Tagebuch, in dem sie alle Etappen der Reise festhielt, und einen Stift und schlug eine leere Seite auf. Sie visierte das Objekt an, das sie ausgewählt hatte. Es fühlte sich an wie früher. Sie sah die groben Umrisse, die sie zuerst skizzieren würde. Sie sah Licht und Schatten, die dem Bild Plastizität und Tiefe geben würden. Sie hob den Blick, senkte ihn wieder auf das Papier, hob ihn wieder …

Sie freute sich auf den nächsten gemeinsamen Strandtag mit Goran.

Unabhängiger Staat Kroatien Insel Cres

Vierzigerjahre

Aleksija wollte stark bleiben, doch als sie ihren Mann dieses Mal weggehen sah, konnte sie sich nicht mehr halten. Sie rief nach ihm. Sie hörte, wie ihre Stimme zitterte, aber sie konnte nichts dagegen tun, während sie die Augen ihrer Schwiegermutter wie Messer in ihrem Rücken spürte. Sie rief noch einmal, noch verzweifelter.

Er drehte sich um. Aleksija rannte hinter ihm her, zögerte nicht, sich in seine Arme zu stürzen. Er war das Einzige, was sie auf dieser Insel liebte, das Einzige, was ihr vertraut war, das Einzige, was ihr Schutz versprach. Wenn er ging, würde sie auf sich allein gestellt sein. Sie schmiegte sich an ihn, spürte die Festigkeit seines Körpers, seinen vertrauten Geruch nach Tabak und dem Leder seiner Jacke und etwas Schuhcreme von den Stiefeln, die er auf Hochglanz poliert hatte. Manchmal träumte sie davon, dass sie gemeinsam nach Rijeka zogen, um der Schwiegermutter zu entkommen, aber sie wusste auch, dass ihr Mann nie ein Stadtmensch werden würde, niemals würde er sich dort wohlfühlen. Sie wusste es nur zu gut. Als sie zu ihm gezogen war, hatte sie das Leben in der Stadt aufgegeben. Für immer. Sie würde niemals dorthin zurückkehren.

»Lass mich nicht allein«, flüsterte sie, während sie nun den Kopf an seine Brust presste. »Bitte, lass mich nicht allein.«

Sie hörte das ungewohnte Wimmern in ihrer Stimme. »Bitte, bleib hier. Ich brauche dich. Unser Kind braucht dich.« Sie schluckte und fügte dann rau hinzu: »Alle hier hassen uns.«

»Niemand hasst dich.« Er streichelte ihre Wange. »So etwas darfst du nicht sagen, noch nicht einmal denken darfst du es. Die anderen werden dich lieben lernen, so wie ich. Das müssen sie einfach.«

»Deine Mutter …« Sie schüttelte den Kopf.

»Dann werden dich zuerst die anderen lieben lernen, und später auch sie. Du wirst schon sehen, mein Engel.«

Sie hielt ihn noch fester. »Bleib hier, bitte, ich habe Angst ohne dich.« Das Flehen in ihrer Stimme war ihr immer noch ungewohnt. Er schaute sie jetzt sehr ernst an.

»Ich kann nicht hierbleiben, Kleines, das weißt du doch. Wir müssen kämpfen. Ich tue es für euch. Wir müssen die Ungeheuer besiegen, sonst besiegen sie uns, und dann gibt es kein Leben mehr, für keinen von uns.«

Aleksija spürte, wie er erneut sanft mit den Fingern über ihre Wangen strich. Seine Fingerspitzen waren rau, aber sie liebte seine Berührungen. Sie wollte sich dagegenlehnen, sich an ihm festklammern, sog erneut seinen Geruch ein und hatte Angst, sich schon bald nicht mehr daran zu erinnern. Sie durfte ihn nicht gehen lassen. Sie würde sterben, wenn er sie verließ.

Und was, wenn er stirbt, was, wenn er für die Heimat fällt? Dann bin ich ganz allein.

»Bitte …« Ihre Stimme war tränenerstickt. »Bitte, bleib!«

Er drückte sie fest an sich. »Ich komme wieder. Du bist eine starke Frau, deshalb liebe ich dich.«

»Deine Mutter hasst mich.«

Er widersprach ihr dieses Mal nicht, anfangs hatte er das getan, aber jetzt nicht mehr. Er wusste, dass sie recht hatte. Er räusperte sich.

»Ich komme zurück.«

»Ich weiß«, flüsterte sie.

Aber sie wusste es natürlich nicht. Vielleicht würde er zurückkommen, vielleicht würde ihm der Krieg den Tod bringen und sie zur Witwe machen.

Er küsste sie. Legte die Hand auf ihren Bauch, in dem ihr ungeborenes Kind heranwuchs, als könnte er es so beschützen.

»Versprich mir, dass du stark sein wirst. Wie immer und jetzt umso mehr.«

Er sah ihr direkt in die Augen. Kurz blitzte eine Erinnerung des Tages vor ihr auf, an dem sie ihn zum ersten Mal gesehen hatte.

»Ich verspreche es.«

»Ich weiß nicht, wann ich wiederkomme. Es heißt, die Deutschen könnten nach Cres kommen.«

Sie hielt ihr Versprechen. Sie blieb stark. Aber er kam nicht zurück. Nichts wurde gut.

Sechsundzwanzigstes Kapitel

Kroatien, Insel Cres, Gegenwart

Während Zlata die Makrelen und Sardinen zum Marinieren vorbereitete, dachte sie an die junge Frau, die sie heute nicht zum ersten Mal an Gorans Seite gesehen hatte. Marija hatte den Fisch gekauft und Zlata zur Weiterverarbeitung zu sich gebeten, weil sie angeblich die Beste darin war. Zlata hatte darüber schmunzeln müssen, aber sie war gekommen. Als sie die Küche betreten hatte, hatte Marija den Fisch bereits angebraten. Er wurde dann einige Tage in Essig, Öl und Zwiebeln eingelegt, um ihn zu konservieren. Als alleinstehende Frau kannte Zlata sich mit Rezepten aus, mit denen man Dinge haltbar machte. Eine Person allein konnte schließlich niemals so viel auf einmal essen.

»Du machst den besten eingelegten Fisch von Cres.«

Zlata lächelte in sich hinein. Marija mochte sie und wollte das unbedingt zeigen. In schlechten Zeiten hatten sie Seite an Seite gestanden. Seit so vielen Jahren waren sie beste Freundinnen. Daran würde sich nie etwas ändern.

Wie viel marinierten Fisch habe ich in meinem Leben wohl schon zubereitet?

Um so etwas machte man sich ja keine Gedanken, aber es war Teil ihres Lebens. So, wie Marija und sie im Frühjahr gemeinsam Wildspargel sammelten. Marija, die schon als Kind ihrer Oma gefolgt war, kannte heute noch die besten Plätze. Früher hatten sie einmal allen Spargel von Omas geheimer Stelle geerntet. Die alte Frau hatte hilflos auf den unbekannten Dieb geschimpft, doch in Wahrheit hatte sie die Schuldigen genau gekannt. Oma hatte es ihnen nicht übel genommen. Sie aßen den Spargel auch heute noch gern, im Salat, als Gemüse und in den von Marija besonders geliebten Omeletts.

Während Marija viel mit ihrer Oma unterwegs gewesen war, hatte Zlatas Mutter nur ungern das Haus verlassen. Schließlich hatte es auf Cres auch keine Cafés gegeben, die man als Frau hätte besuchen können. Als junge Frau in der Stadt war sie so etwas wohl gewöhnt gewesen. Warum nur war sie auf der Insel geblieben, wenn sie sie doch so gehasst hatte?

Als ihre Mutter starb, hatte Zlata erwartet, Erleichterung zu spüren, aber so war es nicht gewesen. Die Trauer darum, dass sie einander nicht zur Seite gestanden hatten, der Schmerz um die Unerbittlichkeit und dass diese sie selbst hart gemacht hatte, hatten überwogen. Nein, sie hatte keine Erleichterung gefühlt, denn viel hatte sich nicht geändert: Jetzt war sie nicht mehr die Tochter der Frau aus der Stadt. Jetzt war sie die, die keinen Mann gefunden hatte und niemals einen finden würde. Sie war die Frau, die allein lebte, die Kinderlose.

Zlata hob den Kopf und sagte sich, dass sie nicht weiter darüber nachdenken durfte. Goran und seine Mutter hatten sich bereits an das schmutzige Geschirr gemacht. Sie sah, wie Goran seiner Mutter das Geschirrtuch aus der Hand nahm und ihr mit einem Kopfnicken bedeutete, sich an den Tisch zu setzen.

»Ach, Junge, das ist doch meine Arbeit.«

»Du bist müde, Mama, setz dich.«

Für einen Moment war nur das Klappern von Geschirr zu hören, das Geräusch, wenn ein neues Geschirrstück ins Wasser getaucht oder wieder daraus hervorgezogen wurde. Dann räusperte sich Marija. Zlata legte weitere Fische in den vorbereiteten Sud.

»Konntest du mit Papa reden?«

Goran sah Marija an. Der Ausdruck auf ihrem Gesicht war ebenso düster wie seiner.

»Wegen der Bank?« Marija nickte. »Ja, wir haben geredet.«

Zlata wusste, dass die beiden nur ihr gegenüber so offen sprachen. Sie dachte wieder an die Deutsche, die er hergebracht hatte, und wie lange es her war, dass der letzte Deutsche bei ihnen zu Besuch gewesen war.

Klaus, der ihr Leben verändert hatte.

Kroatien
Insel Cres

Sechzigerjahre

Die Küstenstraße führte hinter Kraljevica gen Süden. Klaus suchte nach einem Parkplatz für seinen VW-Käfer, stieg aus und streckte sich. Er liebte die Seeluft, den Blick auf die blaue Weite mit ihren Inseln. Kahl und grau lag Krk scheinbar zum Greifen nah im tiefblauen Meer, vom Land nur durch den schmalen Kanal getrennt, in seinem Rücken schützend das Vinodol-Gebirge. Schon seit Jahrtausenden hatten hier Menschen gesiedelt. Bereits von der Antike her kannte man die Weinbaugebiete. Die Inseln boten dem Festland Schutz vor zu heftigen Winden. Das milde, niederschlagsarme Klima sorgte, ausgenommen in den heißen Sommermonaten, für üppige Vegetation.

Ankommen, dachte er, ich fühle mich, als würde ich ankommen.

Das würde ein Hallo geben, wenn sie den Wagen sahen. Es war sein erstes Auto, und er war sehr stolz darauf.

Noch ein paar Minuten Ruhe, dann riss ihn ein vorbeifahrendes Auto aus den Gedanken. Klaus stieg wieder in den Wagen. Die Kunststoffsitze mit ihrem Lochmuster klebten an seinen Oberschenkeln, denn er trug Shorts. Hinter ihm fuhr ein Fahrzeug dicht auf. Der Fahrer drängelte, doch er wollte lieber vorsichtig fahren.

Gegen Mittag legte Klaus eine erneute Pause ein, aß und trank etwas und suchte sich dann ein schattiges Plätzchen. Er öffnete alle Türen des Autos und trank ein paar Schluck Wasser, das er sich an einem Brunnen in eine Flasche abgefüllt hatte. Branko hatte ihm nahegelegt, Senj zu besuchen, eine Stadt, die gut sechzig Kilometer südlich von Rijeka lag und eine der ältesten Siedlungen an der kroatischen Adriaküste war, und er hatte beschlossen, dorthin zu fahren, bevor er nach Cres übersetzte.

Er konnte es kaum erwarten, den Freund wiederzusehen. Das ganze Jahr hinüber, so kam es ihm manchmal vor, fieberte er auf diese zwei Monate hin, die er hier verbringen konnte. Zwei Monate nur, aber so kostbar. Zwei Monate, in denen er ein schlechtes Gewissen gegenüber Jutta hatte, aber nicht permanent … Er war sich seiner Gefühle einfach nicht klar. Plötzlich hatte er den Eindruck, dass jede Entscheidung sein Leben unwiderruflich in eine unabänderliche Richtung bringen würde, doch war er dafür nicht viel zu jung?

Klaus suchte einen Apfel und etwas Weißbrot aus seinem Rucksack. Das war alles, was übrig war. Dann fuhr er weiter. Das Fahren erforderte jetzt große Aufmerksamkeit. Die Landschaft war reizvoll, die Straße leider schmal. Er fuhr sehr langsam, zu langsam für manchen Kroaten, der hinter ihm festsaß und bei erster Gelegenheit hupend überholte.

Die Straße entfernte sich immer mal wieder vorübergehend von der Küste. Die Dörfer im Landesinneren sahen uralt aus. Das Buschwerk war hier dichter. Dazwischen durchzogen

Steinmäuerchen die Landschaft und bildeten ihr ganz eigenes Muster. Ab und zu gab es ein Wasserloch und Weingärten. Die frischen Feigen, die Klaus an einem Stand am Wegesrand erwerben konnte, waren die besten und saftigsten, die er je gegessen hatte. Er erreichte Senj, das uralte Seefahrer- und Handelsstädtchen mit seinem mittelalterlichen Gassengewirr, der Festung Nehaj und dem weiten Blick über die vorgelagerten Inseln.

Senj, die Stadt des Windes.

In dieser Nacht übernachtete er mehr recht als schlecht in seinem Auto, während der Wind daran rüttelte. Früh am nächsten Morgen machte er sich auf den Rückweg zum Fähranleger nach Cres. Er war voller Vorfreude, doch er hatte auch ein komisches Gefühl.

Seine Angst war unbegründet. Wie immer war es, als wäre er nie fort gewesen, als wäre er nur kurz vom Tisch aufgestanden und würde sich im nächsten Moment einfach wieder setzen. Branko hatte irgendwie mitbekommen, dass er da war, und suchte ihn bereits am frühen Abend auf. Er hatte Brot und Käse mitgebracht, weil »der Deutsche« doch immer hungrig war. Sie teilten sich die Gauloises, die Klaus mitgebracht hatte, und zwei Flaschen deutsches Bier. Branko bewunderte das Auto und durfte eine Runde fahren. Sie redeten über dies und das. Branko fragte ihn nicht zum ersten Mal, wie Deutschland so war, der Freund hatte Vorstellungen von dem fremden Land, die er jetzt gern überprüfen wollte. Klaus versuchte, ein möglichst genaues Bild zu zeichnen. Irgendwann bemerkte er, dass Brankos Gedanken abschweiften.

»Zlata und ich werden heiraten«, sagte er unvermittelt.

»Wirklich? Das ist ja super«, hörte Klaus sich sagen, während ihm heiß und kalt zugleich wurde.

Eigentlich hatte er es gewusst. Die beiden waren ein Paar, seit er sie kennengelernt hatte.

Ich gönne es ihnen, redete er sich ein, ich gönne es ihnen.

An diesem Abend näherten sich Schritte, als er noch lesend im Garten des kleinen Bauernhauses saß, in dem er das Zimmer gemietet hatte.

Zlata.

Klaus sprang auf. Sie hatte ihn noch nie allein besucht. Sie war immer noch so schön, dass ihm der Atem stocken wollte, geradezu unwirklich schön. Sie trug ihr langes blondes Haar in der Mitte gescheitelt und zu einem Knoten gewunden, was ihrem Aussehen etwas Madonnenhaftes gab.

»Klaus«, sagte sie auf ihre unnachahmliche Art.

»Zlata.« Er wünschte sich, ihren Namen weicher aussprechen zu können, aber es schien ihm immer, als stolperte er über die Buchstaben. Sie zögerte nicht lange, kam sofort zur Sache.

»Branko träumt davon, nach Deutschland zu gehen. Er will Geld für unser Leben verdienen. Gutes Geld.« Klaus hörte sie sprechen und hörte es auch wieder nicht. »Kannst du ihm helfen?«, fragte sie.

»Gut möglich.« Er hob die Schultern. Zu ihr konnte er nicht Nein sagen.

»Meinst du, er kann in Deutschland Geld für uns verdienen?«

»Wahrscheinlich schon«, hörte er sich sagen, auch wenn er eigentlich keine Ahnung hatte.

Im nächsten Moment legte Zlata ihm eine Hand auf den Arm, was ihn vollkommen aus dem Konzept brachte. »Ich wusste, dass ich mich auf dich verlassen kann.«

Sie hat gut Deutsch gelernt, schoss es ihm durch den Kopf. Er musste besser Kroatisch lernen. Oder Serbokroatisch, wie es genau hieß. In Deutschland hatte er einen Kurs an der Uni belegt, aber vor ihr traute er sich nicht recht zu sprechen. Zlatas Hand lag immer noch auf seinem Arm. Er spürte ihre Wärme, die zarte Haut. Ihre Nägel schimmerten samtig. Ihre Hände waren sehr gepflegt. Er starrte sie an, und in seinem Kopf breitete sich Chaos aus. Er durfte so etwas nicht fühlen. Sie war Brankos Freundin.

Siebenundzwanzigstes Kapitel

Kroatien, Insel Cres, Gegenwart

Pia schlüpfte in ihren Bikini und versuchte, einen Blick von sich in dem kleinen Badezimmerspiegel zu erhaschen. Es wollte ihr nicht recht gelingen, aber sie hoffte doch, dass ihr Eindruck sie nicht täuschte. Dunkelblau stand ihr gut. Sie nahm die weiße Tunika aus feinem Leinen aus dem Schrank, in den sie ihre Kleidung geräumt hatte, und schlüpfte hinein. Sie war ein wenig zerknittert, doch das würde sich rasch geben.

Wo war die Sonnenbrille? Pia schaute sich hastig um. Auf dem Tisch war sie nicht. Sie hob den Stapel Kleidung vom Bett, fand sie endlich auf dem Kissen und setzte sie auf.

Hatte sie alles eingesteckt? Eine Flasche Mineralwasser, ein paar Pfirsiche, Handtuch, Sonnencreme, Schnorchel … Pia warf einen Blick in ihre Tasche, dann zog sie die Tür hinter sich zu und lief den Gartenpfad entlang zum Tor. Am Haupthaus war alles ruhig. Die Luft war angenehm warm. Sie hörte das Summen von Insekten. Grillen zirpten.

Goran wartete schon neben seinem Auto, einem dunkelblauen Golf, auf sie. Er hielt ihr die Tür auf. Sie ließ sich auf den warmen Sitz sinken.

»Kurbeln wir die Scheiben herunter«, sagte er, »ich hab leider keine Klimaanlage.«

»Ich mag ohnehin keine Klimaanlagen. Da wird mir immer viel zu kalt.«

Aus den Augenwinkeln sah sie, dass er schmunzelte. Sie beugte sich vor und stellte ihre Umhängetasche zwischen ihren Füßen ab.

Sie fuhren Richtung Norden, und Goran erzählte ihr, was er über die Landschaft und die Menschen, die hier lebten, wusste.

Ich mag diese Landschaft, dachte Pia, die Macchia, das Gestein, die Kiefern, das Meer, das immer wieder von näher oder ferner lockte. Eine Kurve, sie hörte ein Klirren von der Rückbank und drehte sich um. Eine bunt gewebte Decke lag da, daneben ein Korb mit einer Weinflasche, Gläsern, Besteck, Tellern, einem frischen Brot und einigen mit Alufolie abgedeckten Schälchen. Goran hatte offenbar wieder einmal ein Picknick geplant. Sie freute sich darauf.

Der Pfad, der zum Strand hinunterführte, war schmal, aber gut erkennbar. Goran ging voraus. Als sie unten ankamen, blieb Pia einen Moment lang staunend stehen. Es war zauberhaft. Eine warme Brise wehte vom Meer her. Das Wasser war unglaublich klar. Der Strand bestand aus feinstem Kies. Goran breitete die Decke aus und stellte den Korb ab, den er den abschüssigen Weg geschickt nach unten transportiert hatte. Pia schlüpfte aus ihren Sandalen.

»Ich würde gern schnorcheln. Ist das hier sicher?«

»Natürlich. Deshalb hab ich die Bucht in erster Linie ausgewählt.«

Pia kramte in ihrer Tasche. »Oh, Mist! Ich hab den Schnorchel, aber meine Taucherbrille nicht. Vergessen.« Sie zuckte bedauernd mit den Schultern.

»Kein Problem. Ich hab noch eine im Auto. Ich kann sie schnell holen.«

Goran machte sich auf den Weg nach oben. Als er wieder

zurückkam, war Pia schon im Wasser, den Schnorchel in der Hand. Er grinste, während er sich Hemd und Jeans entledigte und dann in Badehose dastand.

Ob er erkannt hatte, dass er der Grund war, dass sie bereits ins Meer gegangen war? Plötzlich war die Vorstellung, ihm im Bikini gegenüberzutreten, einfach zu peinlich gewesen.

Er kam zu ihr und reichte ihr die Brille.

Pia haderte mit sich. Sie hatte sich doch gefallen in ihrem Bikini. Rasch setzte sie die Brille auf und schwamm einige kräftige Schwimmstöße von ihm weg, damit er nicht sah, dass sie errötete. Sie war eine gute Schwimmerin, darauf war sie immer stolz gewesen. Sie begann zu schnorcheln.

Die Zauberwelt, in die sie eintauchte, nahm sie bald vollkommen gefangen. Schweigend paddelten sie nebeneinanderher.

Als sie wieder an Land gingen, wickelte sie sich in ihr großes Badetuch, setzte sich auf die Decke, die Goran für sie beide ausgebreitet hatte, und ließ es dann wieder von ihren Schultern gleiten. Goran schenkte ihnen Wein ein.

Wie unglaublich, dachte sie, das alles hier wirkt wie ein Bild aus einem Prospekt für eine Traumreise.

»Auf deine Zeit in Kroatien«, hörte sie Goran sagen.

Sie stießen miteinander an. Es war, als würde das Meer seine ganz eigene Musik für sie spielen. Das sanfte Geräusch, mit dem die Wellen gegen den Strand schlugen. Das Klackern sich bewegender Steine im Wasser. Die Sonne zauberte glitzernde Flecken darauf. Es war warm, aber nicht zu warm, es fühlte sich an, als ob man vom Wind gestreichelt würde.

Pia versuchte, nicht darüber nachzudenken, wie sie aussah in ihrem Bikini. Sie beschattete die Augen mit den Händen und schaute zum Horizont, wo sie meinte, ein kleines Segelboot zu erkennen.

»Möchtest du jetzt den Käse probieren?«

»Ja.« Sie lachte. Erst in diesem Moment merkte sie, wie hungrig sie war.

Goran hatte Oliven, Schafskäse und luftgetrockneten Schinken mitgebracht. Er füllte ihre Gläser neu. Sie nahm etwas Schinken.

»Hm, lecker.«

»Das ist *pršut*. Probier den Käse.« Als er ihr ein Stückchen in den Mund steckte, berührten seine Finger ihre Lippen. Ein warmes, ein elektrisierendes Gefühl fuhr durch ihren Körper. Sie dachte an den Tag, an dem sie sich geküsst hatten. »Ich ...« Er schaute sie an, schien zu überlegen. Sein Ausdruck veränderte sich, und sie wusste, dass er das, was er im nächsten Moment sagte, nicht hatte sagen wollen. »Ich habe meinem Vater vorgeschlagen, einen Teil unseres Gehöfts umzubauen. Wir könnten dort Ferienzimmer vermieten. Im Hof würde es bei gutem Wetter Frühstück geben mit regionalen Spezialitäten. Meine Mutter ist eine meisterhafte Köchin. Hab ich dir ja schon gesagt ...«

»Das ist eine supergute Idee.«

»Findest du?«

»Ja.«

Gorans Augen weiteten sich, als hätte er nicht mit ihrer Antwort gerechnet.

»Ich gehe noch eine Runde schwimmen«, sagte er dann abrupt.

Sie schlief ein und erwachte, als Goran zurückkam und sich das Haar trocken rubbelte. Gähnend setzte sie sich auf.

Er grinste. »Frische Luft macht wohl müde.«

»Kann schon sein.« Pia unterdrückte ein erneutes Gähnen. Dann schaute sie auf das Meer hinaus. Die Sonne stand schon recht tief und hatte eine goldene Straße auf das Wasser gemalt. Die Farbe des Himmels war eine Mischung aus Rot, Orange und Gold. Der Anblick war wirklich atemberaubend.

»Das ist so schön«, flüsterte sie unwillkürlich.

»Ja«, sagte er nur.

Schweigend genossen sie den Anblick, bis die Sonne hinter dem Horizont verschwand und es kühler wurde.

»Wir sollten fahren«, sagte Goran.

Pia meinte, ein Bedauern in seinem Blick zu sehen. Er zog sie hoch. Sie schlüpfte in ihre Tunika. Dann sahen sie einander einen Augenblick länger an.

»Schade«, sagte sie, »dass es schon vorbei ist.«

»Ja«, entgegnete er, »wirklich schade.«

Es dämmerte. Am Haupthaus gingen gerade die Lichter an, als sie es passierten. Man hörte das Gemurmel der anderen Gäste, es duftete nach Gegrilltem. Goran ließ es sich wie immer nicht nehmen, sie bis zur Tür des Gartenhäuschens zu begleiten. Am Eingang verharrten sie schweigend.

»Du siehst so hübsch aus heute … Ich meine, so glücklich …«, sagte er unvermittelt. »Das wollte ich dir die ganze Zeit sagen.«

»Danke.«

Sie war froh, dass es dunkel genug war, sodass man nicht sah, wie tief ihre Wangen erröteten. Er kam einen Schritt näher, und sie wich ihm nicht aus. Hatte er noch etwas gesagt? Sie war sich nicht sicher. Ihre Lippen öffneten sich ganz leicht, und sie schloss die Augen. Sie spürte, wie er den Arm um sie legte, spürte seine Hand auf ihrem Rücken, seine Lippen auf ihren.

Sie erwiderte seinen Kuss. Goran streichelte über ihren Rücken. Nur noch die Tunika verhinderte, dass sie seine Haut direkt auf ihrer spürte. Sie dachte alles und nichts zugleich. Sie gaben sich Zeit und Raum, trennten sich dann schweren Herzens.

»Das war schön«, sagte Goran.

Die Aufregung zauberte einen stärkeren Akzent in seine Stimme. Auch das liebte sie. Sie küsste ihn noch einmal. Ein weiterer Schritt war getan, und er fühlte sich richtig an.

Goran und sie trafen sich auch in den nächsten Tagen. Er nahm sich Zeit, wann immer er konnte, und wenn es nur für einen Spaziergang am Meer war. Natürlich musste auch er in diesen Tagen bei der Vorbereitung für die Weinlese und dann bei der Lese selbst helfen. Zum Frühstück malte Pia sich bereits aus, was sie miteinander erleben würden. Es gab nur die Gegenwart und ihre Zuneigung. Er sprach davon, dass sie seine Familie kennenlernen sollte. Sie lächelte darüber. Doch, sagte er und küsste sie.

Er meint es ernst, dachte sie, und dass das ein wunderbares Gefühl war.

Die Zeit rannte davon. Vier Wochen war sie nun schon auf der Insel.

Heute würden sie sich nicht sehen. Goran musste etwas für seinen Vater in Rijeka erledigen und würde erst am nächsten Tag zurückkommen. Sie hatte morgens darüber nachgedacht, ob sie ihn am Katamaran verabschieden sollte, sich dann aber dagegen entschieden und den Morgen lesend und zum hundertsten Mal in ihrem Fotoalbum stöbernd auf ihrer Terrasse verbracht. Später hatte sie sich mit einigen neu angereisten Gästen beim Haupthaus unterhalten und ihnen ein paar Tipps gegeben.

Seit Goran und sie sich nähergekommen waren, war die Suche nach den Menschen, die ihr Großvater in den Sechzigern auf der Insel kennengelernt hatte, in den Hintergrund getreten. Dennoch musste sie immer wieder daran denken. Vielleicht weil sie so lange gezögert hatte, fiel es ihr mit jedem Tag schwerer, sich dazu durchzuringen, jemanden zu fragen.

Sie hatte sich vorgenommen, aus den vielen Fotos, die sie geschossen hatte, ein eigenes Album zusammenzustellen. Sie würde es Opa Klaus zeigen und mit ihm sprechen.

Pia schlüpfte in ihre Sandalen und lief zum Dorfplatz, um in der Bar einen Mokka zu trinken.

Achtundzwanzigstes Kapitel

Katalina war endlich gekommen. Am Tag zuvor war sie auf Krk gelandet. Mittags hatte sie mit der Fähre übergesetzt und war von einer Freundin in Merag abgeholt worden. Goran war froh, dass seine Cousine nun für ein paar Wochen auf Cres war, was sie jedes Jahr tat, um in Ruhe an ihren Übersetzungen arbeiten zu können. Außerdem verstand sie sich gut mit ihrem Onkel, seinem Vater, was die Chance vergrößerte, dass er nicht mehr so häufig mit ihm aneinandergeriet.

»Hey, endlich!«, hatte Goran ausgerufen und eine unglaubliche Erleichterung in sich gespürt.

Mit Katalina wollte er über seine Ideen reden, seine Vorhaben, die immer konkreter wurden. Noch schwirrten sie ihm nur im Kopf herum, aber sie kamen ihm nicht mehr so utopisch vor. Wenn er der Bank seine Pläne unterbreitete, die Kosten für einen Umbau schon mal grob berechnete, würden sie ihm den Kredit, den er benötigte, vielleicht geben. Der Tourismus boomte auf der Insel, und immer mehr Urlauber zogen eine individuelle Unterbringung auf einem Hof oder in einer kleinen Pension den Hotels vor.

»Hey«, hatte sie erwidert.

»Gehen wir nach draußen?«

»Klar.«

Sie waren rausgegangen und hatten einen Spaziergang gemacht.

»Wie hab ich das vermisst«, hatte Katalina gesagt und sich bei ihm untergehakt.

Er hatte ihr von seinen Plänen mit den Ferienzimmern erzählt. Sie hatten ein wenig darüber gesprochen, was er der Bank in Rijeka genau sagen sollte, welche Optionen es unter Umständen gab und womit man rechnen konnte.

Sie waren zu einem kleinen verfallenen Haus gegangen, das sie als Kinder zu ihrem Geheimtreffpunkt gemacht hatten. Bis ein Uhr nachts hatten sie geredet und sich dann den Weg zurück im Licht einer Taschenlampe gebahnt. Seine Mutter hatte für Katalina das Gästebett bezogen.

Und jetzt begleitete sie ihn zum Katamaran. Die Sonne brannte bereits vom Himmel. Katalinas Sandalen hatten hohe Absätze, doch allen Unebenheiten zum Trotz bewegte sie sich anmutig darin und lenkte so manch bewundernden Blick auf sich. Ihre langen schwarzen Haare waren zu einem lockeren Zopf geflochten. Sie trug eine smaragdgrüne Bluse und einen Rock, der kurz unter den Knien endete. Sie sah ein bisschen aus, wie einem Mode-Blog entsprungen, nur viel natürlicher, wie er fand. Vor ein paar Jahren hatte sie tatsächlich einen solchen Blog betrieben. Er fragte sich, ob sie das immer noch tat. Er fragte sich auch, ob sie einen Freund hatte. Aber Katalina gab viel auf ihre Unabhängigkeit. Er konnte gar nicht sagen, ob sie einen Freund brauchte.

Aus ihrer Handtasche holte sie jetzt eine kleine Wasserflasche hervor und trank einen Schluck.

»Auch etwas?« Er schüttelte den Kopf. »Du solltest mehr trinken. Sonst trocknet deine Haut aus. Hörst du?« Sie legte ihre Wange an seine, tat so, als würde sie lauschen, und wisperte: »Durst! Durst!«

Er musste lachen. »Na, dann gib her.«

Pia schickte Zoltan ihre neuesten Fotos und einen Smiley, bevor sie das Handy ausschaltete und aufstand, um nach draußen zu gehen. An der Rezeption der Pension kaufte sie noch eine kleine Packung Nüsse, weil sie Lust auf etwas Salziges hatte, und eine Flasche Wasser. Entspannt spazierte sie in Richtung Hafen. Sie sah Touristen, auch Einheimische, die ein Zimmer zu vermieten hatten, sah Fischer ihre Netze flicken und Kinder Ball spielen. Sie setzte sich an einen Tisch vor die Bar am Anleger und bestellte einen Mokka.

Und plötzlich sah sie ihn. Nein, ihre Sinne spielten ihr keinen Streich. Da war Goran.

Was macht er hier? Wollte er nicht ganz früh schon nach Rijeka?

Pia fröstelte unvermittelt. Er war nicht allein. Neben ihm stand eine langbeinige Schwarzhaarige, perfekt gekleidet in einen Rock, der ihre wohlgeformten Beine betonte, und in hochhackigen Sandalen zu einer Bluse, deren Farbe so auffällig war, dass nur schöne Frauen sie tragen konnten. Die Finger manikürt.

Goran ging sehr vertraut mit ihr um.

Pia wollte auf dem Fuß kehrtmachen, doch sie konnte es nicht. Ihre Beine wollten ihr nicht gehorchen. Der Hals wurde ihr eng. Ihr Herz klopfte, als wollte es ihr aus der Brust springen.

Die Frau lehnte sich an Goran und lachte. Er ließ es zu. Sie sagte etwas. Goran nickte. Sie sagte etwas. Er lachte wieder. Jetzt legte er den Arm um sie. Sie sahen aus wie ein verliebtes Pärchen.

Hab ich mich so getäuscht?

Jetzt lösten sie sich voneinander. Die junge Frau hakte sich bei Goran unter.

Pia konnte den Blick nicht von den beiden nehmen.

Irgendjemand starrt mich an.

Goran zog unbehaglich die Schultern hoch. Eigentlich gab er nichts auf solche Gefühle – sie konnten durch weiß Gott was hervorgerufen werden –, aber dieses Mal war er sich sicher. Jemand beobachtete ihn. Wie aus weiter Ferne hörte er seine Cousine reden. Er schaute sich um.

Katalina hielt verblüfft inne. »Ist das so langweilig, was ich dir erzähle? Immerhin hast du mich gefragt.«

»Nein, nein«, wehrte Goran ab. »Ich hatte nur den Eindruck …«

»Dass du jemanden gesehen hast?«

»Nein, nein, dass uns jemand beobachtet.« Bald fuhr der Katamaran ab. Er hatte schon den ersten verpasst, weil sie am Abend kein Ende hatten finden können, er würde zu den Letzten gehören, die an Bord gingen. Er hatte wirklich keine Zeit mehr herauszufinden, ob er sich geirrt hatte. Goran seufzte. »Ich hatte eben so ein Gefühl.«

»Ich dachte, du gibst nichts auf so was.«

»Tu ich ja auch nicht.«

»Aha …«

Goran rollte mit den Augen und sah zur Bar hinüber. Und dann sah er sie: Pia. Verdammt, schoss es ihm durch den Kopf.

»Ihre Fahrkarte, bitte.«

»Kata, du musst mir unbedingt einen Gefallen tun.«

»Ihre Fahrkarte!«

Mit einem einzigen Blick nur brachte Katalina den Mann zum Schweigen. Mit kurzen Worten erläuterte Goran ihr sein Problem.

»Okay, mach ich.«

»Ich würde es selbst tun, aber …«

»Ich mache es. Fahr du los und rette deine Familie.«

Goran lächelte unglücklich. »Ich tue mein Bestes.«

Er hoffte nur, dass das genug war.

Neunundzwanzigstes Kapitel

Endlich konnte sie sich aus ihrer Starre lösen.

Pia warf ein paar Münzen auf den Tisch und hastete los. Er hatte sie gesehen, war aber nicht zu ihr gekommen. Sie dachte an die wunderschöne Frau an seiner Seite. Warum hatte Goran sie angelogen? Sie wusste nun, dass es viel zu früh gewesen war, sich wieder zu verlieben. Es fühlte sich an, als würde die Wunde, die Sebastian ihr zugefügt und die gerade begonnen hatte zu heilen, erneut aufgerissen, und es tat ungeheuer weh.

Pia begann zu laufen. Sie wollte nur noch in ihr Gartenhaus und sich einschließen. Und dann würde sie darüber nachdenken, wie sie schnellstmöglich nach Hause kam.

Nur weg von hier …

Gleich morgen konnte sie nach Rijeka fahren. Sie würde Opa Klaus die Bilder von Cres zeigen und ihn einfach fragen. Sie würde nicht weitersuchen. Es ergab ohnehin keinen Sinn. Sie war noch keinen Schritt vorangekommen.

Vielleicht würde sie ihn aber auch gar nicht fragen, sondern all das einfach vergessen. Es war so lange her.

Alles erschien ihr plötzlich sinnlos – die Idee herzureisen, die Heimlichkeiten. Was hatte sie sich nur dabei gedacht? Hatte sie sich überhaupt etwas gedacht?

Ich hätte mich nicht in ihn verlieben sollen. Ich habe mit Sebastian überhaupt noch nicht abgeschlossen. Ich habe mit nichts abgeschlossen.

Pia spürte, wie ihr die Tränen in die Augen schossen. Halb blind stolperte sie weiter. Sie kam sich so dumm vor in diesem Moment, dem Moment, in dem sie erkannte, was der Verstand noch nicht begriffen hatte. Wie eine dumme Pute hatte sie sich in ihren Retter verliebt. Wahrscheinlich hatte er, so freundlich er damals auch getan hatte, später über sie gelacht – sie hatte sich aber auch dermaßen hysterisch verhalten. Wahrscheinlich hatte er der Schönen von ihr erzählt, davon, wie sie ihn so hundeäugig angesehen hatte, diese lächerliche Deutsche, die glaubte, mit einem Kroaten anbandeln zu können …

Pia lief schneller.

Sie sollte froh sein, dass er nicht zu ihr gekommen war, es schmerzte dennoch.

Er hat mit mir gespielt. Wie beschämend!

Sie erreichte das Gartentor und drückte es auf. Sie sah einige der anderen Gäste auf der Terrasse des Haupthauses sitzen, stürmte wortlos an ihnen vorbei, bevor man sie ansprechen konnte. Mit zitternden Fingern gelang es ihr erst nach mehreren Anläufen, den Schlüssel ins Schloss zu stecken. Sie schlug die Tür hinter sich zu, verriegelte sie und überprüfte dann alle Fensterläden, bevor sie sich aufs Bett legte und gegen die Decke mit ihren weiß getünchten Holzbalken starrte. Wie hatte sie nur so dumm sein können? Wie hatte sie ihm nur glauben können, diesem gut aussehenden Mann, von dem sie doch rein gar nichts wusste, der ihr Versprechungen gemacht hatte mit seinem Körper und seinen Augen?

Hatten die beiden über sie gesprochen, als sie am Anleger zusammengestanden hatten? Hatten sie über sie gelacht? Es tat verdammt weh, darüber nachzudenken, aber sie konnte sich nicht davon abhalten.

War sie seine Freundin? Natürlich war sie das, und vielleicht hatte sie ihm gerade gesagt, dass er ihr die Wahrheit sagen musste, dass er diese Deutsche nicht länger hinhalten durfte. Ja, sie musste seine Freundin sein. Sie waren so unglaublich vertraut miteinander umgegangen.

Pia hasste die Schwarzhaarige, ohne ein Wort mit ihr gewechselt zu haben.

Wie hatte sie sich nur einbilden können, dass ein Mann wie Goran etwas für sie empfand? Für eine Frau, die man abserviert hatte, eine Frau, die nichts zu bieten hatte.

Er ist nicht zu mir gekommen, als er mich im Hafen gesehen hat. Er hat es nicht für nötig gehalten, mir die Wahrheit zu sagen.

Katalina wartete, bis der Katamaran den Hafen verlassen hatte und Goran nicht mehr zu sehen war. Das war also diese Pia. Goran hatte mit ihr über die Familie gesprochen, über das Geschäft und über diese Frau.

Sie bedeutet ihm etwas.

Katalina freute sich darüber. Sie fand, dass ihr Cousin schon viel zu lange allein war. Ja, es waren schlimme Dinge passiert, und mancher wäre daran zerbrochen, aber er hatte es geschafft. Er hatte es aus dem Tief wieder nach oben geschafft. Er hatte eine neue Aufgabe gefunden. Er hatte gelernt, wieder zu leben, und vor allem hatte er gelernt, sich zu verzeihen. Das war wichtig. Man musste sich verzeihen können oder eben die Konsequenzen ziehen, da war sie knallhart.

Der Katamaran verschwand am Horizont. Katalina drehte sich um und machte sich auf den Weg zu der Pension, die Ivo betrieb. Sie kannte den kauzigen Alten von früher. In Cres kannte jeder jeden. Pia, das hatte Goran ihr erzählt, wohnte in dem schönen Gartenhaus, das Ivo erst kürzlich renoviert hatte. Goran hatte ihr auch erzählt, wie sie sich dort zum ersten Mal getroffen hatten und wie verzweifelt Pia gewesen war, weil irgendetwas mit der Buchung schiefgelaufen war.

Katalina bog jetzt schnellen Schrittes in die Gasse ein, durch die sie als Kind im Sommer oft gemeinsam mit ihrer Freundin gerannt war, während ihre langen Zöpfe geflogen waren. Helle Sonnenflecken tanzten vor ihr auf den Steinen. Eine Katze balancierte mit hoch erhobenem Schwanz auf einer Mauer. Möwen flogen wütend kreischend über die Dächer. Sicher stritten sie sich mal wieder um eine Muschel oder ein Stück Brot, das einer der Touristen hatte fallen lassen. Aus den Steinmauern wucherten Kräuter und erfüllten die Luft mit ihrem Duft. Von Pia war keine Spur zu sehen. Sie hatte sich offenbar sehr beeilt.

Katalina erreichte den Eingang der Pension. Sie schob die Tür zum Garten auf, warf Zladko, Ivos Sohn, eine Kusshand zu. In der Schule war er in sie verliebt gewesen, und auch jetzt noch fragte er sie jeden Sommer, ob sie ihn nicht heiraten wolle. Da war immer noch ein bisschen Ernst in seinem Scherz.

Von der Hauptterrasse her hörte sie die Stimmen der Gäste, die über ihren Tag redeten oder einen Ausflug planten. Am Gartenhaus konnte sie niemanden ausmachen. Alles war still. Tür und Fenster waren geschlossen. Katalina klopfte. Es blieb still.

»Pia?« Katalina klopfte noch einmal. Erst jetzt bemerkte sie, dass Goran ihr gar nicht den Nachnamen gesagt hatte.

Zuerst war wieder nichts zu hören, dann, als sie sich gerade abwenden wollte, rumpelte es drinnen. »Pia? Ich bin Katalina, Goran schickt mich.«

Dieses Mal kam eine Antwort. »Ich will nicht mit Ihnen reden.«

Die Stimme klang klein und unsicher.

»Goran möchte …«

»Ich weiß, dass er mich gesehen hat«, unterbrach Pia sie ruppig. »Warum ist er nicht selbst gekommen?«

»Er hat einen Termin in Rijeka.« Katalina holte tief Luft.

»Einen wichtigen Termin. Er musste den Katamaran bekommen.«

Drinnen war es kurz still. »Ich will trotzdem nicht mit Ihnen reden. Bitte gehen Sie«, kam dann die entschiedene Antwort.

Katalina wartete, doch es blieb still. Sie musste wohl oder übel kehrtmachen.

Unabhängiger Staat Kroatien
Insel Cres

Vierzigerjahre

Aleksija schauderte. Den ganzen Tag über hatte ein warmer Wind aus Süden Wolken und Regen gebracht, wie so oft im Frühjahr und Herbst, aber dieses Mal brachte er auch schwere Gedanken. Sie hatte zu lange nichts mehr von ihrem Mann gehört. Sie hatte zu viele Sticheleien ertragen müssen. Sie spürte, wie ihre Seele sich verhärtete, auch ihrem eigenen Kind gegenüber. Abends betete sie, dass er zu ihr zurückkam, doch tief in ihrem Inneren wusste sie, dass sie ihn verloren hatte. Er war tot. Der Krieg hatte ihn ihr genommen. Der Krieg hatte vielen die Väter und Söhne genommen, aber sie hatte niemanden, mit dem sie darüber reden konnte.

Ihre Schwiegermutter sagte, er habe eine andere gefunden, so war es jedoch nicht. Niemals würde er sie betrügen, es gab nur eine Erklärung dafür, dass er sich nicht mehr meldete: Er lebte nicht mehr.

In der Nacht drehte sich der Wind, er wehte jetzt vom Festland her. In den frühen Morgenstunden rüttelte er an den

Fensterläden, wie ein ungebetener Gast. Er riss schlecht verschlossene Türen auf und knallte sie mit Wucht gegen unverputzte Hauswände. Er weckte Aleksija auf, und während sie dalag, die dünne Decke bis zum Kinn hochgezogen, wusste sie ganz sicher, dass sie allein war. Für den Rest ihres Lebens.

In ihrem Bettchen ruderte die kleine Zlata mit ihren Armen. Aleksija stand auf und schlich zu ihrer Tochter hinüber. Die Kleine hatte die Augen geöffnet und starrte sie an. Ihr Mündchen verzog sich zu einem winzigen Lächeln. Aleksija konnte es nicht erwidern.

Sie dachte an die Geburt, daran, wie ihre Schwiegermutter sie angefahren hatte, weil sie vor Schmerzen hatte schreien müssen. Sie selbst hatte das Wasser vom Brunnen geholt und allein ins Haus getragen, vorbei an der gaffenden Schwiegermutter und ihren Freundinnen, während sie vor Schmerzen kaum noch hatte laufen können. Sie hatte das Wasser heiß gemacht, denn sie wusste, dass man heißes Wasser und trockene, saubere Tücher brauchte, wenn ein Kind geboren wurde. Sie hatte sich so allein gefühlt. So allein wie noch nie in ihrem Leben.

Ab jetzt würde sie kämpfen müssen, denn Zlata und sie hatten keinen Beschützer mehr. Sie durfte keine Schwäche zeigen, niemals wieder, und ihre Tochter durfte es auch nicht.

Dreißigstes Kapitel

Kroatien, Insel Cres, Gegenwart

Als Pia am nächsten Morgen aufwachte, wusste sie, dass sie bleiben würde. Sie würde die Insel nicht verlassen. Warum sollte sie sich verjagen lassen? Verdammt, sie hatte sich nichts vorzuwerfen, außer ein bisschen Naivität, und dessen musste sie sich nicht schämen.

Sie würde ihren Urlaub so verbringen, wie sie ihn geplant hatte. Über die nächsten Tage würde sie sich weiter auf der Insel umsehen. Andere Orte besichtigen, schöne kleine Kiesbuchten entdecken. Sie war nicht auf Goran angewiesen. Es gab Busse, die die Touristen zu den sehenswerten Orten brachten.

Sie würde nicht mehr an Lubenice denken.

Ich brauche niemanden für mein Glück.

Pia stand auf, duschte, trank einen Mokka und spazierte ins Dorf. Es war Markt, und sie erstand Mitbringsel für ihre Mutter und ihre Großeltern. Zoltan würde sie eine Flasche Kräuterschnaps mitbringen. Cres war bekannt dafür. Dann mietete sie eine Vespa – im Ort gab es einen kleinen Verleih – und fuhr kreuz und quer über die Insel. Zur Uni war sie immer mit der Vespa gefahren.

Es war heiß, der Schweiß lief ihr in Strömen den Rücken hinunter, aber Pia genoss es, den Wind zu spüren. Sie fuhr in Richtung Süden, vorbei an Buschwerk, Olivenhainen, Schafweiden und Weingärten, wo die Lese schon begonnen hatten, bis nach Osor, um sich die Stadtbefestigung und die Kathedrale des Ortes anzusehen. Abends beobachtete sie, wie die bekannte Drehbrücke zwischen Osor und der Insel Lošinj bewegt wurde, um Schiffe in den Kanal einfahren zu lassen.

Als sie abends zum Einkaufen in den kleinen Laden ging, in dem sie immer Gemüse, Obst und Käse kaufte, freute sie sich darüber, wie gut sie sich mittlerweile auskannte. Sie lachte die Verkäuferinnen an. Gemeinsam radebrechten sie in einer Mischung aus Kroatisch und Deutsch. Sie ließ sich Tipps für das Abendessen geben.

Im Gartenhäuschen bereitete sie sich an diesem Abend ein Pilzomelett mit Kräutern, Oliven und Käse zu und gönnte sich ein Glas Wein. Sie aß auf ihrer Terrasse, schaute zum Meer und überlegte, was sie am kommenden Tag tun wollte. Jetzt, da es Abend wurde und ruhiger – viele Touristen waren schon abgereist und die Nachsaison hatte begonnen –, fühlte sie sich doch ein wenig einsam. Natürlich würde sie es schaffen, aber dieses Gefühl war eben da. Sie dachte daran, dass sie nun seit gut einem Monat nicht mehr das Forum aufgerufen hatte. Ob man sie vermisste?

Pia räumte das Geschirr zusammen und spülte es rasch ab. Sie leerte ihr Glas, schaute das Buch auf ihrem Bett an, in dem sie am Abend hatte lesen wollen.

Ich vermisse das Forum, dachte sie, ich vermisse die Möglichkeit, meinen Schmerz zu teilen, mich unter Gleichgesinnten zu bewegen. Niemand, der nicht mindestens ein Jahr lang Zyklus um Zyklus umsonst auf einen Schwangerschaftstest gestarrt hatte, konnte wissen, wie sich das anfühlte … Niemand, der sich nicht sehnlich ein eigenes Kind wünschte, konnte ahnen, wie schrecklich es war, überall nur glückliche

Frauen mit dicken Babybäuchen zu sehen und Familien mit lachenden Kindern.

Pia hatte Frauen erlebt, die irgendwann resigniert hatten, Frauen, die sich zurückgezogen hatten, und Frauen, denen das Glück irgendwann doch noch vergönnt gewesen war. Sie hatte Berichte gelesen, die Hoffnungen bei Gleichgesinnten aufkeimen ließen, hatte Erzählungen von Leihmüttern gelauscht und sich über Optionen informiert, die im Ausland angeboten wurden.

Sie dachte an Filinchen, mit der sie sich über die letzten Jahre fast täglich geschrieben hatte. Filinchen, die vor ihrer Abreise einen neuen Behandlungszyklus begonnen hatte.

Mit einem kleinen Seufzer holte Pia Handy und Tablet hervor. Im Garten gab es eine Stelle, an der sie das WLAN vom Haupthaus nutzen konnte.

Pia überlegte und entschied sich dann, Zoltan anzurufen. Sie musste einfach mit jemandem sprechen.

»Ich wollte es dir schon viel früher sagen, aber dann wusste ich nicht, wie, und ich … Ich wollte dich nicht verletzen. Echt nicht, du bist mir nämlich wichtig. Verdammt, ich hätte anrufen sollen, oder? Sag doch was, Pia!«

Zoltans Stimme klang aufgeregt. Pia war verblüfft darüber, dass sie sich trotzdem nicht aus der Ruhe bringen ließ. Während sie seiner Stimme lauschte, sah sie sein rundliches Gesicht vor sich, die dichten Augenbrauen, die er bestimmt wie so oft zusammengezogen hatte und die damit noch dichter wirkten.

Sie trank einen Schluck Wasser. Von der Terrasse des Haupthauses drangen Stimmen und Geschirrklappern zu ihr herüber. Die Letzten waren noch beim Abendessen.

»Worum geht es denn?«

»Geht es dir gut?«, kam prompt Zoltans Gegenfrage. »Wo

bist du eigentlich? Immer noch auf Cres? Hab ein paar Tage nichts gehört. Muss ich mir Sorgen machen?«

»Nein, nein, mir geht's gut. Und ja, ich mache immer noch Urlaub. Es ist echt schön hier. Du solltest mal wieder hierherkommen. Du warst das letzte Mal als Kind hier, oder?«

»Hm, war ich. Ja, vielleicht mach ich das mal. Aber hey, das ist gut, dass du endlich mal entspannst. Entspannung ist wichtig, das weißt du doch? Du musst bedenken …«

Pia fiel dem Freund ins Wort. »Was wolltest du mir jetzt eigentlich sagen?«

»Ich, also, äh … Er hat eine Neue.«

Pia runzelte die Stirn. »Wer?«

»Sebastian.«

Ich weiß, dachte sie. Das weiß ich doch schon. »Du hast Sebastian mit einer Frau gesehen?«, fragte sie dennoch.

»Hab ich.«

Pia schaute auf ihre Füße, bewegte die Zehen in den Sandalen. Ihre Füße waren gebräunt, auch ihre Beine hatten Farbe bekommen. Ja, sie konnte wirklich zufrieden sein. Sie sah gesund aus. Erholt. So wie es sein sollte.

»Na ja«, hörte sie sich sagen, »das ist ja wohl sein Recht, nachdem wir getrennte Wege gehen …«

Das war richtig, aber es zu sagen, fühlte sich immer noch seltsam an. Sebastian hatte sie verletzt, und sie wünschte sich, ihm etwas entgegensetzen zu können, als wollte sie, dass das Universum wieder sein Gleichgewicht fand.

Pia horchte in sich hinein. Tat es immer noch weh? Doch, ein wenig. Sieben Jahre konnte man nicht in ein paar Wochen vergessen. Natürlich dachte sie immer wieder an die Trennung, auch wenn Schmerz, Wut, Trauer und das Gefühl des Alleingelassenseins nachgelassen hatten.

»Ja, ist schon klar. Ihr seid getrennt, ihr könnt beide neu anfangen. Das solltet ihr ja auch. Der Punkt ist nur …«, Zoltans Stimme klang beklommen, »… dass sie ein Kind bei sich hatten. Einen kleinen Jungen, vielleicht zwei Jahre alt.«

Ein Kind …

Pia hatte das Gefühl, einen Schlag versetzt zu bekommen. Die Neue hatte ein Kind? Eine Kollegin fiel ihr ein, die seit eineinhalb Jahren in Trennung lebte und einen kleinen Jungen hatte. Anja … Wo hatte sie noch ihr Büro gehabt? Zwei Türen von Sebastian entfernt, auf dem Weg zur Kantine. Hatte sich etwas zwischen den beiden entwickelt?

Das kann nicht sein, dachte Pia. Sie hatte ihn doch mit seiner Neuen gesehen. Auf dem Parkplatz vor dem Supermarkt. Sie hätte Anja erkannt. Oder nicht? Sie war so durcheinander gewesen. Hatte gar nicht richtig hingesehen. War sofort weggestürmt.

Im nächsten Moment war Pia sich sicher, dass es sich um Anja handelte. Es verwunderte sie ein wenig, dass Sebastian sich ausgerechnet mit ihr zusammengefunden hatte. Pia erinnerte sich an sie als eine sehr patente Frau, eine, die wusste, was sie wollte. Und er war niemand, der sich etwas sagen ließ. Irgendwie hatte er es immer geschafft, dass alles so gemacht wurde, wie er es wollte.

War es vielleicht auch Anja gewesen, deren Stimme sie gehört hatte, als sie vor Sebastians Haustür gestanden hatte? Vom vielen Weinen hatte sie damals ständig so einen seltsamen Druck auf den Ohren gehabt. Wahrscheinlich hätte sie die Stimme deshalb gar nicht einordnen können.

Natürlich musste es Anja gewesen, für zwei Freudinnen war der Scheißkerl ja nicht fit genug.

Pia war überrascht, wie gut sich Gehässigkeit anfühlte.

»Bist du noch dran, Pia?«, war wieder Zoltan zu hören. »Wirklich, es tut mir leid. Ich wollte dir nicht wehtun. Wahrscheinlich hätte ich dir das gar nicht erzählen sollen. Du bist schließlich auf Cres und genießt deine Zeit. Du hättest das doch alles gar nicht mitbekommen. Ich bin so ein Esel …«

»Bist du nicht. Ich hätte es doch irgendwann erfahren. Wirklich.« Pia schüttelte den Kopf. »Ich hätte nicht gedacht, dass ausgerechnet Sebastian sich eine Frau mit Kind anlacht.«

»Ja, ich … Wolltet ihr zwei nicht auch ein Kind haben?«

»Schon, aber das war doch irgendwie anders. Sebastian hatte da ganz genaue Vorstellungen, weißt du? Ein fremdes Kind anzunehmen wäre keine Option für ihn gewesen. Über Adoption hätten wir niemals sprechen können.«

Pia schaute wieder auf ihre Füße.

»Bist du noch da?«, fragte Zoltan nach einer Weile.

»Natürlich.«

Die Gedanken flatterten durch ihren Kopf. Was fühlte sie jetzt? Keinen Schmerz, nein, es war eher ein Schwebezustand. Ihr Leben änderte sich. Und sie würde sich davon verdammt noch mal nicht unterkriegen lassen.

Einunddreißigstes Kapitel

Nach dem Gespräch mit Zoltan und nach Abgabe des Versprechens, bald wieder anzurufen, kehrte Pia in ihr Häuschen zurück. Sie holte sich einen Joghurt aus dem Kühlschrank, las ein wenig und machte sich schließlich doch noch auf den Weg zur Hauptterrasse, wo die Internetverbindung besser war. Sie wollte die laue Spätsommernacht genießen und noch ein wenig im Internet surfen.

Sie war nicht allein. Eine Familie saß bei einem späten Abendessen. Zwei Kinder jagten sich um die Tische herum, das dritte war auf dem Arm der Mutter eingeschlafen. Pia grüßte und suchte sich einen Platz mit ihrem Tablet. Der älteste Junge kam neugierig zu ihr herüber, zog sich aber bald zurück, als er bemerkte, dass sie kein Spiel spielte. Sie wartete noch einen Moment, bevor sie das Forum aufrief, und tat dann eine Weile nichts, außer die vertraute Startseite zu betrachten.

Lange Zeit war ihr diese Seite eine Art Heimat gewesen. Pia ließ sich Zeit, bevor sie sich einloggte und nach bekannten Namen suchte. Adela war online und Zuckerfratz98, die sich inzwischen über ihren Nickname ärgerte, ihn aber trotzdem nicht änderte. Der Ordner für die privaten Nachrichten blinkte. Pia zögerte und öffnete ihn dann doch.

Filinchen hatte ihr geschrieben, sie antwortete. Nur wenig später meldete sich die junge Frau zurück. Pia schaute das vertraute Bild auf ihrer Seite an – Filinchen mit ihrem Mann, der ihr über die Schulter schaute, zwei, die immer füreinander einstehen würden. Das sah man ihnen einfach an.

Wie geht's?

Gut.

Wo bist du? Du warst lange nicht mehr online. Ich hab mir Sorgen gemacht. Seid ihr endgültig getrennt, du und dein Freund?

Ja. Ich mache jetzt Urlaub. Pia zögerte, bevor sie weiterschrieb. *Ich brauchte Abstand.*

Eine längere Pause, während der Pia konzentriert auf den Bildschirm starrte.

Verstehe, kam dann zurück.

Und bei dir?

Auch gut. Eine etwas längere Pause, während der Pia unruhig auf den Bildschirm starrte. Dann: *6. Woche.*

Pia hörte sich lauter atmen. Es war noch zu früh, eigentlich wartete man die zwölfte Woche ab, bevor man Freunden von einer Schwangerschaft erzählte, aber sie konnte es verstehen. Filinchen war noch niemals schwanger gewesen, noch nicht einmal für ein paar Wochen oder auch nur Tage. Jetzt hatte es offenbar geklappt.

Pias Finger zitterten, während sie die Antwort tippte. Zweimal musste sie korrigieren.

Das ist ja wunderbar! Geht es dir gut?

Sehr gut.

Kann man schon etwas erkennen?

Wir haben den Jackpot geknackt. Eins plus eins gleich vier. Zwei lachende Smileys.

Den Jackpot?

Es sind zwei.

Wie?

Zwillinge. Und ja, natürlich sind wir noch ganz am Anfang, aber ich weiß, dass es dieses Mal geklappt hat. Ich weiß es einfach.

Pia bewunderte Filinchens Optimismus. Es war seltsam, denn auch sie selbst hatte den Eindruck, dass Filinchen mit ihrer Einschätzung richtiglag. Tatsächlich freute sie sich für sie, obwohl sich ihr Magen für einen Moment schmerzhaft zusammengezogen hatte.

Doch, sie freute sich.

Bestimmt hat es geklappt. Wann ist der Geburtstermin?

Es wird ein Frühlingskind. Meine Ärztin ist sehr positiv.

Ein strahlender Smiley, ein trauriger Smiley.

Jetzt kam da doch Filinchens Angst durch. Pia konnte die widerstreitenden Gefühle, die die Freundin in diesem Moment erfüllten, sehr gut verstehen.

Was sagt dein Mann?

Er ist sehr aufgeregt. Wir machen jetzt eine Fußballmannschaft auf, sagt er. Er hat natürlich auch schon nach einem Van geschaut. Wir brauchen dann nämlich ein größeres Auto.

Typisch Mann.

Wahrscheinlich. Wieder eine kleine Pause. *Würdest du Patin sein wollen für meine beiden?*

Pia zögerte keinen Augenblick.

Sehr gern. Sie schickte zwei Smileys zurück und ergänzte dann: *Am liebsten würde ich dich in den Arm nehmen.*

Wieder eine längere Pause.

Jetzt weine ich.

Nicht weinen. Du hast es dir so sehr gewünscht.

Du dir auch.

Drei Worte, die alles beschrieben.

Pia zögerte. Ja, es tat weh, aber sollte sie es Filinchen deshalb nicht gönnen?

Sie tippte: *Ich freu mich für dich. Wirklich.*

Ein weinender Smiley und ein freudig hüpfender Smiley.

Pia lächelte nun ebenfalls durch einen Tränenschleier hindurch.

Wir sollten uns einmal treffen, schrieb sie dann.

Das sollten wir.

Ich bin ja gerade in Kroatien, aber auf dem Rückweg, da könnte ich doch vorbeikommen. Ginge das?

Du kannst immer kommen.

Gut, ich melde mich.

Über die nächsten Tage bin ich noch einmal in der Klinik. Warte mal …

Pia schaute auf den Bildschirm. Ein leises Geräusch kündigte eine neue Nachricht an. Filinchen hatte ihr ein Bild geschickt. Pia betrachtete es. Die Internetfreundin sah glücklich aus. Zufrieden. Auf ihrem Gesicht war dieses Strahlen, das Schwangeren eigen war. Sie hatte eine Hand schützend auf ihren noch völlig flachen Unterleib gelegt, aber Pia konnte sich schon vorstellen, wie sich der Leib an dieser Stelle rundete, um Platz für das neue Leben zu schaffen. Wie die kleinen Filinchen wohl aussehen würden?

Ein neuer Satz leuchtete unter dem letzten auf.

Dann ist es abgemacht.

Pia schickte noch einen lachenden Smiley, dann verabschiedeten sie sich voneinander.

Pia legte das Tablet zur Seite.

Ich werde Patin, dachte sie, dann kann ich endlich babyshoppen gehen. Ich werde diese ganzen süßen Sachen kaufen können, die es überall gibt: Höschen und Hemdchen und Mützchen. Sie konnte es kaum erwarten. Sie würde den beiden zu Weihnachten, Ostern und Nikolaus Geschenke schicken und später würde sie sie besuchen und Ausflüge mit ihnen machen.

Ich werde die beste Patin der Welt sein.

Zweiunddreißigstes Kapitel

»Pia, endlich! Ich war gestern spät abends noch bei dir, nachdem ich aus Rijeka zurückgekommen bin, aber du hast wohl schon geschlafen. Ich muss mit dir sprechen, Pia. Bitte, hör mir zu.«

»Wirklich?«, brachte sie mühsam hervor.

Was wollte er ihr schon sagen? Dass sie ihre Beziehung überinterpretiert hatte? Dass er es nicht so ernst gemeint hatte mit ihr? Dass er eben ein Faible für hilflose Frauen hatte?

Sie war früh wach geworden und gleich aufgestanden, um frisches Brot zu holen. Und sich bei der Touristeninformation nach Ausflügen zu erkundigen. Musste er ihr ausgerechnet hier über den Weg laufen? Jetzt kam auch noch die lächelnde Miss Perfect auf sie zu.

Ich bin so furchtbar gewöhnlich im Vergleich zu ihr. Atme, Pia, atme!

Sie versuchte, Entschlossenheit vorzutäuschen.

»Ich hab jetzt keine Zeit.« Goran sah sie ungläubig an. Pias Augen huschten umher. Verdammt, was sollte sie noch sagen? Ihr Blick fiel auf einen Werbeaufsteller für Bootsausflüge. Genau … »Ich mache nämlich heute noch eine Bootstour«, hörte sie sich sagen. »Es geht gleich los. Ich muss mich beeilen. Ich bin schon spät dran.«

Goran schien verwirrt.

»Was für eine Bootstour denn? Pia, lass uns doch bitte kurz …«

»So etwas Romantisches …«, fiel Pia ihm ins Wort. »Wir bleiben den ganzen Tag draußen, abends gibt es ein Candle-Light-Dinner auf dem Wasser bei Sonnenuntergang. Tut mir wirklich leid, aber ich hab keine Zeit.«

Sie drängte sich an Goran vorbei und vermied es, Miss Perfect anzusehen. Goran kam hinter ihr her und hielt sie fest. Unwillig blieb sie stehen.

»Pia, lass uns reden. Gestern … Ich …«

»Muss ich mir diese Geschichte wirklich anhören?«, gab sie patzig zurück.

Sie ärgerte sich. Wie dämlich war das denn, allein auf eine romantische Bootstour zu gehen, aber genau das würde sie tun. Sie würde nicht mit ihm reden. Auf keinen Fall.

Goran sah aus, als ob er wirklich überrascht wäre. Nicht wütend wie sie, sondern überrascht.

Er hat nicht damit gerechnet, dass ich ihm eine Abfuhr erteile.

Es fühlte sich nicht schlecht an.

»Ich geh dann mal. Ciao, man sieht sich.«

»Pia …«

Sie drehte sich nicht noch einmal um, sondern schritt nur fester aus. Sie brauchte ihn nicht. Sie brauchte niemanden, verdammt.

Er arbeitete wie ein Verrückter. Arbeit ließ einen die Wut vergessen. Und er hasste sich für seine Feigheit. Er hörte seinen Freund lachen. Ante hatte sich immer gern von Deutschland erzählen lassen, war selbst aber nur bis nach Zagreb gekommen, wo er geheiratet und vier Kinder gezeugt hatte. Jetzt im Sommer half er wie jedes Jahr einige Wochen auf dem Hof der Katićes bei der Weinlese. Er hatte keine feste Arbeit, er wurschtelte sich so durch und konnte jeden Kuna gebrauchen.

Jetzt lachte er, ein dreckiges Lachen, wie Goran fand.

»Hey, warst zu lange in Deutschland, stimmt's? Bist ja schon ein richtiger Deutscher geworden, wenn du nicht mal in Ruhe vor einer Tasse Kaffee sitzen kannst und ein bisschen quatschen.«

Goran schüttelte den Kopf. »Blödsinn, natürlich kann ich das.«

Wie um es zu beweisen und damit Ante ihn endlich in Ruhe ließ, lehnte er sich in seinem Stuhl zurück, doch er wusste, dass ihm die Überzeugung fehlte. Er dachte an Pia, die ihn mit Katalina gesehen und ganz offensichtlich die falschen Schlüsse gezogen hatte. Leider hatten weder Katalina noch er es bislang geschafft, mit ihr zu sprechen. Im Dorf, auf offener Straße, hatte er sie nicht weiter bedrängen wollen. Und jetzt war sie mit dem Boot unterwegs. Er musste es am kommenden Morgen noch einmal versuchen. Vielleicht sogar am späten Abend noch.

Ante grinste. »Heilige Mutter, ich seh doch, wie unruhig du bist.«

»Mir geht eben einiges durch den Kopf.«

»Dein Vater?«

»Ja, mein Vater und der Hof. Die Arbeit wächst einem über den Kopf«, sagte er ausweichend.

»So schlimm?«

Ante versuchte offenbar, ernst auszusehen, doch es gelang ihm nicht. Er wusste nicht, was es hieß, sich Sorgen zu machen. Das hatte er noch nie gewusst. Er machte sich einfach keine Sorgen.

Goran nickte. Sein Vater … Er hatte geglaubt, ihn überzeugt zu haben, aber so einfach schien es doch nicht zu sein. Er dachte an seine Kindheit. Damals war ihm der Vater allmächtig vorgekommen. Der Vater hatte alles gekonnt, und Goran hatte so sein wollen wie er: ein starker Kerl, der gern sang und feierte und mit seinen Kindern spielte, der einfach mal vom Boot aus ins Wasser sprang und seinem kleinen Sohn die Arme hinstreckte und ihn aufforderte, es ihm gleichzutun, während die Mutter gekreischt hatte: »Aber er kann doch nicht schwimmen.«

Goran erinnerte sich, wie er gesprungen und untergetaucht war und wie sein Vater ihn im nächsten Moment an die Wasseroberfläche gehoben hatte, während seine Mutter unablässig geschimpft hatte.

Der allmächtige Vater.

Im Haus wurde das Radio lauter gestellt. Traditionelle Volksmusik war zu hören. Ante grinste.

Goran erkannte *Materin plač*, ein Lied über die Trauer einer Mutter, nachdem ihr Sohn die Heimat auf der Suche nach einem besseren Leben verlassen hatte. War es seiner Mutter auch so ergangen, damals, als er zum Studium fortgegangen war? Danach war er in Rijeka geblieben. Er hatte sich ein neues Leben aufgebaut.

Und alles verloren …

Als Jugendlicher war er besser mit der Mutter zurechtgekommen, das Bild des Vaters hatte Risse bekommen.

Goran überlegte. Es gab viele Lieder, die sich mit den Mühen und Schwierigkeiten der Flucht aus der Heimat beschäftigten. Kroatien war nie besonders reich gewesen, oft hatte man sein Glück anderswo suchen müssen. Davon erzählte auch *Plavi putevi mora*.

»Und die Deutsche, die du dir angelacht hast? Die kann dir doch bestimmt nützlich sein.«

Goran versuchte, ruhig zu atmen, um nicht die Beherrschung zu verlieren.

»Sei still!«

Er hatte sich in Pia verliebt. Ja, in der vergangenen Nacht war es ihm endgültig klar geworden. Er wollte nicht, dass Pia ihm nützlich war. Er wollte …

Ob sie je wieder mit mir spricht?

»Man muss es nur klug anstellen, dann fressen einem diese deutschen Frauen aus der Hand. Frauen, die allein unterwegs sind, sind immer auf der Suche. Die wollen, dass man es ihnen …«

Goran sah von einem Moment auf den anderen rot. »Verdammt, Ante, halt dein Maul. Sie heißt Pia, und ich mag sie. Ich will nicht, dass sie mir *nützlich* ist.«

Ante war ihm nicht böse. Er sah für einen Moment irritiert aus. So als wüsste er gar nicht, was er da gesagt hatte. Oder hatte sagen wollen … Im Grunde war er ein guter Kerl, er war manchmal eben nur nicht besonders einfühlsam.

»Aber sie ist doch anscheinend in dich verliebt. Frauen, die verliebt sind, die tun alles für die Männer.«

»Ach, Ante …«

»Aber ich weiß es. Und es heißt ja nicht, dass du sie ausnutzt, wenn sie etwas investiert. Sie hat bestimmt Geld. Die Deutschen haben alle Geld. Sie soll ja nur investieren. Davon habt ihr doch beide was.«

»Das ist doch Unsinn, und nein, ich werde sie nicht fragen.«

Ante schüttelte den Kopf. »Das nenne ich eine falsche Entscheidung. Man muss seine Chancen nutzen. Was denkst du eigentlich, wie ich so weit gekommen bin?«

Goran schaute seinen Freund kurz an und verbiss es sich zu sagen, dass er nicht den Eindruck hatte, sein Freund sei besonders erfolgreich mit dem, was er tat.

Ante ist zufrieden mit seinem einfachen Leben. Vielleicht sollte ich mir daran ein Beispiel nehmen.

Im Vergleich zu ihm war Ante eindeutig glücklicher.

Dreiunddreißigstes Kapitel

Pia erwachte früh am nächsten Morgen, zog sich an, trank einen Milchkaffee und aß eine Banane zum Frühstück. Der Bootsausflug hatte ihr wider Erwarten gut gefallen, auch wenn sie sich zwischen den Pärchen zunächst ein wenig fehl am Platz gefühlt hatte. Heute würde sie den Tag einfach am Strand verbringen oder noch einmal eine Vespa mieten.

Nach dem Ausflug, es war schon recht spät gewesen, aber Ivo schien Tag und Nacht erreichbar zu sein, hatte sie gefragt, ob sie ihren Aufenthalt auf der Insel um zwei Wochen verlängern könne und im Gartenhaus bleiben. Sie hatte sich gefühlt, als fiele ihr ein Stein vom Herzen, als Ivo zugestimmt hatte.

Pia packte ihre Tasche und wollte sich gerade auf den Weg machen, als sie Goran über den schmalen Gartenpfad auf das Häuschen zukommen sah.

Sie erstarrte. Offenbar wollte er nicht aufgeben. Hatte sie ihm nicht sehr deutlich gemacht, dass sie nichts mehr mit ihm zu tun haben wollte? Sie überlegte, ob sie sich einfach einschließen sollte. Sie wollte nicht mit ihm reden.

Ihre Gedanken rasten. Sie ging hinüber zur Terrassentür und öffnete sie.

Verdammt, verdammt, verdammt …

Ob er sie durchs Fenster gesehen hatte? Sie überlegte, ob sie das Haus leise über die Terrasse verlassen sollte.

Einatmen, ausatmen, einatmen, ausatmen …

Oder sollte sie sich der Situation stellen? In jedem Fall musste sie cool bleiben.

Sie dachte wieder an den Moment, als sie ihn mit dieser Katalina gesehen hatte.

Miss Perfect.

Wieder dieses Gefühl von Wut. Immerhin, es war gut, Wut zu spüren. Man fühlte sich nicht mehr so hilflos.

Goran bog ums Haus.

»Pia!«

Wie am ersten Tag, als er mich hier besucht hat.

Und dann tauchte auch noch Katalina hinter ihm auf. Wo kam die denn plötzlich her?

Pia starrte die beiden an, sah, wie Goran den Mund öffnete, hörte aber nicht, was er sagte.

Sicher bin ich kreidebleich.

Sie fühlte sich, als hätte ihr jemand einen Schlag versetzt. Wie in einem Flashback sah sie Goran und sich bei ihrem Ausflug in die Bucht, beim Picknick unter dem Olivenbaum, fühlte seine Finger, die sie wie zufällig berührten, seine Lippen, während er sie küsste …

»Pia? Pia, hörst du, was ich sage?«

Sie wurde in die Wirklichkeit zurückkatapultiert. Was hatte er gesagt? Egal … Es war albern davonzulaufen. Sie war erwachsen und kein kleines Kind mehr. Sie sah Goran und diese Katalina an und suchte nach Worten. Souverän wollte sie klingen, selbstbewusst. Er durfte sich nichts einbilden.

Katalina lächelte sie freundlich an. Sie bemühte sich, dies nicht als Affront zu interpretieren.

Goran räusperte sich jetzt.

»Um das ein für alle Mal zu klären: Das hier ist meine Cousine Katalina. Sie ist außerdem meine beste Freundin. Sie ist bei dir vorbeigekommen, um dir das zu erklären, allerdings wolltest du ihr nicht zuhören.«

Seine Cousine? Was sagte Goran da? Pia spürte, wie sie errötete.

Mein Gott, wie peinlich. Sie ist seine Cousine.

Ihr Inneres fühlte sich ganz weich an. Ihre Knie zitterten, sie hielt sich nur mit Mühe aufrecht.

»Deine Cousine …«, wiederholte sie und schluckte, weil ihre Stimme so belegt klang. »Lebt sie auch auf der Insel? Ich hab sie noch nie hier gesehen.«

Pia sah Katalina an. Mein Gott, sie hatte sie noch nicht mal begrüßt. Und sie konnte sie das ja auch selbst fragen. Sie überwand sich und hielt ihr die Hand hin.

»Pia. Pia Sommer.«

»Katalina. Goran hat schon viel von dir erzählt …«

»Das stimmt gar nicht«, protestierte Goran.

»Natürlich nicht«, gab Katalina zurück und wandte sich dann wieder ihr zu. »Ich bin erst vor ein paar Tagen gekommen und nur zu Besuch hier, wie jeden Sommer.« Sie lachte.

»Und wieso sprichst du so gutes Deutsch?«, platzte es aus Pia heraus.

Katalina sah amüsiert aus. »Ich lebe in Deutschland, ich bin dort geboren. Da sollte man das wohl erwarten.«

»Oh … Tut mir leid, das konnte ich nicht ahnen.«

»Macht doch nichts«, fuhr Gorans Cousine fort, »meine Eltern gehörten zu den ersten jugoslawischen Arbeitsmigranten. Die ersten kroatischen Einwohner kamen Ende der Sechziger mit dem Gastarbeitervertrag nach Deutschland. Arbeitskräftemangel, du weißt schon …«

»Ich hab dir doch erzählt, dass die Schwester meiner Mutter in Deutschland lebt. Kata ist ihre Tochter«, sagte Goran.

Katalina sah sie lächelnd an. »Goran hat recht, du bist hübsch«, bemerkte sie.

Jetzt wurde Goran rot. »Das hab ich überhaupt nicht gesagt.«

»Hast du wohl, gib's zu.« Katalina lachte jetzt, wie Julia Roberts in *Pretty Woman.* Dann kam sie einen Schritt auf Pia zu und flüsterte ihr ins Ohr: »Ist das nicht süß, wie leicht er sich aus der Fassung bringen lässt?« Und lauter fügte sie hinzu: »Na, das hätten wir dann ja endlich geklärt. Goran und ich wollten was essen gehen. Ein spätes Frühstück quasi«, sie lachte wieder, »oder ein frühes Mittagessen. Ganz wie du willst. Kommst du mit?« Wieder sah Katalina Goran an. »Weißt du, allein würde er sich heute nie trauen zu fragen, deshalb tue ich das.« Pia glaubte das zwar nicht, aber Goran widersprach auch nicht. Vielleicht stimmte es ja doch. Sie überlegte. Es kam so plötzlich. Sie wusste noch gar nicht so recht, ob sie das alles nur geträumt hatte. »Kommt schon«, drängte Katalina, »beim Essen besprechen sich viele Dinge besser. Außerdem hab ich einen Bärenhunger.«

Sie gingen in ein kleines Restaurant in Hafennähe, und Pia erfuhr, dass Katalina und Goran unzertrennlich waren, seit Goran während des Studiums bei seiner Tante Ana in Mainz gelebt hatte.

Katalina orderte für sie alle Vorspeisen und wechselte dann mit der Besitzerin des Restaurants ein paar Worte.

»Sie ist eine meiner besten Freundinnen, seit ich hier ein Schuljahr verbracht habe«, erklärte Gorans Cousine, nachdem die junge Frau den Tisch wieder verlassen hatte.

»Kata sollte damals besser Kroatisch lernen«, erklärte Goran.

»Ja. Meine Mutter will, dass ich meine Wurzeln nicht vergesse. Ich finde es auch gut, mehr als eine Sprache zu sprechen. Das kann doch hilfreich sein. Ich kann Deutsch und Kroatisch und natürlich Englisch und Französisch. Hab ich ja studiert.«

»Sie spricht übrigens alle vier Sprachen ziemlich gut«, warf Goran grinsend ein.

»Ziemlich?« Katalina knuffte ihren Cousin in die Seite und wandte sich dann an Pia. »Ich arbeite als Dolmetscherin und als Übersetzerin. Ziemlich gut … Das reicht heutzutage nicht mehr.« Sie schüttelte den Kopf.

Die Vorspeisen wurden gebracht. Pia hatte immer gedacht, eine Abneigung gegen Tintenfisch zu haben, und musste jetzt feststellen, dass dem nicht so war. Die Garnelen in ihrem Sud aus Olivenöl und Zitrone waren ganz wunderbar, die Anchovis hätte sie am liebsten allein gegessen, das Brot war außen knusprig und innen luftig – ein Traum.

»Das ist so unglaublich lecker«, sagte Pia, als es ihr endlich gelang, eine kleine Pause einzulegen.

Katalina nickte und bestellte mehr Brot.

»Ich sage jedem, den ich in Deutschland treffe und der mir sagt, dass er in Kroatien Urlaub machen will, dass er unbedingt hierherkommen muss. Andrea verdient mindestens einen Michelin-Stern. Findet ihr nicht auch?«

Pia und Goran nickten. Katalinas Freundin, die am Nachbartisch Gäste begrüßte, errötete und lief dann schnell wieder in die Küche. Katalina schwärmte weiter, und Pia fand, dass sie wirklich recht hatte. Auch der Grillteller bot eine Explosion an Geschmacksnoten.

»Wo wir gerade bei gutem Essen sind … Hat meine Tante Marija eigentlich schon mal für dich gekocht?«, fragte Katalina unvermittelt.

Pia schüttelte den Kopf. »Nein, aber wir waren schon picknicken, und es war köstlich, was seine Mutter da für uns gemacht hat.«

»O ja, Marija hat Ahnung von gutem Essen. Das liegt in der Familie.«

»Was machst du eigentlich immer in Rijeka?«, fragte Pia Goran jetzt und schämte sich im nächsten Moment für ihre Neugier.

Goran sah sie an, als hätte er für einen kurzen Augenblick ganz vergessen, dass sie überhaupt da war.

»Der Hof meiner Familie steckt in finanziellen Schwierigkeiten, das hab ich ja schon angedeutet. Du weißt schon, die Ferienzimmer … Ich versuche gerade, ein neues Konzept zu entwickeln und einen günstigen Kredit zu bekommen.«

»Oh.«

»Leider macht es uns mein Vater, wie gesagt, nicht gerade leicht.«

»Verstehe …«

Pia sah, wie Katalina ihrem Cousin eine Hand auf den Arm legte. »Sei ruhig ehrlich.«

Goran seufzte noch einmal tief. »Ich möchte etwas Neues schaffen, aber Petar soll hinter mir stehen und mich unterstützen. Ich will es nicht gegen seinen Willen durchsetzen. Doch er …«

Katalina nickte. »So sind wir eben, wir Kroaten. Wir sind Starrköpfe. Aber wir sind auch kultiviert und sanftmütig. Und natürlich lieben wir die Musik.«

»Und nicht zu vergessen: Wir sind ein gastfreundliches Land, offen und unkompliziert«, fügte Goran hinzu. »Ich glaube, das kann man tatsächlich von uns sagen.«

Katalina wurde zum ersten Mal ernst. »Mein Vater regt sich allerdings immer über die undurchsichtigen Machenschaften kroatischer Politiker auf. Mit Schmiergeldern kann man hier einiges erreichen.«

»Das stimmt.« Goran nickte. »Andererseits, wenn wir es mit Regeln immer hundertprozentig nähmen, könnte ich nicht mit der Bank reden, denn eigentlich hat nur mein Vater die Vollmacht. Es ist also kompliziert.«

Wieder herrschte kurzes Schweigen. Dann hob Katalina das Glas.

»Lasst uns etwas trinken und nicht Trübsal blasen. Übrigens«, sie schaute zu Pia, »sind wir definitiv die besseren Italiener. Wir sind lockerer. Das sagen alle.«

»Das sagen alle *hier*«, korrigierte sie Goran grinsend.

»Na und? Wir sind ungezwungener. Das macht das Leben leichter.«

Eine hitzige Diskussion über die Menschen auf der Insel entbrannte.

»Sei immer gewarnt«, wandte sich Goran dann an Pia, »wir Kroaten wirken so umgänglich, aber es gibt Dinge, die musst du erst lernen. Mein Vater zum Beispiel, der sieht es schon als Zweifel an seinen Fahrkünsten an, wenn du dich in seinem Auto anschnallst. So einfach ist es also doch nicht mit uns.« Goran lachte wieder. »Übrigens, ich schnall mich trotzdem bei ihm an. Und am liebsten ist es mir, wenn wir getrennt fahren.«

»Schlimmer als Kampfhähne, die beiden«, bestätigte Katalina.

Pia trank einen Schluck Wein. »Gehört Kroatien eigentlich zum Balkan?«, fragte sie.

Goran und Katalina wechselten einen Blick.

»Ich würde sagen, wer von Wien nach Süden fährt, wird die Erfahrung machen, dass der Balkan immer erst im nächsten Ort beginnt«, sagte Goran grinsend.

Katalina klopfte auf den Tisch. »Genug über uns Kroaten geredet. Pia, ich kann in den nächsten Tagen deine Reiseführerin sein, wenn das in Ordnung ist …«

»Natürlich, aber ich brauche …«

»Bitte, bitte, es würde mir Spaß machen. Goran wird auf dem Hof gebraucht, und ich hab alle Zeit der Welt.«

»Na dann … Okay.«

Pia überlegte, ob sie Katalina wohl vorsichtig über ihren Cousin würde ausfragen können. Sie war froh, dass sie jetzt endgültig wusste, was ihn bedrückte. Es war gut, keine Geheimnisse zu haben.

Du musst ihm auch sagen, warum du hier bist. Du musst ihm von der Trennung erzählen und von deinen Wünschen …

Pia trank noch einen Schluck Wein. *Jetzt nicht*, sagte eine kleine Stimme in ihr, *jetzt nicht*.

Der Nachtisch kam. Katalina erzählte von ihrer und Gorans Studentenzeit.

»Goran war sehr ehrgeizig«, sagte sie.

»Was man von dir nicht gerade behaupten kann«, neckte er seine Cousine.

»Du warst ein kleiner Streber, gib's zu! Das hat manchmal ganz schön genervt«, rief sie.

Ein temperamentvoller Wortwechsel folgte. Dann verabschiedete Katalina sich. Sie wollte noch eine alte Freundin ihrer Mutter besuchen.

Goran sah Pia an. »Katalina ist so direkt. Wenn sie etwas stört, dann sagt sie es. Da kannst du dir sicher sein.«

»Ist doch gut. Sie ist ein sehr ehrlicher Mensch, oder?«

»Das ist sie. Es ist ja eigentlich auch viel besser, keine Geheimnisse zu haben …«

Da war das Wort schon wieder. Geheimnisse … Pia senkte unsicher den Blick. Aber musste man denn alles voneinander wissen? Niemand wusste doch alles vom anderen, oder?

»Wollen wir noch etwas spazieren gehen?«, unterbrach Goran ihre Gedanken.

Pia hob den Kopf und nickte.

Zuerst hielten sie Abstand zueinander, als müssten sie sich wieder aneinander gewöhnen, dann stolperte Pia, und Goran nahm ihre Hand. Er ließ sie nicht mehr los.

Sie liefen zu dem felsigen Weg, der am Wasser entlangführte. Irgendwann erreichten sie einen größeren Felsen und suchten sich einen bequemen Platz.

Wie vertraut er mir ist, dachte Pia. Da war nichts an ihm, das sie verunsicherte oder verwirrte. Ein seltsames Glücksgefühl durchströmte sie. Erleichterung darüber, dass Goran sie nicht hintergangen hatte. Wie gut, dass sie nicht überstürzt abgereist war. Sie hätte vielleicht niemals erfahren, dass Katalina seine Cousine war.

»Ich werde morgen mit Katalina schwimmen gehen«, sagte sie. »Sie hat mir von ein paar Stränden erzählt, die ich unbedingt kennenlernen muss.«

Goran nickte zustimmend. »Ich würde so gern mitgehen. Aber morgen werden wir beginnen, die ersten Trauben zu lesen. Mein Vater hat bestimmt, dass jetzt der richtige Zeitpunkt ist. Manche Trauben dürfen nicht zu lange am Stock bleiben, andere kann man ausreifen lassen.«

Er erzählte ihr, dass sie gute Erntehelfer angestellt hatten, ohne die die Arbeit gar nicht zu bewältigen war. Da es warm war, würde die Lese größtenteils am frühen Morgen stattfinden. Er musste natürlich da sein, um die Leute einzuweisen. Und um selbst mit anzupacken. Wenn der Chef mit anpackte, ging auch alles andere schneller voran.

»Ich muss jetzt los. Mein Vater wird schon zornig sein, weil ich noch nicht zurück bin.« Er lachte verlegen auf.

Schweigend spazierten sie ins Städtchen zurück. Goran begleitete sie bis zu ihrem Gartenhäuschen.

»Sehen wir uns bald wieder?«, fragte er.

Sie nickte. »Ich warte auf dich.«

»Das ist gut«, gab er leise zurück. Er nahm sie in die Arme, drückte sie fest an sich und gab ihr einen sanften Kuss auf die Wange. »Lauf nie wieder vor mir davon, Pia.«

Katalina war noch wach, als Goran nach der Arbeit auf dem Weinberg nach Hause kam, und er konnte nicht sagen, dass er überrascht war. Sie wartete in der Küche auf ihn. Er schenkte sich ein großes Glas Wasser ein, das er mit tiefen Zügen leerte, und sah seine Cousine voller Unbehagen an.

»Hast du ihr alles gesagt?«, fiel Katalina gleich mit der Tür ins Haus.

Goran verfolgte einen Wassertropfen, der außen am Glas herunterrann. »Nein. Das kann ich nicht.«

»Das musst du.«

»Nein.« So behutsam er konnte, stellte er das Glas ab. »Ich kann es nicht. Ich kann noch nicht darüber reden. Ich brauche noch Zeit.«

»Wann willst du es denn tun? Wann, denkst du, ist der Zeitpunkt gekommen, an dem du es nicht mehr aufschieben kannst?«

»Ich weiß es nicht, Katalina, ich weiß es nicht. Gute Nacht.«

Deutschland

Sechzigerjahre

Branko verließ das Fensterbrett, auf dem er fast den ganzen Nachmittag dösend in der Sonne zugebracht hatte. Normalerweise zog er es vor zu arbeiten, um nicht zu viel nachdenken zu müssen. An diesem Tag war es ihm erstmals gelungen, die freie Zeit zu genießen. Er hatte sich ein Sechserpack Bier gekauft, eine Kassette mit kroatischer Musik in den Kassettenrekorder seines Mitbewohners eingelegt und die Zeit allein genossen. Immer wieder hatte er auf die Uhr geschaut. Er war mit Klaus verabredet. Ob der Freund im Stau steckte? Hatte er nicht gesagt, es sei Ferienbeginn? Da gab es immer Staus, denn alle Deutschen stiegen in ihre Autos und fuhren in Richtung Süden … Ob es auch welche gab, die nach Cres reisten?

Gut zwei Wochen hatten Klaus und er sich jetzt nicht gesehen. Er war mit Duro ausgegangen, der ständig nach Abwechslung suchte.

»Komm, wir reißen ein paar Mädels auf.«

»Ich bin verlobt«, hatte Branko stolz gesagt.

Duro hatte gelacht. »Und ich bin verheiratet. Man kann doch trotzdem Spaß haben.« Er hatte eine kurze Pause gemacht. »Natürlich will ich meine Frau nicht betrügen, dazu liebe ich sie zu sehr, aber man muss sich doch auch einmal vergnügen. Wir arbeiten hart, Bruder, wir haben's verdient!«

Auf der Arbeit lief es weiter gut. Branko hatte schon ziemlich viel Geld beiseitegelegt. Im Winter war er nicht wie geplant nach Hause gefahren, aber damit hatte er Geld gespart. Er malte sich aus, was er mit dem Geld machen würde. Würde er Zlatas und sein Traumhaus auf dem Grundstück seiner Eltern bauen oder sich ein neues Grundstück leisten? Seine Mutter wünschte sich sicher, dass er in der Nähe blieb.

In einem der letzten Briefe hatte Zlata ihm ein Bild von sich geschickt. Es war inzwischen recht abgegriffen.

Eben erst hatte Branko es wieder herausgeholt, nun steckte er es zurück.

Wo blieb Klaus nur?

Als es klopfte, zuckte Branko zusammen. Er war nur kurz vom Fenster weggegangen, um sich ein neues Bier zu holen, und hatte die Straße einen Moment nicht im Blick behalten können. Jetzt stand dort unten Klaus' taubengrauer Käfer.

»Ja?«, fragte er, als er sich der Tür näherte.

»Ich bin's«, drang Klaus' Stimme zu ihm herein.

Branko öffnete. Klaus grinste ihn breit an.

»Hey, alter Junge! Hast du mich vermisst?« Branko grinste ebenso breit. Worte wollten ihm nicht einfallen. Die jungen Männer umarmten sich, klopften sich überschwänglich auf die Schultern, lachten. »Ich habe dich jedenfalls vermisst, Kumpel«, sagte Klaus. »Wirklich! Zwei Wochen, und ich vermiss dich schon!«

»Ich dich auch«, erwiderte Branko. Das Deutsch ging ihm immer leichter von den Lippen. Es fühlte sich besser an als vor Monaten noch, da hatte er den Eindruck gehabt, er werde diese Sprache niemals lernen. »Wie war es bei deiner Mutter?«, erkundigte er sich.

Klaus schien zu überlegen, dann zuckte er mit den Schultern und lachte wieder. »Na ja, gut war's. Wie's bei Müttern so ist. Meine Mutter hat mich versorgt, als wäre ich noch fünf Jahre alt. Manchmal tut das einfach gut, oder? Sie macht es gern. Aber sie hat ja auch nur meinen Bruder und mich.«

Branko nickte. »Klar …«

»Sie hat mir so viel Essen eingepackt, dass ich das nie im Leben allein schaffe. Du hast doch nichts dagegen, wenn ich etwas hierlasse?« Er sah sich um. »Habt ihr inzwischen einen Kühlschrank?«

Branko schüttelte den Kopf. Klaus musterte den Inhalt seiner Tasche. »Na gut, dann lasse ich dir ein paar Dosen hier und so haltbares Zeugs.« Er stellte einige Dosen mit Ravioli und Eintopfgerichten auf den Tisch und legte ein Stück Schinken und eine Salami daneben.

Branko verstaute alles in einer Kiste unter seinem Bett. »Einen Kaffee?«, fragte er dann. »Soll ich dir einen Mokka machen?«

»Einen Mokka? Wie auf der Insel? Das wäre echt klasse.«

»Setz dich.« Branko wies auf einen Sessel.

»Neu?«, fragte Klaus.

»Sperrr… Wie heißt das noch?«

»Sperrmüll?«

»Genau.«

»Sieht gut aus.«

»Ist bequem. Probier ihn aus.«

Klaus setzte sich. Branko machte den Gaskocher an und kochte einen Mokka. Dann legte er sich ein Küchentuch über den Arm, richtete Tasse und Mokkakännchen auf einem Brett an, das als Tablett diente, und näherte sich Klaus, als wäre er ein Gast und er der Kellner. Klaus nahm die Tasse entgegen.

»Vielen Dank.«

Branko schenkte sich auch einen Mokka ein. »Ah, das tut gut.«

»O ja.« Klaus schlürfte.

Einen Moment lang schwiegen sie.

»Wie läuft es?«, fragte Klaus dann.

»Gut.« Branko trank den letzten Schluck. »Meine Ersparnisse wachsen so langsam.«

Klaus stand auf, um ihm auf die Schulter zu klopfen. »Deine Eltern werden stolz auf dich sein.«

»Wahrscheinlich.«

»Bestimmt.«

Branko atmete tief durch. Sein Gesichtsausdruck entspannte sich. »Ja, du hast recht. Sie werden stolz sein.«

Vierunddreißigstes Kapitel

Kroatien, Insel Cres, Gegenwart

Katalina holte Pia am nächsten Morgen zum Frühstück ab. Sie bummelten in Richtung Hafen.

»Ich frühstücke gern in Cafés, wenn ich hier bin«, sagte sie. »Ich beobachte die Leute, höre zu, was sie reden.« Pia war überrascht. Katalina musste lachen, als sie ihren Gesichtsausdruck sah. »Na ja, es ist meine Art, mich auf den neuesten Stand zu bringen, verstehst du? So erfahre ich Neuigkeiten. Wer ist noch zusammen, wer hat sich getrennt …«

Sie erreichten ihr Ziel. Katalina suchte einen Tisch im Schatten eines Baumes aus. Die Bedienung kam, legte eine Tischdecke auf. Katalina bestellte zwei Mokka und eine Auswahl an süßem Gebäck, das ihnen gleich gebracht wurde. Pia nahm sich ein Stück in Sirup getränkten Blätterteig und biss vorsichtig hinein.

»Ich liebe dieses Zeug«, murmelte sie mit vollem Mund.

»Ich auch«, stimmte Katalina ihr zu.

»Ich möchte nicht wissen, wie viel Gold das auf den Hüften hinterlässt«, fuhr Pia fort.

»Gold?«

»Speck.«

Katalina lachte wieder. Sie tranken den Mokka aus, bestellten noch zwei Milchkaffee.

»Du bist über Opatija gekommen, nicht?« Katalina sah Pia fragend an. »Goran hat mir davon erzählt«, fügte sie hinzu. »Wieso bist du erst nach Istrien gefahren? Und wäre es da nicht viel bequemer gewesen, das Auto zu nehmen?«

Es war seltsam, aber für einen Moment fühlte sich Pia wie ertappt. Sie hatte den Zug genommen, weil sie vermutete, dass ihr Opa damals auch mit dem Zug gefahren war. Sie hatte halt in Opatija gemacht, denn sie wusste durch die Fotos, dass er dort gewesen war … Vielleicht war jetzt die Gelegenheit zu sagen, was sie hergebracht hatte. Aber dann sagte Katalina wieder etwas, und der Augenblick der Wahrheit war vorüber.

»Na ja, alle, die ich kenne, nehmen das Flugzeug oder das Auto. Wenn man Bus und Bahn und Boot fährt, erlebt man viel mehr.«

»Hm.« Katalina nippte an ihrem Milchkaffee. »Vielleicht hast du recht. Ich mag es eigentlich auch nicht, alles immer so zu machen, wie es die anderen machen.«

»Genau.« Pia fühlte die seltsame Anspannung, die sie für kurze Zeit wieder in Besitz genommen hatte, von sich abfallen. »Außerdem wollte ich langsam reisen, Zeit zum Nachdenken haben, weißt du …«

Katalina runzelte die Stirn. »Nachdenken? Na, so hab ich das noch nie betrachtet. Ich will immer schnell ankommen. In Köln in den Flieger, und zack am Ziel sein … Du bist schon länger hier, nicht?«

Pia rührte in ihrem Kaffee und wich so Katalinas prüfendem Blick aus.

»Nur, weil ich gerade ein Sabbatjahr mache«, sagte sie. »Die Reise nach Kroatien war nicht vollkommen durchgeplant. Ich wollte einfach nicht wissen, wo mich mein Weg genau hinführen würde.«

Lüge ich? Warum tue ich das?

»Du bist ins Blaue gefahren?«

»Nein, nein, Cres war schon geplant.« Pia dachte an den Tag, als sie Zoltan das Album gezeigt hatte. »Ich habe hier ein Zimmer gebucht. Hat Goran dir davon erzählt? So haben wir uns kennengelernt.«

»Ja, das hat er mir erzählt. Zladko, Ivos Sohn, wird die Buchungen durcheinandergebracht haben. Er war schon in der Schule etwas verpeilt. Ein netter Kerl, aber …« Katalina zuckte entschuldigend die Schultern.

Pia lachte. »Da bin ich aber beruhigt. Ich war ganz schön fertig.«

»Letztendlich hat sich ja eine Lösung gefunden. Es findet sich immer eine, wenn man optimistisch ist.«

Pia nahm sich noch ein Gebäckstück. Wahrscheinlich hatte Katalina recht. Wahrscheinlich war es besser, das Leben so zu betrachten.

»Hast du in Opatija eigentlich den Angiolina-Park besucht?«, unterbrach Katalina ihre Gedanken.

»Nein.«

»Das ist wirklich schade.« Katalina verzog bedauernd das Gesicht. »Ich war letztes Jahr erst wieder dort. Kennst du die Geschichte um den Park? Du weißt bestimmt, dass Opatija ein beliebter Kurort war, oder? Das steht ja in allen Reiseführern. Jedenfalls gehörte es früher zum guten Ton, dem Besitzer des Parks, dem Kaufmann Scarpa, von Fernreisen ein Pflänzchen mitzubringen. Man findet dort Mammutbäume, Zedern, Eukalyptusbäume, Bambussträucher, Zitronen, Magnolien, Kokos- und Dattelpalmen, Mispeln, Akazien, Agaven und japanische Kamelien. Die Kamelie ist übrigens das Wahrzeichen der Stadt.«

»Eine schöne Geschichte«, entgegnete Pia. »Jetzt bin ich doch traurig, dass ich mir nicht mehr Zeit genommen habe dort. Vielleicht kann ich auf der Rückfahrt ja noch mal einen Stopp einlegen …«

Sie brach unwillkürlich ab. Rückfahrt … Ihr Magen zog sich unwillkürlich zusammen. Sie hatte verlängert, aber natürlich würde sie irgendwann wieder abreisen müssen. Jetzt erst fiel ihr auf, wie weit sie den Gedanken von sich geschoben hatte. Gut drei Wochen noch. Und dann?

Das Wasser schimmerte türkisfarben und war zugleich glasklar. Sehr deutlich konnte man unter sich Steine sehen, dazwischen Fische, die hin und her huschten, Schutz suchten oder sich nicht beeindrucken ließen. Es waren Bilder wie aus einem Reisekatalog.

Das Wasser überspülte ihre Füße. Pia ging noch einen Schritt weiter. Wieder atmete sie tief die salzhaltige Luft ein. Am Meer bekam sie besser Luft. Sebastian hatte das Meer nicht gemocht. Er hatte am liebsten Städtereisen gemacht. »Ich mag es nicht, wenn mir die Natur zu nahe kommt. Wozu haben wir denn die Höhlen verlassen?«, hatte er einmal spöttisch gesagt, als sie einen Campingurlaub in Südfrankreich vorgeschlagen hatte.

An seiner Seite hatte sie tatsächlich geglaubt, ähnlich zu fühlen. Sie hatte nicht mehr über Camping nachgedacht, sie hatte die Reisen mit ihm genossen: Paris, London, Wien, immer in den teuersten Hotels, immer auf der Suche nach exklusiven Schnäppchen, mit denen man angeben konnte. Es war nie darum gegangen, ob etwas schmeckte. Wichtig war nur gewesen, was es kostete, nur das machte seinen Wert aus.

Es wunderte Pia, dass sie erst jetzt bemerkte, wie wenig ihr all das eigentlich bedeutet hatte. Sie hatte immer angenommen, dass sie das Gleiche fühlte wie Sebastian, aber so war es nicht. Es war der Meereswind, der sie glücklich machte, die Natur, die Zauberwelt unter Wasser.

Am Tag zuvor war sie mit Katalina in dieser Bucht gewesen. Sie war noch einmal hergekommen, ganz allein. Sie freute sich schon darauf, wieder zu schnorcheln. Wenn man den Kopf unter Wasser tauchte, war man in einer anderen Welt. Sie liebte das, sie hatte es schon immer geliebt. Sie hatte das nur vergessen. Sie hatte sich selbst vergessen, das, was ihr wirklich etwas bedeutete.

Das darf nie wieder geschehen.

Schritt um Schritt ging sie weiter ins Wasser hinein, erspürte den Untergrund mit den Fußsohlen. Das Wasser erreichte ihre Knie, ihre Oberschenkel. Es fühlte sich recht kühl an. Ob das erste Anzeichen des kommenden Herbstes waren? Pia nahm allen Mut zusammen, tauchte unter und war nach einem kurzen Schreckmoment herrlich erfrischt. Das Meerwasser war so angenehm auf der Haut, nachdem sie sich erst einmal an die Temperatur gewöhnt hatte. Es war nicht wirklich kalt, aber Pia liebte es eben auch, sehr heiß zu duschen.

Sie machte einige lange Schwimmzüge. Das Wasser war ihr Element, wie hatte sie das nur vergessen können? Sie hatte so viel vergessen. Sie hatte zugelassen, dass Sebastian ihr Leben bestimmte, hatte ihre Hobbys aufgegeben, den Kontakt zu Freunden. Sie hatte sich Sebastians Wünschen angepasst, und als er sie so geformt hatte, wie es ihm behagte, da hatte er sie verlassen.

Pia rückte ihre Taucherbrille zurecht und wagte einen ersten Blick unter Wasser. Es war so ganz anders, allein. Sie schnorchelte eine Weile, kehrte dann zu ihrem Handtuch zurück und ließ sich in der Sonne trocknen. Sie fragte sich, ob sie wohl irgendwann einen Delfin sehen würde.

Eine Familie brach in das Idyll ein. Die Kinder rannten gleich ins Wasser und versuchten, sich auf eine Luftmatratze zu stellen. Sie jauchzten und lachten, dann riefen ihre Eltern sie zum Essen. Sie hatten einen großen Picknickkorb dabei.

Pia machte es sich auf ihrem Handtuch unter einem Baum bequem. Es duftete nach Piniennadeln. Sie cremte sich ein, las ein wenig. Dann schlief sie ein. Die Ruhe tat ihr immer noch gut. Als sie aufwachte, merkte sie, wie hungrig sie war. Sie packte ihre Sachen zusammen und machte sich auf den Weg.

Dank Goran und Katalina kannte sie inzwischen genügend Läden, wo man Obst und Gemüse kaufen konnte und andere Produkte, die auf der Insel hergestellt wurden. Manche hatten einen wackligen Tisch vor ihre Häuser gestellt und boten für wenig Geld an, was sie in ihren Gärten anpflanzten – frische Feigen und Pfirsiche. Bei einer Frau, bei der sie sich schon einmal versorgt hatte, kaufte sie hausgemachten Ziegenkäse. Die Alte schenkte ihr ein fröhliches, zahnloses Lachen.

Sie beschloss, einen Spaziergang zu machen und später noch einmal zum Strand zurückzukehren. Ihre Kamera hing, stets bereit, über ihrer Schulter. Es tat gut, einfach zu laufen, sich der Landschaft und ihren Bildern zu überlassen. Hier konnte sie im Jetzt sein, ohne sich Gedanken darum zu machen, was gewesen war und was wohl sein würde.

Als sie um die nächste Ecke bog, blieb Pia abrupt stehen. Auf einem flachen Stein, ein paar Schritte entfernt, sonnte sich eine Kreuzotter. Sie hatte erst kürzlich Goran gegenüber ihre Befürchtungen geäußert, einer giftigen Schlange zu begegnen. Er hatte gelacht und ihr versichert, dass die meisten der auf Cres lebenden Schlangen völlig harmlos waren.

»Die haben mehr Angst vor dir als umgekehrt«, hatte Goran gesagt.

»Und wenn die Schlange das anders sieht?«, hatte sie gescherzt.

»Ich bin mir sicher«, Goran hatte gelacht, »die meisten verschwinden schon, wenn sie deine Schritte hören.«

»Und was ist mit schwerhörigen Schlangen?«

»Sie nehmen die Bodenvibrationen mit dem Körper auf«, hatte er erwidert.

Pia atmete einmal tief durch und zückte dann entschlossen

ihre Kamera. Auch ihr Großvater hatte eine Schlange aufgenommen, aber öfter noch hatte er Menschen fotografiert: Fischer, die ihren Fang an Land brachten. Fischer, die ihr Netz flickten. Bauersfrauen hinter ihrem Marktstand. Spielende Kinder. Und immer wieder dieselben jungen Leute, mit denen er sich offenbar angefreundet hatte – am Strand, beim Grillen, beim Ballspiel oder beim Toben im Meer. Manchmal hatte er sie bewusst porträtiert, manchmal hatte er sie heimlich aufgenommen. Ein junger Mann in Gedanken versunken, zwei junge Mädchen, die sich in den Armen hielten, das eine etwas älter als das andere. Wer waren diese Menschen, und was hatten sie mit Opa Klaus zu tun gehabt? Würde es ihr doch noch gelingen, das herauszufinden?

Pia machte sich wieder auf den Weg zurück in die Bucht. Jetzt, da die schlimmste Hitze vorüber war, waren dort mehr Menschen. Ein leichter Wind kam auf und trieb den Duft von Gebratenem und Lachen zu ihr herüber. Eine Familie hatte einen Grill aufgebaut. Kinder spielten lachend Fangen. Es waren Einheimische. In Deutschland waren die Sommerferien zu Ende. Männer standen am Grill, lachten und redeten.

Pia ging noch einmal schwimmen. Dieses Mal, um dem Familientreiben zu entfliehen. Wann, dachte sie, werde ich Kinder sehen, ohne dass es wehtut? Wann ist es endlich so weit?

Fünfunddreißigstes Kapitel

Gegen Abend, Goran konnte sich nicht früher freimachen, fuhren sie aufs Land. Sie und Goran mit dem Auto, Katalina mit einem alten Motorrad, das sie sich von einem Freund geliehen hatte. Sie hatte eine Lichtung inmitten der Macchia vorgeschlagen, von der aus man das Meer sehen konnte. Goran breitete ein kleines weißes Tischtuch auf einer karierten Decke aus und entkorkte einen Wein. Jeder hatte etwas zu essen mitgebracht. Es gab unter anderem *pršut*, jenen lufttrockneten Schinken, den Pia schon kannte, und *paškisir*, den würzigen Schafskäse von der Insel Pag, dazu Hartkäse aus dem Velebit und einen kleinen Topf Frischkäse, außerdem Oliven, *kapulica*, eingelegte Zwiebeln, und Weißbrot, das Marija gebacken hatte. Pia steuerte die Feigen bei und Pfirsiche.

»Marija backt das weltbeste Brot«, sagte Katalina.

»Jetzt übertreib nicht«, sagte Goran lachend, während er die eingelegten Sardinen auspackte. »Die hat Zlata gemacht.«

»Lecker«, stellte Pia wenig später mit vollem Mund fest.

»Den Tintenfischsalat musst du auch unbedingt probieren«, sagte Katalina. »Übrigens ist nicht nur Gorans Mutter eine begnadete Köchin …«

»Gibst du mir bitte auch etwas Brot?«, sprach Goran Pia an, »oder willst du alles allein essen?«

»Nein, natürlich nicht.« Pia lachte.

Sie probierte als Nächstes *bakalar*, gekochten Stockfisch, und *burek*, Blätterteigpasteten zum Teil mit Fleischfüllung, zum Teil süß gefüllt mit Äpfeln und Quark. Es schmeckte himmlisch.

»Meinst du, deine Mutter würde mir das Rezept geben?«

Pia war zwar keine ambitionierte Köchin, aber sie konnte sich vorstellen, das zu ändern. Offenbar machte es Spaß zu kochen.

»Klar, sie würde sich bestimmt freuen.«

Ja, dachte Pia, ich hätte wirklich Lust zu lernen, Gerichte aus der kroatischen Küche zuzubereiten. Sie war schon gespannt darauf, was Marija zu erzählen hatte. In ihren Reiseführern hatte sie gelesen, dass die Küche stark regional geprägt war: an der Küste eher mediterran mit viel Fisch und Meeresfrüchten, im Landesinneren geprägt von deftigen Fleischgerichten, die den ungarischen und österreichischen Einfluss nicht verleugnen konnten.

Pappsatt, aber zufrieden, lagen sie irgendwann nebeneinander auf dem Rücken und machten Pläne für die nächsten Tage. Schließlich verabschiedete sich Katalina.

»Bleib ruhig hier«, sagte Pia.

Katalina zwinkerte ihr zu. »Nee, nee, ich muss noch ein bisschen arbeiten. Hab morgen einen Abgabetermin.«

Nachdem Katalina gegangen war, blieben sie noch ein Weilchen liegen. Irgendwann nahm Goran ihre Hand und verschränkte seine Finger mit ihren. Es ist schön, miteinander schweigen zu können, ohne das dringende Bedürfnis, über irgendetwas zu plappern, dachte Pia. Wind kam auf, eine erfrischende Abendbrise. Sie setzten sich, tranken von dem Wein, den Goran mitgebracht hatte.

Sollte sie ihm sagen, dass sie sich Gedanken gemacht hatte über seine Idee? Ging sie das überhaupt etwas an?

Sie angelte sich eine Mineralwasserflasche aus dem Korb

und trank ein paar Schluck, öffnete, wie um Zeit zu gewinnen, ihren Zopf, um ihn neu zu binden.

»Warte«, sagte Goran, »ich glaube, ich hab dich noch gar nicht mit offenen Haaren gesehen. Das sieht hübsch aus.«

»Findest du?«

Pia mochte ihr Haar nicht besonders. Wenn man es nicht streng zusammennahm, fand sie, machte es einfach nicht das, was man wollte. Es war so lockig, dass sie es kaum bändigen konnte.

Goran nickte. »Es passt zu dir.«

»Wie bitte?«

Pia sah ihn entsetzt an. Sie war gewiss nicht so wie ihr Haar. Sie mochte gerade, klare Dinge. Sie mochte es übersichtlich.

»Lass es offen.«

Sie hatte ihre Hände schon gehoben, das Haar zusammengerafft. Jetzt zögerte sie. »Ich weiß nicht …«

»Lass es offen«, wiederholte er. »Es sieht wirklich gut aus.«

Goran lächelte. Sie war ein bisschen verzaubert. War es nicht erstaunlich, wie weit er schon in ihr Herz gedrungen war? Sie war bereit für etwas Neues, ja, das war sie. Sie war ganz sicher. Sie vertraute ihm, weil er ehrlich war, weil sie das spüren konnte. Es fühlte sich auch nicht mehr dumm und albern an, seinen Gefühlen nachzugeben. Es war nichts Falsches daran zu fühlen.

Mit einem Mal legte er seine Hand an ihre Wange. Er strich ihr eine Haarsträhne zurück. Sebastian hatte das lange nicht mehr getan, und es war ihr gar nicht aufgefallen. Dabei waren diese Gesten so wichtig, diese Liebkosungen, das wortlose Verständnis. Zu sehr hatten sie im Alltag festgesteckt – in ihrem Beruf, in dem sie nicht glücklich war, in der Hoffnung auf eine Schwangerschaft, die sich nicht einstellen wollte. Sie hatte halbherzig Pläne geschmiedet, aber zu viel Angst gehabt, sie umzusetzen.

Dann war die Idee mit dem Sabbatjahr aufgekommen. Sie hatte überlegt, mit sich gerungen … und sich entschieden, eine Auszeit zu nehmen. Geglaubt, dass ihr die Entspannung guttun würde. Eine Schwangerschaft stellte sich oft ein, wenn die Frau losgelassen hatte. Wie oft hatte sie das nicht gelesen.

»Woran denkst du?« Pia fuhr zusammen. »So schlimm? Ich hoffe, es hat nichts mit mir zu tun.« Sein Lächeln war unsicher.

»Nein, nein«, wehrte sie ab, sagte aber nichts weiter. Da waren zu viele Gedanken in ihrem Kopf. Ihr fehlten die richtigen Worte. Sie räusperte sich. »Ich … Magst du mein Haar wirklich?«

»Es ist wild«, stellte er fest. »Ja, ich mag das.«

»Es macht nie, was ich will. Es ist widerspenstig.«

»Das gefällt mir. Glaub mir doch …«

Goran schaute ihr tief in die Augen. Er drängte sie nicht, obgleich … Sie wäre in diesem Moment weitergegangen. Eine Berührung, ein Kuss, vielleicht hätte sich mehr ergeben. Sie hätte nichts dagegen getan. Trotzdem bedauerte sie seine Zurückhaltung nicht. Wenn heute noch etwas geschehen würde, dann war sie bereit.

Sie räumten gemeinsam die Sachen zusammen und fuhren zurück zum Hof seiner Eltern.

»Ich bringe dich noch nach Hause«, sagte Goran, »ich frag nur kurz, ob ich noch gebraucht werde.«

Pia nickte und blieb im Hof stehen und wartete. Irgendwann erschien es ihr, als beobachtete sie jemand. Sie schaute sich um. Dann entdeckte sie eine ältere, doch immer noch sehr schöne Frau, die eben aus dem Garten kam. Im Arm hielt sie ein Bündel Kräuter. Als sie Pia entdeckte, verengten sich ihre Augen.

»Guten Tag«, grüßte Pia unsicher. »*Dobar dan*«, fügte sie hinzu.

Die Frau nickte, wandte sich dann abrupt ab und ging auf die Haustür zu. Als sie die Treppe zum Eingang hochging, trat Goran heraus. Er schien nicht überrascht. Er grüßte die Frau, die grüßte zurück, sagte dann noch etwas mehr, aus dem Pia das Wort »deutsch« herauszuhören meinte. Gorans Haltung veränderte sich. Er machte eine abwehrende Bewegung und versuchte zugleich zu lächeln. Die Frau sagte noch etwas, ihre Stimme klang harsch. Dann verschwand sie im Haus. Kopfschüttelnd schaute Goran ihr hinterher. Als er wieder bei Pia stand, lächelte er.

»Diese Frau … Hat sie etwas über mich gesagt?«, fragte Pia.

»Zlata? Nein«, sagte Goran, aber er hatte einen winzigen Moment gezögert.

Pia wusste, dass er nicht die Wahrheit sagte. Irgendetwas war da, das er ihr nicht sagen wollte.

Sechsunddreißigstes Kapitel

Zlata legte die gesammelten Kräuter auf die Anrichte und suchte nach Worten. Sie hatte schon gehört, dass Goran mit einer Deutschen unterwegs war, und doch überraschte es sie, wie sehr die Begegnung mit dieser Frau sie nun aus der Fassung brachte. Natürlich kamen Deutsche zum Urlaubmachen auf die Insel. Während des schlimmen Krieges damals, in den Neunzigern, der Familien auseinandergerissen und so viele grausame Bilder um die Welt geschickt hatte, waren weniger gekommen, dabei waren die Inseln gar nicht betroffen gewesen. Danach waren die Besucherzahlen wieder gestiegen.

Während sie nachdachte, breiteten ihre Hände mechanisch die Kräuter aus, zupften ihre Finger verdorrte Ästchen ab. Sie würde Kräuterschnaps machen. Marija, die hinter ihr am Herd stand und kochte, schaute ab und an zu ihr. Natürlich verwunderte es sie, dass Zlata so schweigsam war. Normalerweise hatten sie immer etwas zu besprechen, aber Marija kannte sie so gut, dass sie geduldig wartete.

Zlata räusperte sich. »Hat Goran dir schon Näheres von seiner neuen Bekanntschaft erzählt?«, fragte sie über ihre Schulter hinweg.

Marija rührte weiter in einem Topf. »Nein«, gab sie zurück, während sie etwas Salz hinzugab und Zlata dann bat, ihr ein paar von den Kräutern zu waschen. »Aber ich merke, dass es ihm gut geht. Ich bin glücklich, dass er sich endlich wieder auf eine Frau einlässt. Ich habe den Eindruck, es geht aufwärts mit ihm. Ich konnte es kaum ertragen, ihn so leiden zu sehen. Er hat sich lange genug zurückgezogen. Ich möchte meinen Jungen wieder glücklich sehen, verstehst du das?«

Zlata hielt die Kräuter unter fließendes Wasser. »Ich finde, er wirkt schon seit einiger Zeit ganz gut erholt«, sagte sie dann leise.

»Vielleicht, aber er war nicht wirklich glücklich.« Marija warf die Kräuter, die Zlata ihr reichte, in den Topf.

Zlata schwieg, während sie Rosmarinnadeln von den Zweigen streifte und auf einem Handtuch zum Trocknen ausbreitete.

»Ich weiß nicht, ich glaube, diese Frau ist nichts für ihn.«

Marija hielt im Rühren inne. »Wie meinst du das?«

»Ich weiß nicht, ich …«

Nein, sie konnte wirklich nicht sagen, woher dieses Gefühl kam. Es war irgendwo tief in ihr drinnen, als wäre es schon lange dort gewesen und warte nur darauf, geweckt zu werden. Sie traute dieser Deutschen nicht, sie traute ihr einfach nicht.

Siebenunddreißigstes Kapitel

»Diese Frau bei deinen Eltern im Hof, diese Zlata«, fragte Pia, als sie ihr Gartenhäuschen fast erreicht hatten, »wer ist sie, und was hat sie wirklich gesagt?«

Sie hörte, wie Goran tief ein- und ausatmete. »Zlata ist eine alte Freundin meiner Mutter. Sie hat gefragt, ob du die Deutsche bist, die ich in letzter Zeit öfter treffe«, antwortete er schließlich.

»Und?«

»Ich hab's bejaht.«

»Warum wollte sie das wissen?«

Goran zuckte mit den Schultern. »Ich weiß nicht. Manche denken, die Deutschen nutzen uns aus, halten sich für was Besseres. Sie haben das Geld, und wir müssen buckeln. Aber so hat sich Zlata eigentlich noch nie geäußert. Sie hat früher Touristen beherbergt, sie hat auch Führungen gemacht. Ich weiß nicht, warum sie so ungehalten nach dir gefragt hat …« Sie blieben stehen, sahen einander an. Pia konnte erkennen, dass Goran die Wahrheit sagte. Schweigend liefen sie weiter, dann blieb Goran erneut stehen und nahm ihre Hand. »Ich denke so etwas natürlich nicht, Pia. Seit du hier bist, bin ich so glücklich wie seit Langem nicht mehr. Du bedeutest mir sehr viel.«

Pia wusste nicht, was sie sagen sollte. Es klang stark, was er sagte, viel zu stark … Sie kannten sich erst seit ein paar Wochen. Und bisher war nicht mehr zwischen ihnen geschehen, als dass sie sich geküsst hatten. Warum sagte er dann so etwas? Sie wurde nicht recht schlau aus ihm.

Vielleicht bin ich auch einfach zu misstrauisch. Vielleicht wäre Goran nicht so zurückhaltend, wenn ich mich ihm mehr öffnen würde …

Im nächsten Moment spürte sie Gorans Griff sanft an ihren Armen. Sie schauten einander an. Da war ein Lächeln auf seinem Gesicht, das ganz tief aus seinem Innersten kam und das sie einfach erwidern musste. Sie konnte gar nicht anders. Er beugte sich zu ihr herunter und küsste sie.

»Du bist etwas ganz Besonderes, Pia«, sagte er, als sich ihre Lippen voneinander lösten.

Den Rest des Weges gingen sie Hand in Hand. Pia spürte Gorans Wärme, eine Art Vibrieren tief in ihr drin. Ohne zu zögern lud sie ihn ein, mit hineinzukommen. Sie brauchten keine Worte mehr. Er löste das Band, das ihre Bluse am Hals zusammenhielt, und streifte sie ihr vom Körper. Darunter trug sie nur einen Spitzen-BH. Er schaute sie an. Sie genoss seine Blicke. Ihr Bauch, der ihr manchmal zu weich vorkam, störte sie nicht mehr. Sie griff nach seinem T-Shirt und zog es ihm über den Kopf, schlüpfte dann selbst aus ihren Shorts, während Goran seine Jeans abstreifte. Auf den Holzdielen unter ihren nackten Fußsohlen spürte sie feine Kiesel, die sie wohl vom Strand hereingetragen hatte. Sie küssten sich. Pia neigte ihren Kopf zur Seite, und Goran fuhr mit den Lippen ihren Hals entlang.

»Du schmeckst nach Salz«, murmelte er.

»Hm … Ich war schwimmen heute.«

»Bist du bereit?«

»Ich bin es.«

Am Morgen erwachte Pia als Erste, doch sie konnte Goran nicht lange beobachten, da schlug er schon selbst die Augen auf. Sie duschten gemeinsam. Es fühlte sich so gut an. Goran nahm etwas von ihrem nach Orangen duftenden Duschgel und seifte sie damit ein. Sie liebten sich noch einmal unter dem warmen Wasserstrahl.

Goran bestand darauf, das Frühstück zu machen. Er ging zum Bäcker, und kurze Zeit später saßen sie auf der Terrasse, tranken ihren Mokka und aßen frisches Brot mit Honig aus der Region.

»Ich habe nachgedacht«, sagte Goran, während er zum Meer schaute. Sein Haar war noch dunkel vor Nässe, auch sein T-Shirts war feucht. »Ich möchte ein Fest feiern, auf dem Hof unserer Familie, ein Fest zur Weinlese, und ich will dich dazu einladen. Ich möchte, dass sie alle mit dir reden und nicht über dich. Ich möchte, dass sie dich kennenlernen. Du bist mir sehr wichtig, Pia, sehr, sehr wichtig. Kannst du dir das vorstellen? Würdest du kommen?«

Während er gesprochen hatte, war er ihrem Blick ausgewichen. Nun schaute er sie fragend an.

Pias Herz klopfte heftiger. Die Idee war großartig, und das mit Goran war mehr, das spürte sie. Aber wollte sie wirklich schon seiner Familie gegenübertreten?

Warum denn nicht?, dachte sie. *Jetzt kannst du beweisen, dass du mutig bist.*

»Gern«, sagte sie. Ihre Stimme zitterte ein wenig, doch sie war sich ganz sicher. »Gern, ich denke, das ist eine gute Idee.«

»Hast du Angst?«

»Angst? Eher Respekt«, erwiderte sie, »vor der Situation.«

Sie lachten beide.

Wir sollten keine Geheimnisse mehr voreinander haben, dachte sie, wir sind uns so nahegekommen, wie Menschen sich kommen können.

Sie würde ihm alles sagen. Sobald das Fest vorüber war.

Pia fuhr schwitzend aus dem Schlaf und fröstelte fast im selben Moment. Der Traum war so intensiv gewesen, so real. Sie hatte ihn mit jeder Faser ihres Körpers gespürt. Sie konnte sich nicht erinnern, je einen so körperlichen, intensiven Traum gehabt zu haben. Sie hatte mit Goran unter der Dusche gestanden, dann war plötzlich Sebastian da gewesen. Sie hatte nach ihrem Handtuch gegriffen, aber es war so klein gewesen, dass sie ihre Blöße kaum hatte bedecken können. Sebastian hatte abwechselnd Goran und sie angestarrt.

Sebastian … Warum muss ich jetzt an ihn denken?

Pia saß noch für einen Moment unschlüssig auf dem Bett, dann stand sie auf, ging in die kleine Küche hinüber und schenkte sich ein Glas Wasser ein. Durch den nicht ganz geschlossenen Fensterladen fiel ein kleiner Streifen Licht. Vielleicht hatte sie das Mondlicht im Schlaf gestört. Pia ging zur Terrassentür und schob sie auf. Das Meer rauschte beruhigend. Es war wirklich sehr hell, eine unwirkliche Helligkeit, die den Garten wie verzaubert aussehen ließ, ein wenig, als wäre er mit flüssigem Silber übergossen worden. Und es war warm.

Das Frösteln, das irgendwo aus ihr drinnen zu kommen schien, ließ nach, und Pia lauschte wieder dem Rauschen. Es war beruhigend, nahm die Anspannung von ihr. Abgesehen von den Geräuschen der Natur war es still. Im Haupthaus schliefen alle. Keine Stimmen waren zu hören, keine Gläser, die aneinandergestoßen wurden, keine Trinksprüche in verschiedenen Landessprachen.

Der Traum zog sich langsam aus ihrer Erinnerung zurück. Pia versuchte, sich das Handtuch größer zu denken, und musste leise lachen. Zu Hause hätte sie sich geärgert, hier machte es nichts, dass sie mitten in der Nacht hellwach war und nicht mehr schlafen konnte. Sie wickelte sich in eine Decke und machte es sich auf der Gartenliege bequem.

Es würde sich etwas ändern, sie würde Abschied nehmen. Abschied von alten Gewohnheiten. Sie würde ihr Leben neu strukturieren. Vielleicht würde es ein Leben ohne Kinder sein. War das eine Option? Wollte sie das? Nein, das musste sie jetzt noch nicht entscheiden. Sie war ja noch nicht einmal dreißig. Vor Kurzem hatten diese Gedanken sie immer und immer wieder umgetrieben, aber es gab einen Unterschied zwischen mental vorbereitet zu sein und sich verrückt zu machen.

Langsam begann es hell zu werden. Pia ging ins Häuschen und holte ihr Reisetagebuch. Dann machte sie es sich wieder auf der Liege bequem und begann, ihre Gedanken aufzuschreiben.

Deutschland

Sechzigerjahre

Klaus hatte gesagt, dass der Sommer jetzt anfing, sein erster Sommer in Deutschland, und an diesem Tag fühlte es sich so an, als könnte er recht behalten. Einige wunderbar warme Junitage lagen hinter ihnen, in denen die Sonne den Asphalt zum Dampfen gebracht hatte. Sie leisteten sich manchmal einen Schwimmbadbesuch, doch heute machten sie einen Ausflug an den Rhein. Es waren diese Sommertage, die Branko an sein Zuhause denken ließen.

Wenn der Sommer vorbei war, musste Klaus wieder zur Uni. Dann würde er wieder häufiger allein sein, aber die Aussicht war nicht mehr so einschüchternd für Branko. Er hatte sich tatsächlich an das Leben in Deutschland gewöhnt, das Heimweh war nicht mehr so stark, dass er meinte, innerlich zu zersplittern, wenn man ihn mit seinen Gedanken und Träumen allein ließ.

Er schrieb jetzt täglich an Zlata, auch wenn er die einzelnen Briefbögen sammelte und nur einmal in der Woche abschickte.

Der Brief für diese Woche war schon im Briefkasten. Er hatte ihr seine neue Adresse mitgeteilt. In der kommenden Woche würde er ein kleines Apartment beziehen, eine Wohnung nur für sich allein. Er würde Kochzeile, Toilette und Dusche mit niemandem teilen müssen. Es fühlte sich sehr luxuriös an. Er hatte Zlata stolz davon berichtet.

Als es an der Tür klingelte, rief er durch das geöffnete Fenster hinunter, dass er gleich kommen werde. Er nahm den Korb mit dem Proviant, den er für sie beide eingepackt hatte, legte noch vier Flaschen Bier hinein. Die Flasche Slibowitz, die Duro ihm zum Abschied mitgebracht hatte, würden sie am Abend, wenn sie zurückkamen, öffnen. Auf dem Bett sitzend zog er sich die Turnschuhe an. Der Gedanke durchfuhr ihn, dass er Duro vermissen würde. Sie mussten sich unbedingt ab und zu auf ein Bier treffen.

Er zog die Tür hinter sich zu, schloss ab und sprang die Stufen hinunter. Klaus trug abgeschnittene Jeans und Sandalen, die er Jesuslatschen nannte und die Branko niemals angezogen hätte, auf dem Kopf hatte er einen zerrupften Strohhut. Sie umarmten sich, wie Männer das taten, klopften sich auf die Schultern, lachten.

Über Klaus' Schulter hinweg sah Branko den alten VW Käfer des Freundes. Er würde sich auch ein Auto kaufen. Vielleicht würde er sogar mit dem neuen Auto zu Zlata fahren. Er liebäugelte mit einem Mercedes oder einem Audi, was er allerdings vor Klaus verheimlichte. Der nannte die von Branko favorisierten Autos nämlich Rentnerkarren.

Klaus grinste, als er dem Freund jetzt die Autotür öffnete. Branko stellte den Korb auf die Rückbank und ließ sich vorsichtig auf den Plastiksitz mit dem Lochmuster sinken. Das Auto hatte einen ganz bestimmten Geruch, den er blind erkennen würde. Klaus klappte das kleine dreieckige Fensterteil auf. Es war warm draußen.

Branko machte es sich bequem, streckte die Beine aus, so weit er konnte. Jutta kam heute nicht mit, sie war zu Besuch bei ihren Eltern. Jutta besuchte ihre Eltern oft. Sie ist eine gute Tochter, dachte er. Klaus und Jutta schienen jetzt enger miteinander zu sein.

Er tauchte aus seinen Gedanken auf und schaute sich um. Klaus suchte im Radio nach einem Sender, der ihm gefiel. Er hörte gern Rock 'n' Roll, Blues, Black Music, wie man im Englischen sagte. In Deutschland hörte man viele englische Begriffe. Und man hörte viel mehr englischsprachige Lieder. Songs, wie es hieß.

Endlich schien Klaus das Passende gefunden zu haben. Er tappte im Rhythmus zur Musik mit der Hand auf das Lenkrad. Sie erreichten die vertraute Abbiegung, die Reifen holperten über den nicht asphaltierten Weg. Sie mussten langsam fahren, weil viele andere Ausflügler hierher unterwegs waren.

Als sie eine Parkmöglichkeit gefunden hatten, hielt Klaus das Auto an und stellte den Motor ab. Sie stiegen aus und gingen den Rest zu Fuß. Am Fluss breitete Klaus die karierte Decke aus, die kratzig, aber unempfindlich war und die immer in seinem Wagen lag. Sie machten das erste Bier auf, ließen die Flaschen gegeneinanderklingen und aßen Frikadellen mit Senf aus der Hand.

Achtunddreißigstes Kapitel

Kroatien, Insel Cres, Gegenwart

»Vielleicht sollte ich lieber nicht zu dem Fest kommen …« Pia wich Gorans und Katalinas Blick aus und schaute zum Meer hinüber. »Ich glaube, Zlata ist nicht wirklich gut auf mich zu sprechen, und dein Vater, Goran … Es kann schon sein, dass ich ein paar Ideen euer Gut betreffend habe, aber ich glaube nicht, dass ich das Recht habe, mich einzumischen.«

Sie schaute von Goran zu Katalina und wieder zurück. Es ging um die Neuerungen auf dem Gut der Katićes, und dieses Mal hatte Pia tatsächlich gewagt, einen Vorschlag zu machen.

Goran schüttelte den Kopf. »Pia, was redest du denn da? Natürlich mischst du dich nicht ein. Aber auf dem Fest wollen wir sowieso nicht über das Geschäft reden, das machen wir später wieder. Wir wollen feiern. Ich will, dass meine Familie dich kennenlernt. Hab keine Angst …«

»Ja, Pia, wir reden später mit Onkelchen«, mischte sich Katalina jetzt ein.

Pia nickte und war doch immer noch verunsichert. »Ja, gut, aber …«, sie suchte nach Worten, »es ist nur … Ich habe nachgedacht über Zlata … Ich bin wirklich unsicher, ob …«

»Auch Zlata wird sich an dich gewöhnen. Ich weiß gar nicht, was sie hat.« Goran sah sie aufmunternd an. »Du hast nichts getan, oder?«

Pia nickte zaghaft. Ja, dachte sie, ich hab nichts getan. Ich hab nur trotzdem das Gefühl, nicht ehrlich zu sein, weil ich immer noch nicht den Mut hatte zu erzählen, warum ich eigentlich hier bin.

Anfangs waren ihr die Menschen zu fremd gewesen, und jetzt hatte sie offenbar den Zeitpunkt verpasst.

»Komm schon, sag Ja«, bat Katalina. »Das wird ein super Fest! Wir feiern, tanzen, schlagen uns die Bäuche voll und trinken, bis wir nicht mehr stehen können. Wir Kroaten feiern gut, lass dir das gesagt sein!«

Pia musste nun doch lachen. Sich die elegante Katalina auf diese Weise vorzustellen wollte ihr nicht recht gelingen. Sie dachte wieder an Zlata – Zlata, die sie so seltsam angesehen hatte und deren Verhalten sie sich nicht erklären konnte.

»Aber Zlata …«

»Zlata ist eine ernste Frau«, wischte Katalina ihre Bedenken weg.

»Ich glaube, sie hatte es nie wirklich leicht im Leben. Sie war auch nie verheiratet, hat keine Familie mehr«, fügte Goran hinzu.

»Denkst du, das ist wichtig? Dass sie keinen abbekommen hat? Meine Güte, ich dachte, du wärst etwas aufgeschlossener, du alter Macho. Ich sollte dir die Freundschaft kündigen.«

»Bitte nicht … Aua!«

Katalina boxte ihren Cousin gegen den Arm.

»Ich glaube, Zlata hatte einfach keinen Bedarf an Männern wie euch. Sie ist nämlich eine kluge Frau.« Sie wandte sich an Pia. »Sie hat sogar unterrichtet, weißt du.«

»Ist ja schon gut. Aber du musst zugeben, dass sie immer sehr verschlossen war«, fügte Goran murrend hinzu und rieb sich den Arm.

»Ja, ja … Du weißt doch, was sie von ihrer Mutter erzählen.« Katalina schüttelte den Kopf. »Übrigens freut Marija sich unglaublich auf dieses Fest. Sie hat mir gesagt, dass sie es nicht erwarten kann, endlich mal wieder richtig zu kochen.«

»Ach komm schon, Pia«, forderte Goran sie noch einmal auf.

Pia seufzte. Warum eigentlich nicht? Sie wollte sich doch nicht mehr durch ihre ständigen Bedenken von den schönen Seiten des Lebens abhalten lassen.

»Na gut«, willigte sie schließlich ein. »Kann ich bei der Vorbereitung helfen?«

Sie durfte natürlich nicht helfen. Bei den Katićes war ein Gast ein Gast.

Am kommenden Wochenende war es so weit. Pia zog einen Sommerrock an, den sie auf dem Markt erstanden hatte, und eine weiße Bluse und schlüpfte in ihre Saltwaters. Sie trug etwas Make-up auf und Lipgloss, bürstete ihr Haar und betrachtete sich im Spiegel. Sie zögerte, dann nahm sie es doch zusammen und steckte es zu einem wuscheligen Dutt auf.

Ich gefalle mir, dachte sie, während sie sich einen letzten prüfenden Blick schenkte. Die leichte Bräunung, die ihre Haut angenommen hatte, ließ sie frischer und gesünder aussehen. Pia nahm ihre Tasche und machte sich auf den Weg.

Der Hof der Familie Katić war geschmückt, ein paar Kinder spielten kichernd Hüpfekästchen. An der grauen Hauswand hing eine alte Laterne, in der ein Licht flackerte, in den Sträuchern tanzten kleine Lampions im Abendwind. Jetzt im September wurde es schon recht früh dunkel auf Cres. Unter dem Olivenbaum war eine lange Tafel aufgebaut, an der sicherlich dreißig Leute Platz finden würden. Vor dem Hauseingang standen Ginsterzweige in einer riesigen Vase, das sah sehr hübsch aus, obwohl Ginster im Herbst natürlich nicht mehr blühte. Von drinnen klang leise Musik heraus. Balkanpop. Überall im Hof standen Frauen und Männer, die fröhlich miteinander schwatzten und lachten, rauchten und tranken. Goran hatte ihr erzählt, er habe die Nachbarn eingeladen, die Erntehelfer und alte Schulkameraden. Pia atmete auf, sie war nicht die Erste.

Katalina kam strahlend auf sie zu und begrüßte sie, sie sah in ihrem bodenlangen nachtblauen Kleid einfach bezaubernd aus. Pia nahm Zlata wahr, die auf der Brunnenmauer saß, doch die blieb an ihrem Platz sitzen, sie nickte ihr nur zu. Jetzt kam auch Goran. Er nahm sie kurz in den Arm und zog sie dann mit sich.

»Komm rein!«, rief er. »Ich zeig dir, was meine Mutter und Zlata vorbereitet haben. Du musst das Buffet sehen, bevor sich alle draufstürzen.« Der Küchentisch, der in der Mitte des Raumes stand, war überladen mit Speisen. Marija stand am Herd und war in ihrem Element. Man konnte ihr ansehen, wie gern sie kochte. Es duftete wunderbar. Immer wieder stellte sich jemand neben sie und versuchte, in die Töpfe zu lugen oder zu naschen, doch Marija wehrte die Neugierigen alle ab. »Mama«, sagte Goran, »ich möchte dir Pia vorstellen. Pia, das ist meine Mutter.«

»Guten Tag, Frau Katić, *dobar dan.*« Pia reichte Gorans Mutter die Hand. »Das sieht ja unglaublich aus … Vielen Dank für die Einladung.«

Goran übersetzte und seine Mutter antwortete. »Es ist mein Fest, sagt meine Mutter. Sie sorgt nur für das leibliche Wohl. Im Übrigen … Sie möchte, dass du sie Marija nennst. So nennen sie hier alle. Sie freut sich, dich kennenzulernen.«

Pia spürte, wie sie sich entspannte, obwohl die netten Worte sie verlegen machten. Sie mochte Marija auf Anhieb und konnte sich nicht vorstellen, dass es jemanden gab, der sich mit Gorans Mutter nicht verstand.

Ich hab mich so vor diesem Tag gefürchtet, ganz umsonst.

Pia hoffte, dass auch Gorans Vater sie freundlich aufnahm.

Pia probierte alles, und mit jeden Bissen schmeckte es ihr besser. Marija war eine wirklich gute Köchin, Pia lobte sie gestenreich. Ohne viele Worte verstanden sie sich, und es tat gut. Jeder bediente sich in der Küche, nahm dann seinen Teller mit nach draußen und suchte sich ein Plätzchen an der langen Tafel. Es wurde reichlich Wein ausgeschenkt. Irgendwann standen Slibowitz-Flaschen auf dem Tisch, und die Geschichten, die die Runde machten, wurden lauter und lustiger. Pia lauschte den fremden Worten, die Goran und Katalina für sie übersetzten.

Irgendwann kam Goran mit seinem Vater, und sie lernte auch ihn kennen. Er war reservierter als Marija, gab ihr ernst die Hand.

»Er freut sich ebenso wie meine Mutter, dass du unser Gast bist«, sagte Goran.

Pia war sich nicht sicher, ob Goran ganz ehrlich war, aber sie wollte nichts Schlechtes von seinem Vater denken. Die Kroaten waren gastfreundlich, hatte er gesagt, wenn sein Vater auch stur war.

Als Goran neue Gäste begrüßte, die erst etwas später gekommen waren, wanderte ihr Blick zu Zlata, die nur wenig gegessen hatte, wenig sprach, sie jedoch immer wieder beobachtete.

Pia war verunsichert. Obwohl sie inmitten der Gäste saß, wirkte Zlata, als gehörte sie nicht dazu, ja, als wollte sie gar nicht dazugehören, Goran stellte sie ihr auch nicht vor. Zlatas Blick wirkte verschlossen. Es erschien Pia, als würden auch die Nachbarn und Freunde sie meiden, nur Marija ging manchmal zu ihr hinüber, und dann wechselten die beiden ein paar Worte.

Obgleich Zlata einige Jahre älter war, waren die beiden Frauen schon seit ihrer Kindheit beste Freundinnen, das hatte Goran ihr erzählt. Marija ließ nichts auf ihre Freundin kommen, und weil Gorans Mutter so beliebt war, hatte wohl auch die Außenseiterin Zlata ihren unangefochtenen Platz.

Als auch der Letzte nichts mehr essen wollte, räumten die Frauen das Geschirr ab. Pia schloss sich ihnen an, was mit einem Lächeln quittiert wurde. Auch Katalina kam dazu, wenn sie auch zumeist mit einem Geschirrtuch in der Hand an der Wand lehnte, redete und für Pia übersetzte. Die anderen Frauen waren neugierig und verloren nach und nach ihre Scheu. Man wollte wissen, wo sie herkam, was sie arbeitete, ob sie verheiratet war und vielleicht sogar Kinder hatte.

Pia schluckte und verneinte die letzten beiden Fragen.

Die Frauen lächelten sie an. Zwei hatten auch noch keine Kinder, eine wollte keine, was aufgeregtes Geschnatter hervorrief.

»Warum willst du denn keine Kinder haben? Es gibt doch nichts Schöneres!«, übersetzte Katalina für Pia.

Ja, warum wollte man keine Kinder haben? Pia konnte das nur schwer nachvollziehen.

Eine der jungen Frauen zeigte stolz die Bilder ihrer Kleinen.

Dann kam Goran in die Küche und machte sich daran, Mokka auf dem Herd zu brauen. Pia stellte sich neben ihn und schaute ihm zu. Sie sprachen ein wenig über dies und das. Seine Gegenwart gab ihr Sicherheit. Die Stimmen der Männer draußen wurden auf einmal lauter, sodass man die Musik kaum noch hören konnte. Es gab Beschwerden, einen raschen, temperamentvollen Wortwechsel, dann wurde die Anlage einfach etwas weiter aufgedreht.

Die Ersten begannen im Hof zu tanzen. Jemand öffnete die Fenster und schob im benachbarten Wohnzimmer die Türen zum Hof weiter auf. Die typischen Geräusche einer spätsommerlichen Nacht mischten sich mit denen, die aus dem alten Haus drangen. Pia suchte einen Platz fernab der Tanzfläche, die die Männer am Nachmittag aus groben Brettern gezimmert hatten, wie ihr erzählt wurde. Sie sah zu, wie Goran mit seiner Cousine tanzte.

Ob Katalina sich Kinder wünscht? Und Goran?

Die Fragen der Frauen hatten tatsächlich die Erinnerungen wachgerufen. Pia lauschte dem aufgeregten Geschrei der Kinder. Eines der kleineren Mädchen war auf dem Schoß seiner Mutter, die unter dem alten Olivenbaum saß, allem Lärm zum Trotz eingeschlafen. Ein paar der älteren Kinder waren in den Baum hinaufgeklettert.

Goran kam jetzt zu ihr und zog sie auf die Tanzfläche.

»Komm, wir tanzen.«

»Aber, ich kann das nicht.«

»Natürlich kannst du.« Er hielt sie mit der linken Hand und schwenkte mit der rechten ein kleines weißes Tuch. Die Schrittfolge war eigentlich einfach: einmal einen halben Schritt nach vorne, dann einen halben Schritt über Kreuz nach hinten. Es war ein Rundtanz, wie man ihn fast überall in Südeuropa fand. Sie durfte nur nicht nachdenken, musste sich nur den Bewegungen hingeben. Irgendwann hörte die Musik kurz auf, und sie blieben voreinander stehen.

»Siehst du«, sagte er.

»Das war schön«, bestätigte sie.

Pia blickte sich suchend nach ihrer Tasche um und erinnerte sich dann, dass sie sie in der Küche hatte stehen lassen. Rasch ging sie zurück ins Haus, blickte sich suchend um. Sie merkte, dass sie viel Wein getrunken hatte. Zu viel? Das Gelächter, die Musik, die Stimmen der Kinder, die in der Küche um den Küchentisch Nachlaufen spielten und die sie nicht verstand, machten sie auf einmal ganz durcheinander. Marija, die das Geschirr wegräumte, lächelte sie verständnisvoll an.

In dem Moment, in dem sie ihre Tasche entdeckte, sprang

eines der Kinder, ein kleiner Junge, von dem Stuhl, an dessen Lehne die Tasche hing. Sie fiel herunter.

Pia erstarrte. Lipgloss, Sonnenbrille, ihr Reisetagebuch, der kleine Spiegel, den ihre Großmutter ihr einmal aus einem Urlaub mitgebracht hatte, ihre Bürste, alles war herausgerutscht … Und das Fotoalbum, das sie mitgebracht hatte in der Hoffnung, an diesem Abend vielleicht den Mut zu finden, jemanden nach den Menschen zu fragen, die darin abgelichtet waren.

Opa Klaus' Album lag aufgeschlagen da. Die Kinder verharrten in ihrem Spiel, sie sahen Pia gespannt an. Kurz war es ganz still, dann kam Goran zur Tür herein.

»Was ist passiert?«, fragte er und sah dann ihr Dilemma. »Ach das, das haben wir gleich.«

Rasch bückte er sich, steckte ihre Habseligkeiten in die Tasche zurück. Er nahm das kleine Album, um es zuzuklappen, und verhielt dann in der Bewegung, sah erstaunt auf die aufgeschlagene Seite.

»Woher hast du das?«, fragte er.

Pia war verunsichert. Wieso fragte Goran das?

Jetzt rief Goran etwas auf Kroatisch nach draußen. Im nächsten Moment kam sein Vater zur Tür herein, hinter ihm Zlata. Marija sah Goran fragend an. Er reichte ihr das Album und sagte wieder etwas.

Marija starrte das Bild auf der aufgeschlagenen Seite ebenso ungläubig an, wie ihr Sohn es getan hatte. »Zlata«, sagte sie leise, »Zlata.«

Und dann sah Pia Tränen in ihren Augen.

Neununddreißigstes Kapitel

Irgendjemand machte schließlich die Musik aus. Irgendwie breitete sich die Nachricht unter den Feiernden aus, dass etwas geschehen war. Immer mehr Gäste kamen in die Küche, stellten sich um Zlata, Marija, Goran und seinen Vater. Alle redeten durcheinander.

Katalina zog Pia auf die Küchenbank und erklärte ihr, weshalb die anderen so aufgeregt waren.

»Zlata hat wohl schon die ganze Zeit geahnt, dass es irgendeine Verbindung zwischen dir und früher gibt«, sagte sie. »Deshalb war sie so distanziert dir gegenüber. Ich bin froh, dass wir das jetzt klären können.«

Zlatas Hände zitterten, so aufgewühlt war sie. Marija legte den Arme um die Freundin und bat Goran und Petar, den Gästen noch einen Schnaps einzuschenken. Ein paar wünschten bereits eine gute Nacht, andere gingen wieder hinaus und setzten sich draußen unter den Baum, um bei einem letzten Glas den Abend ausklingen zu lassen.

Marija führte Zlata in das kleine Zimmer, das ihr eigenes geblieben war, weil sie eben nur einen Jungen bekommen hatte und nicht zwei Kinder, wie sie sich das immer gewünscht hatte. Immerhin habe ich das Beste daraus gemacht, dachte Marija, ich habe mir einen Raum geschaffen, der nur für mich ist.

Zlata setzte sich auf das himmelblaue Sofa, das Goran seiner Mutter einmal aus Rijeka mitgebracht hatte. Die Kissen auf dem Sofa waren weiß wie Wolken, die Kissenhüllen hatte sie selbst gehäkelt.

Draußen war es jetzt erstaunlich still. Tatsächlich mussten die meisten Gäste nach Hause gegangen sein. Die Neuigkeiten würden sich in Windeseile im Ort verbreiten und wahrscheinlich bald auch darüber hinaus.

»Ich werde uns einen Tee aus Lindenblüten aufbrühen«, sagte Marija zu Zlata. Sie dachte daran, dass sie am kommenden Morgen viel zu erklären haben würde.

Als sie zurückkam, saß Zlata mit kerzengeradem Rücken auf der Sofakante und schaute der Freundin entgegen. »Ich hatte recht«, sagte sie kaum hörbar.

Marija reichte ihr den Tee. »Aber sie ist viel zu jung«, bemerkte sie nachdenklich und fügte dann hinzu: »Trink, das wird dir guttun.«

Zlata senkte gehorsam den Kopf und atmete tief den warmen Lindenblütenduft ein. Marija setzte sich neben sie. Es war gut gewesen, dass sie die Freundin von den anderen weggebracht hatte. Sie wusste, dass Zlata es nicht aushalten konnte, wenn jemand sie schwach sah. Sie war immer stark gewesen. Sie hatte es nicht anders gelernt.

Zlata trank einen Schluck Tee und stellte die Tasse dann auf dem kleinen Beistelltisch ab. »Ja, sie ist zu jung«, sagte sie. »Aber sie besitzt dieses Album. Sie muss etwas damit zu tun haben … Du hast es doch auch gesehen. Das waren wir da am Strand.« Sie schaute Marija an. »Sie muss ihn kennen.«

»Manchmal kaufen Leute alte Fotos auf Flohmärkten«, überlegte Marija.

»Alte Fotos?« Zlata lehnte sich in ihrem Stuhl zurück. »Ein ganzes Album mit Fotos von Fremden? Wirklich? Warum sollte jemand so etwas tun?«

Marija zuckte mit den Schultern. »Stimmt, es klingt komisch ...«

Es war zu absurd. Sie wusste, dass das nicht die Antwort sein konnte. »Was willst du jetzt tun?«

Zlata trank noch einen Schluck Tee und stellte ihre Teetasse dann wieder ab.

»Ich weiß es nicht«, sagte sie leise. »Ich weiß es nicht. Ich wünsche mir so sehr, dass sie mir etwas sagen kann, und gleichzeitig hab ich furchtbare Angst davor. Es ist alles so lange her. Ich habe mein Leben gelebt, ein gutes Leben, wie ich finde. Ob sie mir sagen kann, was mit Branko geschehen ist? Was, wenn er noch lebt? Was mache ich dann?«

»Woher hast du dieses Album, Pia?« Goran war von draußen hereingekommen und setzte sich zu ihr und Katalina an den Küchentisch. Das Album lag vor ihnen. Pia traute sich kaum, es anzufassen. »Woher sind diese Fotos? Das ist meine Familie auf diesen Bildern, verstehst du?« Er sah sie forschend an.

Pia suchte nach Worten. Ja, wie war ihr Großvater an diese Fotos gekommen? Er hatte sie selbst aufgenommen, aber zu welcher Gelegenheit? Sie wusste es ja nicht. Sie hatte keine Ahnung.

»Bist du aus diesem Grund hergekommen?«, fragte Katalina. Sie stellte das Gläschen Slibowitz, das sie sich auf den Schreck hin eingeschenkt hatte, mit einem leisen Klacken auf den Tisch zurück. »Kennengelernt habt ihr euch aber doch zufällig«, fügte sie dann lächelnd hinzu.

Goran runzelte die Stirn. »Du hättest mir sagen können, dass du hier etwas suchst. Findest du nicht? Du machst nicht nur ein Sabbatjahr, oder?«

Pia räusperte sich peinlich berührt. »Ich mache ein Sabbatjahr«, erklärte sie dann. »Vielleicht glaubt ihr mir nicht, aber ich habe dieses Album zufällig bei meinem Großvater gefunden, als ich ihm beim Umzug half. Es hat mich magisch angezogen. Ich weiß nicht, warum. Es kam mir einfach eigenartig vor, dass er es uns nie gezeigt hatte, versteht ihr? Und dann hatte ich urplötzlich die Idee, hierherzufahren und herauszufinden, was es mit der Insel Cres auf sich hat. Ich wollte euch nicht nachspionieren.«

»Du hättest doch mit mir sprechen können.« Goran sah sie fast ein wenig ungehalten an.

»Himmel!« Katalina schüttelte den Kopf. »Jetzt streitet euch doch nicht. Pia versucht, etwas über ihren Opa herauszufinden. Warum nicht? Es gibt Schlimmeres. Sie hat es dir eben noch nicht gesagt. Was ist dabei?«

»Ich wollte deine Eltern fragen, ob sie jemanden auf den Fotos erkennen, Goran. Sogar Ivo wollte ich fragen, aber irgendwie hab ich mich noch nicht dazu durchringen können. Ich wusste einfach nicht, wie ich es anfangen soll. Wahrscheinlich …«, Pia senkte beschämt den Blick, »… wahrscheinlich, weil es mir peinlich ist, dass mein Großvater nicht weiß, dass ich das Album mitgenommen habe. Ich hatte einfach Skrupel.«

»Du wusstest, dass es um meine Familie geht?«, fragte Goran.

»Nein. Das wusste ich nicht. Ganz bestimmt nicht. Bis eben.« Pia sah ihn fest an.

Goran schüttelte kaum merklich den Kopf. »Das kann ich kaum glauben!«

»Goran, bitte … Ich schwöre dir, ich wusste es nicht.« Pia verschränkte wie Schutz suchend die Arme vor dem Körper. »Ich hab deine Eltern doch heute Abend erst kennengelernt, Zlata hab ich vorher nur von Weitem kurz gesehen. Sieh dir die Leute auf den Fotos doch an, die Gesichter kann man nicht mal richtig erkennen. Ich erkenne ja meinen eigenen

Großvater kaum.« Pia zweifelte plötzlich daran, dass es ihr wirklich gelingen konnte, sich verständlich zu machen.

Habe ich zu lange gewartet?

Nein, alles hatte seine Zeit, und ihre Zeit war eben noch nicht gekommen. Mehr noch, sie musste diese Fotos eigentlich niemandem zeigen. Sie fühlte sich ja nur verpflichtet dazu, weil sie und Goran sich nähergekommen waren.

Sie hatte keine Vorstellung, zu welchen Gelegenheiten diese Fotos entstanden waren. Sie hatte den Ort sehen wollen, an dem ihr Großvater so offensichtlich glücklich gewesen war – und sie hatte Abstand gewinnen wollen, von den Dingen, die in ihrem Leben geschehen waren.

»Ich glaube, ich lasse euch mal kurz allein«, hörte sie Katalina sagen.

Pia hätte sie am liebsten festgehalten. Katalina war diejenige, die am verständnisvollsten war. Goran wirkte auf einmal so abweisend.

Warum nur?

Ich wusste, dass es falsch war, die Einladung anzunehmen, fuhr es Pia durch den Kopf, ich hatte schon so ein Gefühl, dass etwas schieflaufen würde.

Katalina kam wieder herein und setzte sich zu ihnen. Sie sagte etwas auf Kroatisch zu Goran. Pia meinte, den Namen Zlata verstanden zu haben. Erst jetzt bemerkte Pia, wie müde Gorans Cousine aussah. Ihr Make-up war verlaufen, was sie aber irgendwie noch bezaubernder aussehen ließ.

»Bitte, Goran, hör mir zu. Ich wollte euch wirklich nicht ausspionieren.«

Goran seufzte und sah sie entschuldigend an. »Eigentlich weiß ich das doch, Pia.«

»Niemand spricht von so etwas«, sagte Katalina mit warmer Stimme, rückte näher an Pia heran und streichelte ihr den Rücken.

In diesem Moment erst bemerkte Pia, dass sie kurz davorstand, in Tränen auszubrechen. Sie fühlte sich schrecklich. Im Hof war es jetzt still. Es war tiefe Nacht. Alle Gäste waren gegangen.

Sie bat um ein Glas Wasser. Goran brachte es ihr, doch ihr Hals fühlte sich auch nach dem Trinken noch rau an.

»Das Album gehört, wie gesagt, meinem Großvater. Ich habe es zufällig zwischen seinen Sachen gefunden, als ich meinen Großeltern beim Umzug half. Ich … ich war in einer schwierigen Phase. Mein Freund … er hatte sich plötzlich von mir getrennt, nach sieben Jahren.« Jetzt war es endlich heraus. Pia hielt kurz inne, nahm noch einen Schluck Wasser, spürte jäh, dass das Reden sie befreite. »Die Dinge liefen nicht richtig in meinem Leben«, fuhr sie fort. »Bis zu diesem Zeitpunkt hatte ich gedacht, ich wüsste wenigstens alles über meine Großeltern. Ich dachte, ihre Beziehung wäre perfekt, aber jetzt … Ich habe so ein seltsames Gefühl, so als ob ich mich geirrt hätte …«

Es war früher Morgen, als sie sich trennten. Goran ließ es sich nicht nehmen, Pia nach Hause zu bringen. Als er zurückkehrte, war Katalina noch wach. Wortlos setzte er sich neben sie auf die Bank vor dem Haus.

»Zlata ist in meinem Bett eingeschlafen«, sagte Katalina. »Kannst du dir das vorstellen? Sie hat geweint.«

»Hm …«

»Musstest du wirklich so streng mit Pia sein?«

Goran schüttelte den Kopf. Warum war er so zu Pia gewesen? Warum hatte es ihn so gestört, dass sie ihm nicht gleich ihre Geschichte erzählt hatte? Lag der Grund vielleicht darin, dass er ihr *seine* Geschichte auch noch nicht erzählt hatte? Die Wahrheit darüber, was in seinem Leben geschehen war?

Wie viel Wahrheit war nötig, um neu anzufangen?

Er wusste es nicht, aber er hatte eine Ahnung, dass Katalina sehr präzise Vorstellungen davon hatte.

Wie lange würde sie also noch schweigen?

Kroatien
Insel Cres

Sechzigerjahre

Klaus verstaute Pass und Touristenvisum sorgfältig in einer Mappe, holte das Serbokroatisch-Lehrbuch hervor und blätterte darin. Irgendwo zwischen den Seiten steckte ein Rosmarinzweig. Marija hatte ihm den Zweig zum Abschied geschenkt. Er schloss die Augen und erinnerte sich, wie sie vor ihm gestanden hatte, halb Mädchen noch, halb schon die Frau, die sie einmal sein würde. Sie hatte entschlossen ausgesehen, der Wind hatte an ihrem rotbraunen Haar gezaust. Hinter ihr hatte Zlata gewartet, deren Anblick wieder bewirkt hatte, dass sich sein Magen zusammenzog. Er rieb ein paar Nadeln vorsichtig zwischen den Fingern, sie zerbröselten zu graugrünem Staub. Ein unvergleichlicher Geruch stieg ihm in die Nase.

Voller Vorfreude stieg er wieder in seinen Käfer und verließ den Grenzparkplatz. Er machte erneut einen Abstecher auf die Halbinsel Istrien, auf der er schon bei seinem ersten Besuch gewesen war. Damals war er das letzte Stück per Anhalter gefahren. Schmunzelnd dachte er an seinen Chauffeur, der ihn mit dem klapprigen alten Zastava mitgenommen und ununterbrochen geraucht hatte.

Klaus kurbelte die Fensterscheibe herunter und genoss den Fahrtwind. Kilometerlang fuhr er an immergrünen Büschen, Olivenbäumen und Eichen entlang in Richtung Rovinj, dahinter lockte ein wildes, felsiges, aber flaches Ufer. Im Ort fand er ein Fischrestaurant, vor dem ein paar Fischerboote im Wasser dümpelten, und gönnte sich ein Mittagessen. Dann suchte er nach einem schönen Plätzchen etwas abseits, um sich ein bisschen auszuruhen. Aber in den Pinienhainen lag überall Müll.

Er fuhr weiter, machte eine Pause bei einem Tässchen Mokka in einem Café, las über den italienischen Einfluss an der langen jugoslawischen Küste. Der Grenzvertrag von Rapallo hatte Italien ganz Istrien mit Rijeka, den Inseln Cres, Lošinj, Lastovo und Palagruža zugesprochen, aber auch die Stadt Zadar weiter südlich. Slawische Familiennamen waren unter Mussolini italienisiert worden. Heute sagte man oft, Kroatien bestehe aus zwei Teilen: aus dem Norden und der Gegend um Zagreb zum einen, und zum anderen aus der Adriaküste und ihrem Hinterland. Hinter Ogulin verlief die Grenze zwischen Mitteleuropa und dem Mittelmeerraum, zwischen dem Einfluss aus Wien und dem von Venedig.

Die Menschen auf den Inseln hatten sich Italien immer näher gefühlt. Sie bestiegen eher ein Boot, als über Land zu gehen. Ihnen lag der Weg über das Meer näher als das weglose, gebirgige, bedrohliche Hinterland mit seinen Räubern und Giftschlangen.

Klaus fuhr über Opatija und Rijeka weiter nach Senj und verbrachte den Nachmittag und den Abend in der schönen geschichtsträchtigen Stadt, die Branko ihm so ans Herz gelegt hatte. Um Geld zu sparen, übernachtete er in der kommenden Nacht in seinem Wagen.

Am nächsten Morgen machte er sich auf den Weg zurück zum Fähranleger nach Rijeka. Die Anspannung, die ihn auf der letzten Etappe der Reise befallen hatte, löste sich wieder, als sein Käfer auf die Fähre nach Cres rollte. Er stieg aus und schaute auf das Meer hinaus. Noch knapp zwei Stunden vielleicht, und er würde sie alle wiedersehen. Er freute sich auf die beiden alten Bauersleute, bei denen er auch in diesem Jahr gegen etwas Arbeit wohnen durfte. Er freute sich darauf, sich in der alten Zinkbadewanne zu waschen. Er freute sich darauf, durch Vogelgesang geweckt zu werden und seinen Freunden zu zeigen, wie viel Kroatisch er schon gelernt hatte. Er freute sich darauf, am Strand beim Plätschern der Wellen einzuschlafen. Ja, er freute sich auf seine Freunde, und er war sich sicher, dass sie sich ihm trotz der langen Trennung nicht entfremdet haben würden.

Klaus war wieder da. Marija hatte ihn als Erste gesehen, denn sie war zufällig gerade zu der Zeit mit ihrer Mutter am Hafen gewesen, als er mit seinem schicken kleinen Auto von der Fähre gefahren war. Er hatte gehupt und gewinkt, nur ihretwegen. Am liebsten wäre sie sofort losgerannt, um allen Bescheid zu sagen, aber ihre Mutter hatte sie nicht aus den Augen gelassen. Sie sollte ihr beim Einkaufen helfen.

Wenn Klaus kam, dann fing der Sommer an. Dann waren sie lange gemeinsam unterwegs, ließen es sich gut gehen und die Sorgen hinter sich. Dann verbrachte Branko viel Zeit damit, Zlata jeden Wunsch von den Augen abzulesen und von der Zukunft zu träumen. Noch glaubte Branko, seine jüngere Schwester hätte nichts gemerkt, aber da irrte er sich. Ihr war nur zu klar, dass ihr Bruder Zlata auf ganz besondere Art anschaute.

Manchmal bemerkte er selbst es noch nicht einmal, doch wenn man ihn dabei erwischte, wurde er puterrot. Er liebte sie. Die blonde Zlata mit den blauen Augen, schlank und groß zwischen all den anderen. Sie hatte etwas so Stolzes an sich, das Marija von keinem anderen Menschen kannte. Zlata wirkte immer so geradlinig, sie war so streng mit sich selbst – wie ihre Mutter. Marija kannte Zlata und wusste um die Probleme, die die Freundin zu Hause hatte. Sie kannte Zlata so gut, wie kein anderer sie kannte. Sie und Zlata waren sich nahe wie Schwestern.

Auch Klaus sah Zlata manchmal an, wie ihr Bruder es tat, aber er konnte sich besser beherrschen.

Zlata war das schönste Mädchen auf Cres. Sie verdrehte den Männern den Kopf, indem sie nur an ihnen vorbeiging. Da war etwas in ihren Bewegungen, in der stolzen Haltung … Sie strahlte etwas aus, das kein anderes Mädchen in Cres ausstrahlte, etwas Geheimnisvolles …

Marija bewunderte das. Sie hoffte, dass auch sie eines Tages Begehren in einem Mann wecken würde.

Vierzigstes Kapitel

Kroatien, Insel Cres, Gegenwart

»Ich hatte die ganze Zeit das Gefühl, Sie zu kennen, aber ich war mir nicht sicher. Als ich die Fotos sah, war es mir sofort klar. Sie sind also Klaus' Enkelin … Sie sehen ihm ähnlich, wissen Sie das?«

Pia stand in der Tür ihres Gartenhäuschens und wusste nicht, ob sie den überraschenden Besuch hereinbitten sollte oder nicht.

»Woher können Sie so gut Deutsch?«, fragte sie.

»Ich hab es gelernt, weil ich dachte, dass Branko mich vielleicht eines Tages nach Deutschland holt. Außerdem habe ich immer gern gelernt. Meine Abende waren einsam. Ich war viel zu Hause und hatte wenig Besuch. Der Kopf braucht Beschäftigung, nicht wahr?«

Zlata sah sie forschend an. Pia nickte unsicher. »Ja …«

»Darf ich hereinkommen?«, fragte die ältere Frau nun.

»Entschuldigen Sie, natürlich …« Pia trat zur Seite. Sie sah, wie Zlata den Raum durchschritt, vor der Terrassentür stehen blieb und hinaussah. »Setzen wir uns raus?«, fragte sie spontan.

»Gern«, stimmte Zlata zu, »was für ein hübsches Häuschen. Und so ein schöner Garten. Könnte ich vielleicht ein Glas Wasser haben?«

»Natürlich.«

Pia holte ein Tablett, stellte zwei Gläser darauf, eine Flasche Mineralwasser und ein Schälchen Salzgebäck. Als sie nach draußen kam, hatte Zlata sich gesetzt.

»Ich hoffe, Sie verzeihen mir. Ich bin nicht mehr die Jüngste.«

Pia nahm eine leichte Koketterie in Zlatas Blick wahr. Sie war immer noch eine schöne Frau. Goran hatte ihr erzählt, dass sie schon über siebzig war, sie sah viel jünger aus. Pia stellte das Tablett ab und schenkte ihnen Wasser ein.

»Wie war mein Großvater damals?«, platzte sie heraus.

»Nett, sehr nett. Er war Brankos Freund. Branko war mein Verlobter. Er hat ihn eines Tages einfach mitgebracht. Marija war wohl ein bisschen verliebt in ihn. Sie war die Jüngste von uns. Sie hat ihn umschwärmt, aber ich weiß nicht, ob er das überhaupt bemerkt hat. Junge Männer tendieren dazu, kleine Mädchen zu übersehen.« Sie sah für einen Moment lächelnd in die Ferne. »Jedenfalls verstanden wir uns sofort gut. Klaus brachte uns dazu zu träumen, und natürlich träumte er auch. Ich glaube, wir träumten damals alle von einem anderen, zumindest einem besseren Leben. Ich wünschte mir ein Leben mit Branko, auf jeden Fall ein anderes Leben für mich und meine Mutter.«

Unabhängiger Staat Kroatien
Insel Cres

Vierzigerjahre

Aleksija hatte ihr kleines Mädchen gewickelt und zurück in sein Bettchen gelegt, wo es still lag und wie so oft mit großen Augen gegen die Decke starrte. Am Anfang hatte die kleine Zlata viel geweint, und Aleksija hatte es schier das Herz zerrissen, sie nicht aus dem Bettchen nehmen zu können. Ein Kind durfte nicht verwöhnt werden, mit einem Kind musste man streng sein. Sie wusste, dass sie Haltung bewahren musste. Sie durfte ihrer Schwiegermutter gegenüber keine Schwäche zeigen, wollte sie doch wenigstens ein wenig Respekt entgegengebracht bekommen.

Mit ihrer Enkelin gab sich ihre Schwiegermutter nicht ab. Die kleine Zlata war kein Junge und hörte deshalb kein liebevolles Wort. Dass Aleksija nur ein Mädchen geboren hatte, zeigte ihrer Schwiegermutter nur einmal mehr, dass sie eine Versagerin war.

Aleksija verwöhnte ihr Kind nicht. Sie musste auf dem Hof und im Haus mithelfen, da konnte sie sowieso nicht den lieben langen Tag mit ihrer Tochter herumturteln, sosehr es sie auch verlocken mochte. Es war Krieg. Die Arbeitskräfte fehlten an allen Ecken und Enden. Aleksija wünschte sich so sehr, dass die Familie ihres Mannes sie mochte. Sie wollte Liebe erfahren, Zuneigung. Aber für ihre Schwiegermutter würde sie immer die bleiben, die ihr den Sohn genommen hatte.

Sein letzter Brief war vor vielen Wochen gekommen. Aleksija fürchtete um ihren Mann. Sie hätte gern jemanden gehabt, mit dem sie ihre Furcht teilen konnte, aber hier auf der Insel war sie nur geduldet. Also machte sie ihre Arbeit, beschwerte sich nicht und lernte zu schweigen.

Einundvierzigstes Kapitel

Kroatien, Insel Cres, Gegenwart

Erst zwei Tage nach dem Fest fand Goran Zeit, Pia im Gartenhaus zu besuchen. Es gab zu viel zu tun auf dem Gut. Er wusste von Zlatas Besuch. Doch was auch immer geschehen war, als er nun vor Pia stand, war es, als wäre nichts gewesen. Sie redeten bis in die Nacht hinein. Es wurde spät.

»Bleibst du?«, fragte Pia.

»Ist das das Richtige?«

»Es ist nicht das Falsche«, gab sie zurück.

Die Laken auf dem Bett waren warm, als sie sich darauf legten. Es war warm im Zimmer, so wie es auch draußen selbst in der Nacht noch warm war. Ihre Körper waren bald schweißnass. Es störte sie nicht.

Wir können neu beginnen. Jetzt, da er mein Geheimnis kennt.

Goran küsste sie, als sie sich voneinander lösten. »Ich hab furchtbaren Durst«, sagte er. »Du auch?«

»Und wie!«

Goran füllte einen Krug mit Wasser, nahm Gläser und gab ein paar Zitronenscheiben hinein. Er schenkte ihnen ein. Pia setzte sich auf, leerte ihr Glas in tiefen Zügen, wischte sich danach mit dem Handrücken über den Mund, bemerkte, dass Goran sie beobachtete.

Sie hielt inne. Unerwartet setzte sie sein Blick nicht unter

Druck. Sie war nicht mehr die Frau, die diese Reise angetreten hatte. Sie war eine andere, jemand, der sich nicht mehr so leicht aus der Bahn werfen ließ.

Das hab ich auch ihm zu verdanken.

Sie lächelte, schenkte sich nach, trank auch dieses Glas in einem Zug leer und wischte sich erneut über den Mund.

Goran schien amüsiert.

Sie ließen sich wieder in die Kissen sinken, sahen sich an. Er ließ den Zeigefinger zärtlich über ihre immer noch feuchten Lippen gleiten. Sie nahm seinen Finger in den Mund, begann daran zu knabbern. Sein Blick weitete sich. Sie konnte spüren, dass er erregt war.

»Ich bin so froh, dass ich dich kennengelernt habe«, flüsterte sie. »Ich bin froh, dass du damals da warst, als ich gekommen bin.«

»Ich bin fest davon überzeugt, hätten wir uns dort nicht getroffen, dann anderswo … Ich … Wir …« Es fiel ihm offenbar schwer, die nächsten Worte zu sagen. »Es war vorherbestimmt.«

Statt zu antworten, schmiegte sie sich an ihn. Es fühlte sich vertraut an, genau wie die Küsse und die Berührungen. Sie schliefen ein. Als sie erwachte, richtete sie sich auf. Er drehte sich zu ihr.

»Alles okay?« Gähnend schaute er auf die Uhr. »Willst du schon einen Kaffee?«

»Nein, ich will dich.«

Er lachte. Sie liebte seinen Körper, die Muskeln, die breiten Schultern, sein vom Schlaf verwuscheltes Haar. Sie machte keine Anstalten, ihre eigene Blöße mit der Decke zu verbergen, sondern genoss seine Blicke. Sie liebten sich an diesem Morgen, wie sie sich noch nie geliebt hatten.

»Ich wünsch mir Kinder«, sagte Pia spontan, als sie gemeinsam am Frühstückstisch saßen. »Und du? Kannst du dir vorstellen, Kinder zu haben?«

Sie hatte lange mit sich gehadert. Sollte sie wirklich davon sprechen oder diesen Sommer auf Cres so im Kopf behalten, wie er bis zu diesem Zeitpunkt gewesen war? Vielleicht wussten sie jetzt schon zu viel voneinander. Was, wenn der Zauber der Liebe darin bestand, weniger zu wissen?

Goran sah sie erstaunt an.

»Warum nicht?«, erwiderte er. »Ja, ich denke schon …«

Pia zog sich der Magen zusammen. Sie schlang die Arme um ihren Körper. Er berührte sie, ließ sie aber wieder los, bemerkte wohl, dass sie es im Moment nicht aushalten konnte. Dann wartete er einfach. Pia sah auf den Boden vor sich, bis sie spürte, dass ihr Herz wieder ruhiger klopfte. Wie seltsam, dass sie sich so aufregte, wo sie doch eben selbst beschlossen hatte zu reden.

Goran nahm sich ein Stück Weißbrot.

Da war wieder etwas in seinem Gesichtsausdruck, das sie nicht deuten konnte, mit dem sie sich aber jetzt nicht beschäftigen wollte. Sie entschied, dass es nicht wichtig war, nicht für den Moment, nicht für das, was sie ihm sagen musste.

»Du denkst vielleicht, es ist zu früh, darüber zu sprechen, aber wenn wir uns aufeinander einlassen wollen, dann solltest du …« Pia brach ab. Es war doch schwerer als gedacht, es auszusprechen. »Dann solltest du etwas wissen.«

»Ja?«

Plötzlich war der Kloß im Hals zurück, sie hörte sich atmen.

Einatmen, ausatmen, einatmen, ausatmen …

»Ich kann wahrscheinlich keine Kinder bekommen«, sagte sie dann mit fester Stimme.

»Wahrscheinlich?«

Pia zuckte mit den Schultern. »Es hat bisher eben nicht geklappt.«

Sie biss sich auf die Lippen, um die Tränen zurückzudrängen. Es gab keine abschließende Diagnose, nur das Gefühl, in der Luft zu hängen, weil sich niemand erklären konnte, warum es bei ihr nicht funktionieren wollte.

Du verspannst dich zu sehr. Du willst dich nicht wirklich darauf einlassen. Vielleicht ist es besser so, wie es ist. Das hat die Natur eben so eingerichtet …

All die Ratschläge, Trostversuche, Vorwürfe kamen ihr in den Sinn. Tränen stiegen ihr in die Augen. Goran stand auf und nahm sie in den Arm.

»Es ist …«, setzte sie an. Ihre Stimme zitterte furchtbar. »Ich habe es jahrelang versucht.« Die ersten Tränen liefen über ihre Wangen. »Ich habe es wirklich versucht, aber …«

»Ich glaube dir. Alles ist gut.«

»Nichts ist gut.«

Pia schlang die Arme noch fester um sich, spürte die Trauer mit einer solchen Wucht auf sich einstürzen, wie sie noch nie zu spüren geglaubt hatte. Goran umfasste ihre tränennassen Wangen mit seinen Händen. Er zog sie hoch, und sie schmiegte sich in seine Arme. Sie weinte an seiner Schulter, bis ihre Tränen versiegten.

Es dauerte danach noch eine Weile, bis sie wieder sprechen konnte. Dann erzählte sie. Sie sprach davon, wie lange sie darum gekämpft hatte, schwanger zu werden, überrascht und erleichtert zugleich von den ehrlichen Worten, die da aus ihrem Mund kamen. Sie erzählte von den unzähligen Schwangerschaftstests, von ihrer Verzweiflung und von Besuchen bei den Ärzten, die nichts hatten finden können. Er hörte ihr ruhig zu, geduldig und ohne etwas Unpassendes zu sagen oder den Eindruck zu machen, dass es ihm zu viel wurde.

»Du kannst dich jetzt entscheiden.«

»Was entscheiden?«

»Ob du, ob wir ... Ob wir es miteinander versuchen sollen ...«

»Ich liebe dich, Pia«, sagte Goran. »Was gibt es da zu entscheiden?«

Da waren sie, die drei Wörter. Pia schloss die Augen. Es fühlte sich wunderbar an. Er liebte sie, und er war bereit, an ihrer Seite zu stehen. Sie begann wieder zu weinen, dieses Mal vor Erleichterung.

»Wir werden vielleicht keine Kinder haben.«

»Ja, das kann sein. Aber solange ich dich habe ...«

Goran drückte sie fester an sich.

Sie liebten sich noch einmal. Dann lagen sie eine Weile schweigend nebeneinander und sahen aus dem Fenster den vorbeiziehenden Schönwetterwolken zu.

»Vielleicht wäre ich ja auch gar kein guter Vater«, sagte Goran unvermittelt.

Pia stützte sich auf den Ellbogen und sah ihn irritiert an. »Wie kommst du darauf?«, fragte sie.

Goran zuckte mit den Schultern. »Ich weiß nicht, vielleicht ist es einfach so. Man kann das doch nicht wissen.«

»Du wärst ein guter Vater«, sagte sie bestimmt.

Er wollte etwas erwidern, tat es dann aber nicht.

Ohne ein weiteres Wort standen sie auf, duschten und zogen sich an.

»Ich muss los«, sagte Goran. »Sicher werde ich schon erwartet.«

Pia nickte. »Und ich«, begann sie und lächelte, »ich werde jetzt mit meinem Großvater sprechen. Ich will endlich wissen, was damals geschehen ist.«

Zweiundvierzigstes Kapitel

Das Wasser klatschte träge gegen den Stein. Die Sonne glitzerte auf den Wellen, auf denen die Boote tanzten. Die Luft war warm, aber es war nicht drückend heiß. Pias Großvater hatte sich in den nächsten Zug gesetzt und war mit der Vormittagsfähre auf die Insel gekommen. Für einen Moment, als sie ihn da über die Gangway an Land hatte gehen sehen, war er ihr sehr alt vorgekommen, älter als der Mann, den sie zurückgelassen hatte.

Sobald er sie erreicht hatte, hatte er seine Reisetasche abgestellt, um sie zu umarmen.

Er hielt sie immer noch im Arm, wollte sie gar nicht mehr loslassen. Pia spürte seinen Körper und stellte fest, dass er abgenommen hatte. Auch sein Haar kam ihr schütterer vor. Sie meinte sogar, es wäre grauer geworden.

»Pia«, sagte er, und es kam ihr vor, als hielte er sich kurz an ihr fest, »Pia, es ist so schön, dich zu sehen.«

Pia löste sich von ihm. Sie sah, wie er sich umschaute.

»Ich freue mich, dass du gekommen bist.«

»Das ist doch selbstverständlich.«

»Wirklich?«

»Ja. Es ist gut, wieder hier zu sein. Ich hätte viel früher kommen müssen.« Er beugte sich zu seiner Tasche hinunter und nahm sie auf. »Ich hab Hunger«, sagte er. »Lass uns doch erst einmal ein Restaurant suchen, dann spricht es sich besser.«

»Wie du meinst.«

Sie aßen auf der Terrasse eines Restaurants nahe der Anlegestelle zu Mittag, nicht dort, wo Pia schon öfter mit Goran gewesen war. Das kam ihr nicht richtig vor.

»Wie lange ich kein Cevapcici gegessen habe«, schwärmte Opa Klaus. »Früher habe ich das manchmal direkt am Strand gegessen, ausnahmsweise natürlich, wir hatten ja kein Geld. Und es war jedes Mal köstlich.«

Sie sprachen über die Reise, er erzählte, wie wohl er und Oma Jutta sich in der neuen Wohnung fühlten. Dann irgendwann entstand ein langes Schweigen. Pia wusste nicht, wie sie anfangen sollte. Ihr Großvater wirkte ein wenig abwesend. Immer wieder sah er nachdenklich in die Ferne. War das allein seiner Müdigkeit geschuldet oder auch etwas anderem?

Er bestellte Mokka für sie beide.

Kurz entschlossen holte Pia das Album aus ihrer Tasche und legte es auf den Tisch. Opa Klaus atmete zitternd ein.

»Ich hab geahnt, dass du es hast. Schon bevor du es mir am Telefon gesagt und mich gebeten hast zu kommen.«

»Hast du damals darüber nachgedacht, für immer hierzubleiben?«

Ihr Großvater ließ sich Zeit mit einer Antwort. »In gewisser Weise schon«, sagte er dann langsam. »In jedem Fall wollte ich immer hierher zurückkommen. Jeder Sommer war ein Versprechen auf eine Änderung, das war eine Zeit, in der ich mir sicher war, dass einfach alles möglich ist.« Er schaute sie an. »Wenn man jung ist, kann man sich nicht vorstellen, dass es auch Widerstände gibt, die man nicht überwinden kann, richtig? Der Blick richtet sich immer in die Zukunft. Der Körper macht alles mit, die Zeit scheint kein Ende zu nehmen, das Leben ist voller Möglichkeiten. Es gibt keinen Zweifel.« Er hielt kurz inne, als der Mokka gebracht wurde, und nahm einen Schluck. »Zu Hause in Deutschland war es tatsächlich so, dass sich die ersten Widerstände abzuzeichnen begannen. Ich war fast fertig mit dem Studium. Was sollte ich mit meinem Leben anfangen? Hier auf Cres waren der Himmel und das Meer, und alles schien weit und grenzenlos. Hier fühlte ich mich frei. Hier gab es keine Schranken, vor denen ich solche Angst hatte.«

Opa Klaus schaute zu Boden. Pia wartete, doch er fuhr nicht fort zu erzählen. Ob ihn die Erinnerung so überwältigte, dass er nicht weitersprechen konnte?

Pia ließ ihm Zeit, trank ihren Mokka. Vielleicht fiel es leichter zu reden, wenn sie ein Stück spazieren gingen oder sich irgendwo hinsetzten, wo es etwas ruhiger war.

Sie orderte die Rechnung und bezahlte. Sie setzten sich auf eine schattige Bank in der Nähe. Opa Klaus seufzte leise.

Pia dachte an die Wochenenden, die sie bei ihren Großeltern verbracht hatte. Immer war das etwas Besonderes gewesen. Mit Oma Jutta hatte sie einen Hefezopf gebacken, den sie dann zum Frühstück gegessen hatten. Sie waren zu Wanderungen aufgebrochen, mit Kompass und querfeldein, wie es ihre Eltern niemals getan hatten. Sie hatten im Taunus nach alten Siedlungsspuren gesucht, waren mehr als einmal auf dem Kastell Saalburg gewesen. Ein Wochenende bei den Großeltern war immer ein Abenteuer gewesen, doch wenn sie gesagt hatte, dass es bei ihnen doch so viel schöner sei als zu Hause, hatte ihr Opa die Eltern immer in Schutz genommen.

Er hatte so zufrieden gewirkt mit seinem Leben. War er das nicht gewesen? Hatte er das hier immer vermisst?

»Wie hast du sie kennengelernt?«, fragte sie jetzt.

Opa Klaus schaute auf. »Es war Zufall«, sagte er dann langsam. »Einfach Zufall.«

»Warst du nicht zufrieden mit deinem Leben?«

Er schüttelte den Kopf. »Ach, als junger Mensch denkst du

manchmal, dass man dies oder jenes unbedingt braucht, um glücklich zu sein, aber …«

»Du wollest dein Leben ändern.«

Ihr Großvater zuckte mit den Schultern. »So war es wohl.«

»Müsstest du ihr das nicht sagen? Oma, meine ich. Müsste sie nicht die Wahrheit wissen?«

Er sah sie gequält an. »Dass ich sie vor über fünfzig Jahren einmal verlassen wollte? Ist das denn wirklich nötig?«

»Vielleicht.« Pia schaute ihren Großvater fest an. »Weißt du, seit ich hier bin, denke ich, dass zu viel geschwiegen wurde in unserer Familie.«

Opa Klaus zog die Schultern hoch.

»Ich habe mich doch für sie entschieden, und ich habe es niemals bereut. Sie war mein Mädchen …«

Pia lächelte.

Klaus verbrachte den Nachmittag im Schatten seines Zimmers in einer netten kleinen Pension, die Pia für ihn ausgesucht hatte. Er dachte an das schlichte Zimmer in dem Bauernhaus, in dem er damals gewohnt hatte. Ob die Bauern den Hof wohl verkauft hatten? Sie hatten ja keine Nachkommen gehabt.

Durch das halb geöffnete Fenster drangen Stimmen und Geräusche zu ihm herein. Er dachte daran, wie gern er in den Sechzigern hatte bleiben wollen. Er hatte sein altes Leben aufgeben wollen, um auf Cres zu leben, wo ihm alles besser erschienen war. Das hatte ihn gereizt. Nun fragte er sich, was ihn damals wirklich angezogen hatte. War es die Gastfreundschaft gewesen? Das Unkomplizierte? Männer, die rauchten und tranken und dabei so verwegen wirkten, als könnte sie nichts beeindrucken? Waren es die Frauen gewesen, die ihm so viel feuriger erschienen waren, die Frauen mit den dunklen Stimmen, die ihn so beeindruckt hatten? Ganz anders als die fleißigen Buchhalter und Hausfrauen in Deutschland, die man ihm als Vorbild vorhielt und die ihm eigentlich nur eine Höllenangst einjagten?

Was muss ich als Erstes tun?, fragte er sich.

Er musste zu Zlata gehen. Ihr alles erzählen. Doch hatte er die Kraft dazu? Er hatte so lange geschwiegen, und es schmerzte immer noch, an das zu denken, was nun schon so lange her war. Er dachte wie schon so oft an sein erstes Jahr auf Cres, als alles begonnen hatte.

Kroatien
Insel Cres

Sechzigerjahre

Die Gegend war Klaus noch fremd, aber sie gefiel ihm, auch wenn er noch nicht recht wusste, ob er sich hier wirklich wohlfühlen würde. Am ersten Tag erkundete er den verwinkelten Ortskern von Cres und ließ sich an einem Marktstand zum Probieren von Wein, Käse und Oliven einladen. Seit diesem Augenblick roch der Urlaub für ihn warm und nach Kräutern. Verschlungene Wege verlockten zu Wanderungen durch die Macchia mit dem summenden Insektengetier. Das Meer sah man von überall.

Auf dem Markt wurde von Obst über Gemüse und Knoblauch alles feilgeboten, was der eigene Garten hergab. Die Mittagshitze verbrachte Klaus im Schatten und gönnte sich dann einen Mokka in einem kleinen Café, während er alte Frauen beobachtete, die häkelnd hinter ihren Ständen auf Kundschaft warteten. Er sah Oleander, Tamarisken, Palmen und Lorbeer und nahm sich vor, am nächsten Tag frühmorgens zu kommen, wenn die Fischerboote anlegten, gefüllt mit großen und kleinen Fischen, die auf ihre Käufer warteten. Er würde frischen Fisch kaufen. Er hatte da eine Stelle am Strand entdeckt, wo es sich gewiss gut über einem offenen Feuer grillen ließ.

In den ersten Tagen badete er nackt in einer kleinen versteckten Bucht und genoss das erfrischende Meerwasser, das eine Salzkruste auf seiner Haut hinterließ. Seine Kleidung wusch er in einem alten Holzbottich und trocknete sie auf dem heißen Blech eines schrottreifen Wagens im Garten der Bauersleute, bei denen er sein Zelt hatte aufschlagen dürfen. Bei ihnen konnte er für wenig Geld Käse, Oliven, Tomaten, Eier und Milch kaufen. Im Dorf gab es Brot. Er half auf dem Feld, mistete den Hühnerstall aus, jätete Unkraut, kehrte den Hof. Weil er das tat, musste er kaum etwas für die Übernachtungen zahlen.

Trotz aller Unsicherheiten war Klaus bald überzeugt, im Paradies zu sein. Er dachte über sein Leben nach, über das Studium und über das, was ihn danach erwartete. Er dachte an die Enge zu Hause, die ihm Angst einjagte.

Am Hafen fesselte eines Tages ein junger Mann seine Aufmerksamkeit, der fluchend ein Netz flickte. Branko hieß er, wie Klaus bald erfuhr. Sie unterhielten sich mit Händen und Füßen, Branko sagte Klaus, wo er wohnte, und einige Tage darauf besuchte er ihn auf dem Hof seiner Familie.

An einem der nächsten Tage war »seine« Bucht besetzt. Es war Samstag. Eine Gruppe junger Leute hatte sich dort ausgebreitet, manche wohl in seinem Alter, manche noch Kinder. Es war ihnen deutlich anzusehen, dass sie ihre Zeit genossen. Er wollte eigentlich lieber allein sein, baden, lesen, Gitarre spielen, doch sie beobachteten, waren neugierig und kamen immer näher.

Die Jüngste war ein Mädchen mit rotbraunen Zöpfen, großen hellbraunen Augen und Sommersprossen auf der sonnengebräunten Haut. Sie sah ihn fragend an. Er grüßte sie, stand dann auf und ging schwimmen, froh, seine Badehose dabeizuhaben. Als er zurückkam, war sie immer noch da oder schon wieder. Er trocknete sich ab, breitete sein Handtuch aus.

»Hey«, sagte sie nach einer Weile.

»Hey«, entgegnete er.

Was wollte sie von ihm?

Sie deutete auf seine Gitarre. Und dann erkannte er sie. Sie war Brankos Schwester. Er hatte sie auf dem Hof gesehen, als Branko ihn zu einer kleinen heimlichen Weinprobe in den Weinkeller mitgenommen hatte.

Er spürte, wie er sich im ersten Moment sperren wollte, dann seufzte er und griff nach seinem Instrument. Er spielte ein einfaches Stück von den Beatles, dann etwas von Elvis. Sie lächelte. Nach einer Weile begann sie mitzusingen. Ihr Akzent war unüberhörbar und brachte ihn zum Schmunzeln.

»Marija«, rief plötzlich einer der älteren Jungen.

Klaus schaute zu ihm und erkannte Branko. Er stand auf.

»Hey, Branko!«, sagte er und fügte gestikulierend hinzu: »Ist schon okay. Sie hört mir nur zu.«

»Klaus!« Branko war sichtlich erfreut.

So lernten sie sich alle kennen. So lernte er auch Zlata kennen.

Dreiundvierzigstes Kapitel

Kroatien, Insel Cres, Gegenwart

Goran schaute in die Ferne, seine Augen wurden für einen Moment schmaler. Seine Stimme klang leise und nachdenklich, als er sprach. »Dein Opa muss einer der Ersten gewesen sein, die in den Sechzigern hier im Urlaub waren …«

»Stimmt.« Pia nahm das Glas selbst gemachte Limonade, das Marija vor sie hingestellt hatte. Es schmeckte einfach köstlich zitronig und erfrischend. »Er hat mir so viel erzählt.« Sie suchte Gorans Blick. »Es muss eine schöne Zeit gewesen sein. Jedenfalls klingt er sehr glücklich, wenn er davon berichtet.«

Marija stand an der Anrichte und legte Gurken und Paprika ein. Sie war auf dem Markt zum Einkaufen gewesen und erst vor Kurzem gekommen.

Marija sagte etwas auf Kroatisch zu Goran.

»Es war eine schöne Zeit«, übersetzte er und grinste. »Mama war ein wenig verschossen in deinen Opa.«

»Wirklich?«

Es gab Dinge, die man sich von seinen Großeltern nicht vorstellen konnte, von dem Mann auf den Fotos im Album allerdings schon. Ihr Großvater hatte nicht schlecht ausgesehen. Irgendwie hatte er etwas Verwegenes an sich gehabt. Bei diesem Gedanken musste Pia grinsen.

Wieder sagte Marija etwas. Sie lachte.

Goran sah Pia an. »Sie fand, dass er gut aussah«, erklärte er. »Und er war älter, ein richtiger Mann. Außerdem trug er Jeans und T-Shirts. Sein Haar reichte bis auf die Schultern. Und er konnte so schön lachen. Er war nicht ernst. Er war witzig. Er lernte sogar unsere Sprache. Mama glaubt, sie ist ihm gefolgt, wie ein kleines Hündchen, und trotzdem war er immer nett zu ihr. Er gab ihr das Gefühl, dazuzugehören, obwohl sie ein paar Jahre jünger war. Sie wurde nicht weggeschickt.«

Pia nickte. Ja, das konnte sie sich vorstellen. Ihr Großvater war gut darin, anderen das Gefühl zu geben, dass sie dazugehörten, sie einzubeziehen.

Marija nickte und sprach weiter, und Goran übersetzte erneut. »Er brachte sie alle dazu zu träumen. Sie dachten über ihr Leben nach und wie es sein sollte. Dein Großvater wollte die Welt verändern, weißt du? Er sprach viel davon, und sie hörten ihm zu. Sie träumten eher im Kleinen, sagt meine Mutter, aber sie träumten. Dein Opa träumte groß.«

Pia nickte. Das konnte sie sich alles gut vorstellen. Opa Klaus hatte immer viele Projekte verfolgt: Abrüstung, Greenpeace, ein nachhaltigeres Leben … Er hatte die Dinge niemals so hinnehmen wollen, wie sie waren. Das wusste sie von ihm. Aber sein eigenes Leben? Ein bisschen hatte er ihr ja schon erzählt. Sie kannte die Geschichte, dass Jutta und er sich schon in der Schule kennengelernt hatten und dass sie schon früh unzertrennlich gewesen waren. Kannte man diese Geschichte, dann hatte es nie einen Zweifel daran gegeben, dass die zwei zusammengehörten. Opa Klaus hatte ihr von seinen Zukunftsträumen erzählt, aber ihre Oma war darin nicht vorgekommen. Und sie war nie auf Cres gewesen.

Woher er das Geld für diese Urlaube hatte, wusste sie jetzt. Er war zwar Student gewesen, Halbwaise, und seine Mutter hatte ihn kaum unterstützen können, doch er war sehr sparsam gewesen. Im ersten Jahr hatte er bei einem Bauern gecampt, in den Folgejahren hatte er dort ein Zimmer gehabt. Er hatte hart gearbeitet und genügend verdient. Er war getrampt, Zug und Bus gefahren. Er hatte nur einmal sein Auto dabei gehabt. Das hat er damals also doch schon gehabt, dachte Pia.

»Er hat sich hoffentlich nicht bei deiner Familie durchgefuttert?«, fragte Pia mit einem verlegenen Lachen.

Marija sah sie fragend an. Goran übersetzte und dann auch Marijas Antwort.

»Nein«, erwiderte er dann, »dein Opa hätte das nie gemacht. Er konnte sich benehmen. Er war ein guter Mann und bescheiden, sagt meine Mutter. Wirklich.«

Pia musste zugeben, dass sie sich freute, das zu hören. Es brachte ihr einen Teil von Opa Klaus zurück, so wie sie ihn gekannt hatte. Trotzdem würde sie ihn nach Oma Jutta fragen, dazu war sie fest entschlossen.

Vierundvierzigstes Kapitel

Klaus hatte vielleicht zu zaghaft geklopft, niemand bat ihn herein. Er drückte vorsichtig die Tür auf. Es roch nach Essen. Die Frau, die am Herd stand, drehte ihm den Rücken zu. Sie war klein und immer noch mädchenhaft schlank und hatte ihre von grauen Strähnen durchzogenen Haare zu einem Dutt aufgesteckt.

Marija …

Sie musste etwas gehört haben, das sah er, denn sie straffte kurz die Schultern, aber sie drehte sich nicht sofort um, als ahnte sie, wer da gekommen war.

Auch sie hat jemanden verloren, auch für sie hat sich das Leben geändert. Auch sie möchte Antworten.

Noch einmal rührte Marija im Topf, rieb sich die Hände an der Schürze ab, drehte sich zu ihm um. Ja, sie hatte ihn erwartet.

»Klaus.«

»Marija, woher wusstest du …?«

»Deine Enkelin hat es mir gesagt. Sie sagte, du würdest kommen.«

Für einen Moment schwiegen sie. Für einen Moment sahen sie einander nur an. Für einen Moment sah er das kleine, dünne Mädchen mit den dicken rotbraunen Zöpfen vor sich. Nein, es hatte sich nicht alles geändert. Man sah das Mädchen in ihren Augen blitzen.

»Es ist schön, dich zu sehen, Marija. Trotz allem. Es ist lange her, nicht wahr?«

Das Kroatisch kam ihm überraschend leicht über die Lippen. Eine Sprache vergaß man nicht. Nicht, wenn man so viel mit ihr verband.

»Warst du schon bei Zlata?«

Er riss sich aus den Gedanken. »Nein, ich war noch nicht bei ihr.«

»Sie sollte alles, was du weißt, als Erste erfahren.«

»Hm …«

»Setz dich, setz dich trotzdem.«

Marija sah aus dem Fenster. Jetzt war es, als würde sie von den Erinnerungen überwältigt, die sie belasteten. Es fiel ihr wohl schwer, sich wieder der Gegenwart zuzuwenden.

Er folgte ihrer Aufforderung. Sie braute ihm einen Mokka, ohne zu fragen. Dann setzte sie sich ebenfalls.

»Du warst lange nicht da.«

»Das stimmt.«

Er spürte, wie sich etwas in ihm zusammenkrampfte. Gleich würde sie ihn vielleicht doch nach Branko fragen, aber sie tat es nicht.

»Wann willst du es Zlata sagen?«

Er zuckte mit den Schultern.

Zu Zlata zu gehen und ihr zu sagen, was passiert war, würde der schmerzhafteste Gang sein. Er wusste noch nicht, wie er diese Aufgabe bewältigen sollte. Er nippte an seinem Mokka und fand, dass er köstlich schmeckte. Er hatte immer gern Mokka getrunken, wenn er hier gewesen war, zu Hause hatte er den Brauch leider schnell wieder aufgegeben. Das Essen auf dem Herd duftete ebenso einladend.

»Offenbar bist du eine noch bessere Köchin geworden«, sagte er.

»Das bin ich.« Marija lachte. »Ich entspanne mich beim

Kochen. Es eröffnet mir Welten, weißt du? Ich versuche immer etwas Neues.«

»Du warst damals schon sehr experimentierfreudig. Hast du nie daran gedacht, ein Restaurant aufzumachen?«

Damals …

Da hatte er es auch schon unbedacht ausgesprochen.

Marija schüttelte den Kopf. »Nein, das habe ich nie. Es reicht mir, für meine Familie und mich zu kochen. Mehr brauche ich nicht.« Sie lächelte. »Wir hatten eine gute Zeit, oder? Ana ist übrigens auch nach Deutschland gegangen. Sie hat mir ein wenig Deutsch beigebracht, wenn sie zu Besuch war, aber ich kann nicht sagen, dass ich besonders begabt bin, was Sprachen anbetrifft. Sie hat übrigens eine Tochter, Katalina. Sie ist zurzeit hier.«

»Ana hat eine Tochter in Deutschland?«, fragte er.

»Ja.«

»Wir hatten wirklich eine gute Zeit«, murmelte er.

»Goran, unser Sohn, er hat während seines Studiums bei Ana gewohnt.«

»Ana … Ich erinnere mich kaum an sie. Sie war fast nie dabei, oder?«

»Sie war ein paar Jahre älter als ich. Sie trug schon Verantwortung.«

Klaus nickte. »Ist Zlata hier?«, fragte er dann. »Ich habe herausgefunden, wo sie wohnt. Sie ist nicht zu Hause.«

Marija zögerte, sah ihn lange an. »Ja«, sagte sie. »Aber sie will dich nicht sehen.«

Zlata stand hinter dem Vorhang in Marijas Zimmer und sah Klaus hinterher, der über den Hof davonging. Er war alt geworden wie sie alle. Sein Anblick war wie ein Spiegel, den er ihnen allen vorhielt. Seit sie erfahren hatte, wer die junge Frau an Gorans Seite war, hatte sie geahnt, dass es zu einer Begegnung kommen würde. Sie wandte sich vom Fenster ab, sobald er durch das Hoftor getreten war. Marija kam zu ihr herein.

»Ich war immer stark, nicht wahr, Marija?« Zlata hörte ihre eigene Stimme zittern und hasste es. »Ich sah nie aus, als bräuchte ich Hilfe. Ich habe mein Leben gelebt, so wie ich es wollte. Ich habe nicht aufgegeben.«

»Nein, niemals.«

Die beiden Freundinnen sahen einander in die Augen, sie spürten die Verbindung, die sie schon seit so vielen Jahren spürten. Sie waren Freundinnen. Sie würden immer füreinander da sein. Marija nahm Zlata in den Arm.

»Lass dir jetzt helfen, bitte, Zlata. Man kann auch stark sein und sich helfen lassen. Niemand muss allein durchs Leben gehen.«

Sie drückte Zlata noch einmal fest an sich und spürte, wie diese die Umarmung erwiderte. Als sie sich voneinander lösten, sah Zlata sehr müde aus. All die Jahre war die Freundin ihr niemals so erschöpft vorgekommen. Jetzt, da sie kurz davorstand, alles zu erfahren, ließ ihre Kraft nach.

Fünfundvierzigstes Kapitel

Opa Klaus war da und brachte alles durcheinander. War das ihre Absicht gewesen? Gewiss nicht. In jedem Fall war Pia froh, dass er allein sein wollte. Heute würde sie ihm nicht zur Seite stehen.

Er kennt sich hier aus. Er braucht mich nicht.

Pia schaute auf die Notizblätter, die sie aus einem Block herausgetrennt und auf dem Tisch mit Steinen beschwert abgelegt hatte, damit der Wind sie nicht mit sich riss. Auf ihren Knien balancierte sie ihr Tablet, ließ den Blick dann von Goran zu Katalina wandern.

Sie hatten sich Gedanken darüber gemacht, was sie in Zukunft zum Verkauf anbieten könnten. Pia war froh, dass Katalina dabei war. Sie hatte schon öfter erlebt, dass Frauen in diesen Dingen flexibler und geschickter waren, geschäftstüchtiger.

»Und?«, hakte sie nach.

Sie musste geduldig sein, das war in einer solchen Situation besonders wichtig. Sie hatte selbst schon Verhandlungen geführt, auch wenn das jetzt himmelweit entfernt zu sein schien. Die Dinge mussten sich behutsam entwickeln.

»Natürlich werden wir weiter unseren Wein verkaufen«, sagte Goran. »Das ist ein Geschäft, in dem wir uns schon auskennen. Und sonst …«

Der Blick, den er ihr jetzt zuwarf, zeugte von Unsicherheit.

Die Situation belastete ihn, das war nur zu deutlich. Petar ging ihm aus dem Weg, wann immer es um die Umstrukturierung des Hofes ging. Goran hatte endlich eine feste Zusage für einen Kredit. Er musste so schnell wie möglich die Pläne vorlegen, um die genaue Höhe bestimmen zu können. Jetzt hoffte er, dass sein Vater nicht plötzlich wieder umschwenkte.

Pia nickte ihm aufmunternd zu. Es war auch nicht einfach, von seinen eigenen Ideen zu sprechen, das wusste sie nur zu gut. Andererseits, wenn man erst einmal damit angefangen hatte, wurde es leichter. Die Ideen verfestigten sich, Unpassendes wurde erkannt, die Zukunft und ihre Möglichkeiten zeichneten sich klarer ab.

»Unser Wein ist gut, aber zur Zeit versickert eben noch ein Großteil innerhalb der Familie und bei Freunden«, fuhr er fort. »Mein Vater verschenkt ihn kistenweise.«

Katalina lachte. »Es wird nicht leicht sein, mit solchen Gewohnheiten zu brechen. Die sind vielen Kroaten eigen. Es gibt bei uns sogar Lieder über weinsaufende Freunde.«

Pia stimmte in das Lachen ein.

»Okay, lasst uns wieder ernst werden. Ihr findet euren Wein gut, dann werdet ihr auch bereit sein, für ihn zu kämpfen. Jetzt …«, Pia sah sich um, »… jetzt brauchen wir erst einmal guten Internetempfang. Lasst uns zum Haupthaus gehen. Da haben wir WLAN.«

Pia verschloss die Tür des Gartenhäuschens und sammelte ihre Notizzettel ein. Kurze Zeit später saßen sie gemeinsam auf der Gästeterrasse der Pension. Pia hatte ihr Tablet vor sich auf eins der schmiedeeisernen Tischchen gestellt und rief die Website der Firma auf, für die sie gearbeitet hatte.

»Hier«, sagte sie. »Das ist der Onlineshop, den ich betreut habe.«

»Warum machst du dieses Sabbatjahr eigentlich wirklich? Da gibt es doch sicher noch einen Grund.«

Es verwunderte Pia, warum Goran plötzlich noch einmal nachfragte. Kurz zog sich ihr Magen zusammen. Ganz war sie offenbar doch noch nicht über die Sache hinweg. Da war immer noch eine Anspannung, und sie war sogar stärker geworden.

»Ich hatte Schwierigkeiten«, antwortete sie knapp. »Ich brauchte eine Pause. Aber in dem Bereich, in dem ich gearbeitet habe, macht man heute viel im Homeoffice. Man muss nicht mehr vor Ort sein, wisst ihr. Ihr könnt vieles von hier aus in die Wege leiten. Wenn man Dinge verschicken will, muss man sich natürlich Gedanken über Lieferwege machen, aber auch da habe ich Erfahrungen. Wir werden das schon organisiert bekommen.« Gorans Schweigen irritierte sie. War sie zu forsch? »Kannst du mir folgen, Goran?«, fragte sie.

»Klar, ich kann dir folgen. Ich weiß nur nicht, ob sich mein Vater darauf einlässt«, sagte er dann knapp. »Er ist sehr …«, Goran suchte nach einem Wort, das er dann mit einem spöttischen Unterton aussprach, »… traditionsbewusst.«

»Das ist er wirklich«, bestätigte Katalina.

»Na ja, ich zeige euch jetzt trotzdem mal was.« Pia drehte das Tablet so, dass Goran und Katalina auf den Bildschirm sehen konnten. »Ich habe letzte Nacht ein bisschen herumgetüftelt, und das ist dabei herausgekommen.«

Katalina und Goran musterten das Display aufmerksam.

»Noch ein Onlineshop?«, fragte Goran dann.

»Ja …« Pia musterte das Ergebnis ihrer nächtlichen Arbeit. Hier und da musste noch etwas geändert werden, aber fürs Erste war sie zufrieden. »Ein exklusiver Onlineshop allerdings, in dem wir Produkte vermarkten können, die es nicht überall zu kaufen gibt – oder solche, die nur in begrenzter Anzahl zu bestimmten Jahreszeiten zu haben sind, Selbstgemachtes und Eingelegtes …«

Sie sah auf. Goran war sichtlich skeptisch, was er auch

nicht zu verbergen versuchte. Enttäuscht aktivierte Pia den Sperrbildschirm. Was wollte Goran? Hatte er sich nicht gefreut, als sie vorgeschlagen hatte, sich mit Ideen einzubringen? Oder war er letztlich genauso konservativ wie sein Vater? Wenn er aus dem Finanzdilemma rauswollte, musste er in Aktion treten. Und zwar schnell. Und er musste sich für Innovationen öffnen.

»Bist du sauer?«, fragte er jetzt.

Sie kam sich kindisch vor. Vielleicht redeten sie ja aneinander vorbei. Gut möglich, dass es das war.

Nein, das ist es nicht …

Da war wieder dieser Ausdruck in seinen Augen, diese Traurigkeit, die sie sich nicht erklären konnte.

»Hey!« Er lächelte sie an. »Ich wollte dich nicht verletzen. Es …« Er zuckte mit den Schultern. »Es ist nur alles ein bisschen viel. Manchmal hab ich einfach den Eindruck, es gibt keinen Ausweg. Mich überkommt der Pessimismus. Es fällt mir schwer, das schon wieder zu sagen, aber mein Vater ist so verbohrt.«

Pia schmunzelte. »Es ist seltsam, wenn man plötzlich feststellt, dass die eigenen Eltern, die man so bewundert hat, so unvernünftig sein können, nicht? Meine Mutter beispielsweise versucht immer noch, mich zu beschützen, dabei kann man das letztendlich nur selbst tun.«

Goran sah ernst drein, dann lächelte er. »Ja, da hast du recht. Vergiss einfach, was ich grad gesagt hab. Lass uns noch einmal deine Ideen ansehen. Ich bin mir sicher, dass sie gut sind.«

Katalina, die sich die ganze Zeit zurückgehalten hatte, seufzte erleichtert, und Pia rief die Datei wieder auf. Es dauerte einen kurzen Moment, bis das Bild erschien. Goran starrte bewegungslos auf den Bildschirm. Anscheinend dachte er wieder über irgendetwas nach.

Ein Penny für deine Gedanken …

Auf dem Bildschirm war jetzt wieder ihr Entwurf zu sehen.

»Ich könnte mir so etwas vorstellen«, sagte Pia und schilderte mit knappen Worten ihre Ideen. Sie war verblüfft, wie leicht es war, über ihren Konzeptvorschlag zu sprechen, obgleich er noch nicht ausgewogen war.

Goran rückte näher. »Darf ich?«

»Klar.«

Er scrollte herunter. Nach einer Weile wandte er sich ihr zu.

»Das hast du entworfen?«

»Es war mein Job, wie gesagt. In Deutschland hab ich so etwas für eine Firma gemacht.«

Sie schaute auf den Bildschirm und fühlte ein wenig Stolz. Ja, sie konnte etwas. Die Seite sah einladend aus, obgleich sie bisher nur wenige Stunden Arbeit investiert hatte. Sie war einmal gut in ihrem Job gewesen. Das hatte sie völlig vergessen.

»Und du findest, das ist die Lösung? So könnten wir ein Geschäft aufbauen? Mit Obst und Gemüse aus unserem Garten?«

»Hey«, Katalina berührte Gorans Arm, »lass uns doch erst mal gucken, was Pia konkret vorschlägt.«

»Genau.« Pia sah auf ihre Notizen. »Es geht ja auch nicht um euer Obst und Gemüse, es geht um alte Traditionen, uralte Familienrezepte … Man müsste natürlich eine Anzahl fester Abnehmer finden, das wäre gut, so etwas wie Restaurants, Hotels oder auch Privatleute. Und das Angebot muss breiter gefächert sein. Wein ist gut, aber da gibt es schon ein großes Onlineangebot. Ich denke, es wäre nicht schlecht, wenn euer Onlineshop Teil eines größeren Shops wird, der schon seine Kunden hat. Ich hab da bereits ein paar Ideen.«

Pia notierte Wein, Abnehmer. Aus den Augenwinkeln sah sie, wie Katalina ihrem Cousin in die Seite stieß.

»Nun sag doch auch mal was, Goran! Mir fällt da zum Beispiel noch Pag ein«, sagte Katalina.

»Die Insel?« Pia runzelte die Augenbrauen.

»Ja. Die Pager Spitze ist weltberühmt. Klöppeln ist ein altes Kunsthandwerk, das in den letzten Jahren wieder auflebt. Der österreichische Kaiserhof liebte Pager Spitze.«

»Von dort kommt auch wirklich guter Schafskäse«, fiel Goran ein. »Noch besser wäre selbst gemachter Käse. Die Idee mit der Käserei will mir nicht aus dem Kopf gehen. Wir haben einmal sehr guten Käse gemacht …«

»Wo wir gerade dabei sind …« Katalina wühlte in ihrer Handtasche und holte ein in Papier verpacktes Stück Schinken heraus. »Meine Freundin hatte heute *pršut* im Angebot.«

»Schinken? Warum nicht?«

»Im Küstenwind luftgetrockneter Schinken«, präzisierte Katalina.

»Spitze und Schafskäse – na, das ist ja mal eine Kombination.« Katalina lachte.

Goran grinste sie an. »Was kann es Wichtigeres geben, als gut angezogen zu sein und gut zu essen?«

»Okay. Was ist mit Kräuterschnaps, Öl, Fischprodukten, eingelegtem Gemüse?«, hakte Pia nach. »Das, was deine Mutter im Garten anbaut, könnt ihr ja gar nicht alles selbst essen.

»Stimmt. Meinst du, man könnte auf der Seite auch Ferienzimmer anbieten? Ich hab dir doch erzählt, dass mir der Umbau des Hauses vorschwebt.« Goran schien auf einmal Feuer und Flamme zu sein.

»Ja, Häuser, Wohnungen, Zimmer, an besonderen Orten wie auf einem Bauernhof oder direkt am Meer, vielleicht mit eigenem Boot oder auf einem Boot? Organisierte Reisen mit dem besonderen Kick, Kulturreisen, Naturreisen. Kroatien ist immer noch das klassische Badeurlaubsland, vielleicht können wir etwas daran ändern. Warum sind die Hotels im

Durchschnitt nur zwei Monate im Jahr ausgebucht? Hier kann man bis in den November hinein baden, habe ich gelesen, aber viele Orte fallen schon Anfang September in den Winterschlaf. Warum?«

»Was Ferienwohnungen angeht, müsste ich mich umschauen.«

»Mir fällt schon etwas ein.« Katalina suchte ein Foto aus ihrer Handtasche. »Hier. Guck mal, Pia. Das Elternhaus meines Vaters steht beispielsweise für einen Großteil des Jahres leer. Meine Eltern nutzen es nur als Ferienhaus. Und wenn ich hier bin, wohne ich lieber bei Marija, weil es viel zu groß ist für mich allein. Warum vermieten wir es nicht?«

»Was, wenn man bei euch an der Weinernte teilnehmen könnte?« Pia wandte sich an Goran. »Und deine Mutter könnte Kochkurse geben«, fuhr sie dann fort.

Als die Ideen einmal kamen, kamen sie Schlag auf Schlag.

Goran nickte. »Ich kann sie fragen.«

»Ich denke, das würde ihr gefallen«, warf Katalina ein. »Und dann bieten wir noch Mokkakochen und Kaffeesatzlesen an.«

Alle drei mussten lachen.

»Ich kümmere mich in den nächsten Tagen um den WLAN-Anschluss bei meinen Eltern«, sagte Goran. »Dann können wir auch dort arbeiten und meinem Vater irgendwann alles zeigen. Was, wenn wir jetzt zum Strand gehen? Da lässt es sich gut nachdenken, und ich finde wirklich, wir sollten diesen Standortvorteil ausnutzen.«

Pia lächelte. Sie war froh, dass sie es geschafft hatte, Goran zu überzeugen. Jetzt würde es vorangehen, das spürte sie deutlich.

Sechsundvierzigstes Kapitel

Pia fühlte sich beflügelt wie schon seit Jahren nicht mehr. Sie hatte Ideen, und sie war entschlossen, an ihrer Umsetzung mitzuarbeiten. Aber was bedeutete das letztendlich? Würde sie auf der Insel bleiben? Würden sie und Goran zusammenbleiben?

Mach es nicht wieder so kompliziert, Pia, dachte sie, die Zeit wird es schon richten. Sollte Plan A scheitern, dann wird es einen Plan B oder C geben. Das Alphabet hat doch noch so viel mehr Buchstaben. Es wird immer eine Lösung geben.

Pia lachte in sich hinein. Dann breitete sie ihre Unterlagen auf dem Tisch aus. Sie hatte erneut bis spät in die Nacht an ihrem Konzept weitergearbeitet, und es hatte ihr so viel Spaß gemacht. Sie war förmlich übergesprudelt vor Ideen. Sie hatte sich frei gefühlt, als könnte sie fliegen. Jetzt, nachdem sie darüber geschlafen hatte, sah sie sich alles noch einmal in Ruhe durch, ergänzte ein paar Aspekte, zu denen ihr neue Ideen gekommen waren.

Als sie den Vorschlag gemacht hatte, den Onlineshop der Katićes auf einer schon erfolgreichen Website einzubinden, hatte sie plötzlich an ihren Großonkel Otto gedacht. Sein Gut war so bekannt, dass er sicher schnell Erfolg haben würde mit dem Internetgeschäft. Sie würde mit ihm und seinen Söhnen sprechen und ihnen ihre Idee unterbreiten. Pia war sich sicher, dass sich Ottos Familie und die der Katićes gegenseitig beflügeln könnten.

Vorerst arbeitete sie aber noch ein bisschen weiter. Sie wollte ihr Projekt gut kennen, um es professionell vertreten zu können – und sie hatte Spaß an der Arbeit. Sie wollte noch gar nicht aufhören.

Am frühen Nachmittag endlich rief sie ihren Onkel an.

»Otto Kerner«, meldete sich eine Altmännerstimme, nachdem das Handy mindestens fünf Mal geklingelt hatte.

»Onkel Otto, Pia hier!«

Es war beeindruckend, wie gut die Verbindung nach Deutschland an diesem Tag war. Ihr Großonkel hörte sich quasi an, als befände er sich nebenan. Pia musste sich davon abhalten, sich umzublicken, ob er nicht an der nächsten Häuserecke stand.

»Pia, das ist aber schön. Jutta hat mir schon gesagt, dass du anrufen würdest. Bist du aus dem Urlaub zurück?«

»Noch nicht, aber mir sind ein paar Ideen gekommen, die ich gern mit dir besprechen würde.«

»Im Urlaub? Willst du dich nicht lieber noch ausruhen? Jutta sagte, du bräuchtest dringend Erholung.«

Pia lachte. Vor Kurzem hätte ihr so eine Bemerkung noch Ärger bereitet. Für sie hätte es geklungen, als unterschätzte man ihre Fähigkeiten. Jetzt konnte sie locker damit umgehen. Ihr Großonkel sorgte sich um sie, nicht mehr und nicht weniger, und sie konnte sich gut vorstellen, für welche Aufregung ihre Mutter gesorgt hatte, als sie erfuhr, dass Opa Klaus ihr nachgereist war.

»Nein, nein, ist schon in Ordnung. Es geht mir wieder gut.« Sie machte eine kurze Pause, bevor sie fortfuhr. »Es ist übrigens wunderschön hier. Ich hab so viele Ideen wie schon lange nicht mehr.«

»Gut, lass hören. Worum geht es denn?«

»Euer Onlineshop läuft gut, oder?«

»Kann mich nicht beklagen.« Jetzt klang der alte Fuchs

wieder zurückhaltend, aber sie wusste, wie mit ihm umzugehen war.

»Ich hatte recht, dass er gut laufen würde.« Pia musste breit grinsen. Sie war sich sicher, dass man das an ihrer Stimme hörte.

»Ja.«

»War doch gut, der neumodische Kram.«

»Ja, ja.« Sie mochte Ottos Gelassenheit.

»Also kurz und gut, ich habe hier Kontakt zu einem kroatischen Weingut und möchte für die Familie gern eine Internetseite konzipieren.«

»Du arbeitest im Urlaub? Du sollst doch nicht arbeiten.«

»Ich entspanne mich, während ich neue Ideen verfolge«, verbesserte ihn Pia.

»Lass das mal nicht deine Mutter hören.«

»Ach, Onkel Otto, du weißt doch, wie sie ist.«

»Klar weiß ich das. Mischt sich ständig ein und ist überbesorgt.«

»Sie meint es gut.«

»Natürlich. Mütter meinen es immer gut.« Ihr Großonkel lachte. »Und jetzt erzähl mir etwas mehr von dem Weingut und was das mit uns zu tun hat.«

Siebenundvierzigstes Kapitel

»Papa … Guck dir das hier an …«

Goran räusperte sich entschlossen. Es fühlte sich an, als hätte er einen Frosch verschluckt.

Habe ich auch Angst vor den notwendigen Veränderungen?

Nein, diese Phase hatte er endlich überwunden. Je länger er über Pias Vorschläge nachdachte, desto besser gefielen sie ihm, und er hatte inzwischen recht viel darüber nachgedacht. Sie waren auf dem richtigen Weg.

Petar zog eine Augenbraue hoch, während er den Rauch seiner Zigarette genüsslich in Gorans und Katalinas Richtung blies. Goran zeigte keine Reaktion. Ihm war nur zu klar, dass sein Vater ihn zu provozieren versuchte, doch das würde ihm nicht gelingen.

Er hat Angst, ich muss ihm diese Angst nehmen.

»Meine Güte, rauchst du neuerdings heimlich, Sohn?«, sagte der jetzt mit rauer Stimme, »oder warum hustest du dieses Mal nicht wie ein Weib?« Petar schüttelte abfällig den Kopf.

Goran sprach weiter, als hätte er seinen Vater nicht gehört. »Wir haben uns Folgendes vorgestellt, Papa.«

Über die Tischplatte schob er Petar die Zeichnungen und Inhaltskonzepte zu. Der zögerte, bevor er die Hand ausstreckte, um sie zu sich hinzuziehen. Einen Moment lang schaute er sie an, dann fingerte er die Brille mit den dicken

Gläsern hervor und betrachtete sich noch einmal alles genauer. Er sagte nichts.

Goran wechselte einen verunsicherten Blick mit Katalina, die nickte ihm aufmunternd zu, und er nahm allen Mut zusammen, bevor er weitersprach. Er erzählte von den Ferienzimmern, von den Artikeln, die sie erfolgreich vermarkten könnten. Zum Schluss erst sprach er vom Wein. Er wusste, dass sein Vater genaue Vorstellungen vom Weingeschäft hatte. Er durfte nichts überstürzen. Petar liebte seinen Wein, und Petars Wein war zweifellos gut. Goran wusste, dass er seine Vorschläge vorsichtig anbringen musste. Zugleich aber musste er seinem Vater auch klarmachen, dass es ohne Veränderung kein Weingut mehr geben würde. Es war nicht mehr so wie früher. Das Leben forderte permanente Veränderungen … Das hatten sie doch alle schon am eigenen Leib erfahren.

Petar hatte alle Papiere vor sich ausgebreitet, sah sie nun langsam und sorgfältig noch einmal an, nahm einzelne Blätter zur Hand, um sie genauer zu betrachten.

Goran holte tief Atem. Er merkte, dass er die Luft angehalten hatte.

Petar zog die dichten Augenbrauen hoch, während er Pias Zeichnung von den Ferienzimmern im alten Stall betrachtete. Die Wolke, die eben noch die Sonne verdeckt hatte, zog weiter. Das helle Licht, das in die Küche fiel, ließ Petars Gesicht noch zerfurchter erscheinen.

Er ist alt geworden, fuhr es Goran durch den Kopf, und er hat wirklich Angst. Er wusste, dass er seinem Vater nicht sagen durfte, was er in diesem Moment in seinem Gesicht gelesen hatte. Er musste es für sich behalten. Petar spürte das Alter zunehmend, und er fürchtete, irgendwann nicht mehr stark genug zu sein, um seine Familie zu schützen.

Wie kann ich ihm nur zeigen, dass er mir vertrauen kann? Dass er endlich Verantwortung abgeben darf.

Petar räusperte sich. »Sie hat das hier gezeichnet? Die Deutsche?« Er schob die Brille auf die Nasenspitze und sah Goran darüber hinweg an.

»Ja, sie macht so was beruflich.« Goran nickte. »In Deutschland. Sie kennt sich damit aus.«

»Hm.«

Petar nahm die Brille und schob sie erneut nach oben. Hinter den dicken Brillengläsern wirkten seine Augen riesig. Er sah wieder auf Pias Zeichnung. Goran fragte sich, ob sein Vater je eine solche Skizze gesehen hatte und sich vorstellen konnte, wie das später aussehen würde.

Petar legte das Blatt wieder aus der Hand und lehnte sich in seinem Stuhl zurück, streckte die Beine unter dem schweren alten Holztisch aus. Er bewegte den Kopf, als müsste er seinen Nacken lockern.

»Versuchen wir es, Onkel«, sagte Katalina leise. »Was hältst du davon? Du kannst es sicher am besten einschätzen.«

Sie ist geschickt, dachte Goran, sie setzt ihn nicht unter Druck, sie lässt es erscheinen, als ob das seine Idee sein könnte. Er musste sich das merken für den Fall, dass sein Vater und er wieder einmal aneinandergerieten.

»Vielleicht«, sagte Goran, »vielleicht möchtest du ja einmal mit Pia sprechen.«

Das Treffen stand unter keinem guten Stern. Als Pia mit Katalina und Goran eintrat, knetete Marija Brotteig, Gorans Vater lehnte an der Tür zum Garten.

»Papa, Pia würde gern mit dir reden. Du hast sie ja schon kennengelernt auf dem Fest.«

Petar taxierte sie, als wäre er ein Boxer und sie sein Gegner. Er war ein kräftiger Mann, dessen Körper von harter Arbeit und gutem Essen sprach. Er sagte keinen Ton, verengte nur die Augen. »Verschwinde«, signalisierte er ihr.

Pia wollte nicht verschwinden.

Wir dachten wirklich, fuhr es Pia durch den Kopf, wir sind gut vorbereitet, aber wir haben den menschlichen Faktor unterschätzt. Menschen denken nicht unbedingt logisch, sie haben Gefühle, die sie daran hindern, einsichtig zu sein.

Wie konnten sie an Petar herankommen, der sich eben abrupt umwandte und zur Tür hinausmarschierte?

Pia hörte, wie Katalina einen Seufzer ausstieß. »Himmel«, schimpfte sie. »Will ihm denn keiner von euch folgen? So geht das nicht, das müsste euch doch klar sein. Wir brauchen ihn. Er muss dabei sein. Er muss mitmachen, sonst können wir hier und jetzt abbrechen.« Sie schaute Goran an, der wich ihrem Blick aus. »Komm, Goran, spring über deinen Schatten. Es geht nicht darum, dass er immer recht haben will. Er ist so eingefahren. Es fällt ihm so schwer, sich von seinen Gewohnheiten zu lösen. Von dem Leben, das er bisher geführt hat.«

Goran schüttelte unwillig den Kopf. Katalina gab einen Laut des Unmuts von sich, dann stapfte sie zur Tür hinaus. Einen Moment war es still.

»Du solltest ihr folgen, Goran!«

»Ich …«, setzte Goran zum Widerspruch an.

»Nein!«, unterbrach Pia ihn mit erhobenem Zeigefinger. »Für so etwas haben wir jetzt keine Zeit. Darüber sprechen wir später.«

Goran zuckte mit den Schultern und folgte seiner Cousine. Marija schaute Pia nachdenklich an. Man konnte sehen, dass sie nach Worten suchte. Sie sprach kaum Deutsch, und Pia sprach kein Kroatisch. Hilflos lächelten sich die Frauen an.

»Sie …«, begann Marija und stieß die Fäuste gegeneinander, »immer kämpfen.«

Dann wandte sie sich wieder ihrem Teig zu. Pia wartete unschlüssig. Zu bleiben fühlte sich in diesem Moment genauso falsch an, wie den anderen beiden hinterherzulaufen. Dies war eine Sache, die die Familie anging. Sie wollte nicht den Eindringling spielen. Pia sah hinaus. Weder Goran, Petar noch Katalina waren auf der Terrasse zu sehen. Sie sah in den üppig wuchernden Garten. Zwischen den Gemüsebeeten waren Wege angelegt, ein Teil war urwüchsig belassen.

Für Kinder muss es hier wunderbar sein …

Der Gedanke schmerzte. Pia schob ihn rasch von sich weg.

Wo waren die drei?

Und dann entdeckte sie sie am Stall. Goran und seinen Vater und Katalina, die ihre Arme verschränkt hatte. Petar stand neben einem kleinen Traktor und machte sich daran zu schaffen. Jetzt beugte er sich vor. Der Ansatz seines Gesäßes sah aus der alten Arbeitshose hervor. Pia musste ein Lachen unterdrücken. Jetzt richtete er sich wieder auf und schien zufrieden.

Sie beschloss, zu ihnen zu gehen.

»Tito«, hörte sie Gorans Vater sagen.

Sie konnte sich denken, worüber er sprach. Zu Titos Zeiten war alles besser gewesen. Goran hatte ihr einmal erzählt, dass sein Vater daran festhielt, dass Tito ein großer Mann gewesen war. Dass er ihn noch erlebt hatte.

Jetzt bemerkte er sie.

Aus seinen dunklen Augen blitzte er sie an. Pia wandte sich Goran zu. »Kannst du vielleicht übersetzen? Ich würde wirklich gern mit deinem Vater sprechen.«

»Das kannst du«, sagte Goran. »Er gibt es zwar nicht zu, aber er kann sehr wohl ein wenig Deutsch. Er hat sich viel abgehört von den Touristen. Und früher, als es noch lief hier, hatte er eine Zeit lang einen Gutsverwalter, der deutschstämmig war. Mit dem hat er sich gut verstanden. Er hat es ihm beigebracht.«

Pia versuchte, ihr Erstaunen zu verbergen. Gorans Vater schien nicht immer so gewesen zu sein, wie er jetzt war. Vielleicht war er im Alter uneinsichtiger geworden, verbohrter, starrköpfiger.

»Herr Katić«, wandte sie sich an Gorans Vater. »Ich weiß, es ist nicht leicht für Sie. Bestimmt machen Sie sich Gedanken, weil Veränderungen anstehen. Sie haben langjährige Erfahrungen, haben Freude am Land und den Produkten, trotzdem läuft es nicht mehr so wie früher. Es gibt Leute, die sehr geschickt sind im Weingeschäft, deshalb muss man schnell etwas tun. Jetzt ist der richtige Zeitpunkt zu investieren. Der Tourismus boomt auf der Insel. Warum sollte man das nicht nutzen? Und das Weingut … Es könnte so viel mehr abwerfen …«

Petar schaute Pia prüfend und nachdenklich zugleich an. Dann stieg er abrupt auf seinen Traktor.

»Ich keine Zeit für Geschwätz«, sagte er in gebrochenem Deutsch mit starkem Akzent. »Deutsche immer denken Geld, Geld, Geld …«

Er fuhr davon. Goran, Katalina und Pia sahen ihm stumm hinterher. Niemand sagte etwas. Als Pia endlich Anstalten machte, ebenfalls zu gehen, hielt Goran sie fest.

»Wir werden nicht aufgeben. Du darfst dich nicht angegriffen fühlen.«

»Petar ist wütend«, sagte Katalina. »Er verletzt dich, weil er weiß, dass du recht hast. Er ist wie ein Tier, das angefallen wird und wild um sich beißt. Wir brauchen Geduld.«

Achtundvierzigstes Kapitel

»Herr Katić?«

Gorans Vater machte sich wieder an seinem kleinen Traktor zu schaffen, hob jetzt den Kopf und schaute in Pias Richtung. Schweigend musterte er sie. Sein Gesicht war braun gebrannt von der Sonne. Seine abweisende Haltung erinnerte sie an die Begegnungen am Vortag. Dennoch erkannte sie, dass er einmal ein gut aussehender Mann gewesen war. Goran ähnelte ihm.

»Was?«

Sie streckte ihm die Hand hin, er ignorierte sie. Immerhin putzte Petar sich die Hände an einem Tuch ab und kam näher.

Sie hatte mit Goran und Marija eine Weile in der Küche zusammengesessen und das Fotoalbum mit ihnen angesehen. Pia hatte einiges erfahren über die Zeit, in der die Bilder entstanden waren. Marija hatte allerdings bemerkt, dass sie sehr jung gewesen sei und dass Zlata ihr sicher Genaueres sagen könnte. »Meine Mutter weiß allerdings nicht, ob sie dafür bereit ist«, hatte Goran übersetzt. »Damals sind Dinge passiert, die nicht leicht für sie waren, Dinge, die ihr Leben von Grund auf verändert haben.«

Pia hatte Zlata auf dem Markt getroffen. Sie hatte gegrüßt, doch kein Wort mehr mit ihr gewechselt. Ihr Blick war nicht mehr nur abweisend, jetzt war er auch fragend und ängstlich.

Opa Klaus hatte immer noch nicht mit Zlata gesprochen.

Er wollte weiter allein sein, ging stundenlang am Meer spazieren, unternahm Wanderungen ins Hinterland. Er sei noch nicht bereit, hatte er zu Pia gesagt. Und dass er ganz zufrieden damit sei, in seinen Erinnerungen zu schwelgen. Ihr war es gar nicht unrecht. Da war Vergangenheit, die sie verstehen wollte, aber da war auch die Gegenwart, um die sie kämpfen wollte.

Pia riss sich aus ihren Gedanken.

Einatmen, ausatmen, einatmen, ausatmen …

Marija hatte ihr gesagt, dass ihr Mann eigentlich ein recht umgänglicher Mensch sei. Erst seit ihm bewusst wurde, dass seine Kräfte nachließen, dass er das Geschäft über kurz oder lang seinem Sohn überlassen musste, war er so unnahbar. Natürlich waren die beiden immer Dickköpfe gewesen, doch jetzt waren sie Männer, die um ihren Platz in der Rangfolge kämpften.

»Sie verstehen mich, wenn ich Deutsch spreche, sagt Goran?«

Petar hob die Schultern, nickte und bemerkte dann: »Du nix sagen. Was du willst?«

Pia lächelte zaghaft. »Ich werde langsam sprechen. In Ordnung?«

»In Ordnung«, erwiderte er. Er lächelte nun auch, ganz leicht nur, aber er lächelte.

Ich habe nur diese Gelegenheit, ihn zu überzeugen, dachte Pia. Ich werde sie nicht vertun.

Aber erst mal musste sie etwas anderes klären.

»Dinge zwischen mir und Ihrem Sohn gehen nur mich und Ihren Sohn etwas an. Verstehen Sie, Herr Katić?«

Er lächelte spöttisch, aber er verstand. »Natürlich.«

»Abgesehen davon möchte ich Ihnen wirklich gern helfen. Wenn Sie mich lassen.«

Neunundvierzigstes Kapitel

Pia klopfte. Im Zimmer war es dämmrig, als sie eintrat. Ihr Großvater lag auf dem Bett, hatte offenbar gedöst, setzte sich aber sofort auf, als er sie hörte. Erst sah er ein wenig desorientiert aus. Dann hob er die Hand zum Gruß, stand aber nicht auf.

Pia schaute sich um. Opa Klaus' Reisetasche stand in der Ecke. Kleidung quoll daraus hervor. Die junge Frau öffnete die Türen des Kleiderschranks. Er war leer.

»Du hast immer noch nicht ausgepackt, Opa?«

Ihr Großvater zuckte mit den Schultern und zwinkerte ihr zu. »Ist ja keiner da, der mich kontrolliert.«

Er sagte es, als ob er mit ihr scherzen wollte, aber es klang nicht überzeugend.

»Darf ich?« Pia ging zum Fenster, um die Vorhänge aufzuziehen.

Die Nachmittagssonne malte warme Flecken auf den Holzboden. Pia sah, wie ihr Großvater die Augen zusammenkniff.

»Und? Wie geht es dir jetzt hier?«, fragte Pia. »Erkennst du vieles wieder?«

»Ja. Erstaunlicherweise ist es, als ob ich gar nicht weggewesen wäre. Damals habe ich gern unter freiem Himmel übernachtet und vor dem Einschlafen die Sterne beobachtet. Wir sind gewandert, haben an einsamen Stränden gebadet. Den

Fisch, den wir geangelt haben, hat Marija oft an Ort und Stelle zubereitet. Damals habe ich Fisch erst für mich entdeckt.«

»Und wie war es nach so vielen Jahren, diese Strecke wieder mit dem Zug herzufahren?«

»Auf jeden Fall sehr anstrengend. In meinem Alter sollte man so eine lange Reise nicht mehr allein unternehmen. Das hab ich ein bisschen unterschätzt.« Zum ersten Mal sah sie ihn schief grinsen. »Ich werde älter, das hab ich auf der Reise wirklich gemerkt. Damals bin ich auch mal mit dem Wagen gefahren. Ich hab die Strecke auf einer Arschbacke abgerissen, wie man so schön sagt.« Sie lachten.

»Nur ein Mal?«

»Ja. Mit meinem VW Käfer. Meinem ersten. Er war alt und klapprig. Aber er hat es geschafft.«

Pia sagte nichts mehr. Sie wollte nicht weiter über die Vergangenheit scherzen, da war etwas, dem ihr Großvater sich stellen musste. Dem er sich stellen wollte. Er war ja schließlich freiwillig gekommen. Allerdings war er jetzt schon ein paar Tage da und hatte erst einen Versuch gewagt. Bei Marija. Pia konnte sehen, dass ihm das zu schaffen machte. Sie erinnerte sich nicht, ihn je so still erlebt zu haben. Würde sie ihn fragen müssen, oder rückte er endlich selbst mit seiner Geschichte heraus?

»Wo ist dieser Bauernhof eigentlich, auf dem du damals gewohnt hast?«, fragte sie. »Ich bin da sicher schon mal vorbeigekommen auf einem meiner Spaziergänge.«

Vielleicht half es ja, ihren Großvater ein bisschen erzählen zu lassen. Er verschränkte die Arme hinter dem Kopf.

»Am Ortsrand. Wie die Straße heißt, weiß ich gar nicht. Früher war das nur ein unbefestigter Weg. Ich glaub, es gab gar keinen Namen«, antwortete er dann. »Die Bauersleute haben mir im ersten Jahr erlaubt, mein Zelt aufzuschlagen, das hab ich dir ja schon erzählt, und dann hatte ich ein Zimmer dort, spottbillig. Ich hab bei ihnen Frühstück bekommen, das beste Frühstück meines Lebens übrigens, im Sonnenschein unter einem Olivenbaum … Jugoslawien war damals das Italien des kleinen Mannes, weißt du? Wer sich Rimini oder den Lido di Jesolo nicht leisten konnte, fuhr nach Istrien oder auf die Inseln Krk, Rab oder Mali Lošinj.« Er hielt inne, schien zu überlegen. »Willst du ihn sehen, den Hof, auf dem ich gewohnt habe?«

»Natürlich.«

Ich will alles sehen, dachte sie, alles. Ich will alles erfahren, was damals passiert ist.

Ihr Großvater stand auf und holte seine geliebten Trekkingsandalen aus der Tasche, setzte eine Kappe auf und wechselte das langärmlige Hemd gegen ein kurzärmliges.

Sie mussten nicht weit gehen, und obgleich Pia mittlerweile jeden Weg in Cres kannte, kam es ihr wieder vor, als würde sie den Ort nun mit anderen Augen sehen. Hier war ihr Großvater vor so vielen Jahren also auch schon entlanggegangen.

Endlich kamen sie an ein altes Tor, vor dem sie schon einmal gestanden hatte. Sie hätte damals gern Fotos gemacht von dem verwilderten Garten dahinter, doch das Tor war verschlossen gewesen. Ihr Großvater rüttelte daran und stieg dann seitlich über die verfallene Mauer.

»Opa!«

»Komm schon!«

Der Weg, der sich dahinter auftat, war völlig überwuchert. Ob man das Grundstück einfach unerlaubt betreten durfte?

Ihre Neugier siegte. Opa Klaus war längst entschlossen vorausgegangen. Sie folgte ihm und wäre dann fast mit ihm zusammengeprallt, weil er so abrupt stehen blieb. Vor ihnen lag ein verfallenes Haus.

Opa Klaus seufzte. »Hier wohnten die Bauern. Wahrscheinlich sind sie schon tot, und niemand wollte das Haus haben. Erben haben sie ja keine gehabt …«

Seine Stimme war kaum hörbar. Es schien ihm wirklich wehzutun. Vielleicht war es auch einfach ein weiterer Moment, in dem er erkennen musste, wie viel sich geändert hatte.

»Komm.«

Pia folgte ihrem Großvater tiefer in den riesigen wilden Garten hinein. Sie fragte sich, wie lange er wohl schon unbewirtschaftet brachlag. Das Gras war meterhoch. Früchte waren nicht geerntet worden, sie lagen verfault und zerplatzt auf dem Boden. Man hörte das Summen von Insekten.

Noch ein paar Schritte, und Klaus blieb wieder stehen. Vor ihnen stand ein großer, alter Olivenbaum, davor ein kleiner Platz.

»Hier hatte ich damals mein Zelt aufgeschlagen«, sagte Klaus nachdenklich. »Und da drüben hab ich immer …« Er ging ein Stückchen weiter, hob einen Stock auf und schlug damit wucherndes Gestrüpp beiseite. »Ich glaub es nicht, da ist sie ja noch«, hörte Pia ihn rufen und ging zu ihm. Zwischen all dem Grün konnte sie eine alte Zinkbadewanne erkennen. »Hier hab ich mich gewaschen. Für meine Wäsche hatte ich einen alten Holzbottich. Ich hab sie auf einem … Du meine Güte, da hinten rostet ja immer noch das alte Auto vor sich hin, auf dem ich sie getrocknet habe. Ich hab den Bauern Eier, Milch und so etwas abgekauft. Wasser gab es umsonst. Die beiden waren sehr großzügig. Manchmal saß ich mit ihnen zusammen. Sie hatten normalerweise keine Gäste, aber sie waren sehr gute Gastgeber. Ich hab mich willkommen gefühlt.«

Pia nickte. »Ja, die Gastfreundschaft hier ist wirklich beeindruckend. Wir sind da wohl anders. Wir fragen zu viel, machen uns zu viele Gedanken darum, was alles geschehen könnte, und vergessen darüber einfach oft, wie bereichernd es sein kann, fremde Menschen kennenzulernen, von anderen Kulturen zu erfahren.«

Opa Klaus gab eine Weile keine Antwort. »Vielleicht«, sagte er dann. »Wir sind zurückhaltender, aber ich denke, wir sind auch bereit, unsere Herzen zu öffnen.«

Pia pustete sich eine Haarsträhne aus der Stirn. »Vier Mal warst du hier, nicht?«

Ihr Großvater nickte. »Ja. Vier Mal«, erwiderte er. »Beim letzten Mal war ich fest überzeugt, dass ich beim nächsten Mal einfach hierbleiben würde. Für immer. Branko wollte ja auch zurück.«

»Das wolltest du wirklich? Und Oma? Du warst doch schon mit ihr zusammen damals, oder? Hast du nie an sie gedacht? Hast du ihr nie von deinen Plänen erzählt?«

Er schüttelte den Kopf. »Es war einfach ein Wunsch, der so überwältigend war, dass ich an nichts anderes mehr denken konnte. Und ich wollte auf niemanden Rücksicht nehmen. Es ging mir gut hier, ich konnte wieder träumen. Ich hatte kaum Verpflichtungen. Ich lachte mehr. Ich hatte neue Freunde gefunden, Freunde, die noch nicht so festgefahren waren wie meine Kommilitonen in Deutschland.«

»Du hast alles andere ausgeblendet.«

»Vielleicht war es so, ja.«

Ihr Großvater ging wieder ein paar Schritte, blieb dann erneut stehen.

»Der Stein ist immer noch da.« Er drehte sich zu ihr um. »Weißt du, er hat mir als Stuhl gedient.«

Was ihr Großvater schilderte, klang zauberhaft, aber Pia musste jetzt auch an ihre Oma denken und daran, dass ihr Leben vollkommen anders hätte verlaufen können, wenn Opa Klaus sich anders entschieden hätte.

»Du musst wissen, dass Jutta damals noch gar nicht in Frankfurt lebte. Sie ist dahingezogen, als …« Ihr Großvater brach ab. Pia sah ihn fragend an. In welchem Jahr? Im zweiten Jahr der Studentenrevolte? Im Jahr von Woodstock und Peace, Love and Happiness? »Jutta hat die Schule ja erst zwei Jahre nach mir abgeschlossen. Dann hat sie in unserem Heimatort eine Ausbildung angefangen. Ihre Eltern wollten nicht, dass sie geht, aber sie kann sehr überzeugend sein, wenn sie etwas will.«

Pia lachte leise. »Das kann ich mir vorstellen.«

Auch der Mund ihres Opas verzog sich zu einem Lächeln. Sie holte eine Wasserflasche aus ihrer Tasche und reichte sie ihm. Er nahm einen tiefen Schluck.

»Das tut gut«, sagte er.

Pia tat es ihm gleich. Jetzt merkte sie erst, wie durstig sie war.

»Du hast Farbe bekommen«, sagte Opa Klaus unvermittelt.

»Danke.«

»Steht dir gut. Erholt siehst du aus.«

»Danke, ich fühle mich auch gut.« Pia hielt inne. Sie dachte an die Gespräche, die sie mit Marija geführt hatte, zögerte noch einen Moment und holte dann tief Luft. »Erzähl mir etwas von Branko, Opa.«

Klaus sah in die Ferne, holte tief Luft. »Branko … Er kam mit mir nach Deutschland, weil er ein besseres Leben wollte. Komisch, nicht? Er dachte, in Deutschland etwas zu finden, das er nicht hatte, ich glaubte, es hier zu finden. Er war jedenfalls ein guter Freund, vielleicht sogar mein bester in dieser Zeit. Wir haben viel über Politik geredet damals. Alle haben ständig darüber geredet. Politik war unser Leben, Veränderung das Ziel. Wir haben sie geliebt, unsere Revolution. Branko interessierte sich irgendwann für die Kroaten, die 1945 nach Deutschland geflüchtet waren. Sein Vater hatte gegen die Nazis gekämpft. Er wusste, dass ehemalige Mitglieder der Ustascha, die an Hitlers Seite gestanden hatten, nach Deutschland geflohen waren. Die Ustascha hat zwischen 1941 und 1945 systematisch Juden und Serben ermordet ...«

»Ich glaube, es gab da mal einen Artikel im *Stern* dazu.«

»Den musst du bei mir gelesen haben.«

»Kann sein.«

»Branko beschäftigte das jedenfalls. Es gab große Demonstrationen.«

»Gegen den Vietnamkrieg.«

»Zum Beispiel.« Klaus verschränkte die Arme. »Es war ein wilder Aufbruch, aber du musst wissen, dass damals alles noch so rückschrittlich war. Überall steckte der Muff drin. Ich wollte da unbedingt raus. Also hab ich erst mal in den Semesterferien meine Heimatstadt verlassen und dann bin ich hierhergefahren.«

Pia nickte. »Ich verstehe. Erzählst du mir jetzt weiter von Branko? Marija sagte mir, du könntest richtig gut Kroatisch. Hat er es dir beigebracht?«

»Damals sprach man noch von Serbokroatisch«, erinnerte sich Klaus. »Hat man das Prinzip einmal raus, ist es richtig einfach. In der Begriffs- und auch in der Wortbildung ist das Kroatische dem Deutschen erstaunlich ähnlich. Und nein, ich habe Kurse belegt, den Rest hab ich mir selbst beigebracht. Wenn man lange in einem Land lebt, dessen Sprache man lernen möchte, geht das wie von selbst.«

»Du hast Branko nie von Jutta erzählt?« Pia verschränkte die Arme.

»Nein. Erst in Deutschland hat er sie kennengelernt. Aber ich denke, er wusste von Anfang an, dass wir zusammengehörten, auf so eine Art, die er eben nicht verstand. Er war kein besonders moderner Mensch. Manche Dinge musste er erst noch kennenlernen.«

»Was meinst du mit ›modern‹? *Wer zweimal mit derselben pennt, gehört schon zum Establishment?*«

Ihr Großvater lachte. »Den Spruch hab ich ja lange nicht mehr gehört. Ja, genau so war es in Deutschland. Für einen bodenständigen Kroaten undenkbar.«

»Erzähl mir mehr von damals, Opa«, bat Pia. »Mehr von damals und mehr von Branko.«

Deutschland

Sechzigerjahre

Als Branko erwachte, stand die Sonne schon sehr tief. Die meisten Ausflügler hatten den Ort verlassen. Klaus schnarchte leise mit geöffnetem Mund. Branko hatte wirr von Zlata und von seinem Zuhause geträumt. Ob Zlata wohl auch so oft an ihn dachte? Es war schön, davon zu träumen, sie wären vereint. Es schmerzte einfach nur, gut tausend Kilometer voneinander getrennt zu sein.

Für einen Augenblick noch blieb er auf dem Rücken liegen, die Arme hinter dem Kopf verschränkt. Die Sonne wärmte sein Gesicht. Branko lauschte dem Geräusch des Flusses und dachte an Wellen, die an den Strand schlugen. Er hatte noch nicht genug Geld zusammen, um für immer zurückzugehen, aber er konnte Zlata doch zumindest einen Besuch abstatten. Er vermisste sie unendlich. Er würde ihr einen Ring kaufen und offiziell um ihre Hand anhalten. Sie waren beide volljährig. Wer sollte sich also dagegenstellen?

Branko setzte sich auf. Es war angenehm, so nah am Wasser. Er sah ein Schiff vorbeifahren, recht flach war es, an Deck stand ein Auto. Ein Kind lehnte an der Reling und winkte ihm zu. Er winkte zurück, stand dann auf und streckte sich, ging näher ans Ufer. Unter seinen Füßen knirschten Sand und kleine Steine. Mit den Augen verfolgte er wieder einen der Kähne, die vorbeizogen. Ein Geräusch war plötzlich hinter ihm zu hören. Er hörte Klaus gähnen. Der Freund stand auf einmal neben ihm.

»Richtig schön hier, was?«, sagte er. »Ist mal was anderes, am Rhein zu sein.«

Branko nickte und nahm die Flasche Wein, die Klaus ihm reichte. Er trank. Der Wein war gut. Klaus hatte ihn von seinem Wochenende bei seiner Mutter mitgebracht. Branko betrachtete das Etikett, das ihm doch nichts sagen wollte. Er nahm noch einen Schluck und reichte die Flasche an Klaus zurück.

»Deine Mutter versteht was von Wein«, sagte er.

»Hm, sie ist eine Winzerstochter«, entgegnete Klaus.

Abwechselnd tranken sie aus der Flasche und gingen ein paar Schritte ins Wasser hinein. Der Fluss leckte an ihren Füßen. Es war angenehm und brachte etwas Kühlung an diesem heißen Tag.

Branko fühlte sich leicht und wusste, dass Klaus Ähnliches empfand. O ja, sie würden sich heute betrinken wie Männer. Sie würden reden und Spaß haben. Wie Männer.

Er wollte mehr von Klaus' Deutschland erfahren, mehr noch, als er bisher schon wusste. Er wollte mehr wissen, damit er Zlata davon erzählen konnte. Er dachte daran, dass Zlata sein Herz in der Hand hielt und wie schön das war.

»Baden sollten wir hier nicht«, sagte Klaus unvermittelt. »Der Rhein ist zu dreckig, und die Strömungen sind zu gefährlich.«

»Meinst du?« Branko kniff die Augen zusammen.

»Ja, manchmal schwimmen da Fische drin, die Bäuche nach oben.« Klaus schauderte.

Branko sah auf seine Füße. Es war schwer, sich vorzustellen, dass ein Fluss so verschmutzt war, dass man nicht in ihm baden konnte.

Ein größeres Schiff verursachte eine größere Welle, die ihnen beiden bis an die Knie schwappte. Branko lachte, weil der Wein seine Glieder schwer machte und die Bewegungen langsam, und weil er der Welle nicht hatte ausweichen können. Klaus lachte auch.

»Schade«, sagte er dann mit schwerer Zunge, »wirklich schade.«

»Ja.« Sie kehrten zu ihrer Decke zurück, setzten sich. Klaus holte noch eine Flasche Wein aus seinem Rucksack. Dann aßen sie scharfe Würste, die Branko von Duro bekommen hatte.

Der Abend färbte sich rotgolden. Auch die zweite Flasche Wein war im Nu leer. Dann tranken sie jeder noch eine Flasche Bier. Brankos Körper fühlte sich zunehmend schwerer an.

»Ich glaub, wir müssen hier übernachten«, sagte Klaus stöhnend und legte sich wieder hin. »Ich kann nicht mehr fahren …«

Branko schaute auf das Wasser hinaus. Er musste plötzlich an das Meer denken und hatte große Lust zu schwimmen. Er stieß Klaus an. Der grunzte und setzte sich dann mühsam auf.

»Komm, wir gehen doch schwimmen«, lallte Branko.

Er hatte den Eindruck, dass Klaus den Kopf schütteln wollte, es aber doch unterließ.

Branko wies auf den Fluss. »Wir schwimmen da rüber, auf die andere Seite.«

»Das ist der Rhein, nicht der Main«, sagte Klaus mit schwerer Zunge. »Der Rhein ist viel zu breit …«

»Ich weiß.«

»Wenn du Wasser schluckst, vergiftest du dich, und sie pumpen dir den Magen aus.«

»Lustig …« Branko musste lachen bei der Vorstellung. Er schlüpfte aus dem T-Shirt, aus seinen Jeans, stand auf, stellte sich breitbeinig hin und stemmte die Hände in die Hüften. Er trug eine dunkelblaue Unterhose. »Komm schon …«

»Nein!«

»Warum nicht?«

»Es ist … Es ist wirklich zu gefährlich, hier zu schwimmen.«

»Ja, er ist schmutzig, der Rhein. Uuuh, uuuh, ich hab Angst, ich mach mich dreckig. Was ist mit dir? Du bist doch kein Mädchen.«

»Nein.« Klaus gähnte. »Ich bin müde, lass uns noch ein bisschen schlafen.«

Branko grinste. »Schlaf du ruhig.«

Er drehte sich um und schaute auf den Fluss hinaus, auf dem die Abendsonne zu tanzen schien. Er ging ins Wasser, bald reichte es ihm bis an die Knie. Es fühlte sich angenehm an. Er fühlte sich leicht. Hinter sich hörte er ein Stöhnen. Er sah zurück.

»Mir ist schlecht«, sagte Klaus. Er rollte sich auf der Decke zusammen.

Branko lachte auf. Er wusste, dass ihm auch noch schlecht werden würde, aber noch nicht, noch war es nicht so weit. Er ging weiter. Bis da vorne nur. Er merkte, wie der Fluss an ihm riss. Klaus hatte recht. Er sah zur Seite. Schiffe näherten sich und brachten neue Wellen. Solche Schiffe gab es bei ihm zu Hause nicht. Branko ging wie in Trance weiter. Das Wasser reichte ihm jetzt bis zu den Hüften. Man musste aufpassen, doch es tat gut, seinen Körper zu spüren, selbst wenn der Alkohol die Bewegungen einschränkte.

Fünfzigstes Kapitel

Kroatien, Insel Cres, Gegenwart

Das war also vor so vielen Jahren passiert. Pia überlief ein Frösteln. Sie fühlte sich bedrückt und erleichtert zugleich. Das, was geschehen war, war schrecklich, aber dass sie es nun wusste, empfand sie als seltsam tröstlich.

Sie schaute ihren Großvater an. Seine Schultern waren nach vorne gesunken. Er wirkte müde. Sie konnte nicht sagen, ob er sich befreit fühlte. Er hatte sein ganzes Leben lang geschwiegen, gut möglich, dass er sich daran gewöhnt hatte. Das Gedächtnis ging manchmal seltsame Wege.

So viel Zeit war seit diesen Ereignissen vergangen. Opa Klaus hatte sein schlechtes Gewissen bekämpft, er hatte versucht zu vergessen, aber das war ihm niemals gelungen. Er wusste noch so viele Details. Nein, er hatte nicht vergessen können, da war sie sich sicher.

Pia räusperte sich. »Hat man …?«, setzte sie vorsichtig an.

Ihr Großvater hob den Kopf. »Nein, man hat ihn nie gefunden.« Er stockte. Ein unglückliches Lächeln erschien auf seinen Zügen. »Jahrelang habe ich mir tatsächlich immer wieder vorgestellt, dass er vielleicht doch irgendwo sein Glück gemacht hat und dass er irgendwann wieder auftaucht. Wie der sprichwörtliche Onkel aus Amerika.« Er starrte in die Ferne. Pia folgte seinem Blick.

»Du hättest es ihnen gleich sagen müssen.«

»Ich weiß. Du kannst dir sicher sein, dass ich das weiß.« Klaus schüttelte den Kopf. »Erst hab ich mich nicht getraut. Ein Brief kam, dann noch einer … Ich habe sie nicht beantwortet, und als ich bald danach eine kleine Wohnung fand, war ich einfach unbekannt verzogen. Je länger ich gewartet habe, desto schwieriger wurde es ohnehin. Irgendwann war es dann ganz unmöglich …«

Pia verspürte Mitleid mit ihrem Großvater, zugleich ärgerte sie sich. Sie dachte an Zlata, die ihr Leben allein und als Außenseiterin verbracht hatte, Zlata, die gewiss etwas anderes von ihrem Leben erwartet hatte, die mit der Ungewissheit hatte weiterleben müssen.

Opas Feigheit hat Zlatas Leben bestimmt.

»Hast du je an Zlata gedacht? Was dein Schweigen für sie bedeutet hat?«

»Natürlich.«

»Und trotzdem hast du nichts getan? Sie hat immer gewartet. Sie liebt Branko bis heute.«

Pia hörte die Bitterkeit in ihrer Stimme, bestimmt nahm der Großvater sie auch wahr. Er war immer ein Vorbild für sie gewesen, immer ehrlich ihr gegenüber. Er wich ihrem Blick aus.

»Zlata … Weißt du … Ich habe es nicht fertiggebracht, mit Zlata zu reden, denn damals … Ich hatte mich in Zlata verliebt. Sie wusste es, doch sie liebte Branko. Vielleicht dachte ich damals, wenn ich es ihr sage, dann denkt sie, ich hätte mein Versprechen nicht gehalten. Das Versprechen, auf ihn aufzupassen. So war es ja letztlich auch.«

»Du hast dich in Zlata verliebt? Hast du Oma das erzählt?«

»Nein. Sie weiß nur, dass ich ein paar Sommer lang in Kroatien war. Das hätte ich ja wohl auch nicht vor ihr geheim halten können.«

»Du musst ihr von Zlata erzählen.« Pia suchte den Blick ihres Großvaters. »Sie hat ein Recht darauf, es zu erfahren.«

»Aber es ist so lange her.« Klaus sah seine Enkelin kläglich an. »Und es hatte wirklich keine Bedeutung. Ich habe Oma auch geliebt, ich liebe sie heute noch. Man kann zwei Menschen gleichermaßen lieben.«

»Trotzdem war danach nichts mehr, wie es vorher gewesen ist.« Pia spürte, wie Wut in ihr aufstieg. »Sag es ihr!«

»Es würde sie verletzen.« Klaus sah besorgt aus. »Ich will ihr einfach nicht wehtun.«

Pia schüttelte den Kopf. »Opa Klaus, soll sie es wirklich nicht erfahren? Du hast mit dem Gedanken gespielt, nicht mehr zu Oma zurückzugehen. Du wolltest ein neues Leben beginnen – ohne sie.«

»Aber das habe ich ja nicht, und ich weiß, dass ich die richtige Entscheidung getroffen habe. Man irrt sich doch auch einmal in seinem Leben. Ich habe immer Schuldgefühle gehabt, das musst du mir glauben. Wirklich. Es hat mich so belastet, ich …« Er seufzte. »Jetzt bist du enttäuscht von mir. Das tut mir leid.«

»Wie konntest du nur mit dieser Schuld leben?«

Es dauerte eine Weile, bis er mit schwacher Stimme antwortete. »Ich weiß es nicht. Ich weiß es wirklich nicht. Aber es fühlte sich niemals richtig an, dass ich geschwiegen habe, das kannst du mir glauben.«

Pia stand auf. Mit einem Mal hatte sie das Bedürfnis, allein zu sein. Sie musste nachdenken, sich über einige Dinge klar werden. Sie musste mit Goran sprechen.

»Du wirst Zlata erzählen müssen, was mit Branko geschehen ist. Sie verdient es, die Wahrheit zu hören.«

Klaus nickte gedankenverloren. »Das werde ich«, sagte er mit rauer Stimme. »Ich verspreche es.«

Einundfünfzigstes Kapitel

Zlata ging allein spazieren. In der Natur konnte sie ihren Gedanken freien Lauf lassen. Ihre Gefühle waren in Aufruhr geraten, seit Klaus da war.

Sie hatte ihn sofort erkannt. Keine Sekunde hatte sie daran gezweifelt, dass er es war. Es waren seine Bewegungen, die Art, wie er den Kopf hielt, wie er sprach. Natürlich war er älter geworden, das waren sie alle. Sie wusste jetzt auch, was sie an Pia, seiner Enkelin, vom ersten Augenblick an irritiert hatte. Die beiden sahen einander ähnlich.

Was würde er jetzt tun? Würde er noch einmal zu ihr kommen? Würde er ihr dann erzählen, was geschehen war? Sie nahm sich vor, sich nicht ein weiteres Mal vor ihm zu verstecken, sie hoffte doch so sehr, endlich eine Erklärung für ihren Schmerz zu erhalten. Ändern konnte sie nichts mehr. Sie hatte ihr Leben gelebt und haderte nicht mehr. Trotzdem würde es ihr guttun, zu erfahren, was mit Branko geschehen war, warum er sich so plötzlich nicht mehr gemeldet hatte.

Und doch habe ich Angst …

Der Boden unter ihren Füßen wurde weicher. Zlata liebte es, über Kiefernnadeln zu gehen. Dann knirschte es wieder von den kleinen Kieseln, die auf dem Weg lagen. Ein Stück weiter wurde es karstig. Wie immer blieb sie stehen und spähte durch die Baumstämme hindurch zum glitzernden Meer. Diese Stelle mochte sie besonders, diese Stelle, an der sich Grün und Weiß und Blau mischten. Hier hatten Branko und sie so oft gestanden.

Das war unser Ort …

Als sie hörte, dass sich Schritte näherten, war sie tatsächlich nicht überrascht. Sie drehte sich um. Sie wusste, dass er ihr seit geraumer Zeit folgte. Nein, sie war wirklich nicht überrascht. Auch Klaus kannte diese Stelle. Hier hatte sie ihm das Versprechen abgenommen, auf Branko zu achten.

»Zlata? Zlata, darf ich mit dir sprechen?«

Seine Stimme war brüchiger geworden. Die Wörter klangen nicht mehr so sicher wie in den glücklichen Sommern, die sie geteilt hatten, den Sommern, in denen alles möglich erschienen war. Seine Stimme war gealtert. Sie zog die Schultern hoch, drehte sich zu ihm um, sah, wie er zu ihr kam.

Sie waren zwei alte Menschen, Menschen, die den größten Teil ihres Lebens gelebt hatten. Wie anders war das Leben verlaufen, als sie es sich damals als junge Menschen ausgemalt hatten.

»Klaus«, gab sie zurück, nicht mehr.

Sie wusste einfach nicht, was sie sagen sollte, nicht nach so vielen Jahren.

»Darf ich?«, fragte er noch einmal.

Jetzt schüttelte sie entschlossen den Kopf. »Nein, Klaus, ich möchte noch ein wenig allein sein.«

Er nickte sofort. »Bitte, Zlata«, setzte er dann an, »ich gehe gleich wieder, ich möchte nur sagen, dass mir das alles unendlich leidtut. Ich werde dir alles sagen, was ich weiß. Wenn du mir nur …«

Sie hob die Hand und brachte ihn damit zum Schweigen. Dann drehte sie sich um und setzte einfach ihren Weg fort, so wie sie das seit so vielen Jahren tat. Sie hatte gelernt, allein zu gehen. Sie würde jetzt nicht straucheln.

Zlata kehrte später als sonst von ihrem Spaziergang zurück, aber das konnte sie ja. Niemand wartete auf sie. Sie stand lange am Fenster, sah in Gedanken versunken hinaus, dann nahm sie das Tablett mit ihrem Abendessen und stellte es auf den Tisch.

Als sie sich gerade gesetzt hatte, klopfte es.

»Wer ist da?«, fragte sie durch die geschlossene Tür.

»Klaus. Darf ich hereinkommen?«

Sie zögerte. Am Nachmittag hatte sie ihn fortgeschickt. Doch sie wusste, dass sie mit ihm reden musste. Sie musste es nicht nur. Sie wollte es ja. Sie hatte viel nachgedacht auf ihrem Spaziergang heute.

Warum hab ich ihn nicht kommen sehen?

Sie hatte doch am Fenster gestanden. Hatte er draußen auf sie gewartet, die ganze Zeit lang, bis sie nach Hause gekommen war?

»Zlata?«

Ja, sie musste wissen, was geschehen war. Früher am Tag war es ihr noch nicht recht erschienen. Es war ihr vorgekommen, als stünde es ihm nicht zu, ihr so nahezukommen.

Jetzt bin ich bereit.

Sie stellte das Tablett mit dem Abendessen auf die Anrichte.

»Komm herein.«

Es dauerte noch einen Moment, bevor er die Tür öffnete, als müsste er sich selbst Mut zusprechen, dann stand er vor ihr. Kurz, ganz kurz nur, sah sie den blonden Deutschen mit dem halblangen Haar, den sie vor über fünfzig Jahren kennengelernt und der ihr Leben so verändert hatte.

Konnte man das so sagen? Zlata überlegte. Klaus schloss die Tür und blieb dann unschlüssig stehen. Er wartete offenbar darauf, dass sie etwas sagte. Er trägt immer noch Jeans, fiel ihr im nächsten Moment auf. Nur das ordentlich gebügelte

Hemd schien ihr ein Zugeständnis ans Älterwerden. Sie fragte sich, ob Branko jemals Jeans getragen hatte.

Früher, dachte sie, wären wir jetzt vielleicht an den Strand gegangen. Wir hätten geredet. Die anderen hätten dort auf uns gewartet. Wir hätten den ganzen Nachmittag mit Baden, Ballspielen und Träumereien verbracht.

Ach, was haben wir geträumt damals, ohne Angst, ohne Bedenken, ohne Einschränkungen.

Zlata zwang sich aus den Gedanken, die sie gefangen zu nehmen drohten, und räusperte sich. »Möchtest du einen Mokka?«

»Danke, das wäre nett, aber du musst nichts für mich tun.«

Sie nickte. »Nein, das muss ich nicht, ich biete es dir dennoch an.«

»Dann gern. Ich habe immer …«

Er brach ab. Vielleicht fiel ihm auf, dass er besser nicht über Dinge sprechen sollte, die sie früher gern gemacht hatten.

»Setz dich.«

Sie sah, wie er sich ein wenig entspannte, ein wenig nur, aber sie nahm es wahr. Hatte er befürchtet, dass sie ihn erneut abweisen würde? Er weiß so wenig von mir, schoss es ihr durch den Kopf. Und ich weiß nichts mehr von ihm.

Damals hat er mich geliebt. Aber ich liebte Branko.

Während sie sich am Herd zu schaffen machte, schaute Klaus sich in ihrer Küche um. Zlata folgte seinem Blick.

Sie war stolz auf ihre Küche. Sie fand, dass sie sie geschmackvoll eingerichtet hatte. Sie hatte stets Wert auf schöne Dinge gelegt, die sie sich von ihrem hart verdienten Geld gekauft hatte. Sie hatte immer gearbeitet: als Lehrerin, als Fremdenführerin, lange Jahre auch am Hafen, immer in der Hoffnung, dass sie dort als Erste mitbekommen würde, wenn Branko zurückkam. Sie hatte außerdem einen Nutzgarten gehabt, die Produkte auf dem Markt verkauft, und sie hatte Zimmer an Touristen vermietet. Sie war für ein paar Jahre in Rijeka gewesen, aber heimgekehrt, denn hierher musste Branko zurückkommen, und wie hätte er sie in der Fremde finden können?

Der Mokka war fertig. Zlata stellte ihn auf den Tisch. Klaus sah die zierliche Tasse an.

»Machst du dir keinen?« Sie schüttelte den Kopf. Sie traute ihrer Stimme nicht. Auch nicht den Knien, die sich plötzlich so zittrig anfühlten, dass sie sich setzen musste. »Trinkst du nicht mit mir?«

Sie zuckte mit den Schultern. Nein, sie wollte nicht mit Klaus gemeinsam Mokka trinken, als wäre nichts geschehen. Zuerst wollte sie sich anhören, was er zu berichten hatte.

Klaus öffnete die Zuckerdose und warf zwei Würfelchen in seine Tasse. Sie erinnerte sich daran, dass er es schon immer süß gemocht hatte.

Plötzlich konnte sie nicht länger warten.

»Was ist mit Branko geschehen?«

Klaus wurde blass. Es dauerte noch etwas, bevor er zu sprechen begann. Doch dann erzählte er ihr von jenem Sommertag, dem schrecklichsten seines Lebens.

Deutschland

Sechzigerjahre

Als Klaus erwachte, war es früher Morgen. Es war noch diesig, aber schon wieder warm. Wahrscheinlich war es noch nicht einmal richtig abgekühlt. Sein Schädel dröhnte, und als er sich aufsetzte, meinte er, sich übergeben zu müssen.

Er sah sich um. Branko war nirgends zu sehen, aber seine Kleidung lag auf der Decke, was ihn verwirrte. Klaus rieb sich die Augen. Die Erinnerung kam langsam zurück, der Geschmack in seinem Mund war bitter. Er hatte zu viel getrunken, viel zu viel Wein und dann Bier.

Bier auf Wein, das lass sein.

Wo war Branko, verdammt?

»Branko?« Seine Stimme klang heiser. Er rief lauter. »Branko?«, krächzte er.

Doch der Fluss verschlang seine Worte. Er kniff die Augen zusammen. Er sah nichts, nur Wellen, Schiffe, die ihre Waren transportierten, morgendliches Licht, das auf dem Wasser schimmerte … Der Morgen war wunderschön.

Was war passiert, verdammt?

Er versuchte, sich zu erinnern. Seine Augen weiteten sich, und er stand für einen Moment bewegungslos da, dann ließ er sich auf die Knie fallen. Hatte Branko nicht gesagt, er wolle schwimmen gehen? Und hatte er ihm nicht gesagt, das sei zu gefährlich? Branko hatte über seine Warnung gelacht. Ihm war so schlecht gewesen, dass er keine Kraft gehabt hatte, mit dem Freund weiter zu diskutieren.

Dann musste er eingeschlafen sein.

Klaus starrte auf den Fluss hinaus. Sein Schädel dröhnte, er war schlagartig nüchtern. War Branko trotz seiner Warnung ins Wasser gegangen? Er erinnerte sich daran, dass Branko ihn verhöhnt hatte.

Er hat gelacht, hat mich ein Mädchen genannt. Und ich war zu betrunken, um ihn von dem Wahnsinn abzuhalten.

Er sah auf Brankos Kleidung. Die hätte er doch nicht zurückgelassen, wenn er einfach hätte verschwinden wollen … Es musste ein Unfall gewesen sein, und er war nicht da gewesen, um dem Freund zu helfen.

Später konnte Klaus sich nicht mehr richtig erinnern, was im Folgenden passiert war. Er hatte Brankos Sachen durchsucht – in seinem Portemonnaie hatten ein Zehnmarkschein und ein Bild von Zlata gesteckt. Er hatte alles zusammengerafft und war zu seinem VW Käfer gerannt. Er war zur Polizei gefahren, ihm waren Fragen gestellt worden. Über die Antworten hatte er sich später gewundert.

»Sollen wir jemanden informieren?«

»Ich weiß nicht.« Er hatte den Kopf geschüttelt. »Wir kennen uns nicht so gut. Aber würden Sie mir Bescheid geben, wenn …?«

Der Polizist hatte genickt. Klaus dachte daran, dass er gelogen hatte. Irgendwann hatte er gehen dürfen.

Er war in Brankos und Duros Wohnung gefahren, hatte Brankos Habseligkeiten zusammengeräumt und mit zu sich nach Hause genommen. Duro hatte er eine Nachricht hinterlassen. Er hatte ihm geschrieben, es habe einen schrecklichen Unfall gegeben.

Gab es irgendein Anzeichen dafür, dass Branko hatte verschwinden wollen?

Die Idee war albern. Branko hatte in eine eigene Wohnung ziehen wollen. Er hatte die erste Monatsmiete schon entrichtet. Niemals wäre er einfach so verschwunden. Es musste ein Unfall gewesen sein. Man durfte den Fluss eben nicht unterschätzen, das hatte er ihm zu sagen versucht.

Aber wenn Branko ertrunken war, wo war dann seine Leiche?

Über die nächsten Tage wartete er auf Nachricht. Er wartete und wartete. Er rief mehrmals bei der Polizei an, doch es gab nichts Neues.

Abends vor dem Einschlafen holte er Zlatas Bild hervor, das er aus Brankos Portemonnaie genommen hatte, und betrachtete es lange.

Ich muss ihr Bescheid geben.

Aber er konnte es nicht. Er hatte ihr versprochen, auf Branko aufzupassen. Er hatte sein Versprechen nicht gehalten.

Zweiundfünfzigstes Kapitel

Kroatien, Insel Cres, Gegenwart

Klaus erzählte. Er widersprach sich. Er berichtigte sich. Er wollte sich erinnern, aber es fiel ihm nicht leicht.

Zlata hörte zu. Manchmal schloss sie die Augen, um nur seiner Stimme zu lauschen. Dann wieder sah sie ihn an. Sie erfuhr etwas von Brankos Leben in Deutschland, Dinge, die er ihr nicht geschrieben hatte. Am Ende war es dunkel, und sie bat ihn zu gehen.

Zlata blieb am Tisch sitzen, Klaus' Stuhl stand immer noch so da, wie er ihn zurückgeschoben hatte. Sie hatte ihn darum gebeten zu gehen, weil sie nachdenken musste.

Branko war also tot, ertrunken in einem Fluss in Deutschland. Im Rhein, sie kannte den Fluss.

Eigentlich hatte sie gewusst, dass er tot war, und doch war da etwas in ihr gewesen, das sich gegen die Wahrheit gesträubt hatte. Es war nicht so leicht, damit zurechtzukommen, dass ihr das letzte bisschen Hoffnung, das sie immer noch gehabt hatte, nun genommen worden war.

Zlata schloss die Augen. Sie hatte auf Erleichterung gehofft und war doch sprachlos. Langsam stand sie auf. Das Abendessen war längst kalt geworden, aber sie hatte keinen Hunger mehr. Sie nahm den Teller vom Tablett, deckte ihn ab und stellte ihn in den Kühlschrank. Dann stand sie für einen Moment vor der Anrichte, stützte sich mit beiden Händen ab und kämpfte gegen ein Schwächegefühl an.

Die Trauer kam in Wellen. Sie hatte das schon einmal erlebt, vor so vielen Jahren, als Branko plötzlich nicht mehr geschrieben hatte: Trauer, Wut, wieder Trauer und keine Möglichkeit, zur Ruhe zu kommen. Denn zur Ruhe kam man nur, wenn man mit einer Sache abschließen konnte.

Warum nur habe ich nie versucht, Klaus zu erreichen?

Konnte sie jetzt von Branko Abschied nehmen, nach so vielen Jahren? Sollte sie nach Deutschland fahren, an den Rhein? An den Ort, an dem Klaus Branko zum letzten Mal gesehen hatte?

Sie ging zum Tisch zurück, nahm Klaus' Tasse und spülte sie, wischte den Tisch ab, wie sie das abends immer tat. Sie würde nicht darüber nachdenken, warum sie ihrem Leben nicht eine andere Wendung gegeben hatte, als Branko auch nach Jahren nicht zurückgekehrt war. Vielleicht hätte sie tatsächlich von Cres weggehen sollen und heiraten. Aber dazu war es nun zu spät.

Sie besuchte Marija am nächsten Tag, die stellte keine Fragen. Sie wusste, wann es besser war zu schweigen. Marija putzte Gemüse, Zlata saß ihr am Tisch gegenüber. Sie schaute auf den von grauen Haaren durchzogenen Dutt der Freundin und dachte an das Mädchen mit den langen rotbraunen Zöpfen. Wie schwer mochte es Marija gefallen sein zu sehen, dass Klaus nur Augen für sie, Zlata, gehabt hatte?

»Er hat es mir gesagt«, sagte Zlata unvermittelt in die Stille hinein. »Er hat mir gesagt, was geschehen ist.«

Marija sah zu ihr auf. »Was? Was ist geschehen?«

Zlatas Augen füllten sich mit Tränen. »Er ist ertrunken … Er ist im Rhein ertrunken.«

Während sie Marija erzählte, was sie von Klaus erfahren

hatte, liefen ihr unablässig die Tränen über die Wangen. Tränen, die seit so vielen Jahren darauf warteten, geweint zu werden. Marija hörte ihr mit vor Entsetzen weit aufgerissenen Augen zu. Zlata wusste, dass die Freundin sie noch nie hatte weinen sehen.

»O mein Gott, er ist tot«, murmelte sie, stand auf und nahm Zlata in die Arme. »Mein Bruder ist tot … Warum hat Gott das zugelassen?«

»Jetzt haben wir wenigstens Gewissheit …« Zlata hatte sich wieder gefasst. Sie trocknete ihre Tränen. »Und ich habe immer gedacht, dass Gott mich verlassen hat.«

»Was willst du tun?«, fragte Marija. Sie sah Zlata traurig an.

Zlata zuckte mit den Schultern. Sie wusste es nicht. Man hatte Branko nie gefunden. Würde sie sich je damit abfinden können, oder würde da immer das Gefühl sein, dass Branko vielleicht doch noch lebte?

Nein, sie war sicher, dass er nicht mehr lebte.

Er hätte mich niemals ohne Abschied zurückgelassen.

»Vielleicht solltest du nach Deutschland fahren, um zu sehen, wo er gelebt hat«, sagte Marija in die Stille hinein und verstärkte damit den Gedanken, den Zlata am Vortag gehabt hatte. »Ich glaube … ich würde das auch gern tun. Er war schließlich mein Bruder.« Sie ging zum Herd und setzte Teewasser auf.

Zlata lächelte. »Ja, ich denke darüber nach, jetzt, da wir einen Ort haben …« Sie hielt inne. »Ich bin froh, dass ich es dir als Erste erzählt habe. Du bist die Einzige außer mir, die ihm nahestand.«

Marija seufzte. Sie gab Kräuter in eine Kanne, goss das siedende Wasser hinein, stellte zwei Tassen und die Kanne auf den Tisch. »Ich hätte es meiner Mutter gegönnt zu erfahren, was mit ihrem Sohn geschehen ist«, sagte sie. »Sie hat den Verlust nie verwunden.«

»Ich weiß«, erwiderte Zlata leise. »Es wäre schön gewesen, wenn wir uns gegenseitig hätten stützen können in unserer Trauer.« Sie klopfte auf den Platz neben sich. »Setz dich zu mir.«

Marija nahm an Zlatas Seite Platz. Als der Tee lange genug gezogen hatte, schenkte sie ihnen beiden ein.

Es schmerzte zu wissen, was damals mit ihrem Bruder geschehen war, und zugleich verspürte sie ein Gefühl der Befreiung. Nach und nach würden es jetzt alle erfahren. Neue Geschichten würden entstehen.

»Danke, dass du es mir erzählt hast«, sagte Marija.

»Wir könnten gemeinsam nach Deutschland fahren. Wir könnten Ana besuchen«, sagte Zlata nachdenklich.

Marija nickte. Sie hatte ihre Schwester sehr lange nicht mehr gesehen. »So machen wir es. Es wird bestimmt schön sein, Ana einmal wiederzutreffen. Wir können gemeinsam Abschied nehmen.«

Dreiundfünfzigstes Kapitel

Pia hatte Goran alles erzählt, was sie über Klaus und Branko erfahren hatte, und der hatte ihr so ruhig und konzentriert zugehört, dass sie selbst zur Ruhe gekommen war.

»Vielleicht möchtest du jetzt mit deiner Mutter reden«, hatte sie gesagt.

»Das ist eine gute Idee. Ich könnte mir vorstellen, dass sie jemand Vertrauten zum Reden braucht. Kann ich dich allein lassen?«

Pia kämpfte gegen ein kurzes Frösteln an. »Klar doch, ich wollte ohnehin meine Oma anrufen. Auch sie verdient es, die Wahrheit zu erfahren.«

Sie verabschiedeten sich. Pia wählte und hörte das Freizeichen – einmal, zweimal –, dann wurde der Hörer abgenommen.

»Hallo?«

»Oma?«

»Pia? Das ist aber schön, dass du anrufst. Geht es dir gut? Wie geht es Opa? Er hat nur eine kurze SMS geschrieben, als er angekommen ist. Ich bin ein wenig sauer auf ihn. Ich kann nicht glauben, dass er sich nicht mal Zeit nimmt, mich anzurufen und ein bisschen zu erzählen.«

»Ich glaube, er denkt einfach nicht dran abends. Er ist immer ziemlich erschöpft von der Hitze«, nahm Pia ihren Großvater in Schutz.

Von ihrer Oma war kurz nichts zu hören, dann sagte sie: »Ach, es ist auf jeden Fall schön, dich zu hören. Warte, ich setze mich jetzt mit dir an den Tisch und trinke eine schöne Tasse Tee. Oder wird das zu teuer?«

»Nein, nein, mach dir darum keine Sorgen.«

»Hast du auch etwas zu trinken?«

»Ich hol mir eine Limo.«

»Ich wäre wirklich gern mit Opa mitgefahren, aber du weißt ja, dass ich die Hitze nicht so gut vertrage. Das war damals auch schon so. Ich hätte aber sowieso niemals mitfahren dürfen, ich war in den Augen meiner Eltern noch zu jung, und später hab ich dann die Ausbildung begonnen.«

»Schade …« Pia räusperte sich. »Du hast diesen Branko auch kennengelernt, nicht?«

»Ja, er war ein netter Kerl. Das war eine schlimme Sache damals, als er im Rhein ertrunken ist. Man hat seine Leiche ja nie gefunden. Klaus hat seiner Freundin Bescheid gesagt, aber sie hat sich nie wieder gemeldet.«

Da war sie, die Lüge. Ihr Opa hatte ihr also nicht die ganze Wahrheit gesagt.

Pia überlegte kurz, ob sie das tun sollte, und beschloss dann, dass das nicht richtig wäre – sie musste ihrem Opa die Gelegenheit geben, die Dinge klarzustellen.

»Wusstest du, dass er damals überlegt hat, auf Cres zu bleiben?«, fragte sie dann.

»Hat er das? Jetzt, wo du es sagst, werden manche Dinge klarer, aber nachdem das mit Branko geschehen war, hat er wahrscheinlich nicht mehr darüber nachgedacht. Branko war sein Freund, weißt du, sicher wollte er mit ihm nach Cres.«

Pia atmete tief durch. »Wie ist das für dich, dass er so oft hier war und immer so lange geblieben ist?«

Es klackte, offenbar hatte Jutta ihre Tasse abgestellt.

»Du meinst, ob es mich tangiert, dass er vor Jahren einmal über ein anderes Leben nachgedacht hat? Ich weiß nicht. Tun wir das nicht alle mal? Er ist bei mir geblieben. Also nein, ich hatte solche Gedanken nie, weißt du. Ich glaubte seit der Schule zu wissen, dass wir einmal heiraten würden.« Sie schnipste mit den Fingern. »Tja, dann wäre es also fast anders gekommen.« Oma Jutta lachte. »Zum Glück war es nicht so. Ich hab mir nie ein anderes Leben gewünscht. Gott bewahre. Und du? Was ist mit dir? Hast du mal was von Sebastian gehört?«

»Nein, das hab ich nicht. Aber das macht nichts. Ich trauere ihm nicht mehr hinterher.«

»Das ist gut. Bei manchen Dingen lohnt es sich, konsequent zu bleiben, bei anderen nicht. Es kommt auf uns an.«

»Oma?«

»Ja, mein Kind?«

»Ich hab hier jemanden kennengelernt … Aber davon erzähl ich dir dann, wenn ich wieder zu Hause bin.«

Vierundfünfzigstes Kapitel

»Fährst du eigentlich mit mir zurück, Pia? Kommst du mit nach Hause?«

Pia schaute zu ihrem Großvater auf, nahm sich etwas Zeit, sein zerfurchtes Gesicht zu betrachten. Sie hatte einen Kuchen gebacken und ihn zum Abschied in ihr Gartenhäuschen eingeladen. Jetzt lächelte sie. »Nein, Opa, es geht mir gut hier. Und ich hab noch ein paar Dinge zu erledigen. Ich werde wohl noch etwas bleiben.«

Vielleicht bis November, fügte sie in Gedanken hinzu, vielleicht verlängere ich noch einmal.

Sie hatte sich am Abend zuvor hingesetzt und recherchiert, wie sie an Aufträge in Deutschland kommen konnte. Sie hatte ein paar Onlineannoncen gefunden und die Firmen direkt angeschrieben. Am Morgen hatte sie schon die ersten Antworten auf ihre Anfragen gehabt. Es war viel leichter als gedacht. Sie würde in Zukunft frei arbeiten, das konnte man von fast jedem Ort der Welt aus. Sie brauchte nur einen Internetanschluss, um mit den Auftraggebern jederzeit in Kontakt treten zu können. Jetzt war sie ein *working nomad*, wie man so schön sagte.

Der Gedanke gefiel ihr, insbesondere, dass die Vorstellung so himmelweit von dem entfernt lag, was sie sich vor einigen Wochen noch zugetraut hatte. Ihr Opa war sehr stolz auf sie.

Ich bin frei.

»Kannst du Onkel Otto sagen, dass ich mich sehr bald wieder bei ihm melde? Er weiß es, aber ich denke, es ist besser für ihn, es von einer Person aus Fleisch und Blut zu erfahren. Außerdem solltest du Omas Bruder ohnehin mal wieder sehen.«

Opa Klaus schien etwas sagen zu wollen, dann nickte er nur. Es berührte sie, wie nachdenklich er aussah, unsicher.

»Das habe ich mir auch immer gewünscht«, sagte er unvermittelt. »Hierbleiben zu können. Meine Pflichten zu vergessen.«

»Na ja, man muss ja schon Geld verdienen. Ich kann meinen Pflichten jetzt von hier aus nachgehen«, gab Pia zurück, stand dann auf und streichelte ihrem Großvater über den Arm. »Tut mir leid. Das sollte nicht harsch klingen, aber du hattest doch ein schönes Leben mit Oma. Was auch immer noch hätte sein können, ist unwichtig.«

»Du hast recht«, sagte Opa Klaus mit rauer Stimme. »Man kann die Uhren nicht zurückdrehen. Man muss Unveränderliches akzeptieren, wie es ist. Man muss es annehmen – und ja, ich hatte ein gutes Leben.«

Für einen Moment sagten sie beide nichts.

»Wirst du wieder herkommen?«, fragte Pia dann. »Vielleicht mal im Winter, wenn es nicht so heiß ist, mit Oma?«

Opa Klaus dachte nach. »Mal sehen. Im Winter … ja … Das ist eine gute Idee. Oma würde die Insel mögen.«

»Sie würde es verstehen«, sagte Pia. »Sie ist eine aufgeschlossene Frau. Erzähl ihr alles, Opa. Du wirst sehen, es wird dir besser gehen.«

»Wahrscheinlich stimmt das«, sagte er langsam. »Ich hab wirklich Angst davor, verstehst du das? Ich habe … Ich habe ihr gesagt, dass ich Brankos Freundin geschrieben habe, was mit ihm passiert ist, obwohl ich das nicht gemacht hatte.«

Pia atmete auf. Gut, das hatte er ihr jetzt auch gestanden. »Na, das kann man doch wieder hinbiegen, oder?« Sie lächelte ihn aufmunternd an.

»Ach, Pia, meine Kleine«, ihr Großvater beugte sich vor und gab ihr einen Kuss auf die Wange, »was würde ich nur tun, wenn ich dich nicht hätte?«

Fünfundfünfzigstes Kapitel

Katalina saß in der dunklen Küche, als Goran an diesem Abend nach Hause kam. Er zuckte zusammen, als er seine Cousine bemerkte.

Er hatte lange mit den Erntehelfern gearbeitet, dann hatten sie noch einen Wein zusammen getrunken und auch etwas gegessen. Irgendwann hatte einer sein Handy herausgeholt und kroatische Popmusik abgespielt. Wenig später hatten die Ersten getanzt. Kurz danach hatte er sich verabschiedet.

»Kata? Was machst du noch hier?« Er ging zur Spüle und schenkte sich ein Glas Wasser ein. »Es ist zwölf Uhr durch.«

»Ich konnte nicht schlafen.« Katalina schwieg einen Moment. »Setz dich zu mir«, sagte sie dann. »Ich will mit dir reden.«

»Jetzt? Mitten in der Nacht?«, fragte er und setzte sich.

Er ahnte, weshalb sie mit ihm reden wollte. Er hatte ihr erzählt, dass er sich unsterblich in Pia verliebt hatte. Obwohl sie das ja schon wusste. Seine Cousine kannte ihn besser als er sich selbst. Aber sie hörte nicht auf, ihn zu bedrängen, Pia endlich zu erzählen, warum sein Leben so aus den Fugen geraten war. Warum er solche Schwierigkeiten hatte, mit seiner ganzen Energie das neue Projekt anzugehen. Weshalb er sich so schwertat, sich auf eine neue Beziehung einzulassen.

Pia hat es verdient, dass ich ihr anvertraue, was geschehen ist.

Er hoffte so sehr, dass sie zusammenbleiben würden. Aber

wenn er das hoffte, dann musste er sich öffnen. Zu verdrängen war keine Lösung, das war ihm in den letzten Wochen immer deutlicher geworden.

»Goran? Goran, hörst du, was ich sage?« Nein, er hatte nichts gehört. Er war mal wieder so sehr mit seinen Erinnerungen beschäftigt, dass er nichts um sich her wahrnahm.

Das geht so nicht weiter …

»Was hast du gesagt?«

»Du musst es ihr sagen. Es gehört zu deinem Leben dazu. Und wenn du nicht mit ihr sprichst, werde ich es tun.«

»Was meinst du?« Goran fragte, obwohl er die Antwort längst wusste.

»Du weißt genau, wovon ich spreche … Goran, ich will dir helfen. Wenn sie dich auch liebt, hat sie ein Recht darauf, es zu erfahren.«

Katalinas Stimme klang rau. Einen Moment lang wollte Goran aufbrausen, doch er tat es nicht. Es war ja gut, dass sie ihn drängte. Er hatte versucht, einfach zu vergessen, was geschehen war, aber er konnte es nicht. Er würde lernen müssen, damit zu leben.

Wo, dachte er, wo soll ich nur anfangen?

Als Goran am Morgen erwachte, war es noch sehr früh. Er hatte nicht gut geschlafen, denn das Gespräch mit Kata war ihm nicht aus dem Kopf gegangen. Er ging nach unten, im Haus war es noch still. Sein Vater hatte sich am Abend mit Freunden getroffen und schlief wohl noch. Seine Mutter war bei Zlata gewesen und sehr spät nach Hause gekommen. Die beiden Freundinnen planten tatsächlich eine Reise nach Deutschland. Er lächelte. Sie konnten es gar nicht erwarten.

Goran schlich in die Küche, um niemanden zu wecken. Er schaltete das Licht ein und zuckte zusammen.

»Mama. Du bist schon auf?«

Marija saß auf der Bank am Küchentisch und trank einen Tee. Sie schien auf ihn gewartet zu haben.

»Goran«, sagte sie nur, stand auf und kam zu ihm. »Katalina … Sie saß noch in der Küche, als ich heute Nacht nach Hause kam. Sie … sie hat mir erzählt, dass sie mit dir geredet hat.« Sie schaute ihn fragend an. »Sie kann ganz schön hartnäckig sein, deine Cousine, stimmt's? Sie hat viel von Ana.«

Er lächelte. »Ja, das hat sie.«

»Und? Wirst du es Pia erzählen?« Sie sah so zerbrechlich aus, seine Mutter. Jetzt, da sie älter wurde, fiel es ihm umso mehr auf. Er sah sie an. Wie ein zarter kleiner Fuchs war sie mit ihrem Haar, das immer noch hie und da rötlich schimmerte.

Die Frau, die mir das Kochen beigebracht hat …

»Vielleicht können wir dann auch irgendwann wieder mal zusammen kochen. Das wünsch ich mir so …«

»Es tut einfach immer noch weh, verstehst du?«

»Ich verstehe das, mein Junge.« Er spürte ihre rechte Hand in seinem Rücken, ihren Kopf legte sie an seine Schulter. Ihre Stimme klang sanft, als sie nun weitersprach. »Aber der Schmerz wird nachlassen, das verspreche ich dir. Die Zeit heilt die Wunden, wenn man den Mut findet, mit Vergangenem abzuschließen, das einem den Schmerz bereitet hat, und mit Neuem zu beginnen.«

»Ich hoffe es, Mama. Ich hoffe nichts mehr als das. Vielleicht kann alles wieder gut werden. Anders, aber gut.«

»Rede mit Pia«, sagte seine Mutter und sah zu ihm auf. »Sie hat die ganze Wahrheit verdient. Vergiss nicht, dass sie dir auch ihre Geschichte anvertraut hat.«

Goran legte für einen Moment sein Kinn auf den Kopf seiner Mutter. Er hörte ihren gleichmäßigen Atem und fühlte sich endlich wieder ganz zu Hause.

Sechsundfünfzigstes Kapitel

Klaus erwachte früh am nächsten Morgen, so früh wie an jenem letzten Tag, als Branko und er die Insel verlassen hatten. Die Sonne war noch nicht richtig aufgegangen, der Himmel war eher hellgrau als strahlend blau, aber man konnte schon ausreichend sehen. Klaus setzte sich im Bett auf und kniff die Augen zusammen: Nun gut, früher wäre es hell genug gewesen. Heute waren seine Augen nicht mehr so gut. Also blieb er sitzen, beobachtete, wie das Licht mehr und mehr Schatten fraß und das Fenster schließlich ein helles, glänzendes Rechteck auf dem Boden hinterließ.

Dann erst stand er auf.

Er suchte seine Sachen zusammen und verstaute sie in der Reisetasche. Er dachte an den Leinenrucksack, der ihn Jahr um Jahr begleitet hatte und der zu Hause ganz tief in seinem Kleiderschrank lag, weil er sich nicht von ihm trennen konnte. Wieder eine Erinnerung an die Vergangenheit.

Er holte sich einen Kaffee aus dem Frühstücksraum der Pension und ein paar Kekse und ging dann nach draußen auf die Terrasse, wo er das heiße Getränk Schlückchen um Schlückchen trank. Noch war er hier allein. Aber die Saison war ja auch fast vorbei. Es waren nicht mehr viele Gäste auf der Insel.

Er sah auf die Uhr und dachte an Jutta, die zu Hause wie jeden Samstag ihr Croissant aß und eine große Tasse Milchkaffee dazu trank. Er sah sie, wie sie ihm gegenübersaß, die langen grauen Haare noch in dem lockeren Zopf, den sie nachts immer trug, die braunen Augen auf ihn gerichtet, die Brille an einer Kette um den Hals.

Ich werde mit ihr reden.

Obwohl er sie so lange kannte und sie über die Jahre so sehr zusammengewachsen waren, konnte er nicht einschätzen, wie sie reagieren würde.

Ich liebe sie.

Er fragte sich, wie viel sie schon wusste, wie viel sie sich aus dem zusammengereimt hatte, was er ihr gesagt hatte. Er konnte sich nicht vorstellen, dass sie vollkommen ahnungslos war. Sie war eine kluge Frau.

Ob sie auch Geheimnisse vor ihm hatte?

Durfte man in einer Ehe Geheimnisse voreinander haben?

»Opa? Hast du alles gepackt?«

Pia stand auf einmal vor ihm auf der Terrasse. Er hatte sie gar nicht kommen hören.

»Ja«, sagte er. »Lass uns gehen.«

Er hoffte, dass es kein allzu tränenreicher Abschied würde.

Sie spazierten zum Hafen. Sie waren früh dran. Pia machte ein Foto von ihm, als er die Gangway hochlief.

»Das schick ich Oma!«, rief sie ihm zu. »Sie wird sich freuen, dass du bald wieder bei ihr bist.«

Er stand an der Reling und winkte ihr zu, sah, wie sie immer kleiner wurde. Es fühlte sich gut an, hier gewesen zu sein.

Pia hatte sich am Hafen mit Goran verabredet. Endlich würden sie mal wieder einen ganzen Tag Zeit füreinander haben.

»Pia!« Sie drehte sich um, und als er die Tränen in ihren Augen sah, nahm er sie fest in die Arme. »Sei nicht traurig, Pia. Es war gut, dass dein Großvater gekommen ist. Ich habe meine Mutter und Zlata lange nicht mehr so befreit gesehen.

Sie teilen ihre Trauer, aber auch die Erleichterung darüber, dass sie endlich wissen, was mit meinem Onkel passiert ist.«

Sie gingen in ein Café und tranken Mokka. Pia zeigte Goran die Fotos, die sie in den letzten Tagen geschossen hatte.

»Nicht schlecht«, lobte er.

»Meine Oma ist eine gute Fotografin«, bemerkte sie. »Sie hat mir einiges beigebracht.«

Sie beschlossen, eine kleine Wanderung zu machen. Irgendwann erreichten sie die Lichtung, auf der sie schon einmal gepicknickt hatten. Sie setzten sich auf einen Felsstein und teilten sich Müsliriegel und Wasser.

Goran wurde auf einmal schweigsam.

»Was ist?«, fragte Pia. »Gibt es neue Probleme?«

Ihr Herz schlug plötzlich schneller. Sie sah ihn fragend an.

»Es gibt etwas, das du wissen musst, wie ich finde«, begann er zögerlich.

»Geht es um deinen Vater?« Pia sah ihn mitfühlend an.

Goran schüttelte den Kopf. »Es geht um mich. Ich … Ich hab dir noch nicht gesagt, dass es da eine Geschichte in meinem Leben gibt, die … Es ist so, dass ich … Ich war schon einmal verheiratet.«

Pias Mund fühlte sich plötzlich staubtrocken an. »Du warst verheiratet?«

»Ja, sehr früh. Ich war kaum zwanzig.«

Pia schluckte. Vielleicht, nein wahrscheinlich war das ja gar nicht so ungewöhnlich für einen Kroaten … Andere Länder, andere Sitten …

»Ich hab sie in Zagreb kennengelernt, während eines Praktikums. Wir haben geheiratet, ohne irgendjemandem etwas zu sagen. Dann bin ich zum Studium nach Deutschland gegangen. Die Beziehung hielt trotz der Ferne. Meine Eltern und Katalinas Familie … sie waren alle erstaunt, also nicht, weil wir eine Fernbeziehung geführt haben, sondern weil wir so überstürzt gehandelt haben. Das ist eigentlich nicht meine Art.« Gorans Hand wühlte sich in die Piniennadeln auf dem Boden. Er hob die Hand und ließ sie herausrieseln. »Lina, meine Frau, sie hatte ein sehr einnehmendes Wesen«, fuhr er fort. »Sie war nett. Alle mochten sie, anfangs jedenfalls.«

Pias Magen zog sich zusammen. »Und was geschah dann?«, fragte sie.

Goran klopfte sich die Hände an seiner Hose ab. »Als wir zurückkamen, bezogen wir eine Wohnung in Rijeka. Ich begann, in einem Restaurant zu arbeiten. Nach einem Jahr habe ich es übernommen. Es war ein gutes Restaurant, recht bekannt in der Region. Ich habe gekocht und den Leuten Wein empfohlen. Ich war ein guter Koch, meine Mutter hat mir das Kochen beigebracht, wie du dir denken kannst. Ich habe ihr immer zugesehen früher. Ich war kaum sechs, da hatte ich mein eigenes Kochbesteck, sogar ein Messer. Marija hat mir eine Kochschürze genäht. Zuerst war mein Vater nicht erfreut, aber irgendwann war er sehr stolz auf mich, besonders nachdem ich das Restaurant eröffnet hatte. Manchmal glaub ich, Petar ist gar nicht so sehr dem Alten verhaftet, wie alle denken, er ist nur stur. Ja, das ist er. Und er lässt sich nicht gern über den Tisch ziehen. Er möchte, dass man ihn ernst nimmt. Die Erfahrung hast du ja auch schon gemacht, nicht?«

»Allerdings …«

Pia sah auf das Meer und beschattete die Augen mit den Händen. Die Sonne funkelte auf den Wellen und blendete sie. Der Anblick hatte etwas Zauberhaftes, etwas, das sich nicht greifen ließ. Beinahe wäre sie mit den Gedanken abgeschweift. Rasch holte sie sich in die Realität zurück.

Daher kannte Goran sich also nicht nur mit Wein, sondern auch mit erlesenen Speisen aus. Sie hatte immer den Eindruck gehabt, dass er gute Produkte schätzte. Nichts sollte gewöhnlich sein, alles war besonders, nicht, weil es besonders teuer war, sondern weil es gut war.

»Ich war wirklich sehr ehrgeizig. Ich konnte schon immer hart arbeiten und hatte immer Ideen, die ich verfolgt habe. Eben erst hatte ich mein Diplom, im nächsten Moment übernahm ich das Restaurant. In den nächsten Jahren blieb natürlich manches auf der Strecke: Beziehungen zum Beispiel, Freunde, meine Ehe. Ich habe viel gearbeitet, sehr, sehr viel.« Pia wusste immer noch nicht, was sie sagen sollte. Sie hörte einfach zu, sah das Licht auf den Wellen, Bilder, die eben noch da gewesen waren und sich in Sekundenschnelle auflösten. »Dann bekamen wir ein Kind«, hörte sie Goran sagen.

Pia riss sich vom Anblick des Meeres los. Jetzt konnte sie nicht anders, als Goran anzusehen.

»Ein Kind?«

»Ja.« Er nickte. »Wir waren eine schöne kleine Familie. Und auf einmal ging meine Ehe in die Brüche. Meine Frau verliebte sich in einen anderen und ...«

»Und dann?«

Man sah Goran an, dass es ihm schwerfiel weiterzusprechen.

»Können wir noch ein bisschen laufen?«, fragte er. »Beim Laufen spricht es sich irgendwie besser.« Pia nickte. Er schlang mit einem Mal die Arme um seinen muskulösen Körper, als müsste er sich festhalten. »Ich wollte es nicht«, sagte er leise, »ich wollte nicht, dass es so weit kommt. Aber als ich endlich erkannte, was passiert war, da gab es keinen Weg mehr zurück.«

Rijeka

einige Jahre zuvor

Goran wusste nicht, was genau geschehen war, dennoch malte er es sich aus. Obgleich er es nicht wollte, machte er es doch immer wieder, wie um sich zu bestrafen.

Ergab das einen Sinn? Egal, er hatte es verdient. Er hatte die schlimmste Strafe von allen verdient.

Lina und er hatten sich gestritten an jenem Tag, wie so oft. Ein Wort hatte das andere gegeben, fast war es ihm erschienen, als müsste keiner von ihnen viel darüber nachdenken, wie er den anderen verletzen konnte.

Er hatte wieder zu viel gearbeitet und eine Verabredung nicht eingehalten. Ja, er war berauscht gewesen von der Feier, die er für ein paar stadtbekannte Geschäftsleute ausgerichtet hatte, Geschäftsleute, die dafür sorgten, dass sein Restaurant gut lief.

All das war ihm wichtig gewesen, und er war fälschlicherweise davon ausgegangen, dass diese Dinge auch für seine Familie wichtig waren. Er war der junge Restaurantbesitzer, der sich innerhalb kurzer Zeit mit harter Arbeit einen Namen gemacht hatte.

Ja, er arbeitete viel und kam oft spät nach Hause. Natürlich verstand er die Enttäuschung seiner Frau, aber sie musste doch auch ihn verstehen. Irgendwann, wenn es noch besser lief, dann würde er wieder mehr Zeit haben. Dann würde es sein wie am Anfang ihrer verrückten Beziehung.

»Das glaubst du doch wohl selbst nicht.« Lina hatte ihn aus ihren stahlblauen Augen angeblitzt und sich die kurzen Haare gerauft, so wie sie es immer tat, wenn sie etwas sehr ärgerte. »Du liebst es doch, wenn sie dich bewundern. Wenn sie einen Platz bei dir wollen und um dich buhlen. Früher wolltest du mich glücklich machen. Jetzt bist du mit deinem Restaurant verheiratet – und mit deinen Gästen. Pass auf, dass mir das nicht zu viel wird.«

Ihre Antwort hatte ihn empört. Er wollte nur das Beste für seine Familie. Warum glaubte sie das nicht? Und er war gewiss nicht der Einzige, der lange arbeitete. Wollte sie, dass er zu Hause herumsaß, faulenzte und nichts tat? Er kannte solche Männer zur Genüge, und er verabscheute sie.

Er hatte sie gefragt. Sie hatte sich geärgert. Keiner hatte nachgeben wollen. Sie waren temperamentvoll, beide. Deshalb hatten sie einander gesucht und gefunden. Er hatte ihren Eigensinn und ihre Energie gemocht, sie seine Zielstrebigkeit.

»Aber du wolltest, dass ich das mache, das Restaurant und all das. Du hast mich immer bestärkt. So etwas muss man allerdings mit Leib und Seele angehen und mit viel Zeit. Du musst gewusst haben, dass es viel Arbeit ist. So ein Restaurant bringt man nicht mit einem Achtstundenjob voran, da muss man ackern, und das jeden Tag. Ich will ja nicht nur irgendwas Mittelmäßiges.«

»Genau, das ist es, du willst alles und noch viel mehr, aber da musst du zwischen deinem Geschäft und uns wählen.«

Nein, dachte er, das muss ich nicht, denn ich mache all das ja für meine Familie. Ich mache es für sie.

Es erschien ihm, als wäre Lina das ein wenig aus dem Blick geraten, seit sie Eltern geworden waren. Etwas war anders, seit das Kind da war, ihre Tochter, die sie beide innig liebten.

Lina kam ihm auf einmal weniger selbstständig vor, und sie jammerte mehr, wollte, dass er sie weniger allein ließ.

Kürzlich hatte er vorgeschlagen, ihre Mutter kommen zu lassen, die doch ohnehin allein in Dubrovnik saß und sich nach Tochter und Enkeltochter verzehrte. Er war bereit gewesen, ihr Obdach zu bieten, obwohl sie sich nicht gut verstanden, wenn es Lina nur besser ging. Aber Lina wollte nicht, dass ihre Mutter kam. Unnötig sei das, sie seien eine Familie, sie, Goran und die kleine Andrea.

»*Du* musst dich mehr um dein Kind kümmern, nicht meine Mutter. Die Kleine sieht dich ja kaum.«

Der Vorwurf hatte ihn verletzt, er hatte sich geärgert.

»Ich kümmere mich, so gut ich kann. Was denkst du, wo das Geld herkommt, das du ausgibst?«

»Ich komme auch mit weniger zurecht.«

Sie hatte ihn wütend und missbilligend zugleich angesehen.

Blödsinn, hatte er sagen wollen, du doch nicht. Er kannte sie. Sie mochte es, sich Kleidung zu kaufen. Sie dekorierte die Wohnung. Sie warf Deko weg, die ihr nicht mehr gefiel. Sie war schrecklich verwöhnt, seit sie mit ihm zusammen war. Und ja, vielleicht konnte er sich vorwerfen, dass er sie nie gebremst hatte. Manchmal legte sie ihm einen Katalog vor und fragte ihn, wie ihm ein bestimmtes Sofa gefiel. Und er kaufte es ihr. Er kaufte es ihr, weil er ihr gern Dinge kaufte, weil er es mochte, wenn sie sich freute, und weil er wusste, dass sie eine solche Leichtigkeit lange hatte entbehren müssen. Ihre alleinerziehende Mutter hatte jeden Kuna dreimal umdrehen müssen.

Ja, Lina freute sich über hübsche Dinge. Manchmal kam

er nach Hause, und sie zeigte ihm etwas, das sie gekauft hatte, und er wusste nicht, ob er das schon gesehen hatte oder noch nicht, weil er viel zu müde war und den Kopf viel zu voll hatte mit geschäftlichen Dingen, aber er sagte nichts. Er schluckte auch den Ärger darüber herunter, dass sie ihn niemals fragte, wie es ihm ging, was er erlebt hatte, wie das Restaurant lief. Stattdessen warf sie ihm vor, dass sie nächtelang wach lag und sich Sorgen darüber machte, was mit ihnen geschehen würde.

»Du hast den Kopf viel zu voll. Du denkst nur an die Arbeit, nie an uns. Du liebst uns nicht.«

Er hörte ihre Stimme und war fassungslos. Wie konnte sie so etwas sagen? Er tat alles für seine Familie, einfach alles.

»Doch.«

Er wusste, dass seine Antwort halbherzig klang. Er wollte mehr sagen, aber es fiel ihm nicht mehr ein. Anfangs grämte er sich deshalb, dann fing er an, sich innerlich zu distanzieren. Vielleicht hätten sie mehr reden müssen in letzter Zeit, jetzt hatte er keine Kraft mehr dazu.

Irgendwann fragte er sich, ob es ihr besser ging, wenn er eines Tages wirklich sagte, dass er sie nicht mehr liebte, weil sie ihn aussaugte mit ihrer Art, weil sie wie ein Vampir war, der ihm das letzte Restchen Kraft nahm. Doch dann sah er die dunklen Ringe unter ihren Augen und wusste, dass sie sich wirklich um sie beide sorgte, er wusste jedoch auch, dass er das Geschäft jetzt nicht vernachlässigen konnte und dass sie das einfach verstehen musste.

Er war auf einem guten Weg, und irgendwann würde er wieder mehr Zeit haben. Dann würde seine Tochter nicht meist schlafen, wenn er nach Hause kam, dann würde er öfter zu Hause mit ihr spielen können.

»Sie ist jetzt klein, Goran, du wirst das nicht nachholen können. So etwas kann man nicht nachholen, das sind verpasste Chancen. Die kommen nicht wieder.«

Natürlich hatte er sie auch schon gebeten, das Kind einmal mit ins Restaurant zu bringen, aber Lina hatte darauf bestanden, dass das kein Ort für Kinder war.

»Ich will sie nicht ständig maßregeln müssen. Sie ist noch klein.«

Und dann war der Tag gekommen, an dem sich sein Leben geändert hatte.

Nach einem fürchterlichen Streit war Lina mit ihrem Wagen nachts von der Straße abgekommen und einen Abhang hinuntergestürzt. Vor seinen Augen sah Goran Nacht für Nacht einen weißen Opel Astra mit eingeschalteten Scheinwerfern, der auf dem Dach lag, während sich die Rettungskräfte um die Opfer bemühten. Als Grund hatte man Übermüdung vermutet. Lina und seine Tochter waren ins Krankenhaus gebracht worden. Lina hatte sich körperlich schnell erholt, Andrea war schwerer verletzt und vier Wochen auf der Intensivstation gewesen, danach noch einige Zeit auf der Normalstation, dann in einer Reha.

Natürlich war er im Restaurant gewesen, als man ihm die Nachricht gebracht hatte. Sein neuer Partner hatte das Restaurant an diesem Abend geleitet, der Mann, den er als Geschäftsführer eingestellt hatte, um mehr Zeit für die Familie zu haben.

Goran war sofort ins Krankenhaus gefahren. Der Anblick seiner kleinen Tochter in dem riesigen Bett mit den Kabeln, die ihre Lebensfunktionen überwachten, hatte ihn tief berührt. Am nächsten Tag war er nicht arbeiten gegangen, um bei Lina und seiner Tochter sein zu können. Lina war sehr schweigsam gewesen. Er hatte es gewagt, den Arm um sie zu legen, und sie hatte ihn gewähren lassen.

Am dritten Tag hatte sie ihm erzählt, dass sie auf dem Weg zu ihrem Liebhaber gewesen sei. Mit Andrea, die den Mann bereits kannte und mochte.

»Er beschäftigt sich nämlich mit ihr.«

Er hatte ihre Worte gehört und nichts sagen können. Es war nur zu deutlich gewesen, dass sie ihn verletzen wollte.

»Kenne ich ihn?«

»Nein.«

»Seit wann geht das schon, und was bedeutet das für uns beide?«

Goran hatte gewartet, doch sie hatte nichts mehr gesagt. Sie hatten schweigend an Andreas Bett gestanden, Eltern, die sich um ihr Kind sorgten. Offenbar war der Liebhaber Musiker.

Als sie schließlich in ihr Zimmer zurückgegangen war, hatte er sie gefragt, ob er ihr etwas zu essen holen solle. Sie hatte zuerst den Kopf geschüttelt und ihn dann doch um einen Milchkaffee gebeten.

Als er zurückgekommen war, hatte sie immer noch auf dem Bettrand gesessen.

»Ich werde mich von dir trennen«, hatte sie gesagt. »Mein Kind wäre beinahe durch meine Schuld gestorben. Ich muss jetzt die Reißleine ziehen.« Sie hatte ihren Kopf gehoben und ihn intensiv angesehen. »Ich will dich nicht eines Tages hassen. Ich will dich immer lieben können.«

»Indem du mich verlässt?«

»Als den Vater meines Kindes.«

»Nur als den Vater deines Kindes?«

»Ich werde in die USA gehen. Man hat mir eine kleine Stelle an einer Universität angeboten.«

»Und er?«

»Er kommt mit.«

»Wie soll ich unser Kind sehen?«

»Du kannst uns besuchen. Das verbiete ich dir nicht.«

»Das ist nicht dein Ernst.«

Sie hatte ihn von einem auf den anderen Moment unerbittlich angesehen.

»Glaubst du nicht, dass ich genügend Freunde habe, die bezeugen können, wie sehr du uns vernachlässigt hast?«

Er war auch am nächsten Tag nicht ins Restaurant gegangen, und auch die nächsten Wochen nicht. Er hatte es nicht gekonnt. Er war nie wieder zurückgegangen. Er hatte keinen Sinn mehr darin gesehen zu arbeiten. Er hatte seine Familie verloren. Für wen lohnte sich die Mühe also noch?

Es war einfach zu schmerzhaft gewesen.

»Du kannst zurückkommen, wann immer du willst«, hatte sein Partner gesagt.

»Ja«, hatte er gesagt und gewusst, dass er nie wiederkommen würde. Er hatte die letzten zwei Monate mit seiner Tochter verbracht, die beiden schließlich zum Flughafen gefahren.

»Telefonieren wir, Papa?«

»Wir skypen. Ganz oft. Ich muss doch sehen, wie du größer wirst.«

»Besuchst du uns auch?«

»Natürlich.«

Lina und er hatten sich umarmt, aber es hatte sich nicht mehr so vertraut wie früher angefühlt, und das hatte noch einmal mehr geschmerzt. Im Auto hatte er Rotz und Wasser geheult und darüber nachgedacht, ob er eine andere Entscheidung hätte treffen können. Doch ihm war klar geworden, dass in seiner Situation jede Entscheidung die falsche gewesen wäre.

Siebenundfünfzigstes Kapitel

Kroatien, Insel Cres, Gegenwart

Pia ließ sich aufhelfen. Für eine Weile hörte man nur ihre Schritte, die langsam denselben Rhythmus fanden.

Sie war es, die als Erste wieder sprach. »Ich möchte alles erfahren, Goran«, sagte sie. »Erzähl mir alles. Aber zuerst möchte ich wissen … Wann wolltest du es mir eigentlich erzählen?«

Goran holte tief Luft. »Ich«, begann er bedrückt, »ich weiß nicht. Ich wusste einfach nicht, wo ich anfangen sollte. Nachdem ich dich getroffen hatte, änderte sich alles. Mit einem Mal musste ich über Dinge nachdenken, mit denen ich mich vorher nicht beschäftigen musste. Ich …«

»Du hast also ein Kind. Das ist nichts, was man einem neuen Partner verschweigen sollte.«

Pia biss sich auf die Lippen. Du bist Vater, dachte sie. Du hast das, was mir bisher verwehrt geblieben ist. Sei doch froh darüber. Sie wusste, dass es nicht richtig war, so zu denken, aber in diesem Moment konnte sie nicht anders.

Als sie Goran ansah, merkte sie, wie angestrengt er wirkte, nachdenklich, voller Traurigkeit.

Er hat das alles noch kein bisschen hinter sich gelassen, dachte sie, wie kann ich da in sein Leben hineinpassen?

»Unsere Tochter heißt Andrea«, sagte er jetzt leise. »Kurz

nachdem wir uns getrennt hatten, sind ihre Mutter und sie nach Boston gezogen. Lina, meine Exfrau hat wieder geheiratet. Meine Tochter spricht mittlerweile besser Englisch als Kroatisch.«

»Besuchst du sie manchmal?«

»Sooft es geht, aber mindestens einmal im Jahr.« Sie sah, wie er schluckte. »Wir skypen viel, so kann ich sehen, wie sie älter wird.«

»Vermisst du sie nicht?«

»Natürlich tue ich das.«

Pia schluckte. »Woher weiß ich, dass in deinem Leben Platz für mich ist?«, fragte sie dann leise.

»Spürst du das nicht?«

»Ich …« Sie wusste nicht, was sie sagen sollte. Ja, sie spürte es. Aber … »Warum ist sie gegangen?«, kam es aus ihr heraus, ohne dass sie über ihre Frage nachdenken konnte. »Es war doch sie, die die Trennung wollte, oder? Du sagst, dass sie einen anderen hatte.«

»Ja. Sie hatte einen anderen. Es war dennoch meine Schuld. Ich habe zu viel gearbeitet und den Blick für das Wesentliche verloren.« Sie hatten eine kleine Bucht erreicht, auf der Felssteine zum Sitzen einluden. Er nahm ihre Hand. Sie ließ sich zu einem schattigen Platz führen. Er sah kurz in die Ferne. »Mein Restaurant … Wir waren fast jeden Abend ausgebucht.« Er stockte wieder, sah jetzt sehr nachdenklich aus. »Der Erfolg beflügelte mich. Ich verbrachte immer mehr Zeit in der Küche. Ich fand ständig etwas, das noch verbessert werden konnte, mein Kopf war voller neuer Ideen. Anfangs war Lina an meiner Seite. Sie ist ein sehr kreativer Mensch, aber irgendwann wurde es ihr zu viel. Es gab Tage, da sahen wir uns kaum. Ich bemerkte nicht, dass da etwas schieflief. In meinen Augen tat ich das alles für meine Familie. Als Lina begann, mir Vorwürfe zu machen, war ich beleidigt.« Er atmete tief ein. Offenbar schmerzten die Erinnerungen. »Irgendwann zogen wir uns voneinander zurück. Und dann kam der Abend, als man mir sagte, meine Frau und meine Tochter seien verunglückt.«

»Sie sind verunglückt? Wie schrecklich … Was ist passiert?«

»Wir hatten uns mal wieder gestritten. Lina ist wutentbrannt weggefahren und mit ihrem Wagen von der Straße abgekommen. Das war es. Sie haben mich angerufen. Auf dem ganzen Weg ins Krankenhaus konnte ich an nichts anderes denken, als dass sie tot sind. Ich war mir sicher, dass sie tot sind. Sie haben überlebt, aber ich habe mein Restaurant verkauft. Ich habe seitdem nie wieder gekocht.«

»Du solltest wieder kochen, Goran. Es ist so viele Jahre her.«

Goran antwortete nicht sofort. Dann sah er sie traurig an. »Vielleicht würde ich das eines Tages wieder tun«, sagte er. »Für dich.«

Achtundfünfzigstes Kapitel

Goran hatte eine schwere weiße Leinendecke auf dem Holztisch unter dem Olivenbaum im Hof ausgebreitet. Silberne Schüsseln schimmerten im sanften Licht der Laternen, die er in den Baum gehängt hatte. Eine Karaffe mit Rotwein stand da. Er hatte Marijas bestes Porzellan für sie gewählt, das Silberbesteck, das sie von ihren Eltern geerbt hatte, und die schweren Kristallgläser, auf die sie so stolz war. Pia nahm sich Zeit, alles zu betrachten.

Er hatte sie eingeladen, um für sie zu kochen. Er hatte ihr versichert, dass es kein Problem für ihn war. Er wollte sich endgültig der Vergangenheit stellen.

»Du musstest das nicht tun«, sagte sie.

»Ich wollte es aber«, erwiderte er. »Es fühlt sich gut an. Du musst mich nicht schonen, Pia, das habe ich nicht verdient. Ich habe lange genug der Vergangenheit nachgetrauert.« Sie wussten noch nicht genau, wie es mit ihnen weitergehen würde, aber sie wussten, dass sie es beide wollten. Goran beugte sich zu ihr herunter und küsste sie. »Und noch etwas, Pia«, fuhr er fort, »keine Lügen mehr, das verspreche ich dir. Keine Geheimnisse. Ich wollte meine Vergangenheit nicht vor dir geheim halten … Ich habe mich nur geschämt. Ich hatte Schuldgefühle. Ich wusste nicht, wie ich die Dinge erklären sollte, die ich falsch gemacht hatte. Ich habe so viel Fehler gemacht. Und ich hatte keinen Mut, einen Neuanfang zu wagen.«

»Wir machen alle Fehler«, sagte Pia. Es klang wie eine Floskel, und doch war es wahr. Es war menschlich, Fehler zu machen, und es war menschlich zu verzeihen.

Sie setzte sich auf die Bank, legte ihre Jacke neben sich. Es wurde langsam kühl an den Abenden. In Deutschland war es längst herbstlich kalt. Lächelnd sah sie auf die kunstvoll gefaltete Serviette an ihrem Platz, den Strauß Astern, auf den sie erst jetzt aufmerksam wurde. Der Zauber des Moments begann sie zu berühren, auch wenn sie sich noch dagegen wehrte.

»Ich bin gleich wieder da«, sagte Goran und kehrte kurz darauf mit einer Suppenschüssel zurück. »Heute machen wir einen Ausflug nach Dalmatien. Darf ich?«

Sie nickte. Er gab zwei Kellen Suppe in den Teller.

»Das ist *brodetto*«, sagte er, »Fischsuppe. *Dobar apetit.* Guten Appetit.«

»Guten Appetit.«

Auch Goran gab sich auf. Sie probierte. Es war sehr lecker. Es war mediterrane Küche, aber da war noch etwas Besonderes, etwas, das man im Gedächtnis behielt. Sie aß schweigend, bemerkte irgendwann, dass er sie beobachtete. Ihre Blicke trafen sich.

»Schmeckt es dir?«

»Es ist köstlich.« Pia nahm noch einen Löffel. »Ist es dir nicht schwergefallen?«

»Was? Wieder zu kochen?« Goran legte seinen Löffel zur Seite. »Es war nicht ganz leicht, das muss ich zugeben, aber es war mir wichtig.«

Sie gingen ins Haus, damit er den Hauptgang fertig zubereiten konnte. Mit fast tänzerischer Sicherheit bewegte er sich zwischen Herd und Arbeitsplatte hin und her – der Gesichtsausdruck eine Mischung aus Ernst und Anstrengung. Es duftete verführerisch. Pia lief das Wasser im Mund zusammen.

Goran drehte sich zu ihr um. Um die Hüften trug er jetzt eine Kochschürze, über der Schulter ein Geschirrtuch.

»Steht dir gut«, sagte sie und lächelte.

»Findest du?«

»Marija wäre sehr stolz auf dich, wenn sie dich so sähe.«

»Ja. Meine Mutter war immer am glücklichsten, wenn sie am Herd stand. Mit den Jahren hat sie mich in die Geheimnisse der Gourmetwelt eingeführt.« Er reichte ihr eine kleine Gabel. »Willst du probieren?«

Sie nickte. Es schmeckte so gut, wie es geduftet hatte.

Das Gericht, das auf die Suppe folgte, war *pašticada*, mariniertes Rindfleisch mit Zwiebeln und Knoblauch in Weiß- oder Rotwein gekocht. Dazu gab es schweren Rotwein, mit Wasser verdünnt, wie man ihn weiter im Süden trank.

Pia nippte. »Bekomme ich gleich noch Katić-Wein?«, fragte sie.

Goran lachte. »Sicher, wenn du willst.«

»Ich hab mich einfach daran gewöhnt.«

Sie setzten sich wieder an den Tisch unter den Olivenbaum, stießen miteinander an und tranken.

»Živjeli!«

»Ich muss dich etwas fragen …«, sagte Pia dann.

Goran schaute sie an, spürte wohl, dass sie nach Worten suchte.

Er kam ihr zuvor. »Ich liebe dich, Pia. Für mich bist du perfekt, so wie du bist. Das weißt du, oder?«

Sie schluckte, musste sich räuspern. »Aber wünschst du dir denn keine Kinder mehr?«

Goran nahm ihre Hand. »Doch, aber wenn es nicht sein soll, dann soll es nicht sein. Du bist die Frau, mit der ich zusammen sein will. Du hast mich ins Leben zurückgeholt.«

Pia fühlte tiefe Erleichterung. Dennoch nagte leiser Zweifel an ihr. »Glaubst du, du wirst eines Tages nicht doch bedauern, dass du vielleicht kein zweites Kind haben wirst? Es wird nicht leicht sein. Viele Beziehungen gehen darüber kaputt.«

»Dann wissen wir um die Gefahr und können ihr begegnen.«

»Und wie sollte uns das gelingen?«

»Wir müssen es versuchen.«

»Was, wenn …«

»Pia, niemand weiß, was sein wird, und das ist gut so. Wir werden den Dingen ihren Lauf lassen.« Ja, dachte Pia. Das müssen wir wohl. Goran nahm die Karaffe mit dem Wein und schenkte ihnen nach. »Kannst du dir vorstellen zu bleiben?«, fragte er. »Für immer, meine ich.«

Pia trank einen Schluck. Dann lächelte sie. »Na ja … Kommt drauf an … Wie ist das Wetter denn hier im Winter?«

Goran lachte. »Im Herbst regnet es viel, im Winter etwas weniger, aber es ist bestimmt wärmer als in Deutschland.«

»Gibt es Schnee?«

»Hier nicht. Im Landesinneren, ja, da herrschen kühlere Temperaturen.«

»Vielleicht bleibe ich dann. Und Goran …« Sie sah ihn an, und er kniff die Augen zusammen, wartete mit angehaltenem Atem, als wäre er gespannt darauf, was sie als Nächstes sagen würde. »Ich …«, begann sie.

»Ja?«

»Ich liebe dich.«

Er stieß die Luft aus. »Ich dachte schon, du sagst das nie.«

Sie beugte sich zu ihm hinüber und gab ihm einen sanften Kuss. »Und jetzt«, sagte sie, »jetzt hätte ich Lust auf Nachtisch. Was denkst du?«

Er stand auf, zog sie hoch und wirbelte sie durch die Luft. »Den bekommst du«, versprach er. »Und danach wirst du niemals mehr von jemand anderem bekocht werden wollen.«

Danksagung

Einen Roman zu schreiben ist immer auch eine Reise. *Der Duft des tiefblauen Meeres* hat mich an einen Ort zurückgebracht, an den ich immer noch schöne Erinnerungen habe. Eines Tages werde ich hoffentlich dorthin zurückkehren können.

An dieser Stelle möchte ich allen danken, die mich auf dieser Reise begleitet haben: meinem Agenten Bastian Schlück, meiner Lektorin Melanie Blank-Schröder und ganz besonders meiner Textredakteurin Margit von Cossart.

Eine mitreißende Brasiliensaga

Sofia Caspari
IM TAL DER
ZITRONENBÄUME
Roman
480 Seiten
ISBN 978-3-404-17212-2

Italien, 1859: Die neunzehnjährige Pauline muss mit ihrem Vater Hals über Kopf aus Sizilien fliehen, nachdem dieser den Patron der Region betrogen hat. Sie schiffen sich nach Brasilien ein und lernen auf der Überfahrt die Familie Hartung kennen, die ihrem bescheidenen Leben im Hunsrück den Rücken gekehrt hat. Pauline und Jonas Hartung fühlen sich zueinander hingezogen, doch das Schicksal und Paulines Vater haben andere Pläne ...

Diese wundervolle Südamerikasaga führt Sie in das exotische Brasilien

Sofia Caspari
DER TANZ DES KOLIBRIS
Roman
528 Seiten
ISBN 978-3-404-17346-4

Ein Dorf am Rande des Hunsrücks: Anne und Thomas lieben einander, sehen jedoch als Magd und Knecht des Großbauern Reichard keine Möglichkeit, eine Familie zu gründen. Zudem beginnt Reichard, Anne nachzustellen. Als ein Auswanderungsagent durch ihr Dorf reist und von Brasilien berichtet, beschließen Anne und Thomas, die Überfahrt zu wagen. Doch ihre Ersparnisse reichen zunächst nur für Annes Überfahrt. Sie tritt in die Dienste eines jungen Mannes, der verborgene Pläne verfolgt und auch ihr Schicksal mitbestimmen wird ...